UN REGALO EXTRAORDINARIO

DANIELLE STEEL

UN REGALO EXTRAORDINARIO

Traducción de
Isabel Merino

PLAZA JANÉS

Título original: *Amazing Grace*

Primera edición en U.S.A.: enero, 2011

Printed in Spain – Impreso en España

ISBN: 978-0-307-88229-5

Distributed by Random House, Inc.

BD 82295

A mis queridos hijos,
Beatrix, Trevor, Todd, Nick, Sam,
Victoria, Vanessa, Maxx y Zara,
dotados de una gracia excepcional, a los que
admiro tanto, de los que estoy muy, muy orgullosa
y a los que quiero con todo mi corazón.

Con todo mi cariño,

Mamá/D. S.

En toda pérdida hay un beneficio. Al igual que en todo beneficio hay una pérdida. Con cada final llega un nuevo comienzo.

SHAO LIN

Si alcanzas la plenitud, todo llegará a ti.

TAO TE CHING

1

Sarah Sloane entró en el salón de baile del Ritz-Carlton, en San Francisco, y le pareció que tenía un aspecto fantástico. Las mesas estaban cubiertas con manteles adamascados de color crema; los candelabros de plata, la cubertería y el cristal relucían. Los habían alquilado a un proveedor externo que había donado su uso para esa noche y que ofrecía una selección de mayor calidad que la de los utensilios del hotel. Los platos tenían el borde dorado. Había pequeños obsequios para los invitados, envueltos en papel plateado, en cada asiento. Un calígrafo había escrito los menús en un grueso papel ahuesado y los habían colocado en pequeños soportes de plata. Las tarjetas con el nombre, decoradas con unos diminutos ángeles dorados, ya estaban dispuestas según el croquis de Sarah, cuidadosamente estudiado. Las tres hileras de mesas doradas de los patrocinadores estaban en la parte frontal de la sala, con las mesas de plata y de bronce detrás de ellas. Había un elegante programa en cada asiento, junto con el catálogo de la subasta y una paleta de puja numerada.

Sarah había organizado el acontecimiento con el mismo esmero y meticulosidad con que lo hacía todo, y de la misma manera en que había dirigido actos benéficos similares en Nueva York. A cada detalle le había dado un toque personal y, al mirar las rosas de color marfil que había en cada mesa, rodeadas de cintas doradas y plateadas, se dijo que parecía más una boda que una gala benéfica. Se las había procurado el mejor florista de la ciudad, a un tercio del coste normal. Saks iba a ofrecer un desfile de moda y Tiffany enviaría a sus modelos para que exhibieran sus joyas y se pasearan entre la multitud.

Se celebraría una subasta de artículos de alto precio que incluían joyas, viajes a lugares exóticos, actividades deportivas, posibilidad de conocer y saludar a algunas celebridades y un Range Rover negro que estaba aparcado delante del hotel con un enorme lazo dorado encima. Alguien iba a sentirse muy feliz conduciendo aquel coche de vuelta a casa al final de la noche. Pero todavía serían más felices en la unidad neonatal del hospital en cuyo beneficio se celebraba la gala. Era el segundo baile que Sarah organizaba y dirigía para Smallest Angels. El primero había recaudado más de dos millones de dólares, sumando el precio de la entrada, la subasta y las donaciones. Aquella noche esperaba llegar a los tres millones.

Las destacadas actuaciones que ofrecían les ayudarían a alcanzar su objetivo. Una orquesta de baile que tocaría a intervalos durante toda la noche. La hija de un importante magnate hollywoodiense era miembro del comité organizador. Su padre había conseguido que actuara Melanie Free, lo cual les permitía cobrar unos precios elevados tanto para las entradas individuales como para las mesas de los patrocinadores. Melanie había ganado un Grammy tres meses atrás y sus actuaciones individuales, como esta, solían cotizarse a un millón y medio. En este caso actuaría sin cobrar. Lo único que Smallest Angels tenía que hacer era pagar los costes de producción, que eran bastante altos. Los gastos del viaje, la comida y el alojamiento de los encargados de transportar y montar el equipo y de la orquesta ascendían a trescientos mil dólares, lo cual era una ganga, considerando de quién se trataba y del efecto sísmico de sus actuaciones.

Todos se quedaron impresionados al recibir la invitación

y ver quién actuaba. Melanie Free era la artista musical más en boga del momento en todo el país y era deslumbrante. Tenía diecinueve años y su carrera en los dos últimos había sido meteórica debido a sus constantes éxitos. Su reciente Grammy era la guinda del pastel, y Sarah le agradecía que siguiera dispuesta a participar en su gala benéfica sin cobrar nada. Lo que más miedo le daba era que Melanie cancelara en el último minuto. En las actuaciones gratuitas, muchas estrellas y cantantes decidían no presentarse solo unas horas antes del momento previsto. Pero el agente de Melanie había jurado que ella estaría allí. Prometía ser una noche apasionante; además, toda la prensa cubriría la gala. El comité se las había arreglado, incluso, para hacer que algunas estrellas volaran desde Los Ángeles para estar presentes, y todos los miembros relevantes de la sociedad local habían comprado entradas. En los dos últimos años, había sido la gala benéfica más importante y productiva de San Francisco y, según decían todos, la más divertida.

Sarah había promovido la gala benéfica como resultado de su experiencia personal con la unidad neonatal que había salvado a su hija Molly tres años atrás, cuando nació prematuramente tres meses antes de lo previsto. Era el primer hijo de Sarah. Durante el embarazo todo parecía ir bien. Sarah tenía un aspecto fabuloso y se sentía de maravilla y, con treinta y dos años, daba por sentado que no habría ningún problema, hasta que una noche lluzviosa se puso de parto y no pudieron detenerlo. Molly nació al día siguiente y pasó dos meses en una incubadora en la UCI neonatal, mientras Sarah y su marido, Seth, permanecían allí, impotentes. Sarah había permanecido día y noche en el hospital; habían salvado a Molly y no le habían quedado secuelas ni daños. Ahora, con tres años, era una niña feliz y activa, lista para empezar el preescolar en otoño.

El segundo hijo de Sarah, Oliver, «Ollie», había nacido el verano anterior sin ningún problema. Ahora era un pequeño de nueve meses, encantador, regordete y muy simpático. Sus hijos eran la alegría de Sarah y de su esposo. Era una mamá a jornada completa y su única actividad seria, aparte de esa, era organizar esta gala benéfica cada año. Exigía una cantidad de trabajo y de organización enorme, pero se le daba muy bien.

Sarah y Seth se conocieron en la Escuela de Negocios de Stanford seis años atrás, tras abandonar Nueva York. Se casaron en cuanto se graduaron y se quedaron en San Francisco. Seth consiguió trabajo en Silicon Valley y, justo después del nacimiento de Molly, puso en marcha sus propios fondos de alto riesgo. Sarah decidió no incorporarse al mercado laboral. Se quedó embarazada de Molly en su noche de bodas y prefirió estar en casa, con sus hijos. Antes de ir a Stanford, había pasado cinco años trabajando de analista en Wall Street, Nueva York. Pero ahora quería disfrutar unos años de la maternidad a tiempo completo. A Seth le había ido tan bien con sus fondos de alto riesgo que no había ninguna razón para que volviera a trabajar.

A los treinta y siete años, Seth había amasado una considerable fortuna y era uno de los astros jóvenes más brillantes en el cielo de la comunidad financiera, tanto en San Francisco como en Nueva York. Habían comprado una gran casa de ladrillos muy bonita en Pacific Heights, con vistas a la bahía, y la habían llenado de arte contemporáneo: Calder, Ellsworth Kelly, De Kooning, Jackson Pollock y un puñado de desconocidos pero prometedores artistas. Sarah y Seth disfrutaban plenamente de su vida en San Francisco. Les había resultado fácil trasladarse, ya que Seth había perdido a sus padres hacía unos años y los de Sarah se habían ido a vivir a las Bermudas, así que ya no tenían unos lazos familiares fuertes con Nueva York. Para todos, en ambas costas, era evidente que Sarah y Seth habían ido allí para quedarse; además, suponían una aportación maravillosa a la escena económica y social de la ciudad. Incluso un fondo de alto riesgo, competidor, le había ofrecido un puesto a Sarah, pero ella solo deseaba pasar el tiempo con Oliver y Molly... y con Seth, cuando estaba libre. Acababa de comprarse un avión, un G5, y volaba a Los Ángeles, Chicago, Boston y Nueva York con frecuencia. Tenían una vida dorada, que mejoraba de año en año. Aunque tanto Seth como ella habían nacido y se habían criado en una situación acomodada, ninguno de los dos había gozado de la vida de lujo de que disfrutaban ahora. De vez en cuando, Sarah sentía cierta preocupación porque quizá estaban gastando demasiado dinero, con una mansión fabulosa en Tahoe, además de la casa en la ciudad y el avión privado. Pero Seth insistía en que todo iba bien. Decía que la clase de dinero que estaba ganando era para disfrutarlo. Y no había ninguna duda de que él lo disfrutaba.

Seth llevaba un Ferrari y Sarah un Mercedes familiar, perfecto para ella, con dos niños, aunque tenía el ojo puesto en el Range Rover que iban a subastar aquella noche. Le había dicho a Seth que lo encontraba realmente bonito. Y, sobre todo, era por una buena causa que a los dos les importaba sinceramente. Al fin y al cabo, la unidad neonatal había salvado la vida de Molly. En un hospital con inferior tecnología y menos avanzado médicamente, su adorable niña de tres años ahora no estaría viva. Para Sarah era muy importante corresponder organizando la gala, que había sido idea suya. El comité les entregaba una cantidad enorme después de pagar los gastos de la noche. Seth había empezado con una donación de doscientos mil dólares en nombre de los dos. Sarah estaba muy orgullosa de él. Siempre lo había estado y seguía estándolo. Era la estrella más luminosa de su cielo y, después de cuatro años de matrimonio y dos hijos, seguían muy enamorados. Incluso estaban pensando en tener un tercer hijo. Durante los tres últimos meses había estado abrumada de trabajo organizando la gala. Iban a alquilar un yate en Grecia, en agosto, y Sarah pensaba que sería el momento perfecto para quedarse embarazada de nuevo.

Rodeó lentamente cada mesa del salón de baile para volver a comprobar los nombres de las tarjetas con su lista. Parte del éxito del baile de Smallest Angels se debía a que estaba organizado con un gusto exquisito. Era un acontecimiento de primer orden. Mientras se dirigía hacia las mesas de plata, después de comprobar las de oro, encontró dos errores y cambió las tarjetas con expresión grave. Acababa de inspeccionar la última mesa y se disponía a comprobar las bolsitas con los obsequios para los asistentes, que seis de los miembros del comité estaban llenando para entregarlas al final de la noche, cuando la vicepresidenta de la gala se le acercó desde el otro lado del salón con cara de entusiasmo. Era guapa, una rubia alta casada con el consejero delegado de una importante empresa. Era su esposa trofeo, había sido modelo en Nueva York y tenía veintinueve años. No tenía hijos ni pensaba tenerlos. Había querido estar en el comité con Sarah porque la gala era muy importante y divertida. Se lo había pasado en grande ayudándola a organizarlo todo y las dos se llevaban bien. Sarah tenía el pelo tan oscuro como rubio era el de Angela. Lucía una melena larga, lisa, de color castaño oscuro, una piel marfileña y unos enormes ojos verdes. Era una mujer muy guapa, incluso con el pelo recogido en una cola de caballo, sin maquillaje y vestida con una camiseta, vaqueros y sandalias. Era poco más de la una, pero seis horas más tarde las dos habrían experimentado una transformación. Aunque de momento estaban muy ocupadas.

—¡Está aquí! —susurró Angela con una enorme sonrisa.

—¿Quién? —preguntó Sarah apoyando la carpeta en la cadera.

—¡Ya sabes quién! ¡Melanie, por supuesto! Acaban de llegar. La he acompañado a su habitación. —Sarah se sintió aliviada al ver que habían llegado a tiempo en el avión privado que el comité había fletado para traerla a ella y a su séquito desde Los Ángeles. Los músicos y los encargados del equipo habían viajado en un vuelo comercial y hacía dos horas que estaban en sus habitaciones del hotel. Melanie, su mejor amiga, su mánager, su secretaria, su peluquero, su pareja y su madre habían volado en el avión alquilado.

—¿Qué tal es? —preguntó Sarah con aire preocupado.

Habían recibido una lista con todo lo que pedía, que incluía botellas de agua Calistoga, yogur bajo en calorías, una docena de alimentos ecológicos y una caja de champán Cristal. La lista ocupaba veintiséis hojas y recogía todas sus necesidades personales, las preferencias en comida de su madre, incluso la cerveza que bebía su pareja. También había otras cuarenta páginas relativas a todo lo que necesitarían los músicos y todo el equipo eléctrico y de sonido en el escenario. El día anterior, a medianoche, había llegado el piano de cola, de dos metros y medio de largo, que exigía para su actuación. Tenía previsto ensayar con sus músicos a las dos de la tarde. Todos tenían que haber abandonado el salón para entonces, razón por la cual Sarah terminaría su ronda a la una.

—Estupenda. El chico es un poco raro y su madre me ha dado un susto de muerte, pero su amiga es un encanto. Melanie es guapa de verdad y muy agradable.

Sarah había tenido la misma impresión la única vez que habló con ella por teléfono. Sarah había tratado casi siempre con su mánager, pero había insistido en llamar a Melanie personalmente para agradecerle que participara en su gala. Y ahora había llegado el gran día. Melanie no había cancelado con ellos para actuar en algún otro sitio, el avión no se había estrellado y todos habían llegado puntualmente. Hacía más calor de lo habitual. Era una tarde soleada de mediados de mayo. En realidad, hacía un calor bochornoso, lo cual era raro en San Francisco; parecía más un día de verano en Nueva York. Sarah sabía que no duraría mucho, pero cuando las noches eran cálidas siempre se creaba un ambiente festivo en la ciudad. Lo único que no le gustaba era que le habían dicho que esos días estaban considerados «tiempo de terremotos» en San Francisco. Le tomaban el pelo, claro, pero de todos modos no le gustaba. Los terremotos eran lo único que le preocupaba de la ciudad desde que se habían trasladado, pero todos le aseguraban que raramente se producían y que, cuando lo hacían, eran leves. En los seis años que llevaban en la zona de la bahía todavía no había percibido ninguno. Así que, cuando le dijeron lo del «tiempo de terremotos», no hizo caso. Tenía otras cosas de que preocuparse en aquellos momentos, por ejemplo de su cantante estrella y su séquito.

—¿Te parece que debería subir a verla? —preguntó a Angela. No quería entrometerse pero tampoco parecer grosera por no ocuparse de ellos—. Pensaba recibirla aquí, a las dos, cuando baje para el ensayo.

—Puedes asomarte y decirle hola.

Melanie y su equipo ocupaban dos grandes suites y otras cinco habitaciones en la planta club, todas cedidas gratuitamente por cortesía del hotel. Estaban encantados de que la gala se celebrara allí y le ofrecieron al comité un total de cinco suites, sin cargo, para las estrellas, y quince habitaciones y suites junior para los VIP. Los músicos y los encargados del equipo se alojaban un piso más abajo, en habitaciones de menos categoría cuyo coste el comité tenía que incluir en el presupuesto de la gala y que pagaría con los beneficios de la noche.

Sarah asintió, se guardó la carpeta en el bolso y echó una ojeada a las mujeres que llenaban las bolsitas de regalo con obsequios caros de diversas tiendas. Un momento después, estaba en el ascensor de camino a la planta club. Seth y ella también tenían una habitación allí, así que utilizó su llave del ascensor. Era la única manera de llegar hasta el piso. Seth y ella habían decidido que sería más fácil vestirse en el hotel que ir a casa y volver corriendo. La canguro había estado de acuerdo en quedarse toda la noche con los niños, lo cual proporcionaba una fantástica noche libre para Sarah y Seth. Tenía muchas ganas de que llegara la mañana siguiente, cuando podrían quedarse en la cama, pedir que les llevaran el desayuno y charlar sobre el evento de la noche anterior. Pero, por el momento, solo esperaba que todo fuera bien.

En cuanto salió del ascensor, Sarah vio el enorme salón de la planta club. Había pastelitos, sándwiches y fruta, botellas de vino y un pequeño bar. Había cómodos sillones, mesas, teléfonos, un gran surtido de periódicos, una pantalla de televisión gigante y dos azafatas sentadas a una mesa para ayudar a los huéspedes en todo lo que necesitaran, desde facilitarles reservas para la cena, responder a preguntas sobre la ciudad, darles indicaciones, conseguirles manicuras, masajes y cualquier cosa que se les antojara. Sarah les preguntó cómo llegar a la habitación de Melanie y luego siguió avanzando por el pasillo. Para evitar problemas de seguridad y líos con las fans, Melanie estaba registrada como Hastings, el nombre de soltera de su madre. Lo hacían en todos los hoteles, igual que otras estrellas que raramente daban su nombre real.

Sarah llamó suavemente a la puerta de la suite, cuyo número le había dado la azafata del salón. Podía oír música en el interior; al cabo de un momento le abrió la puerta una mujer baja y corpulenta vestida con un top sin espalda y vaqueros. Llevaba un cuaderno amarillo en la mano, un bolígrafo metido entre el pelo y sostenía un traje de noche.

—¿Pam? —preguntó Sarah, y la mujer sonrió y asintió—. Soy Sarah Sloane. Solo venía a saludaros.

—Entra —dijo Pam alegremente.

Sarah la siguió hasta el pequeño salón de la suite y se encontró en medio del caos. En el suelo había media docena de maletas abiertas y su contenido se desbordaba por todas partes. Una de ellas estaba llena de vestidos ceñidos. De las otras salían botas, vaqueros, bolsos, tops, blusas, una manta de cachemira y un osito de peluche. Parecía como si un conjunto de coristas hubiera tirado sus pertenencias de cualquier forma. Sentada en el suelo, junto a las maletas, estaba una joven rubia con aspecto de elfo. Levantó la cara, miró a Sarah y luego continuó revolviendo en una de las maletas, claramente en busca de algo en concreto. No parecía tarea fácil encontrar nada entre aquellos montones de ropa.

Sarah miró alrededor, sintiéndose fuera de su elemento, y entonces la vio: Melanie Free estaba tumbada en el sofá con ropa de gimnasia y la cabeza apoyada en el hombro de su pareja. Él estaba muy ocupado con el mando a distancia en una mano y una copa de champán en la otra. Era guapo; Sarah sabía que era actor y que hacía poco que había dejado un programa de televisión de éxito debido a un problema con las drogas. Recordaba vagamente que acababa de salir de rehabilitación; parecía sobrio cuando le sonrió a Sarah, pese a la botella de champán que había en el suelo, junto a él. Se llamaba Jake. Melanie se levantó para saludar a Sarah. Sin maquillaje parecía todavía más joven de lo que era. Aparentaba tener dieciséis años, con su pelo rubio dorado, largo y liso. Su novio lo tenía negro como el azabache y peinado de punta. Antes de que Sarah pudiera decir una palabra apareció de la nada la madre de Melanie y le estrechó la mano hasta casi hacerle daño.

—Hola, soy Janet. La madre de Melanie. Nos encanta estar aquí. Gracias por conseguirnos todo lo de la lista. A mi niña le encanta encontrar todo lo que le gusta, ya sabes lo que pasa —dijo con una sonrisa amplia y cordial. Se conservaba bien a pesar de que tenía entre cuarenta y cincuenta años; seguramente había sido guapa en otros tiempos, aunque debía de haber tenido días mejores. Pese a su agraciada cara, se le habían ensanchado las caderas. Su «niña» todavía no había dicho palabra. No había tenido ninguna oportunidad en medio de la cháchara de su madre. Janet Hastings llevaba el pelo teñido de un rojo vivo. El color era agresivo, sobre todo al lado del rubio pálido de Melanie y de su aspecto casi infantil.

—Hola —saludó Melanie en voz baja. No parecía una estrella, solo una tierna adolescente.

Sarah estrechó la mano a las dos mientras la madre de Melanie seguía hablando; dos mujeres cruzaron la estancia, y Jake se levantó y anunció que se iba al gimnasio.

—No quiero molestar. Dejaré que os instaléis —dijo Sarah a Melanie y a su madre, y luego miró directamente a Melanie—: ¿Sigue en pie el ensayo de las dos?

Melanie asintió y luego miró a su secretaria; en ese momento, su mánager habló desde la puerta:

—Los músicos dicen que estarán preparados para montarlo todo a las dos y cuarto. Melanie puede ir a las tres. Solo necesitamos una hora, para que pruebe el sonido de la sala.

—Perfecto —las tranquilizó Sarah mientras una doncella del hotel entraba a recoger el vestido de Melanie para plancharlo. Era casi todo de lentejuelas y red—. Estaré en el salón de baile, para asegurarme de que dispones de todo lo que necesitas. —Tenía hora en el peluquero a las cuatro, para que le arreglaran el pelo y le hicieran la manicura, y estar de vuelta en el hotel a las seis, para vestirse y acudir al salón de baile a las siete y poder asegurarse de que todo el mundo estaba preparado y recibir a los invitados—. El piano llegó anoche y esta mañana lo han afinado.

Melanie sonrió y asintió de nuevo; luego se dejó caer en una butaca mientras su mejor amiga, todavía en el suelo, entre las maletas, soltaba un grito de victoria. Sarah había oído que alguien la llamaba Ashley; tenía el mismo aspecto infantil que Melanie.

—¡Lo encontré! ¿Me lo puedo poner esta noche? —Lo que sostenía en alto para que Melanie lo viera era un vestido muy ceñido con un estampado de leopardo. Melanie asintió y Ashley soltó otra risita cuando encontró los zapatos de plataforma a juego, con unos tacones de veinte centímetros de alto. Se marchó a toda prisa para probarse el conjunto y Melanie le sonrió de nuevo, tímidamente, a Sarah.

—Ashley y yo fuimos juntas a la escuela desde los cinco años —explicó Melanie—. Es mi mejor amiga. Va conmigo a todas partes. —Era evidente que se había convertido en parte del séquito, y Sarah no pudo evitar pensar que era una extraña manera de vivir. Su vida daba la sensación de ser como un circo, en habitaciones de hotel y entre bastidores. En cuestión de minutos, le habían dado a la elegante suite del Ritz el aspecto de una residencia universitaria. Además, una vez que Jake se había ido al gimnasio, solo había mujeres en la estancia. La peluquera preparaba una melena que encajara con el pelo rubio de Melanie. Era la perfección misma.

—Gracias por hacer esto —dijo Sarah sonriendo y mirando a Melanie a los ojos—. Te vi en la entrega de los Grammy y estuviste genial. ¿Cantarás «Don't Leave Me» esta noche?

—Sí —respondió su madre por ella tendiéndole a su hija una botella del agua Calistoga que habían pedido, mientras permanecía entre Melanie y Sarah hablando por su hija como si la superestrella no existiera.

Sin decir nada, Melanie se sentó en el sofá, cogió el mando a distancia, bebió un largo trago de agua y sintonizó la MTV.

—Nos encanta esa canción —dijo Janet con una sonrisa.

—A mí también —respondió Sarah, un poco desconcertada por la contundencia de Janet. Por lo que se veía, dirigía la vida de su hija y parecía pensar que era una parte tan importante del estrellato como la propia Melanie. La joven no parecía poner objeciones; era evidente que estaba acostumbrada. Unos minutos después, su amiga volvió a entrar, tambaleándose sobre los altos tacones y vestida con el traje de leopardo prestado. Le iba un poco grande. Enseguida se sentó en el sofá, al lado de su amiga de la infancia, para ver la tele juntas.

Era imposible saber quién era Melanie. Parecía que no tuviera personalidad ni voz, salvo para cantar.

—Fui corista en Las Vegas, ¿sabes? —informó Janet a Sarah, que se esforzó por parecer interesada. Era fácil de creer; daba el tipo pese a los vaqueros, que llenaba generosamente, y a los enormes pechos, que Sarah sospechaba, acertadamente, que no eran de verdad. Los de Melanie también eran impresionantes, pero era lo bastante joven como para que, con su cuerpo esbelto, sexy y bien tonificado, no resultara chocante. Janet parecía un poco en el ocaso. Era una mujer de aspecto robusto, con una voz chillona y una personalidad en consonancia. Sarah se sentía abrumada, intentando encontrar alguna excusa para marcharse, mientras Melanie y su compañera de la escuela seguían mirando la tele hipnotizadas.

—Me reuniré con vosotras abajo para asegurarnos de que todo está preparado para el ensayo —le dijo a Janet, ya que parecía que en la vida real actuaba en nombre de su hija a jornada completa. Sarah calculó que si se quedaba con ellas unos veinte minutos, todavía le quedaría tiempo para ir a la peluquería. Para entonces, todo lo demás estaría hecho; en realidad ya lo estaba.

—Hasta luego —respondió Janet con una amplia sonrisa mientras Sarah escapaba de la estancia y se dirigía a su habitación.

Se sentó unos minutos y miró los mensajes del móvil. Había vibrado dos veces mientras estaba en la suite de Melanie, pero no había querido cogerlo. Uno era de la florista, para decirle que llenarían los cuatro enormes jarrones que había fuera del salón de baile antes de las cuatro. El otro era de la orquesta de baile confirmando que empezarían a las ocho. Llamó a casa para ver cómo estaban los niños y la canguro le dijo que todo iba muy bien. Parmani era una nepalesa encantadora que trabajaba para ellos desde que nació Molly. Sarah no quería a alguien que viviera en la casa, ya que le encantaba encargarse de los niños ella misma, pero Parmani estaba allí durante el día para ayudarla y por la noche cuando Seth y Sarah salían. Hoy se quedaría toda la noche, algo que hacía raras veces, pero quería ayudar en una ocasión como esta. Sabía lo importante que era la gala para Sarah y lo mucho que había trabajado para prepararla. Le deseó buena suerte antes de colgar. Sarah hubiera querido saludar a Molly, pero todavía estaba durmiendo la siesta.

Cuando acabó, después de comprobar algunas notas en su carpeta se cepilló el pelo, que tenía un aspecto desastroso. Ya era hora de volver al salón de baile a reunirse con Melanie y su equipo para el ensayo. Le habían dicho que Melanie no quería que hubiera nadie en la sala cuando ensayaba. Pensándolo ahora, Sarah no pudo menos que preguntarse si serían órdenes de la madre y no de la estrella. No daba la impresión de que a Melanie le importara quién anduviera por allí. Parecía indiferente a lo que pasaba a su alrededor, quién entraba y salía o lo que hacían. Tal vez fuera diferente cuando actuaba, se dijo Sarah. Pero Melanie mostraba la indiferencia y la actitud pasiva de una niña obediente... y tenía una voz absolutamente increíble. Como todos los que habían comprado entradas, Sarah tenía muchísimas ganas de oírla cantar aquella noche.

Los músicos ya se encontraban en el salón de baile cuando Sarah entró. Estaban de pie, charlando y riendo, mientras los encargados del equipo acababan de desempaquetarlo y montarlo. Casi habían terminado y formaban un grupo muy variopinto. Había ocho músicos en el grupo de Melanie y Sarah tuvo que recordarse que la bonita joven a la que había dejado viendo la MTV arriba, en la suite, era actualmente una de las cantantes más importantes del mundo. No había nada pretencioso ni arrogante en ella. Lo único que la delataba era su numeroso séquito. Pero no tenía ninguna de las malas costumbres ni se comportaba como la mayoría de las estrellas. La cantante que actuó en el baile de los Smallest Angels del año anterior cogió una rabieta impresionante por un problema con el sistema de sonido, y justo antes de salir a escena le tiró una botella de agua a su mánager y amenazó con marcharse. Arreglaron el problema, pero Sarah casi fue presa del pánico ante la perspectiva de tener que cancelar la actuación en el último minuto. La actitud tranquila de Melanie era un alivio, independientemente de cuáles fueran las exigencias que hacía su madre en su nombre.

Sarah esperó otros diez minutos, mientras acababan de montarlo todo, preguntándose si Melanie bajaría más tarde, pero sin atreverse a preguntarlo. Había averiguado discretamente si tenían todo lo que necesitaban y, cuando le dijeron que sí, se sentó en silencio a una mesa, sin interferir en su trabajo, y esperó a que Melanie apareciera. Cuando entró eran las cuatro menos diez, y Sarah se dio cuenta de que llegaría tarde a la peluquería. Después tendría que correr como una loca para estar lista a tiempo. Pero primero tenía que atender sus deberes, y este era uno de ellos: eliminar cualquier obstáculo para su estrella, estar disponible y, si era necesario, hacerle la corte.

Melanie entró con chancletas, una breve camiseta y unos vaqueros cortados. Llevaba el pelo recogido en lo alto con una horquilla con forma de banana, y su mejor amiga iba a su lado. La madre entró primero, la secretaria y la mánager cerraban la marcha, y dos guardaespaldas, de aspecto amenazador, andaban cerca. No se veía a Jake, el novio, por ninguna parte. Probablemente, seguía en el gimnasio. Melanie era la que menos destacaba en el grupo, casi desaparecía en medio de los demás. El batería le tendió una Coca-Cola, ella la abrió, tomó un trago, subió al escenario y parpadeó al mirar la sala. Comparado con los lugares donde estaba acostumbrada a actuar, era un local diminuto. El salón tenía un aire cálido e íntimo gracias a como Sarah lo había decorado y, aquella noche, cuando se atenuaran las luces y se encendieran las velas, tendría un aspecto maravilloso. Ahora, la sala estaba brillantemente iluminada y, después de mirar alrededor unos momentos, Melanie gritó a uno de los encargados del equipo:

—¡Fuera luces!

Estaba volviendo a la vida. Sarah vio cómo sucedía mientras la observaba, y se acercó prudentemente al escenario para hablar con ella. Melanie la miró desde arriba, sonriendo.

—¿Todo bien? —preguntó Sarah, sintiéndose de nuevo como si hablara con una niña, pero luego recordó que, después de todo, Melanie era una adolescente, aunque fuera una estrella.

—Tiene un aspecto de fábula. Has hecho un trabajo estupendo —dijo Melanie, amablemente, y Sarah se emocionó.

—Gracias. ¿Los músicos tienen todo lo que necesitan?

Melanie se volvió y miró hacia atrás, con una sonrisa, segura de sí misma. Cuando estaba en el escenario era cuando más feliz se sentía. Esto era lo que mejor hacía. Era un mundo que conocía bien, aunque este fuera un lugar mucho más agradable que los otros donde solía actuar. Le encantaba la suite, igual que a Jake.

—¿Tenéis todo lo que necesitáis, chicos? —les preguntó a los músicos.

Todos asintieron con la cabeza y empezaron a afinar los instrumentos mientras Melanie olvidaba a Sarah y se dirigía a ellos. Les dijo lo que quería que tocaran primero. Ya se habían puesto de acuerdo en el orden de las canciones que iba a cantar, que incluía su actual gran éxito.

Sarah comprendió que ya no la necesitaban y decidió marcharse. Eran las cuatro y cinco; llegaría media hora tarde a la peluquería. Tendría suerte si podían hacerle la manicura. Tal vez no podrían. Justo había conseguido salir del salón cuando una de las componentes del comité la detuvo, acompañada de un encargado del catering. Había un problema con los entremeses. No habían llegado las ostras Olympia; las que tenían no eran muy frescas y tenía que elegir otra cosa. Por una vez, se trataba de una decisión menor. Sarah estaba acostumbrada a decisiones mayores. Le dijo a la componente del comité que eligiera ella, mientras no fuera caviar o algo parecido que les destrozara el presupuesto; luego entró corriendo en el ascensor, cruzó el vestíbulo a toda prisa y le pidió al mozo del hotel que le trajera el coche. Se lo había aparcado cerca. La generosa propina que le había dado a primera hora de la mañana había dado sus frutos. Entró bruscamente en California Street, giró a la izquierda y subió por Nob Hill. Llegó a la peluquería con quince minutos de retraso; al entrar casi estaba sin respiración, mientras se disculpaba por lo tarde que era. Eran las cuatro y treinta y cinco, y tenía que marcharse, como máximo, a las seis. Había confiado en estar lista para las seis menos cuarto, como muy tarde, pero ya no era posible. Sabían que presidía su gran gala benéfica aquella noche y la hicieron sentar rápidamente. Le sirvieron agua mineral con gas, seguida de una taza de té. La manicura se puso a trabajar en ella tan pronto como le lavaron el pelo y empezaban a secárselo cuidadosamente.

—Dime, ¿cómo es Melanie Free en persona? —preguntó la peluquera, esperando algún cotilleo—. ¿Jake está con ella?

—Sí —dijo Sarah, discretamente—. Ella parece un encanto. Estoy segura de que estará fantástica esta noche. —Sarah cerró los ojos, tratando desesperadamente de relajarse. Iba a ser una noche larga y esperaba que triunfal. Se moría de ganas de que empezara.

A Sarah le estaban recogiendo el pelo en un elegante moño, con pequeñas estrellas de bisutería prendidas en él, cuando Everett Carson se registró en el hotel. Medía un metro noventa y cinco, era originario de Montana y seguía teniendo el aspecto del vaquero que había sido en su juventud. Era alto y delgado; el pelo, un poco demasiado largo, se veía despeinado; vestía vaqueros, una camiseta blanca y las que él llamaba sus botas de la suerte. Eran viejas, gastadas, cómodas y estaban hechas de piel de lagarto negro. Eran su posesión más preciada, y tenía intención de llevarlas con el esmoquin alquilado, pagado por la revista para aquella noche. Enseñó su pase de prensa en recepción; le sonrieron y le dijeron que lo estaban esperando. El Ritz-Carlton era mucho más elegante que los sitios donde Everett solía alojarse. Era nuevo en este trabajo y en esta revista. Estaba allí para cubrir la gala para *Scoop*, una revista de Hollywood dedicada a los cotilleos. Había pasado años cubriendo zonas en guerra para Associated Press y, después de dejarlos y tomarse un año libre, necesitaba un trabajo, así que había aceptado aquel. La noche de la gala, llevaba tres semanas trabajando para la revista. Hasta el momento había cubierto tres conciertos de rock, una boda en Hollywood y esta era su segunda gala. Decididamente, no podía decirse que le gustara. Empezaba a sentirse como un camarero, con tanto esmoquin. La verdad era que echaba de menos las condiciones miserables a las que se había acostumbrado y en las que se había sentido cómodo durante sus veintinueve años con la AP. Acababa de cumplir los cuarenta y nueve, y trató de sentirse agradecido por la pequeña y bien equipada habitación que le habían asignado, donde dejó caer la raída bolsa que lo había acompañado por todo el mundo. Tal vez, si cerraba los ojos, podría fingir que estaba de vuelta en Saigón, Pakistán o Nueva Delhi... Afganistán... Líbano... Bosnia, durante la guerra. Se preguntaba una y otra vez cómo era posible que un tipo como él hubiera acabado asistiendo a galas y a bodas de celebridades. Era un castigo cruel e inusual.

—Gracias —le dijo al empleado que lo había acompañado. Había un folleto sobre la unidad neonatal encima de la mesa y una carpeta con información periodística relativa al baile para los Smallest Angels, que no le importaba lo más mínimo. Pero haría su trabajo. Estaba allí para tomar fotos de las celebridades y hacer un reportaje de la actuación de Melanie. Su editor le había dicho que era muy importante para ellos, así que allí estaba.

Sacó un refresco de la nevera del minibar, lo abrió y tomó un trago. Desde la habitación se veía el edificio del otro lado de la calle y todo en ella estaba inmaculado y era increíblemente elegante. Añoraba los ruidos y los olores de las ratoneras donde había dormido durante treinta años, el hedor de la pobreza de las callejuelas de Nueva Delhi y todos los lugares exóticos donde lo había llevado su profesión a lo largo de tres décadas.

—Tómalo con calma, Ev —dijo en voz alta. Conectó la CNN, se sentó al pie de la cama y sacó un papel doblado del bolsillo. Lo había conseguido en internet, antes de salir del despacho en Los Ángeles. Se dijo que debía de ser su día de suerte. Había una reunión a una manzana de distancia, en una iglesia de California Street llamada Old St. Mary's. Era a las seis y duraría una hora, así que podía estar de vuelta en el hotel a las siete, cuando empezara la gala. Significaba que tendría que ir a la reunión con esmoquin, para no llegar tarde. No quería que nadie se quejara de él a los editores. Era demasiado pronto para hacer el trabajo deprisa y corriendo. Siempre lo había hecho, y había salido bien librado. Pero en aquel entonces bebía. Este era un nuevo comienzo y no quería tentar su suerte. Se estaba portando bien, siendo consciente y honrado. Era como volver a la guardería. Después de fotografiar a soldados moribundos en las trincheras y estar rodeado de fuego enemigo por todas partes, hacer el reportaje de una gala benéfica en San Francisco era condenadamente aburrido, aunque a otros les habría gustado. Por desgracia, no era uno de ellos. Este trabajo le resultaba duro.

Suspiró mientras terminaba el refresco; tiró la botella a la papelera, se quitó la ropa y se metió en la ducha.

Era un placer sentir el agua cayéndole por encima con fuerza. Había sido un día muy caluroso en Los Ángeles y allí también hacía calor y bochorno. Afortunadamente, la habitación tenía aire acondicionado, así que se sintió mejor cuando salió de la ducha. Mientras se vestía, se dijo que ya estaba bien de quejarse de su vida. Decidió sacar el máximo partido y cogió uno de los bombones que había en la mesita de noche y se comió una galleta del minibar. Se miró en el espejo, mientras se sujetaba la pajarita y se ponía la chaqueta del esmoquin alquilado.

—Dios mío, pareces un músico... o un caballero —dijo, sonriendo—. No... un camarero... no nos volvamos locos.

—Era un gran fotógrafo que había ganado un Pulitzer. Varias de sus fotos habían salido en la portada de la revista *Time*. Tenía un nombre en el sector y, durante un tiempo, lo había fastidiado todo con la bebida, pero por lo menos eso había cambiado. Se había pasado seis meses en rehabilitación y otros cinco en un ashram tratando de encontrar sentido a su vida. Pensaba que lo había conseguido. Había dejado el alcohol para siempre. No había otro camino. Cuando tocó fondo, estuvo a punto de morir en un hotel de mala muerte en Bangkok. La puta que estaba con él lo salvó y lo mantuvo vivo hasta que llegó la ambulancia. Uno de sus compañeros periodistas lo embarcó de vuelta a Estados Unidos. Lo despidieron de la AP por haber faltado a su trabajo durante casi tres semanas y por incumplir todos los plazos de entrega por centésima vez en un año. Había perdido el control, así que aceptó hacer rehabilitación, aunque solo treinta días, nada más. Estando allí fue cuando se dio cuenta de lo mal que estaban las cosas. Era desintoxicarse o morir. Así que se quedó seis meses y decidió desintoxicarse, en lugar de morir la próxima vez que se fuera de juerga.

Desde entonces había aumentado de peso, tenía un aspecto sano y acudía a las reuniones de Alcohólicos Anónimos todos los días, a veces hasta tres veces al día. No beber ya no le resultaba tan duro como al principio, pero suponía que si las reuniones no siempre lo ayudaban, el hecho de que él estuviera allí quizá ayudara a otros. Tenía un padrino, él también apadrinaba a alguien, y llevaba sobrio poco más de un año. Tenía su ficha de un año en el bolsillo, calzaba sus botas de la suerte y se había olvidado de peinarse. Cogió la llave de la habitación y salió tres minutos después de las seis, con la bolsa de las cámaras colgada del hombro y una sonrisa en los labios. Se sentía mejor que media hora atrás. La vida no resultaba fácil, pero era muchísimo mejor que un año atrás. Como le dijo alguien en Alcohólicos Anónimos, «Todavía tengo días malos, pero antes tenía años malos». La vida le parecía bastante agradable mientras salía del hotel, doblaba a la izquierda, entraba en California Street, y caminaba una manzana, colina abajo, hasta la iglesia Old St. Mary's. Tenía ganas de llegar a la reunión. Aquella noche tenía el ánimo adecuado para ella. Tocó la ficha que llevaba en el bolsillo testigo de un año de sobriedad, como hacía con frecuencia para recordarse lo lejos que había llegado.

—Justo a tiempo... —susurró para sí al entrar en la rectoría para buscar al grupo. Eran exactamente las seis y ocho minutos. Y como siempre hacía, sabía que participaría en la reunión.

Mientras Everett entraba en Old St. Mary's, Sarah bajó del coche de un salto y entró en el hotel a la carrera. Le quedaban cuarenta y cinco minutos para vestirse y cinco para bajar desde su habitación. Tenía las uñas recién pintadas, aunque había estropeado dos al buscar la propina en el bolso demasiado pronto. Pero tenían buen aspecto y le gustaba cómo le habían arreglado el pelo. Las sandalias golpeteaban contra el suelo con un sonido sordo mientras atravesaba el vestíbulo corriendo. El conserje le sonrió cuando pasaba a toda velocidad y le dijo:

—¡Buena suerte esta noche!

—Gracias.

Saludó con la mano, utilizó su llave del ascensor para llegar a la planta club y, tres minutos después, estaba en su habitación; abrió el agua de la bañera y sacó el vestido de la bolsa de plástico con cremallera donde estaba guardado. Era blanco y plateado, brillante, y destacaría su figura a la perfección. Se había comprado unas sandalias Manolo Blahnik plateadas, de tacón alto, que iban a ser un martirio para andar pero combinarían de fábula con el vestido.

Entró y salió de la bañera en cinco minutos y se sentó para maquillarse. Se estaba poniendo unos pendientes de diamantes cuando llegó Seth, a las siete menos veinte. Era un jueves por la noche, y él le había rogado que celebrara la gala de recogida de fondos el fin de semana, para no tener que levantarse al alba a la mañana siguiente, pero aquella era la única fecha que tanto el hotel como Melanie le habían propuesto, así que siguieron adelante.

Seth parecía tan estresado como siempre cuando llegaba a casa del despacho. Trabajaba mucho y siempre tenía muchas cosas en marcha a la vez. Se sentó en el borde de la bañera, se pasó la mano por el pelo y se inclinó para besar a su esposa.

—Pareces hecho polvo —le dijo ella, comprensiva. Formaban un gran equipo. Se llevaban maravillosamente desde el día en que se conocieron en la escuela de negocios. Su matrimonio era feliz, les encantaba su vida y estaban locos por sus hijos. Él le había proporcionado una vida increíble en los últimos años. A ella le gustaba todo lo que compartían y, sobre todo, le gustaba todo en él.

—Estoy hecho polvo —confesó—. ¿Cómo se presenta esta noche? —preguntó. Le encantaba que le contara las cosas que hacía. Era su partidario más acérrimo y su máximo admirador. A veces pensaba que, al quedarse en casa, desperdiciaba una mente extraordinaria para los negocios y su máster en Administración de Empresas, pero estaba agradecido de que se dedicara tanto a sus hijos y a él.

—¡Fantástico! —Sarah sonrió en respuesta a su pregunta sobre la gala, y se puso un tanga de encaje blanco, diminuto y casi invisible, que no se vería debajo del vestido. Tenía el tipo adecuado y solo mirarla lo excitaba. No pudo resistirse a acariciarle la parte superior de la pierna—. No empieces, cariño —le advirtió ella, riendo—, o llegaré tarde. Puedes tomarte tu tiempo para bajar, si quieres. Será suficiente si llegas a tiempo para la cena. A las siete y media, si puedes. —Él miró la hora en su reloj y asintió. Eran las siete menos diez. Sarah solo tenía cinco minutos para vestirse.

—Bajaré dentro de media hora. Antes tengo que hacer un par de llamadas.

Siempre era así y aquella noche no iba a ser diferente. Sarah lo comprendía. Gestionar sus fondos de alto riesgo lo tenía ocupado noche y día. Le recordaba sus propios días en Wall Street, cuando estaban a punto de presentar una OPI, es decir, una Oferta Pública Oficial. Ahora la vida de Seth era siempre así, por eso era feliz y tenía éxito, y podían llevar el estilo de vida que llevaban. Vivían como si fueran unas personas fabulosamente ricas, y mayores que ellos. Sarah se sentía agradecida por ello y no lo daba por sentado. Se dio media vuelta para que él le subiera la cremallera. El vestido le sentaba de maravilla y Seth sonrió:

—¡Uau! ¡Estás sensacional, cariño!

—Gracias. —Le sonrió y se besaron. Sarah guardó algunas cosas en un diminuto bolso plateado, se puso los zapatos sexy a juego y le dijo adiós con la mano al salir de la habitación. Él ya estaba con el móvil, hablando con su mejor amigo de Nueva York, organizando algunas cosas para el día siguiente. Sarah no se molestó en escuchar. Había dejado una botella pequeña de whisky escocés y una cubitera con hielo a su lado; él ya se estaba sirviendo una copa, agradecido, cuando la puerta de la suite se cerró detrás de ella.

Entró en el ascensor y bajó hasta el salón de baile, tres plantas por debajo del vestíbulo, donde todo era perfecto. Los jarrones estaban llenos de rosas de un blanco marfil. Unas bonitas jóvenes, con trajes de noche de colores nacarados, estaban sentadas a unas largas mesas, esperando para entregar a los invitados las tarjetas con su sitio en la mesa y registrar su entrada. Había modelos paseando por la sala, que lucían vestidos negros largos, con joyas fabulosas de Tiffany. Además, solo había llegado un puñado de personas antes que ella. Sarah estaba comprobando que todo estuviera en orden cuando un hombre alto de pelo rojizo tirando a gris entró con una bolsa de cámaras colgada del brazo. Sonrió a Sarah, admirando su figura, y le dijo que era de la revista *Scoop*. Sarah se sintió complacida. Cuanta más cobertura de prensa consiguieran, mejor sería la recaudación al año siguiente, más atractivos resultarían para los artistas que quizá donaran su actuación, y más dinero podrían recaudar. La prensa era muy importante para ellos.

—Soy Everett Carson —dijo presentándose mientras se sujetaba la identificación de prensa en el bolsillo del esmoquin. Parecía relajado y completamente a sus anchas.

—Yo soy Sarah Sloane, presidenta de la gala. ¿Le apetece tomar algo? —ofreció, y él rehusó con un gesto de la cabeza y una sonrisa.

Siempre le sorprendía que esto fuera lo primero que la gente decía cuando recibía a alguien, justo después de las presentaciones. «¿Le apetece tomar algo?» A veces, justo después de «Hola».

—No, muchas gracias. ¿Hay alguien al que quiera que le preste particular atención? ¿Celebridades locales, la gente de moda en la ciudad? —Sarah le contestó que los Getty estarían allí, Sean y Robin Wright Penn y Robin Williams, junto con un puñado de nombres locales que no reconoció pero que ella prometió señalarle cuando fueran entrando.

Sarah volvió junto a las mesas largas para saludar a los invitados según salían de los ascensores, cerca de las mesas de recepción. Y Everett Carson empezó a fotografiar a las modelos. Dos de ellas tenían un aspecto sensacional, con pechos artificiales, erguidos, redondos y unos escotes interesantes, donde lucían collares de diamantes. Las otras estaban demasiado flacas para su gusto. Volvió a la entrada y fotografió a Sarah, antes de que estuviera demasiado ocupada. Era una mujer muy guapa, con aquel pelo oscuro recogido en un moño alto, con las estrellitas centelleando, y unos enormes ojos verdes que parecían sonreírle.

—Gracias —dijo ella, y él le ofreció una cálida sonrisa. Sarah se preguntó por qué no se había peinado, si se había olvidado o si quizá ese era su look. Observó las viejas y gastadas botas negras de lagarto, estilo vaquero. Parecía todo un personaje, y estaba segura de que tenía una historia interesante, aunque nunca tendría la ocasión de conocerla. Era solo un periodista de la revista *Scoop* que había venido de Los Ángeles para aquella noche.

—Buena suerte con la gala —dijo él y luego se alejó, justo en el momento en que surgían de los ascensores treinta personas de golpe. Para Sarah, empezaba la noche del baile de los Smallest Angels.

2

El programa iba con retraso, pues que los invitados entraran en el salón y ocuparan sus asientos en las mesas llevaba más tiempo de lo que Sarah había previsto. El maestro de ceremonias era una estrella de Hollywood que había presentado un programa nocturno de entrevistas, en televisión, durante años y que acababa de retirarse; era fabuloso. Animaba a todo el mundo a sentarse mientras presentaba a las celebridades que se habían desplazado desde Los Ángeles para la ocasión y, por supuesto, al alcalde y a las estrellas locales. La velada se desarrollaba según lo previsto.

Sarah había prometido que los discursos y agradecimientos serían los mínimos. Después de unas breves palabras del médico a cargo de la unidad neonatal, pasaron un breve documental sobre los milagros que realizaban. A continuación, Sarah habló de su experiencia personal con Molly. Y luego pasaron de inmediato a la subasta, que fue muy reñida. Un collar de diamantes de Tiffany fue adjudicado por cien mil dólares. La posibilidad de conocer a las celebridades recogía una cantidad asombrosa de dinero. Un adorable cachorro de Yorkshire terrier consiguió diez mil. Y la subasta por el Range Rover, ciento diez mil. Seth era el segundo postor, aunque, finalmente, bajó la paleta y se rindió. Sarah le susurró que no pasaba nada, que estaba contenta con el coche que tenía. Su marido le sonrió, pero parecía preocupado. Observó de nuevo que parecía estresado, pero supuso que había tenido un día difícil en el despacho.

Durante la noche, vio un par de veces, de refilón, a Everett Carson. Le había indicado el número de las mesas donde había figuras importantes de la sociedad. *W* estaba allí, al igual que *Town and Country, Entertainment Weekly* y *Entertainment Tonight*. Había cámaras de televisión esperando a Melanie para empezar a rodar. La noche estaba resultando un éxito. Habían recaudado más de cuatrocientos mil dólares en la subasta gracias a un subastador muy dinámico. Aunque dos cuadros muy caros donados por una galería de arte local también habían ayudado, al igual que algunos cruceros y viajes fabulosos. Sumado al precio de las entradas, los fondos recogidos hasta el momento superaban todas las expectativas; además, después de la gala y durante algunos días siempre llegaban cheques con donaciones diversas.

Sarah recorría la sala dando las gracias a todos por asistir y saludando a los amigos. Había varias mesas, al fondo, que ocupaban diversas organizaciones benéficas: la Cruz Roja de la ciudad, una fundación dedicada a prevenir los suicidios y una mesa llena de sacerdotes y monjas, reservada por Catholic Charities, que estaba afiliada al hospital donde se albergaba la unidad neonatal. Sarah vio a los sacerdotes con sus alzacuellos y, junto a ellos, a varias mujeres vestidas con trajes oscuros de color azul marino o negro. En la mesa solo había una monja con hábito, una mujer pequeña, pelirroja y con ojos azul eléctrico, que parecía un duendecillo. Sarah la reconoció de inmediato. Era la hermana Mary Magdalen Kent, la versión de la Madre Teresa en la ciudad. Era muy conocida por su trabajo en las calles, con los sin techo, y su postura contra el ayuntamiento por no hacer más por ellos suscitaba mucha polémica. A Sarah le habría encantado hablar con ella esa noche, pero estaba demasiado ocupado con los mil detalles que debía vigilar para garantizar el éxito de la gala. Pasó rápidamente junto a la mesa, saludando con un gesto y una sonrisa a los sacerdotes y las monjas que estaban sentados allí, disfrutando de la noche. Hablaban, reían y bebían vino. Sarah se alegró de ver que lo estaban pasando bien.

—No esperaba verte aquí esta noche, Maggie —comentó, con una sonrisa, el sacerdote que dirigía el comedor gratuito para pobres de la ciudad. La conocía bien.

La hermana Mary Magdalen era una leona en las calles, defendiendo a las personas que le importaban, pero un gatito en sociedad. No recordaba haberla visto nunca en una gala. Una de las monjas, vestida con un traje azul, de buen corte, con una cruz de oro en la solapa y el pelo pulcramente corto, era la directora de la escuela de enfermería de la Universidad de San Francisco. Las otras monjas parecían casi modernas y con mucho mundo, sentadas a la mesa, disfrutando de la selecta comida. La hermana Mary Magdalen, o Maggie, como la llamaban sus amigos, se había sentido incómoda la mayor parte de la noche, violenta por estar allí, con la toca algo ladeada porque resbalaba sobre su pelo corto y pelirrojo. Parecía un elfo disfrazado de monja.

—Poco faltó para que no viniera —confesó en voz baja al padre O'Casey—. No me pregunte por qué, pero alguien me dio una entrada. Una trabajadora social con quien trabajo. Ella tenía un compromiso esta noche. Le dije que se la diera a otra persona, pero no quise parecer desagradecida. —Se disculpaba por estar allí; pensaba que debería estar en la calle. Estaba claro que un acontecimiento como aquel no era de su estilo.

—Tómate un descanso, Maggie. Trabajas más que nadie que conozca —dijo el padre O'Casey, magnánimo. Él y la hermana Mary Magdalen se conocían desde hacía años, y la admiraba por sus ideas radicalmente caritativas y por su intenso trabajo a pie de calle—. Sin embargo, me sorprende verte con el hábito —añadió, riendo para sus adentros y sirviéndole una copa de vino, que ella no tocó. Incluso antes de entrar en el convento, a los veintiún años, nunca había bebido ni fumado.

Ella se echó a reír, en respuesta al comentario sobre su ropa.

—Es el único vestido que tengo. Cada día, para trabajar, llevo vaqueros y una sudadera. No necesito ropa elegante para lo que hago. —Miró a las otras tres monjas de la mesa, que parecían amas de casa o profesoras universitarias más que monjas, excepto por la pequeña cruz de oro de la solapa.

—Es bueno que salgas.

Luego se pusieron a hablar acerca de la política de la Iglesia, de la polémica postura que el arzobispo había adoptado recientemente sobre la ordenación de sacerdotes y sobre los últimos pronunciamientos de Roma. A Maggie le interesaba en particular una propuesta ciudadana que estaba evaluando la junta de supervisores y que afectaría a las personas con las que trabajaba en la calle. Opinaba que la ley era limitada e injusta y que perjudicaría a su gente. Maggie era brillante, así que, a los pocos minutos, otros dos sacerdotes y una de las monjas habían entrado en la discusión. Les interesaba lo que ella tenía que decir, ya que sabía más que ellos sobre aquella cuestión.

—Maggie, eres demasiado dura —le recriminó la hermana Dominica, que dirigía la escuela de enfermería—. No podemos resolver de golpe los problemas de todo el mundo.

—Yo trato de resolverlos uno por uno —dijo la hermana Mary Magdalen, humildemente.

Las dos mujeres tenían algo en común, ya que la hermana Maggie se había graduado en enfermería justo antes de entrar en el convento. Descubrió que sus conocimientos eran útiles para aquellos a los que trataba de ayudar. Mientras continuaba la acalorada discusión, se apagaron las luces. La subasta había terminado, se habían servido los postres y Melanie estaba a punto de aparecer en escena. El maestro de ceremonias acababa de anunciarla y la sala fue quedándose en silencio, expectante.

—¿Quién es? —preguntó, en un susurro, la hermana Mary Magdalen, y el resto de la mesa sonrió.

—La cantante joven más en boga en el mundo. Acaba de ganar un Grammy —murmuró el padre Joe, y la hermana Maggie asintió.

Estaba claro que aquella velada no formaba parte de su mundo. Cuando empezó la música, estaba cansada y con ganas de que se acabara. La orquesta estaba tocando la canción emblemática de la artista; entonces, en medio de una explosión de sonido, luz y color, entró Melanie. Caminó hasta el escenario, como una modelo exquisita, cantando su primera canción.

La hermana Mary Magdalen la observaba, fascinada, como todos los que se encontraban en la sala. Estaban hipnotizados por su belleza y por la asombrosa potencia de su voz. No se oía nada, salvo a ella.

—¡Uau! —exclamó Seth, mirándola desde un asiento de la primera fila, y dio unas palmaditas en la mano a su esposa. Había hecho un trabajo fantástico. Hasta entonces, estaba distraído y preocupado, pero ahora se mostraba cariñoso y atento con ella—. ¡Joder! ¡Es fantástica! —añadió Seth.

Sarah acababa de ver a Everett, acuclillado justo debajo del escenario, tomando fotos de Melanie mientras actuaba. Estaba tan guapa que quitaba el aliento, con su traje casi invisible. El vestido era casi todo cendal y parecía destellar sobre su piel. Sarah había ido entre bastidores a verla antes de que empezara su actuación. Su madre se estaba ocupando de todo y Jake estaba medio borracho, bebiendo ginebra sola.

Las canciones que Melanie cantaba tenían al público fascinado. Se sentó al borde del escenario para la última, acercándose a ellos, cantando para ellos, llegándoles al corazón. Para entonces, todos los hombres de la sala estaban enamorados de ella y todas las mujeres querían ser ella. Melanie era mil veces más guapa de lo que le había parecido a Sarah cuando estuvo en su suite. En escena tenía una presencia electrizante y una voz que nadie podía olvidar. Había logrado que todos se sintieran muy felices, y Sarah se recostó en la silla con una sonrisa de absoluta satisfacción. Había sido una noche perfecta. La comida había sido excelente, la sala tenía un aspecto magnífico, la prensa en pleno estaba allí, la subasta había recogido una fortuna y Melanie era el gran éxito de la noche. El triunfo era absoluto y, gracias a ello, la gala se vendería todavía más rápido al año siguiente, quizá incluso a precios más altos. Sarah sabía que había hecho su trabajo y lo había hecho bien. Seth le había dicho que estaba orgulloso de ella, y hasta ella estaba orgullosa de sí misma.

Vio que Everett Carson se acercaba todavía más a Melanie, disparando la cámara. A Sarah le daba vueltas la cabeza, por la emocionante velada pero, de repente, notó que la sala se movía ligeramente. Por un instante pensó que estaba mareada. Luego, instintivamente, miró hacia arriba y vio que las arañas oscilaban. No tenía sentido; justo cuando levantaba la vista, oyó un rumor sordo, como un rugido aterrador, rodeándolos. Durante un minuto todo pareció detenerse, mientras las luces parpadeaban y la habitación oscilaba. Alguien cerca de ella se levantó y gritó:

—¡Terremoto!

La música se interrumpió, las mesas caían y la vajilla se hacía añicos estrepitosamente; justo en aquel momento, las luces se apagaron y la gente empezó a gritar. La habitación estaba totalmente a oscuras; el rugido se hizo más fuerte, la gente gritaba y chillaba, y el balanceo de la sala se convirtió en un aterrador estremecimiento que la recorría de lado a lado. Sarah y Seth estaban ya en el suelo; él la había metido debajo de la mesa antes de que se volcara.

—¡Oh, Dios mío! —exclamó ella, aferrándose a él, que la rodeó con sus brazos y la estrechó con fuerza.

Lo único en lo que Sarah podía pensar era en sus hijos en

casa, con Parmani. Lloraba, llena de temor por ellos, desesperada por volver a casa, si sobrevivían a lo que les estaba pasando. Le pareció que el temblor de la sala y el retumbar seguirían para siempre. Pasaron varios minutos antes de que pararan. Hubo más ruido de objetos rompiéndose y de gente que gritaba y se abría paso a empellones, en cuanto la luz de las salidas se encendió de nuevo. Se habían apagado, pero un generador, en algún lugar del hotel, había vuelto a ponerlas en marcha. Estaban en medio del caos.

—Espera unos minutos antes de moverte —le dijo Seth desde donde estaba. Ella podía sentirlo, pero ya no lo veía en la absoluta oscuridad—. Te aplastarían.

—¿Y si el edificio se nos cae encima? —Temblaba y no dejaba de llorar.

—Entonces estaremos bien jodidos —contestó, sin miramientos.

Al igual que todos los que estaban en la sala, eran muy conscientes de que se encontraban tres pisos por debajo de la superficie. No tenían ni idea de cómo salir ni por qué camino. El ruido era ensordecedor, porque todos se gritaban los unos a los otros; luego, debajo de las señales de salida de emergencia, aparecieron empleados del hotel, con potentes linternas. Alguien con un megáfono les pedía que conservaran la calma, se dirigieran con cuidado hacia las salidas y no se dejaran dominar por el pánico. Había luces débiles en el vestíbulo, aunque el salón de baile permanecía totalmente a oscuras. Era la experiencia más aterradora que Sarah había tenido en toda su vida. Seth la cogió por el brazo y tiró de ella para que se levantara, mientras quinientas sesenta personas se abrían camino hacia las salidas. Se oía llorar a algunas, otras gemían de dolor, otras gritaban pidiendo ayuda, diciendo que alguien estaba herido.

La hermana Maggie ya estaba de pie, metiéndose entre la multitud, en lugar de tratar de salir de la estancia.

—¿Qué haces? —le gritó el padre Joe; se veía un poco gracias a la luz que entraba desde el vestíbulo. Los enormes jarrones de rosas se habían caído y la escena en el salón de baile era de un caos y un desorden absolutos. Cuando vio que iba hacia el interior del salón, el padre Joe creyó que Maggie estaba confusa.

—¡Nos encontraremos fuera! —respondió Maggie, también gritando, y desapareció entre la multitud.

Al poco, estaba de rodillas junto a un hombre que decía que creía que tenía un ataque al corazón, pero que llevaba nitroglicerina en el bolsillo. Ella alargó la mano, sin ceremonias, y lo ayudó a encontrarla; sacó una tableta, se la metió en la boca y le dijo que no se moviera. Estaba segura de que pronto llegaría ayuda para atender a los heridos.

Lo dejó con su aterrorizada esposa y avanzó entre los escombros, pensando que ojalá llevara sus botas de trabajo y no los zapatos planos que se había puesto esa noche. El suelo del salón era una carrera de obstáculos, con mesas volcadas o incluso patas arriba, con comida, platos y cristales rotos por todas partes, y algunas personas caídas entre los escombros. La hermana Maggie se dirigió decididamente hacia ellas, igual que otras personas que dijeron que eran médicos. Había habido muchos en la sala, pero solo unos pocos se habían quedado para ayudar a los heridos. Una mujer con un brazo lesionado lloraba porque le parecía que se estaba poniendo de parto. La hermana Maggie le dijo que ni se le ocurriera hacerlo allí, antes de salir del hotel; la mujer embarazada sonrió, mientras Maggie la ayudaba a ponerse de pie y a encaminarse hacia la salida, cogida con fuerza del brazo de su esposo. Todos pensaban aterrorizados en la réplica, que podría ser incluso peor que el primer temblor. A nadie le cabía duda de que había estado por encima de siete en la escala de Richter, quizá incluso ocho, y los crujidos que se oían por todas partes, mientras la tierra se asentaba de nuevo, eran cualquier cosa menos tranquilizadores.

En la parte frontal de la sala, Everett Carson estaba junto

a Melanie en el momento en el que se produjo el terremoto. Cuando la habitación se inclinó abruptamente, la joven había resbalado fuera del escenario y caído directamente en sus brazos; los dos habían acabado en el suelo. Everett la ayudó a levantarse cuando cesaron los temblores.

—¿Estás bien? Por cierto, ha sido una actuación fenomenal —dijo como sin darle importancia.

Una vez que abrieron las puertas del salón de baile y entró algo de luz del vestíbulo, vio que se le había desgarrado el vestido y que uno de los pechos quedaba al descubierto. Se quitó la chaqueta del esmoquin y se la puso encima para cubrirla.

—Gracias —dijo ella con aire aturdido—. ¿Qué ha pasado?

—Me parece que un terremoto de escala siete, o quizá ocho —respondió Everett.

—Mierda, ¿y qué hacemos ahora? —Melanie parecía asustada pero no presa del pánico.

—Haremos lo que nos dicen; sacaremos el culo de aquí y procuraremos que no nos aplasten.

A lo largo de los años había vivido terremotos, tsunamis y desastres parecidos en el sudeste de Asia. Pero no había duda de que este había sido uno de los grandes. Hacía exactamente cien años desde el último gran terremoto de San Francisco, en 1906.

—Tengo que buscar a mi madre —dijo Melanie mirando alrededor.

No había señales de ella ni de Jake, y no era fácil reconocer a la gente que había en la sala. Estaba muy oscuro. Además, había demasiadas personas gritando y era tal la confusión a su alrededor que era imposible oír a nadie, salvo a la persona que estuviera justo a tu lado.

—Será mejor que la busques fuera —le aconsejó Everett cuando ella empezaba a dirigirse hacia el lugar donde había estado el escenario. Se había hundido y todo el equipo de la orquesta había resbalado hacia un extremo. El piano de cola se sostenía en un ángulo demencial pero, por fortuna, no le había caído a nadie encima—. ¿Estás bien?

Melanie parecía un poco aturdida.

—Sí... sí, estoy... —Everett la encaminó hacia las salidas y le dijo que él se quedaría unos momentos más. Quería ver si había algo que pudiera hacer para ayudar a los que todavía estaban en el salón.

Unos minutos más tarde tropezó con una mujer que ayudaba a un hombre que decía que había tenido un ataque al corazón. La mujer se alejó para atender a alguien más y Everett ayudó a llevar al hombre al exterior. Él y un hombre que dijo ser médico lo sentaron en una silla y lo levantaron. Tuvieron que subirlo tres tramos de escalera. Fuera había ambulancias, camiones de bomberos y paramédicos que asistían a las personas que salían del hotel con heridas leves y les informaban de que dentro había más heridos. Un equipo de bomberos penetró en el interior. No parecía que hubiera fuego en ningún sitio, pero las líneas eléctricas habían caído y había chispas en el aire. Los bomberos, con megáfonos, daban instrucciones de que no se acercaran, y montaban barreras. Everett se dio cuenta de que toda la ciudad estaba a oscuras. Luego, más por instinto que por decisión, cogió la cámara que todavía llevaba colgada al cuello y empezó a tomar fotos de la escena, sin molestar a los heridos graves. Todo el mundo parecía aturdido. El hombre del ataque al corazón ya iba de camino al hospital en una ambulancia, junto con otro que tenía una pierna rota. Había personas heridas desplomadas en la calle; la mayoría habían salido del hotel, pero otras no. Los semáforos no funcionaban y el tráfico se había detenido. Un tranvía se había salido de las vías en la esquina y cuarenta personas, por lo menos, estaban heridas; los paramédicos y los bomberos se ocupaban de ellas. Una mujer que había muerto estaba cubierta con una lona. Era una escena espeluznante. Everett no se dio cuenta de que tenía un corte en la mejilla hasta que llegó al exterior y vio que llevaba la camisa manchada de sangre. No tenía ni idea de cómo había ocurrido. Parecía superficial, así que no le preocupó. Cogió la toalla que le tendía un empleado del hotel y se limpió la cara. Había docenas de empleados repartiendo toallas, mantas y botellas de agua para la gente conmocionada que había por todas partes. Nadie sabía qué hacer. Se limitaban a estar allí, mirándose los unos a los otros y hablando de lo sucedido. Había varios miles de personas que se apiñaban en la calle conforme el hotel se iba vaciando. Media hora después, los bomberos dijeron que ya no quedaba nadie en el salón de baile. Fue entonces cuando Everett vio a Sarah Sloane cerca de él, con su marido. Tenía el vestido roto, empapado de vino y cubierto con los restos de postre que estaban en su mesa cuando se volcó.

—¿Está bien? —le preguntó. Era la misma pregunta que todos se hacían los unos a los otros, una y otra vez.

Sarah estaba llorando y su marido parecía angustiado. Igual que todos. Por todas partes, la gente lloraba, debido a la conmoción, el miedo, el alivio y la preocupación por sus familias, en casa. Sarah había tratado frenéticamente de llamar por el móvil, pero no funcionaba. Seth, que parecía encontrarse mal, también lo había probado con el suyo.

—Estoy preocupada por mis hijos —explicó Sarah—. Están en casa con una canguro. Ni siquiera sé cómo llegaremos hasta allí. Supongo que tendremos que ir a pie.

Alguien había dicho que el garaje donde todos habían dejado el coche se había hundido y que había gente atrapada dentro. No había manera de acceder a los coches, así que todos los que habían aparcado allí no sabían cómo volver a casa. No había taxis. San Francisco se había convertido en una ciudad fantasma en cuestión de minutos. Era pasada la medianoche y el terremoto se había producido hacía una hora. Los empleados del Ritz-Carlton estaban actuando de forma impecable, pasando entre la multitud, preguntando qué podían hacer para ayudar. Nadie podía hacer mucho en aquellos momentos, excepto los paramédicos y los bomberos, que se esforzaban por ocuparse de las víctimas según la gravedad de sus heridas.

Al cabo de unos minutos, los bomberos anunciaron que había un refugio de emergencia a dos manzanas de distancia. Les dieron instrucciones e instaron a la gente a dejar la calle y dirigirse allí. Las líneas eléctricas se habían caído, por lo que había cables electrificados en el suelo. Les advirtieron de que los evitaran y fueran al refugio, en lugar de a su casa. La posibilidad de una réplica seguía aterrándolos a todos. Mientras los bomberos indicaban a la multitud lo que debía hacer, Everett siguió tomando fotos. Este era el tipo de trabajo que le gustaba hacer. No explotaba la desgracia de la gente; era discreto, pero quería captar ese extraordinario momento que ya sabía que era un suceso histórico.

Finalmente, se produjo un movimiento entre la multitud, que empezó a caminar, con piernas temblorosas, hacia el refugio contra terremotos, colina abajo. Seguían hablando de lo ocurrido, de lo que pensaron al principio, de dónde estaban cuando sucedió. Un hombre que estaba en la ducha, en su habitación del hotel, creyó en los primeros momentos que se trataba de algún artilugio vibrador de la ducha. Solo llevaba un albornoz de toalla, e iba descalzo. Se había hecho un corte en un pie con los cristales que había en el suelo, pero nadie podía hacer nada. Otra mujer dijo que mientras caía al suelo pensó que se había roto la cama, pero luego toda la habitación empezó a moverse como una atracción de feria. Aunque no era ninguna atracción, era el segundo mayor desastre que la ciudad había conocido.

Everett cogió una botella de agua que le tendía un botones. La abrió, bebió un largo trago y se dio cuenta de lo seca que tenía la boca. Del hotel salían nubes de polvo procedentes de las estructuras internas que se habían quebrado y de cosas que se habían desplomado. No habían sacado ningún cuerpo. En el vestíbulo, convertido en centro de operaciones, los bomberos tapaban a los que habían muerto. Hasta el momento había unos veinte, pero corrían rumores de que quedaba más gente atrapada en el interior, lo cual hacía que todos se sintieran dominados por el pánico. Aquí y allá había gente llorando porque no encontraba a los amigos o parientes que estaban alojados en el hotel o porque todavía no los había localizado entre el grupo que había asistido a la gala. Estos eran fáciles de identificar, por los trajes de noche desgarrados y sucios. Parecían supervivientes del *Titanic*. Fue entonces cuando Everett vio a Melanie y a su madre. La madre lloraba histéricamente. Melanie parecía vigilante y en calma; seguía llevando la chaqueta del esmoquin alquilado de Everett.

—¿Estás bien? —repitió la consabida pregunta, y ella sonrió y asintió.

—Sí. Mi madre está aterrorizada. Cree que habrá otro mayor dentro de unos minutos. ¿Quieres que te devuelva la chaqueta? —Se habría quedado prácticamente desnuda si se la hubiera devuelto, así que él negó con la cabeza—. Puedo taparme con una manta.

—Quédatela. Te sienta bien. ¿Falta alguien de tu grupo? —Sabía que iba acompañada de mucha gente, pero solo veía a su madre.

—Mi amiga Ashley se hizo daño en el tobillo y los paramédicos se están ocupando de ella. Mi novio estaba muy borracho, así que la gente de la orquesta tuvo que sacarlo. Está vomitando por ahí. —Hizo un gesto vago con la mano—. Todos los demás están bien. —Fuera del escenario, volvía a parecer una adolescente, pero él recordaba su actuación y lo extraordinaria que era. Lo mismo haría todo el mundo después de esa noche.

—Deberíais ir al refugio. Es más seguro —les dijo Everett, y Janet Hastings empezó a tirar de su hija. Estaba de acuerdo con Everett; quería estar fuera de la calle antes de que llegara el siguiente temblor.

—Me parece que me quedaré por aquí un rato —afirmó Melanie con voz tranquila.

Le dijo a su madre que se fuera sin ella, lo cual solo hizo que llorara con más fuerza todavía. Melanie explicó que quería quedarse y ayudar, algo que a Everett le pareció admirable. Entonces, por primera vez, se preguntó si le apetecía tomar un trago y se alegró de darse cuenta de que no lo deseaba. Era una primicia. Ni siquiera con la excusa de un terremoto sentía el deseo de emborracharse. Al pensarlo, su cara se iluminó con una amplia sonrisa. Janet se encaminó al refugio, pero al ver que Melanie desaparecía entre la multitud tuvo otro ataque de pánico.

—Estará bien —dijo Everett, tranquilizándola—. Cuando vuelva a verla, la enviaré al refugio con usted. Vaya con los demás.

Janet parecía insegura, pero el movimiento de la multitud que iba hacia el refugio y sus propios deseos la llevaron hacia allí. Everett supuso que, tanto si la encontraba como si no, Melanie estaría perfectamente. Era joven y tenía muchos recursos, y los miembros de la orquesta estaban cerca; además, no le parecía mala idea que quisiera ayudar a los heridos. Había mucha gente a su alrededor que necesitaba asistencia de algún tipo, más de la que lograban proporcionar los paramédicos.

Estaba de nuevo tomando fotos cuando se tropezó con la mujer menuda y pelirroja que había visto ayudar al hombre del ataque al corazón y marcharse luego. Vio cómo atendía a una niña y luego la entregaba a un bombero para que trataran de encontrar a su madre. Everett tomó varias fotos de la mujer, pero cuando ella se alejó de la niña, dejó caer la cámara.

—¿Es usted médico? —preguntó, interesado. Parecía muy segura cuando se ocupó del hombre del ataque al corazón.

—No, soy enfermera —contestó sencillamente, mirándolo directa y brevemente con sus brillantes ojos azules. Luego sonrió. Había algo que era a la vez divertido y conmovedor en ella. Tenía los ojos más magnéticos que jamás había visto.

—Esta noche es útil ser enfermera.

Muchas personas estaban heridas, aunque no todas de gravedad. Pero había multitud de cortes y pequeñas heridas, aparte de otras más importantes; además, varias personas estaban en estado de choque. Everett sabía que la había visto en la gala, pero había algo incongruente en su sencillo vestido negro y sus zapatos planos. La toca había desaparecido después del terremoto, así que no se le ocurrió pensar que fuera otra cosa que enfermera. Tenía un rostro joven, intemporal; habría sido difícil adivinar cuántos años tenía. Calculó que estaría a punto de cumplir los cuarenta, quizá los había cumplido no hacía mucho. En realidad, tenía cuarenta y dos años. La mujer se detuvo para hablar con alguien; él la seguía. Luego, volvió a pararse para coger una botella de agua. Todos padecían los efectos del polvo que seguía saliendo en gran cantidad del hotel.

—¿Va al refugio? Es probable que también necesiten ayuda —comentó. Para entonces ya se había librado de la pajarita y tenía sangre en la camisa, a causa del corte en la mejilla.

Ella negó con la cabeza.

—Me marcharé una vez que haya hecho todo lo que pueda aquí. Creo que la gente de mi barrio también necesitará ayuda.

—¿Dónde vive? —preguntó, interesado, aunque no conocía bien la ciudad. Había algo en aquella mujer que lo intrigaba. Quizá hubiera una historia en alguna parte, nunca se sabía. Solo mirarla despertaba su instinto de periodista.

Ella sonrió ante la pregunta.

—Vivo en Tenderloin, no muy lejos de aquí. —Aunque en realidad vivía a millones de kilómetros de distancia de todo aquello. En aquel barrio, unas pocas manzanas representaban una diferencia enorme.

—Es un barrio bastante duro, ¿verdad? —Cada vez estaba más intrigado. Había oído hablar de Tenderloin, con sus adictos a las drogas, sus prostitutas y sus marginados.

—Sí, lo es —aceptó ella, sinceramente. Pero era feliz allí.

—¿Y ahí es donde vive? —Parecía asombrado y confuso.

—Sí —respondió ella, sonriendo, con el pelo y la cara manchados y sus eléctricos ojos azules chispeando con picardía—. Me gusta.

El sexto sentido de Everett le decía que allí había un reportaje; sabía intuitivamente que ella sería una de las heroínas de la noche. Cuando volviera a Tenderloin, quería estar con ella. Estaba seguro de que en todo aquello había un reportaje esperándolo.

—Me llamo Everett. ¿Puedo acompañarla? —preguntó sencillamente.

Ella vaciló un momento y luego asintió.

—Podría ser peligroso ir hasta allí, por todos los cables eléctricos que han caído en la calle. Además, no se darán prisa en ayudar a la gente de ese vecindario. Todos los equipos de rescate estarán aquí o en otras partes de la ciudad. Por cierto, llámame Maggie.

Pasó otra hora antes de que se alejaran de la escena del Ritz. Para entonces eran casi las tres de la madrugada. La mayoría de la gente había ido al refugio o había decidido marcharse a su casa. No volvió a ver a Melanie, pero no estaba preocupado por ella. Las ambulancias se habían llevado a los heridos graves y los bomberos parecían tenerlo todo bajo control. Se oían sirenas a lo lejos, por lo que supuso que se habrían declarado incendios y que, como las conducciones de agua se habían roto, tendrían muchas dificultades para apagarlos. Siguió a la mujer con obstinación, camino de su casa. Subieron por California Street y luego bajaron por Nob Hill, hacia el sur. Pasaron Union Square, doblaron a la derecha y se encaminaron hacia el oeste por O'Farrell. Se quedaron asombrados al ver que casi todos los cristales de las ventanas de los grandes almacenes de Union Square habían estallado y caído a la calle. Delante del hotel St. Francis, la escena era parecida a la que habían dejado en el Ritz. Habían desalojado los hoteles y dirigido a la gente a los refugios. Les costó media hora llegar hasta donde ella vivía.

Había gente en la calle, aunque su aspecto era notablemente diferente. Iban vestidos con ropa vieja y gastada; algunos todavía iban muy colocados de droga, y otros parecían asustados. Los escaparates de las tiendas estaban hechos añicos, había borrachos tumbados en el suelo y un puñado de prostitutas apiñadas en un grupo. Everett se quedó intrigado al ver que casi todo el mundo conocía a Maggie. Se detenía y hablaba con ellos, preguntando cómo estaban, si alguien había resultado herido, si habían enviado ayuda y si el barrio había salido mal parado. Todos charlaban animadamente con ella. Finalmente, ella y Everett se sentaron en los escalones de entrada a una casa. Eran casi las cinco de la madrugada, pero Maggie ni siquiera parecía cansada.

—¿Quién eres? —preguntó Everett, fascinado—. Me siento como si estuviera en una extraña película con un ángel que hubiera bajado a la tierra. Quizá únicamente yo puedo verte.

Ella se echó a reír ante esa descripción y le recordó que nadie tenía ningún problema para verla. Era real, humana y totalmente visible, como podía confirmar cualquiera de las prostitutas de la calle.

—Puede que la respuesta a tu pregunta sea «qué», en vez de «quién» —dijo tranquilamente, deseando poder despojarse de su hábito.

Era un vestido negro, sencillo y feo, pero echaba de menos los vaqueros. Por lo que podía ver, su edificio se había sacudido, pero no había sufrido daños peligrosos y no había nada que le impidiera entrar. Allí no había bomberos ni policía dirigiendo a la gente hacia los refugios.

—¿Qué quieres decir? —preguntó Everett, perplejo. Estaba cansado. Había sido una noche larga para los dos, pero ella estaba tan fresca como una rosa, y mucho más animada de lo que estaba en la gala.

—Soy monja —contestó, sencillamente—. Estas son las personas con las que trabajo y de las que cuido. Hago la mayor parte de mi trabajo en la calle. En realidad, todo mi trabajo. Hace casi diez años que vivo aquí.

—¿Eres monja? —preguntó él con aire asombrado—. ¿Por qué no me lo habías dicho?

—No lo sé. —Se encogió de hombros, tranquilamente; estaba a sus anchas hablando con él, en particular allí en la calle. Era el mundo que mejor conocía, mucho mejor que cualquier salón de baile—. No se me ocurrió. ¿Hay alguna diferencia?

—Diablos, sí... quiero decir, no —se corrigió y luego lo pensó mejor—. Quiero decir que sí... claro que hay diferencia. Es un detalle muy importante sobre ti. Eres una persona muy interesante, sobre todo si vives aquí. ¿No vives en un convento o algo así?

—No, mi congregación se deshizo hace años. Aquí no había suficientes monjas de mi orden para justificar que se mantuviera el convento. Lo convirtieron en una escuela. La diócesis nos da a todas una asignación y vivimos en pisos. Algunas de las monjas viven en grupos de dos o tres, pero nadie quería vivir aquí conmigo. —Le sonrió—. Querían vivir en barrios mejores. Mi trabajo está aquí. Esta es mi misión.

—¿Cuál es tu nombre real? —preguntó, ahora ya totalmente interesado—. Me refiero a tu nombre de monja.

—Hermana Mary Magdalen —respondió, dulcemente.

—Estoy totalmente apabullado —reconoció, sacando un cigarrillo del bolsillo.

Era el primero que fumaba en toda la noche y ella no pareció desaprobarlo. Parecía perfectamente cómoda en el mundo real, pese a ser monja. Era la primera con la que hablaba desde hacía años, y nunca con tanta libertad como ahora. Se sentían como compañeros de combate, después de lo que habían pasado juntos, y en cierta manera, lo eran.

—¿Te gusta ser monja? —le preguntó, y ella asintió después de pensarlo un momento; luego se volvió para mirarlo.

—Me gusta mucho. Entrar en el convento fue lo mejor que he hecho nunca. Siempre supe que eso era lo que quería hacer, desde que era niña. Como quien quiere ser médico o abogada o bailarina. Lo llaman vocación temprana. Esto siempre ha sido lo mío.

—¿Te has arrepentido alguna vez?

—No. —Le sonrió alegremente—. Nunca. Es una vida perfecta para mí. Entré justo después de terminar los estudios de enfermería. Crecí en Chicago; era la mayor de siete hermanos. Siempre supe que esto sería lo indicado para mí.

—¿Alguna vez has tenido novio? —Le intrigaba lo que le contaba.

—Tuve uno —confesó tranquilamente, sin ningún embarazo. No había pensado en él desde hacía años—. Cuando estaba en la escuela de enfermería.

—¿Qué ocurrió?

Estaba seguro de que algún tipo de trágico desenlace la había empujado a entrar en el convento. No se la podía imaginar haciéndolo por ninguna otra razón. La idea le resultaba totalmente ajena. Había crecido como luterano y nunca había visto una monja hasta que se fue de casa. Esa elección nunca había tenido mucho sentido para él. Pero allí estaba esa mujer menuda, feliz y satisfecha, que hablaba de su vida entre prostitutas y drogadictos con esa serenidad, júbilo y paz. Lo dejaba totalmente desconcertado.

—Murió en un accidente de coche, en mi segundo año en la escuela. Pero incluso si no hubiera muerto, nada habría cambiado. Desde el principio le dije que quería ser monja, aunque no estoy segura de que me creyera. Nunca volví a salir con nadie después, porque para entonces estaba segura. Es probable que también hubiera dejado de salir con él. Pero éramos jóvenes y todo fue muy inocente e inofensivo. Según las costumbres actuales, claro.

En otras palabras: Everett supo que era virgen cuando entró en el convento y que seguía siéndolo. Todo aquello le parecía increíble. ¡Que una mujer tan bonita se desperdiciara! La encontraba muy viva y vibrante.

—Es asombroso.

—No tanto. Es solo algo que hacen algunas personas. —Lo aceptaba como algo normal, aunque a él no se lo parecía en absoluto—. ¿Y tú? ¿Casado? ¿Divorciado? ¿Hijos?

Percibía que Everett tenía una historia y él se sentía cómodo contándosela. Era fácil hablar con ella y disfrutaba de su compañía. Ahora comprendía que aquel vestido negro tan sencillo era su hábito, lo que explicaba por qué no llevaba traje de noche en la gala, como todo el mundo.

—Dejé embarazada a una chica a los dieciocho años. Me casé con ella porque su padre dijo que o lo hacía o me mataría, y nos separamos al año siguiente. El matrimonio no era para mí, por lo menos a aquella edad. Al cabo de un tiempo, ella presentó una demanda de divorcio y me parece que volvió a casarse. Solo vi a mi hijo una vez después del divorcio, cuando tenía unos tres años. En aquellos momentos tampoco estaba preparado para la paternidad. Me sentí mal al marcharme, pero todo era demasiado abrumador para un chico de mi edad. Así que me fui. No sabía qué otra cosa hacer. Desde entonces, me he pasado la vida recorriendo el mundo, cubriendo zonas de guerra y catástrofes para Associated Press. Ha sido una vida demencial, pero era lo que quería. Me encantaba. A estas alturas, yo me he hecho mayor y él también. Ya no me necesita; además, su madre estaba tan furiosa conmigo que hizo que la Iglesia anulara nuestro matrimonio para poder volver a casarse. Así que, oficialmente, nunca he existido —dijo Everett en voz queda mientras ella lo observaba.

—Siempre necesitamos a nuestros padres —replicó ella, dulcemente, y los dos se quedaron callados unos momentos, mientras él pensaba en lo que ella acababa de decir—. En AP estarán contentos con las fotos que has hecho hoy —dijo, alentándolo.

Él no le habló de su Pulitzer. Nunca hablaba de ello.

—Ya no trabajo para ellos —aclaró, sencillamente—. Adopté algunas malas costumbres por el camino. Se descontrolaron hace alrededor de un año, cuando estuve a punto de morir a causa de una intoxicación alcohólica en Bangkok y una prostituta me salvó. Me llevó al hospital y, al final, volví aquí y entré en el dique seco. Empecé la rehabilitación después de que en AP me despidieran, aunque debo decir que estaba justificado que lo hicieran. Llevo un año sobrio. Es una agradable sensación. Acabo de empezar a trabajar para la revista que me envió a la gala. Pero no es lo mío. No son más que cotilleos de celebridades. Preferiría que me volaran el culo a tiros en algún lugar primitivo que en un salón de baile, vestido de esmoquin, como esta noche.

—Yo también —dijo ella, riendo—. Tampoco es lo mío. —Le explicó que estaba en una mesa que les habían cedido y que una amiga le había dado la entrada; aunque no quería asistir, había ido para no desperdiciarla—. Prefiero estar trabajando en la calle, con esta gente, que haciendo cualquier otra cosa. ¿Qué hay de tu hijo? ¿Alguna vez te preguntas qué ha sido de él o tienes ganas de verlo? ¿Cuántos años tiene ahora?

Ella también sentía curiosidad por él, por ello había mencionado a su hijo. Creía sin reservas en la importancia de la familia en la vida de la gente. Además, era poco habitual que tuviera ocasión de hablar con alguien como él. Y todavía más extraño que él estuviera hablando con una monja.

—Cumplirá treinta dentro de unas semanas. A veces pienso en él, pero ya es un poco tarde. Muy tarde. No puedes volver a entrar en la vida de alguien cuando ya tiene treinta años y preguntarle qué tal le ha ido. Seguramente me odia a muerte por marcharme y abandonarlo.

—¿Tú te odias por lo que hiciste? —preguntó ella, concisa.

—A veces. No con frecuencia. Pensé en ello cuando estaba en rehabilitación. Pero no te presentas, así sin más, en la vida de alguien cuando ya es una persona madura.

—Tal vez sí —dijo ella, suavemente—. A lo mejor le gustaría saber de ti. ¿Sabes dónde está?

—Antes sí. Podría tratar de averiguarlo. Aunque no creo que deba hacerlo. ¿Qué iba a decirle?

—Puede que haya cosas que él querría preguntarte. Podría ser bueno que sepa que tu marcha no tuvo nada que ver con él.

Everett asintió, mirándola. Era una mujer inteligente.

Después de charlar, anduvieron por el barrio un rato; sorprendentemente, todo parecía en orden. Algunas personas habían ido a los refugios. Unas pocas habían resultado heridas y las habían llevado al hospital. El resto parecía estar bien, aunque todos hablaban de la fuerza del terremoto. Había sido muy grande.

A las seis y media de la mañana, Maggie dijo que iba a intentar dormir un poco y que, dentro de unas horas, volvería a la calle para ver cómo estaba su gente. Everett le informó que probablemente trataría de coger un autobús, un tren o un avión para volver pronto a Los Ángeles, o alquilar un coche si podía encontrar uno. Había tomado muchas fotos. Por interés personal, quería dar una vuelta por la ciudad para ver si había algo más que fotografiar antes de marcharse. No quería perderse un reportaje y se llevaba un material fantástico. En realidad, le tentaba quedarse unos días más, pero estaba seguro de que su jefe protestaría. Por otra parte, de momento, en San Francisco y alrededores no había comunicación telefónica con el mundo exterior, así que no podía conocer su reacción.

—Te he hecho algunas buenas fotos esta noche —dijo a Maggie al dejarla en la puerta de su casa.

Vivía en un edificio de aspecto antiguo, que tenía tan mala pinta como viejo era, pero a ella no parecía preocuparle. Dijo que llevaba años viviendo allí y que formaba parte del barrio.

Everett se apuntó la dirección y le dijo que le enviaría copias de las fotos que le había hecho. También le pidió el número de teléfono, por si alguna vez volvía a la ciudad.

—Si vuelvo, te llevaré a cenar —prometió—. Lo he pasado muy bien hablando contigo.

—Lo mismo digo —respondió ella, sonriéndole—. Va a ser necesario mucho tiempo para limpiar la ciudad. Espero que no haya habido muchos muertos.

Parecía preocupada. No había medio de conseguir noticias. Estaban aislados del mundo, sin electricidad ni móviles. Era una sensación extraña.

Estaba saliendo el sol cuando Everett le dijo adiós; se preguntó si volvería a verla. Parecía improbable. Había sido una noche extraña e inolvidable para todos ellos.

—Adiós, Maggie —dijo, mientras ella entraba en el edificio. Había pedazos de yeso por todo el suelo del vestíbulo, pero ella comentó, con una sonrisa, que aquel aspecto apenas era peor de lo normal—. Cuídate.

—Tú también —respondió con un gesto de despedida, y cerró la puerta. El desagradable olor que había llegado hasta ellos al abrirla hizo que Everett se preguntara cómo podía vivir allí.

Mientras se marchaba, pensó que era realmente una santa, pero de inmediato se echó a reír, bajito. Había pasado la noche del terremoto de San Francisco con una monja. Opinaba que era una heroína y estaba impaciente por ver las fotos que le había hecho. Luego, curiosamente, mientras se alejaba del edificio atravesando Tenderloin, se dio cuenta de que estaba pensando en Chad, su hijo, y en el aspecto que tenía a los tres años, y por primera vez en los veintisiete años transcurridos desde que lo vio por última vez, lo echó de menos. Tal vez fuera a verlo un día, si alguna vez volvía a Montana y si Chad seguía viviendo allí. Era algo en que pensar. Parte de lo que Maggie le había dicho había penetrado en él, pero se obligó a sacárselo de la cabeza. No quería sentirse culpable respecto a su hijo. Ya era demasiado tarde, y no les haría bien a ninguno de los dos. Dando grandes zancadas, con sus botas de la suerte, dejó atrás a los borrachos y a las prostitutas de la calle de Maggie. Se dirigió de vuelta al centro de la ciudad para ver qué historias del terremoto podía encontrar allí. Había innumerables posibilidades para hacer fotos. Y para él, quién sabía, quizá incluso otro premio Pulitzer, algún día. A pesar de los terribles sucesos de esa noche, se sentía mejor que en muchos años. Había vuelto a tomar las riendas de su trabajo de periodista y se sentía más seguro y con más control de su vida de lo que se había sentido jamás.

3

Seth y Sarah emprendieron el largo camino a casa desde el Ritz-Carlton después de la gala. Era casi imposible caminar con las sandalias de tacón alto que llevaba, pero había tantos cristales rotos por el suelo que no se atrevía a quitárselas y andar descalza. Se le hacían ampollas con cada paso que daba. Intentaban evitar cuidadosamente los cables caídos y las chispas de electricidad que saltaban. Finalmente, consiguieron que un coche que pasaba, conducido por un médico que volvía del hospital St. Mary, los llevara la última docena de manzanas. Eran las tres de la madrugada y volvía tras comprobar cómo estaban sus pacientes después del terremoto. Les dijo que en el hospital todo estaba relativamente bajo control. Los generadores de emergencia funcionaban y solo una parte muy pequeña del laboratorio de radiología en la planta principal había quedado destruida. Todo lo demás parecía en orden, aunque tanto los pacientes como el personal estaban visiblemente conmocionados.

En el hospital, al igual que en toda la ciudad, no había comunicación telefónica, pero podían escucharse los boletines de noticias en las radios y los televisores alimentados con baterías, para saber qué partes de la ciudad habían sufrido los peores daños.

También les dijo que la zona de la Marina había resultado

terriblemente afectada, igual que en el terremoto, de menor fuerza, de 1989. Estaba construida sobre escombros y algunos incendios ardían fuera de control. Asimismo, había informes de saqueos en el centro de la ciudad. Tanto Russian Hill como Nob Hill habían sobrevivido al terremoto de fuerza 7,9 relativamente bien, como todos los presentes en el Ritz-Carlton habían podido ver. Pero algunas zonas del oeste de la ciudad habían sufrido graves daños, al igual que Noe Valley, Castro y Mission. Pacific Heights también había resultado parcialmente muy afectada. Los bomberos trataban de rescatar a las personas atrapadas en edificios y ascensores, y todavía disponían de suficientes hombres para luchar contra los fuegos que ardían en muchas partes de la ciudad, lo cual no era un logro menor teniendo en cuenta que las conducciones de agua estaban rotas casi en todas partes.

Mientras su benefactor los llevaba a casa, Seth y Sarah oían sirenas a lo lejos. Los dos puentes principales de la ciudad, el Bay y el Golden Gate, estaban cerrados desde minutos después del terremoto. El Golden Gate había oscilado violentamente y varias personas habían resultado heridas. Dos secciones del paso superior del Bay se habían desplomado sobre el paso inferior y se sabía que había varios coches aplastados con personas atrapadas dentro. Hasta el momento, la patrulla de carreteras no había podido rescatarlas. Las noticias de personas bloqueadas dentro del coche, sin poder salir, gritando mientras agonizaban, habían sido espeluznantes. Hasta el momento, era imposible estimar cuál era el número de muertos. Pero probablemente serían muchos, y habría miles de heridos. Los tres escuchaban la radio del coche mientras recorrían, con precaución, las calles.

Sarah dio al médico su dirección y permaneció en silencio todo el camino a casa, rezando por sus hijos. Seguía sin tener manera de comunicarse con la canguro para tranquilizarse. Todas las líneas telefónicas habían caído y los móviles no funcionaban. La conmocionada ciudad parecía estar completamente aislada del resto del mundo. Lo único que Sarah quería era saber que Oliver y Molly estaban bien. Seth miraba fijamente por la ventanilla, aturdido; seguía tratando de usar el móvil, mientras el médico los llevaba el resto del camino. Finalmente, llegaron a su gran casa de ladrillo, en lo alto de la colina de Divisadero y Broadway, con vistas a la bahía. Parecía estar intacta. Dieron las gracias al médico, le desearon que todo le fuera bien y bajaron del coche. Sarah corrió hasta la puerta de entrada y Seth la siguió, con aspecto exhausto.

Sarah ya había abierto la puerta cuando él la alcanzó. Se había quitado aquellos imposibles zapatos de una patada y corría por el vestíbulo. No había electricidad, así que las luces estaban apagadas; todo estaba inusualmente oscuro, ya que ni siquiera funcionaban las luces de la calle. Pasó corriendo por delante del salón para ir arriba y entonces los vio; la canguro dormida en el sofá, con el pequeño, también dormido, en los brazos y Molly respirando profundamente acurrucada a su lado. Había velas encendidas encima de la mesa. La canguro estaba fuera de combate, pero empezó a despertar al acercarse Sarah.

—Hola... oh... ¡qué terremoto tan fuerte! —dijo, completamente despierta, pero susurrando para no despertar a los niños.

Sin embargo, cuando Seth entró en la sala y los tres adultos se pusieron a hablar, los niños también empezaron a moverse. Al mirar alrededor, Sarah vio que todos los cuadros estaban muy torcidos, había dos estatuas caídas y una pequeña y antigua mesa de jugar a las cartas y varias sillas estaban volcadas. La habitación tenía un aspecto terriblemente desordenado, con libros desparramados por el suelo y pequeños objetos esparcidos por todas partes. Pero sus hijos estaban bien, y eso era lo único que importaba. Estaban vivos e ilesos; luego, cuando se acostumbró a la penumbra que reinaba en la estancia, vio que Parmani tenía un golpe en la frente. Explicó que la librería de Oliver se le había caído encima cuando corría a sacarlo de la cuna, al empezar el terremoto. Sarah dio gracias porque no la hubiera dejado inconsciente o hubiera matado al pequeño, ya que los libros y otros objetos habían salido volando de los estantes. En la Marina, un bebé había resultado muerto de ese modo en el terremoto de 1989, cuando un objeto pesado resbaló de un estante y lo mató en la cuna. Sarah daba gracias porque la historia no se hubiera repetido con su hijo.

Oliver se agitó en los brazos de la canguro, levantó la cabeza y vio a su madre, que lo cogió y lo abrazó. Molly seguía durmiendo profundamente, hecha un ovillo, junto a la canguro. Parecía una muñeca y sus padres sonrieron al mirarla, agradecidos porque estuviera a salvo.

—Hola, tesoro, ¿estabas haciendo una grandísima siesta? —preguntó Sarah al pequeño.

El niño pareció sobresaltarse al verlos; empezó a hacer pucheros y se echó a llorar. Sarah pensó que era el sonido más dulce que había oído nunca, tan dulce como la noche en la que nació. Desde que empezó el terremoto había estado aterrada pensando en sus hijos. Lo único que había deseado era correr a casa y abrazarlos. Se inclinó y acarició levemente la pierna de Molly, como si quisiera asegurarse de que también ella estaba viva.

—Debes de haber pasado mucho miedo —dijo Sarah, comprensiva, a Parmani, mientras Seth iba al cuarto de estar y cogía el teléfono.

Seguía cortado. No había servicio telefónico en toda la ciudad. Seth había comprobado su móvil por lo menos un millón de veces de camino a casa.

—Es absurdo —gruñó, al volver a la habitación—. Como mínimo podrían hacer que los móviles siguieran funcionando. ¿Qué se supone que vamos a hacer? ¿Quedarnos desconectados del mundo durante toda la semana? Mejor será que mañana los pongan en marcha.

Sarah sabía, igual que él, que aquello no era en absoluto probable.

Tampoco tenían electricidad y Parmani, muy sensatamente, había cerrado la llave del gas, así que en la casa hacía frío; por suerte, la noche era cálida. Si hubiera sido una de esas habituales noches ventosas de San Francisco, habrían pasado frío.

—Bueno, tendremos que acampar fuera un rato —dijo Sarah, serenamente. Ahora era feliz, con su hijo en los brazos y su hija a la vista, en el sofá.

—Puede que vaya a Stanford o a San José mañana —dijo Seth, vagamente—. Debo hacer unas llamadas.

—El doctor dijo que en el hospital había oído que las carreteras están cerradas. Me parece que estamos incomunicados.

—No puede ser —se lamentó Seth, que parecía presa del pánico; luego miró la esfera luminosa de su reloj—. Tal vez tendría que marcharme ahora. Son casi las siete de la mañana en Nueva York. Para cuando llegue, en la costa Este la gente ya estará en las oficinas. Tengo que completar una transacción hoy mismo.

—¿No puedes tomarte un día libre? —preguntó Sarah, pero Seth se marchó corriendo, escaleras arriba, sin contestar.

Volvió a bajar a los cinco minutos, vestido con vaqueros, un suéter y zapatillas de correr, con una expresión de tensa concentración en la cara y el maletín en la mano.

Sus dos coches estaban atrapados y, quizá, perdidos para siempre en el garaje del hotel. No había ninguna esperanza de recuperarlos, si es que lograban encontrarlos; en cualquier caso, no lo lograrían en mucho tiempo, dado que la mayor parte del garaje se había desplomado. Se volvió hacia Parmani con una mirada esperanzada y le sonrió en la casi oscuridad del salón. Ollie había vuelto a dormirse en brazos de Sarah, reconfortado por la sensación familiar de su calidez y el sonido de su voz.

—Parmani, ¿te importa que coja prestado tu coche un par de horas? Voy a ver si puedo ir hacia el sur y hacer unas llamadas. Puede que el móvil se decida a funcionar una vez fuera de la ciudad.

—Por supuesto —respondió la canguro, con expresión asombrada.

Le parecía una petición extraña, y a Sarah todavía más. No era el momento de tratar de llegar a San José. A Sarah le parecía inapropiado que estuviera tan obsesionado con los negocios y los dejara solos en la ciudad.

—¿No puedes relajarte? Hoy nadie esperará tener noticias de nadie de San Francisco. Es absurdo, Seth. ¿Y si hay otro terremoto o una réplica? Estaríamos aquí, solos, y es posible que tú no pudieras volver.

Peor todavía; se podía hundir un paso elevado y aplastarlo en la carretera. No quería que fuera a ninguna parte, pero él parecía decidido y absorto mientras se dirigía hacia la puerta de la calle. Parmani dijo que había dejado las llaves puestas y que el coche estaba en el garaje de la casa. Era un viejo y abollado Honda Accord, pero la llevaba a donde quería ir. Sarah no dejaba que los niños subieran en él y tampoco le entusiasmaba que Seth lo cogiera. El coche tenía más de ciento sesenta mil kilómetros, no estaba dotado de ninguno de los actuales accesorios de seguridad y contaba una docena de años, por lo menos.

—No os preocupéis, señoras. Volveré. —Les sonrió y se marchó a toda prisa.

A Sarah le preocupaba que se aventurara a conducir, sin semáforos que controlaran el tráfico y, tal vez, con obstáculos caídos en la calzada. Pero vio que nada lo detendría. Se había marchado antes de que pudiera decir ni una palabra más. Parmani fue a buscar otra linterna; las velas oscilaron cuando Sarah se sentó en su pequeño salón, pensando en Seth. Una cosa era ser adicto al trabajo y otra irse corriendo a la península, horas después de un fuerte terremoto, dejando que su mujer y sus hijos se las arreglaran solos. No le gustaba en absoluto. Le parecía una conducta irracional y obsesiva.

Parmani y ella permanecieron en el salón, hablando en voz baja casi hasta la salida del sol. Pensó en ir arriba, a su habitación, y acostar a los niños con ella, en su cama, pero se sentía más segura abajo; así podrían abandonar la casa si había otro temblor. Parmani le dijo que había caído un árbol en el jardín y que, en el piso de arriba, el suelo estaba lleno de cosas: un espejo enorme se había caído y se había roto y varias de las ventanas traseras se habían desencajado y se habían hecho añicos contra el cemento. La mayor parte de la vajilla y la cristalería estaba destrozada en el suelo de la cocina, junto con la comida, que había volado, literalmente, de los estantes. Parmani dijo que varias botellas de zumo y de vino se habían roto. Sarah no quería ni pensar en tener que limpiarlo todo. Parmani se disculpó por no haberlo hecho ella, pero estaba demasiado preocupada por los niños y no quiso dejarlos solos el rato que habría necesitado para ocuparse del destrozo. Sarah dijo que ya lo haría ella. Al cabo de un rato, después de dejar a Oliver en el sofá, todavía dormido, fue hasta la cocina a echar una ojeada. Se quedó horrorizada ante la zona catastrófica en la que se había convertido la cocina en pocas horas. Las puertas de la mayoría de los armarios se habían abierto y todo lo que había en el interior había caído. Le llevaría días limpiarlo todo.

Cuando salió el sol, Parmani fue a hacer café, pero entonces se acordó de que no tenían ni gas ni electricidad. Pasando con cuidado por encima de los escombros y trozos de cristal, echó agua caliente del grifo en una taza e introdujo una bolsita de té. Apenas estaba tibio, pero se lo llevó a Sarah, que lo encontró reconfortante. Parmani peló un plátano para ella. Sarah había insistido en que no quería comer nada; todavía estaba demasiado conmocionada y alterada.

Apenas había terminado el té cuando entró Seth, con aire lúgubre.

—Qué rápido —comentó Sarah.

—Las carreteras están cerradas. —Parecía atónito—. Quiero decir, todas las carreteras. En la entrada a la 101, toda la rampa de acceso se ha derrumbado.

No le habló de la horrible carnicería que había debajo. Había ambulancias y policía por todas partes. Los agentes de la patrulla de carreteras lo habían obligado a dar media vuelta y le habían dicho, secamente, que volviera a casa y se quedara allí. No era momento para ir a ningún sitio. Intentó explicarles que vivía en Palo Alto, pero el policía le dijo que tendría que quedarse en la ciudad hasta que abrieran las carreteras de nuevo. Contestó a la siguiente pregunta de Seth diciendo que no lo estarían hasta dentro de varios días. Tal vez incluso una semana, dados los enormes daños que habían sufrido las vías de comunicación.

—Intenté llegar a la 280 por la avenida Diecinueve, pero ocurrió lo mismo. Por la playa, para llegar a Pacifica, pero allí hay deslizamientos de tierra. Está todo bloqueado. No me molesté en probar por los puentes, porque por la radio dijeron que estaban cerrados. ¡Joder, Sarah! —exclamó, furioso—. ¡Estamos atrapados!

—Por poco tiempo. No sé por qué no te calmas. Además, parece que tenemos mucho que limpiar. En Nueva York, nadie esperará que los llames. Seguro que están más enterados de lo que está pasando aquí que nosotros. Créeme, Seth, nadie echará en falta tu llamada.

—No lo entiendes —masculló, sombrío. Luego se lanzó escaleras arriba y cerró la puerta de la habitación de un portazo.

Sarah dejó a los niños con Parmani, que había observado la escena, intrigada, y siguió a su marido al piso de arriba. Seth recorría la habitación, arriba y abajo, como un león enjaulado. Un león muy furioso, con aspecto de estar a punto de devorar a alguien y, a falta de otra víctima, parecía que fuera a atacarla a ella.

—Lo siento, cariño —dijo Sarah, dulcemente—. Sé que estás en medio de una operación, pero los desastres naturales

no se pueden controlar. No podemos hacer nada. La operación esperará unos días.

—No, no lo hará. —Escupió las palabras con rabia—. Algunas operaciones no esperan. Y esta es una de ellas. Lo único que necesito es un maldito teléfono. —Fabricaría uno si pudiera, pero no podía. Solo sentía gratitud porque sus hijos estaban a salvo.

La obsesión de Seth por continuar con sus negocios, en aquellas circunstancias, le parecía más que exagerada. Aunque, al mismo tiempo, sabía que gracias a ello era un hombre de tanto éxito. Nunca paraba. Estaba pegado al móvil día y noche, haciendo negocios. Sin él, ahora se sentía absoluta y completamente impotente, atrapado, como si alguien le hubiera cortado las cuerdas vocales y le hubiera atado las manos. Estaba clavado en el suelo, en una ciudad muerta, sin ninguna posibilidad de comunicarse con el exterior. Sarah, que se daba cuenta de que para él era una crisis muy grave, deseaba convencerlo para que se calmase.

—¿Qué puedo hacer para ayudarte, Seth? —preguntó, sentándose en la cama y dando unos golpecitos junto a ella. Pensó en un masaje, un baño, un tranquilizante, unas friegas en la nuca o en la espalda, abrazarlo o tumbarse junto a él en la cama.

—¿Que qué puedes hacer para ayudarme? ¿Te burlas de mí? ¿Es una broma? —Casi estaba gritando en su habitación tan bellamente decorada. El sol ya había salido y los suaves tonos amarillo y azul celeste tenían un aspecto exquisito bajo la primera luz de la mañana. Seth, totalmente ajeno a la belleza de la habitación, la miraba colérico.

—Lo digo de verdad —respondió ella con calma—. Haré todo lo que pueda.

Él siguió mirándola fijamente, como si pensara que estaba loca.

—Sarah, no tienes ni idea de lo que está pasando. Ni la más remota idea.

—Ponme a prueba. Fuimos a la escuela de negocios juntos. No soy estúpida, ¿sabes?

—No, el estúpido soy yo —dijo, sentándose en la cama y pasándose la mano por el pelo. Ni siquiera podía mirarla—. Tengo que transferir sesenta millones de dólares de nuestras cuentas de fondos, hoy, antes de mediodía. —Su voz parecía muerta al decirlo, y a Sarah la impresionó.

—¿Vas a hacer una inversión de esa envergadura? ¿Qué compras? ¿Materias primas? Parece arriesgado en esas cantidades.

Por supuesto, la compra de materias primas entrañaba un riesgo alto, pero también un beneficio igualmente alto, si se hacía bien. Sabía que Seth era un genio con las inversiones.

—No estoy comprando, Sarah —dijo, mirándola un momento y luego apartando la vista—. Me estoy cubriendo el culo. Es lo único que estoy haciendo y, si no lo consigo, estoy jodido... estamos jodidos... todo lo que tenemos desaparecerá... Incluso podría ir a la cárcel. —Tenía la mirada fija en el suelo, entre los pies, mientras hablaba.

—¿De qué estás hablando? —Sarah parecía presa del pánico. Seth estaba bromeando, seguro, aunque la expresión de su cara le decía que no era así.

—Tuvimos una auditoría esta semana para comprobar nuestro nuevo fondo. Era una auditoría de los inversores, para asegurarse de que teníamos en el fondo tanto como afirmábamos. Con el tiempo lo tendremos, claro, no hay ninguna duda. Ya lo he hecho antes. Sully Markham me ha cubierto en auditorías así en otras ocasiones. Al final, cuando conseguimos el dinero lo ingresamos en la cuenta. Pero, a veces, al principio, cuando no lo tenemos y los inversores hacen una auditoría, Sully me ayuda a inflar un poco las cosas.

Sarah lo miraba, estupefacta.

—¿Un poco? Sesenta millones de dólares ¿y dices que es inflarlo un poco? Dios santo, Seth, ¿en qué estabas pensando? Podrían haberte pillado o no lograr reponer el dinero.

—Al decirlo, se dio cuenta de que eso era precisamente lo que estaba sucediendo. Ahí era donde Seth estaba ahora.

—Debo conseguir el dinero, de lo contrario pillarán a Sully, en Nueva York. Es preciso que tenga el dinero de vuelta en sus cuentas hoy. Los bancos están cerrados. No tengo el maldito móvil; ni siquiera puedo llamar a Sully para decirle que lo cubra de alguna manera.

—Seguro que se habrá dado cuenta. Con toda la ciudad paralizada, debe de saber que no puedes hacerlo.

Sarah estaba pálida. Nunca, ni por asomo, se le había ocurrido que Seth no fuera honrado. Y sesenta millones no era un desliz pequeño. Era importante. Un fraude a gran escala. Ni por un momento se le había ocurrido que la codicia corrompería a Seth y lo llevaría a hacer algo así. Ponía en entredicho todo lo que había entre ellos, toda su vida y, lo más importante, quién era él.

—Se suponía que iba a hacerlo ayer —dijo Seth, sombrío—. Le prometí a Sully que lo haría antes de cerrar. Pero los auditores se quedaron hasta casi las seis. Por eso llegué tarde al Ritz. Sabía que él tenía hasta las dos del mediodía de hoy, y yo tenía hasta las once, así que calculé que podría ocuparme esta mañana. Estaba preocupado, pero no me dejé llevar por el pánico. Ahora sí. Ahora el pánico me ahoga. Estamos absoluta, total y completamente jodidos. Él tiene que pasar una auditoría que empieza el lunes. Debe posponerla, ya que los bancos no habrán abierto para entonces. Y yo ni siquiera puedo hacer una maldita llamada para avisarle. —Seth parecía a punto de echarse a llorar, mientras Sarah no podía dejar de mirarlo, escandalizada e incrédula.

—A estas alturas ya debe de haberlo comprobado y habrá visto que no has hecho la transferencia —dijo, sintiéndose algo mareada. Le parecía estar en una montaña rusa, apenas capaz de sujetarse y sin cinturón de seguridad. No podía siquiera imaginar qué sentía Seth. Se arriesgaba a ir a la cárcel. Y entonces, ¿qué pasaría con ellos?

—De acuerdo, ya sabe que no he hecho la transferencia. ¿Y qué? Como el maldito terremoto ha cerrado la ciudad a cal y canto, ya no puedo hacerle llegar el dinero. Cuando se presenten los auditores, el lunes por la mañana, tendrá un déficit de sesenta millones de dólares, y yo no puedo hacer nada.

Ambos, Sully Markham y Seth, eran culpables de fraude y robo entre diversos estados. Sarah sabía, al igual que Seth cuando lo hizo, que era un delito federal; no podía ser peor. Daba miedo solo de pensarlo. Lo miró, sintiendo que la habitación giraba como una peonza.

—¿Qué vas a hacer, Seth? —preguntó con un hilo de voz. Comprendía plenamente todas las repercusiones de lo que él había hecho. Lo que no podía entender era por qué lo había hecho ni cuándo se había convertido en un delincuente. ¿Cómo podía estar pasándoles aquello?

—No lo sé —contestó él, sinceramente, y luego la miró a los ojos. Parecía aterrado, igual que ella—. Es posible que este sea el final, Sarah. He hecho este tipo de cosas antes. Y también he ayudado a Sully a hacerlas. Somos viejos amigos. Nunca nos habían pillado hasta ahora, y siempre había podido arreglar las cosas en mi parte del asunto. Esta vez estoy de mierda hasta las orejas.

—Dios mío —musitó Sarah—. ¿Qué ocurrirá si te procesan?

—No lo sé. Esto va a ser difícil de tapar. En todo caso, no creo que Sully pueda posponer la auditoría. Los inversores son quienes deciden cuándo se hace, y no les gusta dar tiempo para que se hagan florituras o se amañen los libros. Y está claro que los amañamos. Está claro que los falsificamos. No sé si habrá tratado de posponer la auditoría al enterarse de que ha habido un terremoto y que no le he transferido los fondos. Aunque es bastante difícil ocultar sesenta millones debajo de la alfombra. Es un agujero que no pasarán por alto. Peor todavía; la pista lleva directamente a mí. A menos que

Sully haga un milagro antes del lunes, estamos totalmente jodidos. Si los auditores se dan cuenta, la Comisión Nacional de Mercado de Valores no tardará ni cinco minutos en venir a por mí. Y soy una presa fácil, encerrado aquí, sin poder hacer nada. No puedo salir huyendo. Si tiene que pasar, pasará. Tendremos que conseguir un abogado fuera de serie y ver si podemos hacer un trato con el fiscal federal, si llegamos a eso. De lo contrario, tendría que huir a Brasil, y eso es algo que no quiero hacerte. Así que supongo que no nos queda más remedio que quedarnos aquí, esperando lo inevitable cuando pase el jaleo del terremoto. He intentado utilizar mi BlackBerry hace un rato, pero está absolutamente muerta. Tendremos que esperar y ver qué sucede... Lo siento, Sarah —añadió. No sabía qué más podía decirle.

Los ojos de Sarah estaban llenos de lágrimas cuando lo miró. Nunca, jamás, había sospechado que no fuera honrado y ahora se sentía como si le hubieran dado un mazazo.

—¿Cómo has podido hacer algo así? —preguntó, mientras las lágrimas caían por sus mejillas. No se había movido. Seguía sentada, mirándolo fijamente, incapaz de creer lo que él acababa de decirle. Pero estaba claro que era verdad. De repente, su vida se había convertido en una película de terror.

—Pensé que nunca nos pillarían —dijo, encogiéndose de hombros. A él también le parecía increíble, pero por razones diferentes de las de Sarah. Seth no se daba cuenta, no tenía ni idea de lo traicionada que se sentía Sarah por lo que le había confesado.

—Aunque no os atraparan, ¿cómo has podido hacer algo tan deshonesto? Has infringido todas las leyes imaginables, has falseado los activos ante tus inversores. ¿Y si hubieras perdido todo su dinero?

—Creía que podía cubrirlo. Siempre lo hacía. ¿De qué te quejas? Mira qué rápido he construido mi empresa. ¿Cómo crees que tienes todo esto? —Abrió los brazos, con un gesto que abarcaba toda la habitación. Sarah se dio cuenta de que no sabía quién era. Pensaba que lo conocía, pero no era así. Era como si el Seth que conocía se hubiera desvanecido y un delincuente hubiera ocupado su lugar.

—¿Y qué pasará con todo esto si vas a la cárcel?

Nunca había esperado que él tuviera tanto éxito, pero ahora vivían a lo grande. La casa de la ciudad, otra enorme en Tahoe, el avión, coches, bienes, joyas. Seth había levantado un castillo de naipes que estaba a punto de desmoronarse y caérseles encima; no lograba evitar preguntarse lo mal que podían llegar a ponerse las cosas. Seth parecía estresado y avergonzado, y tenía razones para estarlo.

—Supongo que se irá al traste —dijo sencillamente—. Aunque no fuera a prisión. Tendré que pagar multas y los intereses del dinero que me prestaron.

—No te lo prestaron; lo cogiste. Tampoco era de Sully, así que no podía dártelo. Es de sus inversores, no vuestro, de ninguno de los dos. Hiciste un trato con tu amiguete para mentir a la gente. No está bien, Seth, nada bien. —No quería que lo atraparan, por él y también por ellos, pero sabía que si lo hacían sería justo.

—Gracias por el sermón sobre moralidad —replicó él, amargamente—. En cualquier caso, respondiendo a tu pregunta, todo acabaría muy rápido. Confiscarían todas nuestras cosas o una parte: las casas, el avión y la mayoría de lo demás. Lo que no se llevaran, podríamos venderlo. —Lo decía casi como si no le importara. En el momento en el que se produjo el terremoto, la noche anterior, supo que estaba perdido.

—¿Y cómo se supone que viviremos?

—Pidiendo prestado a los amigos, supongo. No lo sé, Sarah. Tendremos que resolverlo cuando ocurra. De momento estamos bien. Nadie vendrá a buscarme en medio del caos que ha dejado el terremoto. Tendremos que ver qué pasa la semana que viene.

Pero Sarah sabía, igual que él, que todo su mundo se estaba viniendo abajo. No había manera de evitarlo, después de todas las trampas que él había hecho.

—¿Crees que nos quitarán la casa?

De repente, al mirar alrededor, pareció dominarla el pánico. Era su hogar. No necesitaba una casa tan lujosa como esa, pero era donde vivían, la casa donde habían nacido sus hijos. La perspectiva de perderlo todo la aterraba. Si arrestaban y procesaban a Seth, podían quedarse en la miseria en un abrir y cerrar de ojos. Empezó a ser presa de la desesperación. Tendría que encontrar un empleo, un lugar donde vivir. ¿Y dónde estaría Seth? ¿En prisión? Solo unas horas antes, lo único que quería era saber que sus hijos estaban sanos y salvos después del terremoto, que no se les había caído la casa encima. Y de repente, después de lo que Seth le había revelado, todo lo demás se venía abajo y lo único que tenía seguro ahora eran sus hijos. Ni siquiera sabía quién era Seth, después de lo que le había dicho. Llevaba cuatro años casada con un extraño. Era el padre de sus hijos. Lo había querido y había confiado en él.

Al pensar en ello, rompió a llorar con más fuerza. Seth se acercó para abrazarla, pero lo rechazó. Ya no sabía si era amigo o enemigo. Sin pensar siquiera en ella y en los niños, los había puesto en peligro a todos. Estaba furiosa con él, y destrozada por lo que había hecho.

—Te quiero, cariño —dijo él en voz baja.

Ella lo miró, asombrada.

—¿Cómo puedes decir eso? Yo también te quiero, pero mira lo que nos has hecho, a todos nosotros. No solo a ti y a mí, sino también a los niños. Quizá nos echen a la calle. Y tú podrías acabar en la cárcel. —Y eso era lo que pasaría, casi con toda seguridad.

—Puede que no sea tan malo.

Él trataba de tranquilizarla, pero ella no lo creía. Conocía demasiado bien las normas de la SEC para creer las trivialidades que le decía. Corría un peligro muy real de que lo arrestaran y lo encarcelaran. Y si lo hacían, su vida, tal como la conocían, desaparecía con él. Nunca volvería a ser igual.

—¿Qué vamos a hacer ahora? —preguntó, abatida, sonándose con un pañuelo de papel.

Ya no parecía la glamurosa dama de la alta sociedad de la noche anterior. Era una mujer terriblemente asustada. Se había puesto un suéter encima del traje de noche y llevaba los pies descalzos, mientras permanecía sentada en la cama, llorando. Parecía una adolescente cuyo mundo hubiera llegado a su fin. Y lo había hecho, gracias a su marido.

Se deshizo el moño y dejó que el pelo le cayera sobre los hombros. Aparentaba la mitad de su edad, allí sentada, mirándolo furiosa, sintiéndose traicionada, como nunca se había sentido antes. No por el dinero y el modo de vida que perderían, aunque también importaban. Todo había parecido tan seguro y había sido tan importante para ella, para sus hijos... Pero lo peor era que él les había arrebatado la vida feliz que había forjado para ellos, la seguridad con la que ella contaba. Al transferir el dinero que Sully Markham les había prestado, los había puesto en peligro a todos. Había hecho saltar su vida por los aires, junto a la de él.

—Creo que lo único que podemos hacer es esperar —dijo Seth, en voz baja, mientras cruzaba la habitación y se quedaba mirando por la ventana.

Había incendios debajo de ellos y, a la luz de la mañana, pudo ver que algunas casas cercanas habían sufrido daños. Había árboles caídos, balcones colgando en ángulos extraños, chimeneas derrumbadas sobre los tejados. La gente caminaba con expresión aturdida. Pero nadie estaba tan aturdido como Sarah, que seguía llorando en la habitación. Solo era cuestión de tiempo que la vida tal como la conocían tocara a su fin y, quizá con ella, su matrimonio.

4

Aquella noche, Melanie permaneció en la calle mucho rato, frente al Ritz-Carlton, ayudando a los heridos, tratando de llevar a los paramédicos hasta ellos. Encontró dos niñas que estaban perdidas y las ayudó a buscar a su madre. No era mucho lo que podía hacer, ya que no tenía los conocimientos de enfermería de la hermana Mary Magdalen, pero podía dar consuelo y tranquilizar. Uno de sus músicos la siguió durante un rato, pero luego fue a reunirse con los demás en el refugio. Melanie ya era mayor y podía cuidar de sí misma. Nadie de su grupo se había quedado con ella. Todavía llevaba el vestido y los zapatos de plataforma que lucía en el escenario, y por encima, la chaqueta del esmoquin alquilado de Everett, que ahora estaba sucia, manchada de polvo y de la sangre de las personas a las que había atendido. Pero estar allí hacía que se sintiera bien. Por primera vez, en mucho tiempo, pese al polvo de yeso que flotaba en el aire, sentía que podía respirar.

Se sentó en la parte de atrás de un coche de bomberos, para comer un donut, beber una taza de café y hablar con los bomberos sobre lo que había pasado. Los hombres estaban sorprendidos y felices de estar tomando café con Melanie Free.

—¿Cómo es ser Melanie Free? —preguntó uno de los bomberos más jóvenes.

Había nacido en San Francisco y había crecido en Mission. Su padre era policía, igual que dos de sus hermanos; otros dos eran bomberos como él. Todas sus hermanas se habían casado justo al acabar el instituto. Melanie Free estaba tan lejos de su vida como cualquier otra persona, aunque viéndola tomar el café y el donut, le parecía igual que cualquier otra persona.

—A veces es divertido —respondió ella—. Y a veces es una mierda. Es mucho trabajo y mucha presión, especialmente cuando damos conciertos. Y la prensa es un coñazo.

Todos se echaron a reír por su comentario, mientras ella cogía otro donut. El bombero que le había hecho la pregunta tenía veintidós años y tres hijos. Pensaba que la vida de Melanie parecía mucho más interesante que la suya, aunque quería mucho a su mujer y a sus hijos.

—¿Y a ti? —le preguntó ella—. ¿Te gusta lo que haces?

—Sí. Casi siempre. Sobre todo en una noche como esta. Tienes la sensación de que estás haciendo algo importante, algo bueno. Es mucho mejor que cuando te tiran botellas de cerveza o te disparan sin más cuando vas a Bay West a apagar un incendio que ellos mismos han provocado. Pero no siempre es así. La mayoría de las veces me gusta ser bombero.

—Los bomberos son muy guapos —comentó Melanie y luego soltó una risita. Ni se acordaba de la última vez que se había comido dos donuts. Su madre la habría matado. A diferencia de Janet, y debido a su insistencia, ella siempre estaba a dieta. Era una de las pequeñas servidumbres de la fama. Allí, sentada en el peldaño más bajo del camión, charlando con los bomberos, aparentaba menos de los diecinueve años que tenía.

—Tú también eres muy guapa —dijo uno de los bomberos de más edad al pasar junto a ellos.

Acababa de pasar cuatro horas sacando a varias personas de un ascensor donde habían quedado atrapadas. Una mujer se había desmayado; los demás estaban bien. Había sido un día muy largo para todos. Melanie saludó con la mano a las dos niñas que había encontrado y que ahora pasaban por delante de ella con su madre, camino del refugio. La madre se quedó atónita cuando se dio cuenta de que era Melanie. Incluso con su largo pelo rubio sin peinar y enredado y la cara sucia, era fácil reconocer a la estrella.

—¿No te cansas de que la gente te reconozca? —le preguntó uno de los bomberos.

—Sí, mucho. Mi novio lo detesta. Una vez, le pegó un puñetazo en la cara a un fotógrafo y acabó en la cárcel. La verdad es que lo saca de quicio.

—No me sorprende. —El bombero sonrió y volvió al trabajo.

Los hombres que quedaban le dijeron que debería ir al refugio. Allí estaría más segura. Durante toda la noche había estado ayudando a los huéspedes del hotel y a diversos desconocidos, pero el Departamento de Servicios de Emergencia quería que todos fueran a los refugios. Caían cascotes por todas partes, trozos de ventana, junto con anuncios y pedazos de hormigón de los edificios. Sin mencionar los cables eléctricos que eran un peligro constante. Realmente, no era seguro que se quedara en la calle.

El más joven de los bomberos se ofreció para acompañarla las dos manzanas que había hasta el refugio y ella aceptó a regañadientes. Eran las siete de la mañana y sabía que su madre estaría muerta de preocupación; probablemente le habría dado un ataque de nervios, después de tantas horas sin saber dónde estaba su hija. Melanie fue charlando tranquilamente con el joven bombero hasta llegar a la iglesia adonde enviaban a todo el mundo. El edificio estaba lleno a rebosar y los voluntarios de la Cruz Roja y miembros de la iglesia estaban sirviendo el desayuno. Cuando vio aquella multitud, Melanie pensó que no iba a encontrar a su madre. Se despidió del bombero en la puerta, le agradeció que la hubiera acompañado y se abrió camino entre la gente, buscando a alguien conocido. Era un grupo enorme de personas, que hablaban, lloraban, reían; algunas parecían preocupadas y había cientos sentadas en el suelo.

Finalmente encontró a su madre, sentada junto a Ashley y Pam, la secretaria de Melanie. Llevaban horas preocupadas por ella. Janet soltó un chillido al verla y corrió a abrazarla. La estrechó con tanta fuerza que casi la aplastó y, a continuación, la riñó a voz en grito por desaparecer toda la noche.

—Dios mío, Mel, pensaba que estarías muerta, electrocutada, que te habría caído un trozo del hotel en la cabeza.

—No, solo estaba ayudando un poco —dijo Melanie, en voz baja. Su voz se atenuaba hasta casi ser inaudible cuando estaba cerca de su madre.

Vio que Ashley estaba muy pálida. La pobre estaba muerta de miedo; había quedado traumatizada por el terremoto. Había pasado toda la noche acurrucada junto a Jake, aunque él no le hacía ningún caso, ya que dormía para eliminar todo lo que había bebido y fumado antes del seísmo.

Al oír chillar a Janet, abrió un ojo y miró a Melanie. Parecía tener una resaca horrible, y contemplaba a Melanie con curiosidad. Ni siquiera se acordaba de su actuación, y tampoco estaba seguro de haber estado allí, aunque sí recordaba las sacudidas del terremoto.

—Bonita chaqueta —comentó, entornando los ojos y mirando la sucia chaqueta de esmoquin—. ¿Dónde has estado toda la noche? —Parecía más interesado que preocupado.

—Ocupada —contestó, pero no se inclinó para besarlo.

Tenía un aspecto horrible. Había estado tumbado en el suelo, durmiendo como un tronco, con la chaqueta enrollada debajo de la cabeza, a guisa de almohada. La mayoría de su equipo dormía cerca de allí, igual que los músicos.

—¿No tenías miedo de estar allí fuera? —preguntó Ashley, que parecía aterrada.

Melanie negó con la cabeza.

—No. Mucha gente necesitaba ayuda. Niños perdidos, adultos que necesitaban a los paramédicos. Muchas personas habían sufrido cortes por los cristales que caían. He hecho lo que he podido.

—No eres enfermera, por todos los santos —le espetó su madre—. Has ganado un Grammy. Los ganadores de un Grammy no van por ahí limpiándole los mocos a nadie. —Janet la miraba furiosa. No era la imagen que quería para su hija.

—¿Por qué no, mamá? ¿Qué hay de malo en ayudar a los demás? Había muchas personas asustadas que necesitaban que alguien hiciera lo que pudiera.

—Que lo hagan otros —zanjó la madre, tumbándose junto a Jake—. Dios, me gustaría saber cuánto tiempo vamos a tener que quedarnos aquí. Han dicho que el aeropuerto está cerrado por daños en la torre. Espero que nos envíen a casa de una puñetera vez en el avión privado.

Estas cosas tenían mucha importancia para ella. Insistía mucho en sacar el máximo partido de todas las ventajas que les ofrecían. Todo eso le importaba más a ella que a Melanie. A Melanie le habría parecido igual de bien viajar en un autobús Greyhound.

—¿Qué importancia tiene, mamá? A lo mejor podemos alquilar un coche para volver a casa. Lo más importante es que podamos volver. No tengo otro concierto hasta la semana que viene.

—No voy a quedarme aquí, en el suelo de una iglesia, toda una semana. La espalda me está matando. Tienen que alojarnos en algún sitio decente.

—Todos los hoteles están cerrados, mamá. Los generadores no funcionan, los edificios son peligrosos y los frigoríficos están fuera de servicio. —Melanie lo sabía por lo que le habían dicho los bomberos—. Por lo menos, aquí estamos a salvo.

—Quiero volver a Los Ángeles —se quejó la madre. Le dijo a Pam que siguiera preguntando cuándo abrirían el aeropuerto, y ella le prometió que lo haría.

Pam admiraba a Melanie por haber ayudado a la gente durante toda la noche. Ella se la había pasado llevándole a Janet mantas, cigarrillos y café que preparaban en hornillos de butano en el comedor. Ashley estaba tan aterrorizada que había vomitado dos veces. Jake se durmió al momento, borracho como una cuba. Había sido una noche terrible, pero por lo menos todos estaban vivos.

Tanto la peluquera como la mánager de Melanie estaban en la entrada, sirviendo sándwiches y galletas y repartiendo botellas de agua. La comida, procedente de la enorme cocina de la iglesia en la que daban de comer a los sin hogar, se acabó rápidamente. Después, entregaron a la gente latas de pavo, jamón en salsa picante y cecina de buey. No faltaba mucho para que se quedaran sin nada. A Melanie no le importaba; de todos modos, no tenía hambre.

A mediodía, les dijeron que los llevarían a un refugio en Presidio. Iban a llegar autobuses y saldrían de la iglesia por turnos. Les dieron mantas, sacos de dormir y productos de higiene personal, como cepillos de dientes y dentífrico, que añadieron a sus pertenencias, ya que no iban a volver a la iglesia.

Melanie y su grupo no consiguieron subir a un autobús hasta las tres de la tarde. La joven había logrado dormir un par de horas y se encontraba bien mientras ayudaba a su madre a enrollar las mantas; luego sacudió a Jake para despertarlo.

—Despierta, Jackey, nos vamos —dijo, preguntándose qué drogas se habría tomado la noche anterior.

Había estado fuera de combate todo el día y todavía parecía tener resaca. Era un hombre guapo, pero cuando se levantó y miró alrededor, tenía muy mal aspecto.

—Dios, odio esta película. Parece el escenario de una de esas superproducciones de desastres y me siento como un extra cualquiera. Todo el rato estoy esperando que venga alguien para que me pinte sangre en la cara y me ponga una venda en la cabeza.

—Tendrías un aspecto de fábula, incluso con la sangre y el vendaje —le aseguró Melanie, mientras se recogía el pelo en una trenza.

Su madre no paró de quejarse hasta que llegaron al autobús, porque la manera en que los trataban era asquerosa y porque nadie parecía saber quiénes eran. Melanie le aseguró que ellas no eran distintas y que a nadie importaban. Eran solo un puñado de personas que habían sobrevivido al terremoto; no eran diferentes de los demás.

—Cállate ya, niña —la riñó su madre—. Esta no es la manera de hablar de una estrella.

—Aquí no soy una estrella, mamá. A nadie le importa un comino si sé cantar. Están cansados, hambrientos y asustados; todos quieren irse a casa, igual que nosotros. No somos diferentes.

—A ver si la convences, Mellie —dijo uno de los músicos mientras subían al autobús.

Justo entonces, dos adolescentes la reconocieron y se pusieron a chillar. Les firmó autógrafos a las dos, aunque le pareció absurdo. Se sentía cualquier cosa menos una estrella, sucia y vestida a medias, con una chaqueta masculina de esmoquin que había visto días mejores y con el vestido de malla y lentejuelas que había llevado en el escenario, roto.

—Cántanos algo, Melanie —suplicaron y Melanie se echó a reír.

Les dijo que no iba a cantar de ninguna manera. Eran jóvenes y tontas; solo tendrían unos catorce años. Vivían cerca de la iglesia con su familia y viajaban en el autobús con ella. Dijeron que parte de su edificio de pisos se había desplomado y que la policía las había rescatado; nadie había resultado herido, salvo una anciana que vivía en el piso más alto y que se había roto una pierna. Tenían montones de historias que contar.

Cuando llegaron a Presidio, veinte minutos después, los acompañaron a unos viejos hangares militares, donde la Cruz

Roja había instalado catres y un comedor. En uno de los hangares habían organizado un hospital de campaña, con personal médico voluntario, paramédicos, médicos y enfermeras de la Guardia Nacional, voluntarios de las iglesias locales y voluntarios de la Cruz Roja.

—A lo mejor pueden sacarnos de aquí en helicóptero —dijo Janet al sentarse en el catre, horrorizada por aquel alojamiento.

Jake y Ashley fueron a buscar algo para comer y Pam se ofreció a llevarle comida a Janet, porque esta dijo que estaba demasiado cansada y traumatizada para moverse. No era tan vieja para mostrarse tan indefensa, pero no veía razón alguna para hacer cola durante horas a fin de conseguir una comida asquerosa. Los músicos y los encargados del equipo estaban fuera, fumando. Cuando todos los demás se fueron, Melanie se deslizó discretamente entre la multitud para ir hasta las mesas de la entrada. Habló con la encargada en voz baja. Era una sargento de la reserva de la Guardia Nacional, con traje de faena de camuflaje y botas de combate. Miró a Melanie, sorprendida, y la reconoció de inmediato.

—¿Qué haces aquí? —preguntó con una cálida sonrisa. No dijo el nombre de Melanie. No era necesario. Las dos sabían quién era.

—Anoche actué en una gala benéfica —contestó Melanie en voz queda. Le dedicó una amplia sonrisa a la mujer del uniforme de faena—. Me he quedado atrapada aquí, como todos los demás.

—¿En qué puedo ayudarte? —Estaba entusiasmada por conocer a Melanie en persona.

—Quería preguntar qué puedo hacer para ayudar. —Sería mejor que quedarse sentada en su catre, oyendo cómo se quejaba su madre—. ¿Necesitan voluntarios?

—Sé que hay algunos en el comedor, cocinando y sirviendo comida. El hospital de campaña está un poco más calle arriba y no estoy segura de qué necesitan. Podría darte trabajo en el mostrador, pero es posible que te asedien si te reconocen.

Melanie asintió. Ella también lo había pensado.

—Probaré primero en el hospital. —Parecía lo mejor.

—Me parece bien. Vuelve a verme si no encuentras nada allí. Esto se ha convertido en un caos desde que los autobuses empezaron a llegar. Esperamos a otras cincuenta mil personas en Presidio esta noche. Las están recogiendo por toda la ciudad.

—Gracias —dijo Melanie y volvió donde estaba su madre.

Janet estaba echada en el catre, comiendo un Popsicle que Pam le había llevado; tenía una bolsa de galletas en la otra mano.

—¿Dónde has estado? —preguntó mirando a su hija.

—Echando una ojeada —respondió Melanie vagamente—. Volveré dentro de un rato —añadió.

Empezó a marcharse y Pam la siguió. Le dijo a su secretaria que iba al hospital de campaña a presentarse voluntaria.

—¿Estás segura? —preguntó Pam, con aire preocupado.

—Sí, lo estoy. No quiero quedarme aquí sentada, sin hacer nada, escuchando cómo se queja mi madre. Prefiero ser útil.

—He oído que tienen suficiente personal con los voluntarios de la Guardia Nacional y la Cruz Roja.

—Tal vez, pero he pensado que en el hospital quizá necesiten más ayuda. Aquí no hay mucho que hacer, excepto repartir agua y servir comida. Volveré dentro de un rato; si no lo hago, ya sabes dónde encontrarme. El hospital de campaña está calle arriba.

Pam asintió y volvió con Janet, que dijo que le dolía la cabeza y que necesitaba una aspirina y agua. Daban ambas cosas en el comedor. Mucha gente tenía dolor de cabeza debido al polvo, a los nervios y a la impresión. A Pam también le dolía, por lo ocurrido la noche anterior y por las continuas exigencias de Janet.

Melanie salió del edificio, sin llamar la atención y sin que nadie la viera, con la cabeza gacha y las manos metidas en los bolsillos de la chaqueta. Se sorprendió al encontrar una moneda en el bolsillo. No la había visto antes. La sacó mientras caminaba. Tenía un número romano, I, con las letras AA, y en el otro lado la Oración de la Serenidad. Supuso que sería de Everett Carson, el fotógrafo que le había prestado la chaqueta. Volvió a meterla en el bolsillo, mientras deseaba llevar puestos otros zapatos. Andar por la calle de cemento con guijarros era todo un reto con los zapatos de plataforma que había llevado en el escenario. Hacían que se sintiera inestable.

Llegó al hospital en menos de cinco minutos; allí se encontró con un murmullo de actividad. Usaban un generador para alumbrar el vestíbulo y tenían una cantidad asombrosa de aparatos e instrumental que estaba almacenado en Presidio o que habían enviado de los hospitales cercanos. Parecían unas instalaciones muy profesionales, llenas de batas blancas, uniformes militares y brazaletes de la Cruz Roja. Por unos momentos, Melanie se sintió fuera de lugar y estúpida por querer presentarse voluntaria.

En la entrada había un mostrador para registrar a los que llegaban, así que al igual que había hecho en el hangar que les habían asignado, preguntó al soldado que había allí si necesitaban ayuda.

—Pues claro. —Sonrió ampliamente.

Tenía un acento muy marcado del Sur, y unos dientes que parecían teclas de piano cuando sonreía. Se sintió aliviada al ver que no la había reconocido. El soldado fue a preguntar a alguien dónde necesitaban voluntarios y volvió al cabo de un momento.

—¿Qué te parece trabajar con los sin hogar? Los han estado trayendo todo el día.

Muchos de los heridos eran personas que vivían en las calles.

—Por mí, bien —respondió devolviéndole la sonrisa.

—Muchos han resultado heridos mientras dormían en la

entrada de las casas. Llevamos horas curándolos. Junto a todos los demás.

Los pacientes sin hogar eran el mayor problema, puesto que ya estaban mal antes del terremoto; muchos de ellos eran enfermos mentales difíciles de manejar. Melanie no se dejó amedrentar por sus palabras. Aunque el soldado no le dijo que uno de ellos había perdido una pierna cuando se la cortó una ventana. De todos modos se lo habían llevado en ambulancia a otro sitio. La mayoría de los que trataban en el hospital de campaña tenían heridas leves, pero había muchos; en realidad, miles.

Dos voluntarios de la Cruz Roja se encargaban de atender a los que llegaban. También habían acudido asistentes sociales, para ver si podían prestar alguna ayuda. Intentaban convencer a los sin hogar para que se apuntaran a los programas que la ciudad ofrecía para ellos o para conseguirles una plaza en los refugios permanentes, si reunían las condiciones; pero incluso si las reunían, algunos no tenían ningún interés en hacerlo. Estaban en Presidio porque no tenían ningún otro lugar a donde ir. Allí, todos tenían una cama y comida gratis. Había todo un vestíbulo acondicionado para duchas.

—¿Quieres que te demos otra cosa para ponerte? —le preguntó sonriendo una de las voluntarias al mando—. Debía de ser un vestido increíble. Pero podrías provocarle un ataque al corazón a alguien, si se te abre la chaqueta —dijo con una amplia sonrisa.

Melanie se echó a reír y bajó la cabeza para mirar su voluptuoso pecho, que asomaba, exuberante, por la abertura de la chaqueta y los restos del vestido. Lo había olvidado por completo.

—Sería estupendo. Y si es posible, también me vendrían muy bien un par de zapatos. Estos me están matando y es difícil moverse con ellos.

—Lo entiendo —comentó la voluntaria—. Tenemos toneladas de chancletas al fondo del hangar. Alguien las ha enviado para la gente que salió corriendo descalza de casa. Llevamos todo el día arrancando trozos de vidrio de los pies.

Más de la mitad de los que estaban allí no llevaban zapatos. Melanie agradeció la propuesta de las chancletas, y alguien le dio unos pantalones de camuflaje y una camiseta para acompañarlos. En la camiseta ponía «Harvey's Bail Bonds», y los pantalones le iban demasiado grandes, pero encontró un trozo de cuerda que se ató a la cintura para sujetarlos. Se puso las chancletas y tiró los zapatos, el vestido y la chaqueta del esmoquin. No creía que volviera a ver a Everett. Sintió tirar la chaqueta, pero estaba hecha un desastre, llena de polvo de yeso y suciedad; sin embargo, en el último momento se acordó de la moneda y se la metió en el bolsillo de los pantalones del ejército. Le parecía que era un amuleto de la buena suerte y, si alguna vez volvía a verlo, podría devolvérsela en lugar de la chaqueta.

Cinco minutos después, con una tablilla en la mano, estaba anotando el nombre de aquellos con los que hablaba: hombres que llevaban años viviendo en la calle y que apestaban a alcohol; mujeres adictas a la heroína, a las que no les quedaban dientes; niños que habían resultado heridos y estaban allí, con sus padres, procedentes de Marina y Pacific Heights. Parejas jóvenes, ancianos, personas que a todas luces poseían medios y otras que eran indigentes. Personas de todas las razas, edades y tamaños. Era una muestra representativa de la ciudad y de la vida real. Algunos seguían deambulando en estado de choque, diciendo que sus casas se habían derrumbado; otros, con los tobillos o las piernas rotos o con esguinces deambulaban cojeando de un lado para otro. Vio numerosas personas con hombros y brazos rotos. Melanie no paró ni un momento durante horas, ni siquiera para comer o sentarse. Nunca había sido tan feliz en su vida ni había trabajado tan duro. Era casi medianoche cuando las cosas empezaron a tranquilizarse; para entonces llevaba allí ocho horas, sin descanso, pero no le importaba lo más mínimo.

—¡Eh, rubia! —gritó un hombre viejo. Ella se detuvo para darle el bastón—. ¿Qué hace aquí una chica tan bonita? ¿Estás en el ejército?

—No. Solo me han prestado los pantalones. ¿En qué puedo ayudarlo?

—Necesito que alguien me acompañe al baño. ¿Puedes buscarme algún hombre?

—Claro.

Fue a buscar a uno de los reservas de la Guardia Nacional y lo acompañó hasta el hombre del bastón. Los dos se marcharon hacia las letrinas portátiles instaladas en la parte trasera. Un momento después, se sentó por primera vez en toda la noche y aceptó, agradecida, la botella de agua que le tendía una voluntaria de la Cruz Roja.

—Gracias. —Melanie sonrió.

Estaba muerta de sed, pero no había tenido tiempo de beber desde hacía horas. Tampoco había comido nada desde el mediodía, pero ni siquiera tenía hambre, a causa del cansancio. Estaba saboreando el agua antes de volver al trabajo, cuando una mujer menuda y pelirroja pasó a toda velocidad junto a ella; llevaba vaqueros, una sudadera y unas botas Converse de color rosa. En el hospital hacía calor; la sudadera era de un rosa encendido y decía: «Jesús está viniendo. Finge estar ocupado». La mujer que la llevaba tenía unos luminosos ojos azules que miraron a Melanie; luego le dirigió una amplia sonrisa.

—Me gustó mucho tu actuación anoche —susurró la mujer de la sudadera rosa.

—¿De verdad? ¿Estabas allí? —Era evidente que, si lo decía, era porque había estado. Le parecía que habían pasado un millón de años desde el concierto y el terremoto que había golpeado la ciudad antes de que ella terminara—. Gracias. Menuda noche, ¿verdad? ¿Saliste bien librada? —La pelirroja, que parecía ilesa, llevaba una bandeja con vendajes, esparadrapo y un par de tijeras médicas—. ¿Estás con la Cruz Roja?

—No, soy enfermera. —Sin embargo, parecía una chica de campamento con su camiseta rosa y sus botas deportivas. También llevaba una cruz colgando sobre el pecho y Melanie sonrió al ver lo que ponía en la camiseta. La mirada de sus ojos azules era eléctrica y, sin ninguna duda, parecía ocupada—. Y tú, ¿estás con la Cruz Roja? —preguntó.

Le iría bien un poco de ayuda. Llevaba horas cosiendo cortes pequeños y enviando a la gente a dormir a otras salas. Intentaban que las oleadas de gente que llegaba al hospital de campaña entrara y saliera lo más rápido posible, y atendían a las víctimas según la gravedad de sus heridas, lo mejor que podían. Mandaban los casos peores a los hospitales, donde había aparatos para mantenerlos con vida. El hospital de campaña impedía que los casos de menor importancia acabaran en las salas de urgencias de los hospitales; de ese modo, ellos podían ocuparse de los heridos graves. Hasta el momento, el sistema funcionaba.

—No, simplemente estaba aquí y pensé que podría ayudar —explicó Melanie.

—Buena chica. ¿Qué tal se te da ver cómo cosen a la gente? ¿Te desmayas cuando ves sangre?

—Hasta ahora no —dijo Melanie. Había visto mucha sangre desde la noche anterior, y por el momento no le había dado aprensión, a diferencia de su amiga Ashley, Jake y su madre. Ella lo aguantaba bien.

—Estupendo. Entonces, ven y ayúdame.

Llevó a Melanie de vuelta a la parte de atrás del hangar, donde había organizado una pequeña zona de trabajo, con una camilla de reconocimiento improvisada y material esterilizado. La gente hacía cola, esperando a que les cosieran las heridas. Al cabo de un momento, Melanie ya se había lavado las manos con una solución quirúrgica y le estaba dando lo que necesitaba para coser cuidadosamente a sus pacientes. La mayoría de las heridas no tenían mucha importancia, pero había algunas raras excepciones. La mujer menuda y pelirroja no paraba ni un momento. Alrededor de las dos de la madrugada hubo un período de calma y las dos pudieron sentarse para beber agua y charlar unos momentos.

—Sé cómo te llamas —dijo con una sonrisa aquel pequeño elfo de pelo rojo—, pero he olvidado decirte mi nombre. Soy Maggie. La hermana Maggie —añadió.

—¿Hermana? ¿Eres monja? —Melanie estaba atónita. En ningún momento se le había ocurrido que esa menuda visión vestida de rosa, con el pelo del color de las llamas podía ser monja. Nada lo hacía adivinar, excepto quizá la cruz colgada del cuello, pero cualquiera podía llevar una—. De verdad que no pareces una monja —dijo Melanie, riendo.

De niña había ido a una escuela católica y entonces pensaba que algunas de las monjas eran enrolladas, por lo menos las jóvenes. Todas estaban de acuerdo en que las mayores eran mezquinas, pero no se lo dijo a Maggie. No había nada mezquino en ella; era toda luz, sonrisas, alegría y trabajo duro, muy duro. Melanie pensó que tenía una manera encantadora de tratar a la gente.

—Sí que parezco una monja —insistió Maggie—. Este es el aspecto que tienen las monjas ahora.

—No cuando yo estaba en la escuela —replicó Melanie—. Me encanta tu sudadera.

—Me la dieron unos chicos que conozco. No estoy segura de que el obispo la aprobara, pero hace reír a la gente. Pensé que hoy era el día indicado para ponérmela. La gente necesita sonreír. Parece que ha habido muchos daños en la ciudad y muchos hogares destruidos, sobre todo por el fuego. ¿Dónde vives, Melanie? —preguntó la hermana Maggie con interés, mientras terminaban el agua y se levantaban.

—En Los Ángeles, con mi madre.

—Eso está muy bien —aprobó Maggie—. Con tu éxito, podrías andar por ahí sola o metiéndote en montones de problemas. ¿Tienes novio?

Melanie sonrió en respuesta y asintió.

—Sí. También está aquí. Seguramente estará dormido en el hangar que nos asignaron. Una amiga vino conmigo al concierto; mi madre también está aquí y los músicos del grupo, claro.

—Parece un montón de gente. ¿Tu novio te trata bien? —Los brillantes ojos azules la miraban atentamente.

Melanie vaciló antes de contestar. La hermana Maggie sentía interés por Melanie. Parecía una chica tan buena y lista... Nada en ella delataba que fuera famosa. Melanie no era en absoluto pretenciosa; era sencilla, hasta parecía humilde. A Maggie le gustaba mucho esto en ella. Actuaba como cualquier chica de su edad, no como una estrella.

—A veces es agradable conmigo —respondió Melanie—. Tiene sus propios problemas. A menudo son un obstáculo.

Maggie leyó entre líneas y sospechó que probablemente bebía demasiado o se drogaba. Lo que más la sorprendía era que Melanie no tenía aspecto de hacer lo mismo. Había acudido a trabajar al hospital por propia iniciativa, quería ayudar sinceramente, y era muy útil y sensata en lo que hacía. Era una persona con los pies en el suelo.

—Lástima —comentó Maggie.

Luego le dijo a Melanie que ya había trabajado bastante. Llevaba casi once horas seguidas, además de no haber dormido casi nada la noche anterior. Le dijo que volviera a la sala donde estaban su madre y los demás y descansara un poco; de lo contrario, al día siguiente no serviría para nada. Maggie dormiría en un catre en una zona del hospital que habían preparado para los voluntarios y el personal médico. Planeaban abrir un edificio independiente para alojarlos, pero todavía no lo habían hecho.

—¿Puedo volver mañana? —preguntó Melanie, esperanzada. Le había encantado el tiempo que había pasado allí; se sentía realmente útil, lo cual hacía que el tiempo que debían esperar hasta volver a casa fuera más interesante y pasara más deprisa.

—Sí, ven en cuanto te despiertes. Puedes desayunar en el comedor. Yo estaré aquí. Puedes venir siempre que quieras —dijo la hermana Maggie con cariño.

—Gracias —dijo Melanie, educadamente, todavía sorprendida de que fuera monja—. Hasta mañana, hermana.

—Buenas noches, Melanie. —Maggie sonrió cálidamente—. Gracias por tu ayuda.

Al alejarse, Melanie dijo adiós con la mano; la hermana se quedó mirándola. Era una joven muy bonita y aunque no estaba segura de por qué, Maggie tenía la sensación de que andaba buscando algo, que en su vida faltaba algo importante. Era difícil de creer, siendo tan guapa, con una voz como la suya y con el éxito que tenía. Maggie esperaba que, fuera lo que fuese lo que estuviera buscando, lo encontrara.

Maggie fue a informar que se marchaba a dormir un poco. Mientras volvía a la sala donde había dejado a los demás, Melanie sonreía. Le había encantado trabajar con Maggie. Todavía le costaba creer que aquella mujer tan llena de vida fuera monja. Melanie no pudo evitar desear tener una madre así, llena de compasión, calidez y sabiduría, en lugar de la que tenía, que siempre la presionaba y vivía a través de su hija. Melanie era muy consciente de que su madre también quería ser una estrella y creía que lo era porque su hija lo había conseguido y había alcanzado el estrellato. A veces, resultaba una carga muy pesada ser el sueño de su madre, en lugar de tener el suyo propio. Ni siquiera estaba segura de cuáles eran sus sueños. Lo único que sabía era que durante unas horas, y más de lo que nunca había sentido en el escenario, le parecía haber encontrado su sueño aquella noche, inmediatamente después del terremoto de San Francisco.

5

Melanie estaba de vuelta en el hospital de campaña antes de las nueve de la mañana siguiente. Habría llegado antes, pero se detuvo para escuchar el anuncio emitido por el sistema de megafonía en el patio principal. Cientos de personas se habían reunido para enterarse de cuál era la situación en toda la ciudad. El número de víctimas mortales estaba ya por encima del millar y dijeron que pasaría una semana, como mínimo, antes de que volvieran a tener electricidad. Dieron una lista de las zonas que habían quedado más dañadas y dijeron que dudaban de que los móviles volvieran a estar en servicio antes de, por lo menos, diez días. Informaron que estaban enviando suministros de emergencia por avión desde todo el país. El presidente había hecho una breve visita para ver la devastada ciudad el día anterior y luego había volado de vuelta a Washington, después de prometer ayuda federal y elogiar a los habitantes de San Francisco por su valor y compasión. Por los altavoces comunicaron a los residentes temporales de Presidio que la Sociedad Protectora de Animales había establecido un refugio especial, donde estaban llevando animales de compañía, con la esperanza de poder reunirlos con sus amos. También dijeron que disponían de traductores, tanto de mandarín como de español. La persona que leía el comunicado dio las gracias a todos por su cooperación y por obedecer las normas del campamento temporal. Dijo que, en aquellos momentos, había más de ochenta mil personas en Presidio y que aquel mismo día abrirían dos comedores más. Prometió mantenerlos a todos informados de cualquier acontecimiento en cuanto se produjera y les deseó un buen día.

Cuando Melanie encontró a Maggie en el hospital de campaña, la menuda monja estaba quejándose de que el presidente había sobrevolado Presidio en helicóptero, pero no había visitado el hospital. El alcalde había pasado un momento el día anterior y se esperaba que el gobernador recorriera Presidio aquella tarde. También habían estado allí muchos reporteros. Se estaban convirtiendo en una ciudad modelo dentro de otra que había quedado gravemente dañada por el terremoto de hacía casi dos días. Considerando el alcance de los daños sufridos, las autoridades locales estaban impresionadas por lo bien organizados que estaban y lo comprensivos que eran los ciudadanos. En todo el campamento prevalecía un ambiente de bondad y compasión, una camaradería parecida a la de los soldados en zona de guerra.

—¡Qué madrugadora! —exclamó la hermana Maggie cuando apareció Melanie.

Parecía joven, guapa y limpia, aunque llevaba la misma ropa que el día anterior. No tenía otra, pero se había levantado a las siete para hacer cola en las duchas. Había sido estupendo lavarse el pelo y tomar una ducha caliente. Después, había desayunado copos de avena y tostadas en el comedor.

Por suerte, los generadores conservaban la comida fresca. Al personal médico le preocupaba que, de no ser así, pudiera producirse una intoxicación por alimentos y disentería. Pero, por el momento, su principal problema eran las heridas, no las enfermedades, aunque a la larga las segundas también podían llegar a serlo.

—¿Has dormido? —preguntó Maggie.

El insomnio era uno de los principales síntomas de un trauma; muchas de las personas a las que atendían decían que no habían dormido en dos días. Una escuadra de psiquiatras, que se habían ofrecido voluntarios para tratar a las víctimas de un posible trauma, estaban instalados en una sala aparte. Maggie había enviado muchas personas a verlos, en particular a los ancianos y a los muy jóvenes, que estaban muy asustados y fuertemente conmocionados.

Destinó a Melanie a trabajar con los ingresos; a anotar los detalles, los síntomas y demás datos de los pacientes. No cobraban por lo que hacían, no había ningún sistema de facturas; todos los trámites y el papeleo lo realizaban los voluntarios. Melanie se alegró de estar allí. La noche del terremoto había sido aterradora, pero por primera vez en su vida sentía que estaba haciendo algo importante, en lugar de esperar detrás del escenario de algún teatro, grabar en los estudios y cantar. Allí, por lo menos, ayudaba a la gente. Y Maggie estaba muy contenta con su trabajo.

Había otras monjas y sacerdotes trabajando en Presidio, procedentes de diversas órdenes e iglesias de la ciudad. Algunos pastores andaban arriba y abajo, hablando con la gente e incluso habían montado espacios donde quien quisiera podía ir en busca de consejo. Miembros del clero de todas las confesiones visitaban a los heridos y enfermos. Muy pocos llevaban alzacuellos, hábitos o símbolos religiosos del tipo que fuera. Decían quiénes eran y hablaban con la gente mientras recorrían el lugar. Algunos incluso servían comida en el comedor. Maggie saludaba a muchos de los sacerdotes y monjas. Parecía conocer a todo el mundo. Melanie se lo comentó más tarde, cuando se tomaron un descanso. Maggie se echó a reír.

—Llevo mucho tiempo por aquí.

—¿Te gusta ser monja?

Melanie sentía curiosidad. Pensaba que era la persona más interesante que había conocido en su vida. En sus casi veinte años en la tierra, nunca se había tropezado con nadie que desprendiera tanta bondad, sabiduría, profundidad y compasión. Vivía sus creencias y las llevaba a la práctica, en lugar de limitarse a hablar de ellas. Su dulzura y aplomo llegaban a todos los que conocía. Una de las otras personas que trabajaban en el hospital dijo que Maggie poseía una gracia asombrosa; la expresión hizo sonreír a Melanie. Siempre le había gustado mucho el himno que llevaba ese nombre y lo cantaba con frecuencia. A partir de ahora, le recordaría a Maggie. Estaba en el primer CD que Melanie había grabado y fue el que le permitió usar de verdad su voz.

—Me gusta mucho ser monja —contestó Maggie—. Siempre me ha gustado. Nunca lo he lamentado, ni un solo minuto. Me va a la perfección —dijo, con aspecto feliz—. Me gusta estar casada con Dios, ser la esposa de Cristo —añadió.

Esas palabras impresionaron a su joven amiga. Melanie vio entonces la delgada alianza de oro blanco que llevaba. Maggie le contó que se la dieron cuando hizo los últimos votos, diez años atrás. Dijo que la espera hasta recibir el anillo había sido larga y que simbolizaba la vida y el trabajo que tanto le gustaban y de los que se sentía tan orgullosa.

—Debe de ser difícil ser monja —dijo Melanie, con profundo respeto.

—Es difícil ser cualquier cosa en esta vida —dijo Maggie, sensatamente—. Lo que tú haces tampoco es fácil.

—Sí que lo es —disintió Melanie—. Para mí lo es. Cantar es fácil y es lo que me gusta. Por eso lo hago. Pero a veces las giras de conciertos son duras, porque viajas mucho y tienes que trabajar cada día. Antes íbamos por carretera, en un autobús enorme; no nos bajábamos en todo el día y actuábamos toda la noche, con ensayos nada más llegar. Es mucho más fácil ahora que vamos en avión. —Los buenos tiempos habían llegado de la mano de su enorme éxito.

—¿Tu madre siempre viaja contigo? —preguntó Maggie, curiosa por saber de su vida.

Melanie le había dicho que su madre y otras personas estaban con ella en San Francisco. Maggie sabía que viajar con un séquito formaba parte de su trabajo, pero pensaba que la presencia de su madre era inusual, incluso para una chica de su edad. Casi tenía veinte años.

—Sí, siempre. Ella dirige mi vida —respondió Melanie, suspirando—. Mi madre siempre quiso ser cantante cuando era joven. Era corista en Las Vegas y está muy entusiasmada porque las cosas me han ido bien. A veces, lo está demasiado. —Melanie sonrió—. Siempre me está presionando para que haga el máximo.

—Eso no es malo —afirmó la hermana Maggie—, siempre que no te presione demasiado. ¿Tú qué opinas?

—Creo que a veces es demasiado —contestó Melanie, sinceramente—. Me gustaría tomar mis propias decisiones. Mi madre está convencida de que siempre sabe qué es lo mejor.

—¿Y lo sabe?

—No lo sé. Creo que toma las decisiones que habría tomado para ella misma. No siempre estoy segura de que sean lo que yo quiero para mí. Casi se muere de la alegría cuando gané el Grammy. —Melanie sonrió.

Los ojos de Maggie chispearon al mirarla.

—Debió de ser un gran momento, la culminación del duro trabajo que habías hecho. Un honor increíble. —Apenas conocía a la joven, pero estaba orgullosa de ella.

—Se lo di a mi madre —dijo Melanie en voz baja—. Sentía que se lo había ganado. Yo no podría haberlo hecho sin ella.

Algo en la manera en la que lo dijo hizo que la sabia monja se preguntara si ese estrellato era lo que Melanie quería para ella o solo lo hacía para complacer a su madre.

—Es precisa mucha sabiduría y mucho valor para saber qué camino queremos tomar y cuál tomamos para complacer a otros.

El modo en el que lo dijo hizo que Melanie se quedara pensativa.

—¿Tu familia quería que fueras monja? ¿O se disgustaron? —Los ojos de Melanie estaban llenos de preguntas.

—Estuvieron encantados. En mi familia era algo importante. Preferían que sus hijos fueran sacerdotes o monjas a que se casaran. Hoy parece un poco absurdo. Pero veinte años atrás, en las familias católicas, los padres siempre alardeaban de ello. Uno de mis hermanos era sacerdote.

—¿Era? —preguntó Melanie.

La hermana Maggie sonrió.

—Lo dejó después de diez años y se casó. Pensé que mi madre se moriría del disgusto. Mi padre ya había muerto, de no ser así eso lo habría matado. En mi familia, una vez que haces los votos no dejas la orden religiosa. Para ser sincera, a mí también me decepcionó un poco. Sin embargo, es un tipo estupendo y no creo que lo haya lamentado. Tienen seis hijos y son muy felices. Así que supongo que esa era su auténtica vocación, no la Iglesia.

—¿Te gustaría haber tenido hijos? —preguntó Melanie, con aire soñador.

La vida de Maggie le parecía bastante triste, lejos de su familia, sin haberse casado nunca, trabajando en las calles con desconocidos y viviendo en la pobreza toda la vida. Pero parecía irle muy bien. Se veía en sus ojos. Era una mujer feliz, totalmente realizada y era evidente que estaba contenta con su vida.

—Todas las personas que conozco son mis hijos. Las que encuentro en las calles y veo un año tras otro, las que ayudo y dejan las calles. Y luego, hay personas especiales, como tú, Melanie, que aparecen en mi vida y me llegan al corazón. Me alegro mucho de haberte conocido. —Le dio un abrazo, dejaron la conversación y volvieron al trabajo.

Melanie le devolvió el abrazo con sincero afecto.

—Yo también me alegro mucho de haberte conocido. Cuando sea mayor, quiero ser como tú —dijo con una risita.

—¿Monja? ¡No me parece que le gustara a tu madre! ¡En el convento no hay estrellas! Se supone que es una vida de humildad y alegre privación.

—No, me refiero a ayudar a la gente, como tú haces. Me gustaría hacer algo así.

—Puedes hacerlo, si quieres. No tienes por qué pertenecer a una orden religiosa. Lo único que tienes que hacer es arremangarte y poner manos a la obra. Hay personas necesitadas en todas partes, incluso entre los afortunados. El dinero y el éxito no siempre dan la felicidad.

Era un mensaje para Melanie y ella lo sabía pero, más importante todavía, era un mensaje para su madre.

—Nunca tengo tiempo para hacer trabajo voluntario —se quejó Melanie—. Y mi madre no quiere verme cerca de personas con enfermedades. Dice que si caigo enferma no podré cumplir con las fechas de los conciertos o las giras.

—Tal vez un día encontrarás tiempo para las dos cosas. Quizá cuando seas mayor. —Y cuando su madre aflojara el control de su carrera, si es que lo hacía.

A Maggie le parecía que la madre de Melanie vivía a través de su hija. Vivía sus sueños a través de ella. Era una suerte para ella que Melanie fuera una estrella. La monja de ojos azules tenía un sexto sentido para la gente y percibía que Melanie era rehén de su madre y que, en lo más profundo de su ser, aun sin saberlo, la joven estaba luchando por liberarse.

Luego tuvieron que ocuparse de los pacientes de Maggie. Durante todo el día atendieron una hilera interminable de personas heridas, la mayoría con heridas sin importancia que podía curar una enfermera; no era necesario un médico. Las otras, siguiendo el sistema de selección según la gravedad que utilizaban en el hospital de campaña, eran enviadas a otro sitio. Melanie era una buena ayudante y la hermana Maggie la elogiaba con frecuencia.

Almorzaron juntas ya bien entrada la tarde. Se sentaron fuera, al sol, a comer unos sándwiches de pavo que eran sorprendentemente buenos. Parecía que entre los voluntarios de la cocina había algunos cocineros muy capaces; la comida aparecía de no se sabía dónde, en muchos casos donada por otras ciudades, incluso otros estados; la enviaban por avión y, a menudo, la entregaban por helicóptero en los mismos terrenos de Presidio. Los suministros médicos, la ropa para vestir y la de cama para los miles de personas que vivían allí también llegaba por aire. Era como vivir en una zona en guerra; constantemente había helicópteros zumbando por encima de sus cabezas, noche y día. Muchas de las personas ancianas se quejaban de que no las dejaban dormir. A los jóvenes no les molestaba; se habían acostumbrado. Era un símbolo de la horrible experiencia que estaban viviendo.

Acababan de terminar de comer los sándwiches cuando Melanie vio pasar a Everett. Al igual que muchos otros, seguía vestido con los pantalones negros del esmoquin y la camisa blanca que llevaba la noche del terremoto. Pasó junto a ellas, sin verlas, con la cámara colgada del cuello y la bolsa al hombro. Melanie lo llamó, él se volvió y las vio, sorprendido. Se acercó rápidamente y se sentó en el tronco donde estaban ellas.

—¿Qué hacéis vosotras dos aquí? Y además juntas. ¿Cómo ha sido eso?

—Trabajo aquí, en el hospital de campaña —explicó la hermana Maggie.

—Y yo soy su ayudante. Me presenté voluntaria cuando nos trasladaron aquí desde la iglesia. Me estoy convirtiendo en enfermera —dijo Melanie, sonriendo orgullosa.

—Y muy buena —añadió Maggie—. Y tú, ¿qué haces aquí, Everett? ¿Tomas fotos o también estás viviendo aquí? —preguntó Maggie, con interés. No lo había visto desde la mañana después del terremoto, cuando se marchó para ver qué pasaba en la ciudad. Ella no había estado en casa desde entonces, si es que él había intentado encontrarla, lo cual dudaba.

—Puede que ahora venga a vivir aquí. Estaba en un refugio en el centro, pero han tenido que cerrarlo. El edificio de al lado estaba empezando a inclinarse mucho, así que nos sacaron de allí y nos dijeron que viniéramos aquí. Pensaba que ya me habría marchado de la ciudad, pero es imposible. No sale nada de San Francisco, así que todos estamos estancados aquí. Hay quienes tienen peor suerte —dijo a las dos mujeres, sonriendo—, y he hecho algunas fotos estupendas. —Mientras hablaba, les apuntó con la cámara y tomó una foto de las dos sonriendo, sentadas al sol. Tenían un aspecto feliz y relajado, pese a las circunstancias. Ambas estaban siendo útiles y disfrutaban de lo que hacían. Se veía en sus caras y en sus ojos—. Me parece que nadie creería esta imagen de Melanie Free, la superestrella famosa en todo el mundo, sentada en un tronco, con pantalones de camuflaje y chancletas, trabajando en un hospital de campaña como ayudante de enfermera después de un terremoto. Será una foto histórica.

Se moría de ganas de ver las fotos cuando volviera a Los Ángeles. Además, estaba seguro de que en la revista estarían entusiasmados con las instantáneas que había sacado después del seísmo. Y lo que no usaran, podría venderlo en algún otro sitio. Puede que incluso ganara otro premio. Instintivamente, sabía que el material que había conseguido era muy bueno. Las fotos que había tomado le parecían históricamente relevantes. Era una situación única, no se había producido otra igual desde hacía cien años, y quizá no volvería a producirse hasta dentro de otros cien. Aunque esperaba que no se repitiera. Sin embargo, la ciudad había aguantado sorprendentemente bien aquel enorme temblor, igual que la gente.

—¿Qué vais a hacer ahora? —preguntó—. ¿Volvéis al trabajo o vais a tomaros un descanso?

Cuando lo vieron, solo hacía media hora que habían parado, pero ya estaban a punto de regresar.

—Volvemos al trabajo —respondió Maggie por las dos—. ¿Y tú?

—Iba a apuntarme para una cama. Tal vez luego venga a veros. A lo mejor consigo buenas fotos de vosotras trabajando, si vuestros pacientes no se oponen.

—Tendrás que preguntárselo a ellos —dijo Maggie, modestamente, siempre respetuosa con sus pacientes, sin importar quiénes fueran.

De repente, Melanie se acordó de la chaqueta.

—Lo siento mucho. Estaba hecha un desastre y no creí que volviera a verte. La he tirado.

Everett soltó una carcajada al ver la cara de disculpa de la joven.

—No te preocupes. Era alquilada. Les diré que me la arrancaron durante el terremoto. Tendrían que dármela sin cargo alguno. No creo que la hubieran querido, si se la hubiera devuelto. Sinceramente, Melanie, no ha sido ninguna pérdida. No te preocupes.

Entonces, ella se acordó de la moneda; metió la mano en el bolsillo del pantalón, la sacó y se la dio. Era su insignia por un año de sobriedad y pareció muy feliz de recuperarla.

—Esto sí que lo quiero. ¡Es mi moneda de la suerte! —Le pasó los dedos por encima, como si fuera mágico, y para él lo era. No había asistido a las reuniones de los dos últimos días, y volver a tener la insignia le parecía un vínculo con lo que lo había salvado más de un año atrás. La besó y se la guardó en el bolsillo de los pantalones, que era lo único que quedaba del traje alquilado. Estaban demasiado maltrechos para devolverlos. Los tiraría en cuanto llegara a casa—. Gracias por cuidar de la insignia por mí. —Echaba de menos sus reuniones de AA, que le ayudarían a soportar la tensión, pero no necesitaba beber. Estaba agotado. Habían sido dos días muy largos y duros, e incluso trágicos para algunos.

Maggie y Melanie volvieron al hospital y Everett fue a apuntarse para que le asignaran una cama para la noche. Había tantos edificios en Presidio preparados para albergar a la gente que no había peligro de que se quedaran sin sitio. Se trataba de una vieja base militar que llevaba cerrada varios años, pero todas las estructuras seguían intactas. George Lucas había instalado su legendario estudio en el viejo hospital, en los terrenos de Presidio.

—Vendré a veros más tarde —prometió Everett—. Volveré dentro de un rato.

Un poco más avanzada la tarde, en un breve período de calma, apareció Sarah Sloane, con sus dos hijos y su niñera nepalí. El pequeño tenía fiebre, tosía y se llevaba la mano a la oreja. También llevaba a la niña con ella, porque, según dijo, no quería dejarla en casa. Después de la traumática experiencia del jueves por la noche, no quería apartarse de ellos ni un minuto. Si había otro terremoto, como todos temían, quería estar con ellos. Había dejado a Seth solo en casa, en el mismo estado de angustiada desesperación en el que estaba desde el jueves por la noche. Iba de mal en peor; sabía que no había ninguna esperanza de que los bancos abrieran ni de que él pudiera comunicarse con el exterior por el momento, para encubrir lo que había hecho. Su carrera, y quizá su vida tal como había sido durante los últimos años, había terminado. Y también la de Sarah. Entretanto, ella estaba preocupada por su pequeño. No era el mejor momento para que se pusiera enfermo. Fue al servicio de urgencias del hospital que estaba más cerca de su casa, pero solo admitían personas gravemente heridas. La enviaron al hospital de campaña de Presidio, así que allí había ido, en el coche de Parmani. Melanie la vio en el mostrador de entrada y le dijo a Maggie quién era. Se acercaron juntas a Sarah. En apenas un minuto, Maggie había conseguido que el niño gorjeara y riera, aunque todavía se tocaba la oreja. Sarah le contó lo que le pasaba. Además, el niño parecía un poco acalorado.

—Voy a buscar a un médico —prometió Maggie y desapareció.

Unos minutos después llamó a Sarah, que estaba hablando con Melanie de la gala, de lo fabulosa que había sido su actuación y de lo terrible que fue cuando se produjo el terremoto.

Melanie, Sarah, la niña y la niñera siguieron a Maggie hasta donde las esperaba el médico. Tal como Sarah temía, era una infección de oído. La fiebre había bajado un poco al salir al templado aire de mayo, pero el doctor dijo que tenía un principio de amigdalitis. Le dio un antibiótico, que Sarah dijo que Oliver ya había tomado antes, y a Molly le regaló una piruleta y le alborotó el pelo. El médico fue muy amable con los niños, aunque llevaba trabajando, casi sin dormir, desde que se produjo el terremoto, el jueves por la noche. Todos habían trabajado un número increíble de horas, en particular Maggie, aunque Melanie la seguía de cerca.

Estaban saliendo del cubículo donde los había visitado el médico, cuando Sarah vio llegar a Everett. Parecía que estaba buscando a alguien, y Melanie y Maggie le hicieron gestos con el brazo. Se acercó con sus habituales botas vaqueras de lagarto negro, que eran su posesión más preciada. Habían sobrevivido al terremoto sin daños.

—Pero ¿qué es esto? ¿Una reunión de la gala? —preguntó, burlón, a Sarah—. ¡Menuda fiesta organizó! Un poco peligrosa al final de la noche, pero creo que, hasta entonces, hizo un trabajo fabuloso. —Le sonrió y ella le dio las gracias.

Maggie la observó, con el pequeño en brazos, y vio que parecía alterada. Se había dado cuenta desde el principio, pero pensó que solo estaba preocupada por la fiebre y el dolor de oídos de Oliver; sin embargo, el médico la había tranquilizado, así que Maggie supuso que había algo más. Su poder de observación era acertado y agudo.

Maggie le propuso a Sarah que la niñera sostuviera al pequeño, y Molly se quedara junto a ella, para que ellas dos pudieran charlar un rato. Dejaron a Melanie y a Everett hablando animadamente, mientras Parmani vigilaba a los niños. Se llevó a Sarah lo bastante lejos como para que los demás no oyeran lo que decían.

—¿Estás bien? —le preguntó—. Pareces disgustada. ¿Puedo hacer algo para ayudarte? —Vio que los ojos de Sarah se anegaban en lágrimas y se alegró de haber preguntado.

—No... yo... la verdad... estoy bien... bueno... en realidad... tengo un problema, pero no hay nada que puedas hacer. —Empezó a sincerarse con Maggie, pero luego se dio cuenta de que no podía hacerlo, sería demasiado peligroso para Seth. Seguía rezando, aunque sabía que no era razonable, para que nadie averiguara lo que su marido había hecho. Con sesenta millones de dólares desviados y en sus manos, ilegalmente, era imposible que su delito pasara inadvertido y quedara impune—. Es mi marido... no puedo hablar de ello ahora. —Se secó los ojos y miró agradecida a la monja—. Gracias por preguntar.

—Bien, ya sabes dónde estoy, por lo menos de momento. —Maggie cogió un bolígrafo y un papel y anotó su número de móvil—. Cuando los teléfonos vuelvan a funcionar, puedes llamarme a este número. Hasta entonces, estaré aquí. A veces, ayuda hablar con alguien, como amigas. No quiero entrometerme, así que llámame si crees que puedo ayudarte en algo.

—Gracias —dijo Sarah, agradecida. Se acordó de que Maggie era una de las monjas que estaban en la gala. Y, al igual que les había pasado a Melanie y a Everett, Sarah pensó que no tenía en absoluto aspecto de monja, sobre todo con vaqueros y unas deportivas altas Converse. Tenía un aspecto encantador y sorprendentemente joven. Aunque sus ojos eran los de alguien que lo había visto todo; no había nada joven en ellos—. Te llamaré —prometió Sarah y, unos momentos después, volvieron con los demás.

Mientras se acercaban a ellos, Sarah se secó los ojos. Everett también se había dado cuenta de que pasaba algo, pero no dijo nada. Volvió a felicitarla por la gala y por el dinero que habían recaudado. Dijo que había sido un acto organizado con mucha clase, gracias también a la ayuda de Melanie. Tenía siempre una palabra amable para todo el mundo. Era un hombre cordial, de trato fácil.

—Me gustaría trabajar de voluntaria aquí —añadió Sarah, impresionada por la eficiencia de todos los colaboradores.

—Debes estar en casa, con tus hijos —respondió Maggie—. Te necesitan. —Sentía que en aquellos momentos Sarah los necesitaba a ellos. No sabía qué problema tenía con su marido, pero era evidente que la afectaba profundamente.

—No creo que vuelva a separarme nunca de ellos —dijo Sarah, estremeciéndose—. El jueves por la noche, hasta que llegamos a casa, sentí que me volvía loca, pero estaban bien.

El chichón de la cabeza de Parmani también había desaparecido, pero se había quedado con ellos, porque no había forma de que pudiera volver a su casa. Su barrio era un caos y lo habían acordonado. Habían ido hasta allí en coche para verlo. La policía no la dejó entrar en su casa, ya que una parte del tejado se había desplomado.

Todas las empresas y servicios de la ciudad seguían cerrados. El barrio financiero también estaba cerrado y aislado. Sin electricidad en toda la ciudad, sin tiendas abiertas, sin servicio de gas ni teléfono era imposible que nadie trabajara.

Sarah se marchó unos minutos después con la niñera y los niños. Subieron al coche de Parmani y se fueron, después de dar las gracias a Maggie por su ayuda. Le había dado a la monja su número de teléfono y su dirección, y también el número del móvil, pero no pudo evitar preguntarse cuánto tiempo seguirían allí o si perderían la casa. Esperaba que pudieran quedarse un tiempo; quizá Seth consiguiera llegar a un acuerdo, en el peor de los casos. Sarah también se despidió de Everett y de Melanie al marcharse. No creía que volviera a verlos. Ambos eran de Los Ángeles y no era probable que se encontraran de nuevo. A Sarah le había caído muy bien Melanie y su actuación había sido perfecta, tal como había dicho Everett. Todos los que estaban allí habrían estado de acuerdo, pese al espantoso final.

Cuando Sarah se fue, Maggie envió a Melanie a buscar suministros, y Everett y ella se quedaron charlando. Maggie sabía que el almacén principal estaba a cierta distancia, así que la joven tardaría en volver. No era una estratagema; necesitaba los suministros. En particular el hilo de sutura. Todos los médicos con los que había trabajado le habían dicho siempre que daba unos puntos impecablemente pulcros. Era el fruto de años de trabajo de aguja en el convento. Cuando era más joven, era algo agradable en que ocuparse por la noche, cuando las monjas se reunían después de la cena y charlaban. Desde que vivía sola en el piso, casi nunca hacía trabajos de aguja, pero seguía dando unas puntadas limpias y diminutas.

—Parece una mujer agradable —afirmó Everett, refiriéndose a Sarah—. Sinceramente, me pareció un acontecimiento excepcional —dijo elogiándola, aunque ya se había marchado.

A pesar de que era mucho más tradicional que la gente con la que solía relacionarse, realmente le caía bien. Había algo sustancial e íntegro en ella que brillaba a través de su exterior conservador.

—Es curioso cómo los caminos se cruzan una y otra vez, ¿verdad? —prosiguió—. Me tropecé contigo delante del Ritz y te seguí toda la noche, incluso por la calle. Y ahora, aquí me tienes; he vuelto a tropezarme contigo en un refugio. También a Melanie la conocí aquella noche, y le di mi chaqueta. Luego tú y ella os encontrasteis aquí. Y yo me he encontrado con las dos, de nuevo; entonces, la organizadora de la gala que nos reunió a todos se presenta en el hospital de campaña con su hijo que tiene dolor de oído, y aquí estamos otra vez. La semana de los viejos amigos. En una ciudad tan grande como esta, es un condenado milagro que dos personas se encuentren dos veces, pero nosotros no hemos hecho otra cosa en los últimos días. Por lo menos, es reconfortante ver caras conocidas. Me gusta mucho —declaró, sonriendo a Maggie.

—A mí también —asintió la monja. Conocía a tantos extraños en su vida que ahora disfrutaba particularmente al ver a los amigos.

Continuaron charlando un rato, hasta que finalmente volvió Melanie. Traía lo que Maggie le había encargado y parecía encantada. Estaba tan ansiosa por ayudar que consideraba un triunfo que el encargado de los suministros tuviera todo lo que había en la lista de Maggie, una lista larga. Le había dado todos los medicamentos que Maggie había pedido; también las vendas de los tamaños adecuados, tanto elásticas como de gasa, y una caja entera de esparadrapo.

—A veces, me parece que eres más enfermera que monja. Cuidas muy bien de los heridos —comentó Everett.

Ella asintió, aunque no estaba totalmente de acuerdo.

—Cuido de los heridos de cuerpo y de espíritu —dijo Maggie, en voz baja—. Tal vez crees que soy más enfermera que monja porque eso te parece más normal, pero la verdad es que soy monja más que cualquier otra cosa. No dejes que los zapatos de color rosa te engañen. Los llevo por diversión. Pero ser monja es muy serio, y lo más importante de mi vida. Estoy convencida de que «la discreción es la mejor parte del valor»; siempre me ha gustado esta cita. Aunque no tengo ni idea de quién lo dijo, creo que estaba en lo cierto. La gente se siente incómoda si voy por ahí pregonando que soy monja.

—¿Por qué? —preguntó Everett.

—Me parece que a la gente le dan miedo las monjas —respondió Maggie con sentido práctico—. Por eso es genial que ya no tengamos que vestir el hábito. Desconcertaba a todo el mundo.

—A mí me parecían muy bonitos. Cuando era joven, siempre me impresionaban las monjas. Eran tan guapas, bueno, al menos algunas de ellas. Ya no se ven monjas jóvenes. Aunque quizá sea algo bueno.

—Tal vez tengas razón. Ya no entran en el convento tan jóvenes. En mi orden, el año pasado, admitieron a dos mujeres cuarentonas y a otra que me parece que tenía cincuenta y era viuda. Los tiempos han cambiado, pero por lo menos ahora saben qué hacen cuando ingresan. En mis tiempos, muchas personas se equivocaban; entraban en el convento cuando no deberían haberlo hecho. No es una vida fácil —dijo sinceramente—. Es un cambio enorme, con independencia de cómo fuera antes tu vida. Vivir en comunidad siempre es un reto. Tengo que reconocer que ahora lo echo de menos. Pero los únicos momentos en los que estoy en el piso son para dormir.

Era un pequeño estudio, en un barrio horrible. Everett solo lo había visto brevemente, desde fuera, cuando la acompañó hasta allí.

En ese momento llegó otra oleada de pacientes, con problemas menores, y Melanie y Maggie tuvieron que volver al trabajo. Everett acordó reunirse con ellas en el comedor, por la noche, si podían escaparse. Ninguna de las dos había cenado la noche anterior. Tal como fueron las cosas, también tuvieron que saltarse la cena esa noche. Entró una urgencia y Maggie necesitó la ayuda de Melanie para coser a la mujer. Melanie aprendía mucho de ella; seguía pensando en ello cuando, más tarde, volvió al edificio donde estaba el resto de su grupo. Permanecían allí, sentados y muertos de aburrimiento, sin nada que hacer. Melanie había propuesto varias veces a Jake y a Ashley que se presentaran voluntarios, para hacer algo, ya que quizá tuvieran que quedarse allí otra semana, según habían dicho los boletines de la mañana. La torre del aeropuerto se había desmoronado, así que era imposible que pudieran marcharse. El aeropuerto estaba cerrado, igual que las carreteras.

—¿Por qué pasas tanto tiempo en el hospital? —preguntó Janet, quejosa—. Acabarán contagiándote algo.

Melanie negó con la cabeza y miró a su madre a los ojos.

—Mamá, me parece que quiero ser enfermera. —Sonrió al decirlo, medio en broma, medio queriendo irritar a su madre. Pero era feliz en el hospital. Le encantaba trabajar con Maggie, y estaba aprendiendo muchas cosas nuevas.

—¿Estás loca? —preguntó su madre con una cara y una voz indignadas—. ¿Enfermera? ¡Con todo lo que he hecho por tu carrera! ¿Cómo te atreves a decirme algo así? ¿Crees que me he dejado el culo para convertirte en lo que eres y que ahora lo tires todo por la borda para dedicarte a vaciar orinales?

La madre parecía presa del pánico, además de dolida, ante la sola idea de que Melanie pudiera elegir otro camino profesional, cuando era una estrella y tenía el mundo a sus pies.

—Todavía no he vaciado ningún orinal —replicó Melanie, con firmeza.

—Créeme, lo harías. No vuelvas a decirme algo así, nunca.

Melanie no respondió nada. Charló con el resto del grupo, intercambió bromas con Ashley y Jake y, luego, todavía con la camiseta y los pantalones de camuflaje, se echó en el catre y se durmió. Estaba absolutamente agotada. Mientras entraba en un sueño profundo, soñó que huía y se incorporaba al ejército. Pero, en cuanto lo hacía, descubría que el sargento instructor que la tenía tomada con ella, día y noche, era su madre. Por la mañana, recordando el sueño, Melanie se preguntó si había sido una pesadilla o si era su vida real.

6

El domingo por la mañana, por los altavoces de Presidio se informó de que en la ciudad habían sido rescatadas muchas personas, liberadas de donde estaban atrapadas: de los ascensores del centro, de debajo de edificios desplomados o inmovilizadas bajo estructuras caídas. Desde el terremoto de 1989, las normas de construcción eran más estrictas, así que los daños eran menores de lo esperado, pero el alcance de este temblor había sido tal que, de todos modos, se había producido una enorme destrucción y el número de víctimas mortales conocido se elevaba a cuatro mil. Y todavía se estaban explorando algunas zonas. Los operarios del Servicio de Emergencias seguían buscando supervivientes entre los escombros y bajo los pasos elevados de acceso a la autopista, que se habían desplomado. Solo habían pasado sesenta horas desde que se había producido el terremoto, el jueves por la noche, así que seguía habiendo esperanzas de rescatar a muchas personas que permanecían atrapadas.

Las noticias eran aterradoras y alentadoras al mismo tiempo; por todo ello, todos tenían un aspecto sombrío mientras se alejaban de la zona de hierba donde cada día se emitían los comunicados. La mayoría se dirigió al comedor a desayunar. También les habían dicho que probablemente pasarían varias semanas antes de que pudieran volver a sus casas. Los puentes, autovías, aeropuertos y muchas zonas de la ciudad continuaban cerradas. Tampoco había manera de saber cuándo volvería la electricidad y menos aún cuándo la vida regresaría a la normalidad.

Everett estaba charlando tranquilamente con la hermana Maggie, cuando llegó Melanie, después de haber desayunado con su madre, su secretaria, Ashley, Jake y varios miembros de la orquesta. Todos se estaban poniendo nerviosos e impacientes por volver a Los Ángeles, lo cual, evidentemente, no era ni remotamente posible por el momento. No tenían más remedio que esperar y ver qué pasaba. Para entonces, por el campamento había corrido la voz de que Melanie Free estaba allí. La habían visto en el comedor con sus amigos, y su madre había alardeado tontamente de ella. Sin embargo, hasta entonces, en el hospital nadie le había prestado mucha atención. Incluso cuando la reconocían, sonreían y seguían su camino. Era evidente que estaba trabajando duro como voluntaria. Pam se había apuntado para ayudar en el mostrador de ingreso al campamento, ya que continuaba llegando gente. La comida se estaba agotando en la ciudad y todos acudían a Presidio en busca de refugio.

—Hola, pequeña —la saludó Everett sin ceremonias, y ella sonrió.

La joven se había hecho con una nueva camiseta en las mesas de donaciones y un enorme suéter de hombre, lleno de agujeros, que le daba aspecto de huérfana. Todavía llevaba los pantalones de camuflaje y chanclas. También la hermana Maggie se había cambiado de ropa. Cuando había acudido a presentarse voluntaria llevaba consigo una bolsa con algunas cosas. En la camiseta que se había puesto ese día decía: «Jesús es mi colega». Everett soltó una fuerte carcajada al verla y bromeó:

—Supongo que esta es la versión moderna del hábito.

Llevaba botas deportivas de color rojo y seguía pareciendo una monitora de un campamento de verano. Su menudez contribuía a dar la impresión de que era bastante más joven de lo que en realidad era. Podría haber pasado, fácilmente, por treintañera. Tenía una docena más; solo era seis años más joven que Everett, aunque él parecía mucho más viejo, lo bastante como para ser su padre. Sin embargo, cuando alguien hablaba con Maggie se daba cuenta de la relatividad de la edad y de los beneficios de la sabiduría.

Everett se marchó a tomar fotos alrededor de Presidio. Les dijo que iría hasta la zona de la Marina y a Pacific Heights, para ver qué estaba pasando por allí. Insistían en que la gente no fuera al barrio financiero ni al centro, porque los edificios eran más altos, más peligrosos y los daños mucho mayores. La policía seguía preocupada por el riesgo de que objetos pesados o cascotes se desprendieran de los edificios. Era más fácil moverse por los barrios residenciales, aunque también muchos de ellos estaban bloqueados por la policía y los Servicios de Emergencia. Los helicópteros continuaban patrullando por toda la ciudad; por lo general volaban muy bajo, de forma que incluso se podía ver la cara de los pilotos. De vez en cuando aterrizaban en Crissy Field, en Presidio, y los pilotos charlaban con los que se acercaban para pedir más noticias de lo que estaba ocurriendo en la ciudad o en los alrededores. Muchas de las personas que estaban en los refugios de Presidio vivían en el este de la bahía, en la Península, y en Marin, y con los puentes y las autovías cerradas, no tenían ningún medio de volver a casa por el momento. Las noticias fiables eran escasas; en cambio, los rumores de muerte, destrucción y mortandad, corrían desenfrenadamente por la ciudad. Siempre era reconfortante enterarse por los que de verdad sabían, y los pilotos de helicóptero eran la fuente más fiable de todas.

Melanie pasó el día ayudando a Maggie, como había hecho los dos días anteriores. Seguían llegando heridos, y los hospitales de los alrededores de la ciudad seguían enviándoles personas con problemas. Por la tarde llegó un gran avión que les llevó más medicamentos y comida. Las comidas que se servían eran abundantes; parecía que no escaseaban los cocineros sorprendentemente hábiles y creativos. El propietario y chef de uno de los mejores restaurantes de la ciudad estaba en uno de los hangares con su familia, y se había hecho cargo del comedor principal, con gran alegría de todo el mundo. Las comidas eran realmente muy buenas, aunque ni Melanie y ni Maggie solían tener tiempo de comer. En lugar de parar para almorzar, ambas fueron con la mayoría de los médicos del campamento a recibir los suministros que llegaban en el avión y llevarlos al interior.

Melanie estaba teniendo problemas para transportar una caja enorme, cuando un joven, con vaqueros rotos y un suéter hecho jirones, acudió justo antes de que ella la dejara caer. Llevaba un letrero de frágil, así que Melanie agradeció la ayuda. Él le cogió la caja con una sonrisa, y ella le dio las gracias, aliviada de que la hubiera ayudado a evitar el desastre. Dentro había viales de insulina y jeringas para los diabéticos del campamento, que al parecer eran muchos. Todos se habían registrado en el hospital al llegar. Un hospital del estado de Washington les enviaba todo lo que necesitaban.

—Gracias —dijo Melanie, sin aliento. La caja era enorme—. Por poco se me cae.

—Es más grande que tú. —Su benefactor sonrió—. Te he visto por el campamento —continuó con voz agradable mientras se dirigía hacia el hospital con ella, cargado con la caja—. Tu cara me suena. ¿Nos conocemos? Estoy en el último curso, en Berkeley, en ingeniería, especialidad en países subdesarrollados. ¿Estudias en Berkeley? —Sabía que la había visto antes.

Melanie sonrió.

—No, soy de Los Ángeles —dijo vagamente mientras se acercaban al hospital de campaña. El joven era alto, con ojos azules y tan rubio como ella. Parecía sano, joven y saludable—. Solo estaba aquí por una noche —explicó.

Él le sonreía, pasmado por lo guapa que era, incluso despeinada, sin maquillaje ni ropa limpia. Todos tenían aspecto de haber naufragado. Él llevaba unas zapatillas que no eran suyas; estaba pasando la noche en la ciudad, en casa de un amigo, cuando tuvo que salir corriendo en calzoncillos y descalzo justo antes de que el edificio se derrumbara. Por suerte, todos los que vivían allí habían sobrevivido.

—Soy de Pasadena —dijo él—. Antes estudiaba en UCLA, pero me cambié aquí el año pasado. Me gusta. Al menos, me gustaba —añadió, sonriendo—. Aunque también tenemos terremotos en Los Ángeles.

La ayudó a llevar la caja dentro y la hermana Maggie le dijo dónde colocarla. Él deseaba quedarse hablando con Melanie. La joven no le había contado nada de ella misma y él no dejaba de preguntarse a qué universidad iba.

—Me llamo Tom. Tom Jenkins —se presentó.

—Yo soy Melanie —dijo, bajito, sin añadir el apellido.

Maggie sonrió mientras se alejaba. Era evidente que Tom no tenía ni idea de quién era Melanie, y pensó que debía de ser agradable para ella. Por una vez, alguien hablaba con ella como con cualquier ser humano y no porque fuera una estrella.

—Estoy trabajando en el comedor —añadió Tom—. Parece que aquí estáis muy ocupadas.

—Sí que lo estamos —dijo Melanie alegremente mientras él la ayudaba a abrir la caja.

—Supongo que estarás aquí un tiempo. Igual que todos. Me han dicho que la torre del aeropuerto se desmoronó como un castillo de naipes.

—Sí. No creo que podamos marcharnos pronto.

—Solo nos quedaban dos semanas de clase. Supongo que ya no volveremos. Tampoco creo que celebremos la ceremonia de graduación. Tendrán que enviarnos los diplomas por correo. Yo iba a pasar el verano aquí. Tengo un trabajo en la ciudad, pero supongo que también eso se habrá ido a paseo;

aunque, quién sabe, porque van a necesitar ingenieros. Pero volveré a Los Ángeles cuando pueda.

—Yo también —dijo Melanie, mientras vaciaban la caja.

Él no parecía tener ninguna prisa en marcharse y volver al comedor. Estaba pasándolo bien charlando con ella. Parecía dulce y tímida, una chica realmente agradable.

—¿Tienes formación médica? —preguntó, interesado.

—No, hasta ahora. La estoy consiguiendo aquí, de primera mano.

—Es una excelente ayudante de enfermera —dijo Maggie, respondiendo por ella cuando volvió para comprobar el contenido de la caja. Todo lo que les habían prometido estaba allí y se sintió muy aliviada. Habían recibido una provisión inicial de insulina de los hospitales de la ciudad y del ejército, pero la habían agotado rápidamente—. Sería una enfermera fabulosa —añadió con una sonrisa, y luego se llevó el contenido de la caja al lugar donde almacenaban los suministros.

—Mi hermano estudia medicina. En Syracuse —explicó Tom.

El chico estaba intentando alargar la conversación, y Melanie lo miró con una larga y lenta sonrisa.

—Me encantaría estudiar enfermería —reconoció—. Mi madre me mataría si lo hiciera. Tiene otros planes.

—¿Como cuáles? —preguntó, interesado. Le seguía intrigando que su cara le resultara tan conocida. En cierto sentido, parecía la típica chica de la casa de al lado, solo que mejor. Además, nunca había tenido una vecina que se pareciera a ella.

—Es complicado. Tiene muchos sueños que se supone que tengo que vivir por ella. Es la estúpida historia de madre e hija. Soy hija única, así que toda su lista de deseos recae en mí. —Era agradable quejarse ante él, aunque no lo conocía. Era comprensivo y la escuchaba de verdad. Por primera vez parecía que a alguien le importaba lo que ella pensara.

—Mi padre estaba desesperado por que yo fuera abogado. Me presionó mucho para lograrlo. Opina que ser ingeniero es aburrido, y no deja de repetir que trabajando en países subdesarrollados no ganaré dinero. En parte tiene razón, pero, con un título de ingeniería, siempre puedo cambiar de especialidad más adelante. Habría detestado estudiar leyes. Él quería tener un médico y un abogado en la familia. Mi hermana tiene un doctorado en física; da clases en el Instituto Tecnológico de Massachusetts. Mis padres están locos por la educación. Pero los títulos no te convierten en un ser humano decente. Yo quiero ser algo más que un hombre con educación. Quiero cambiar cosas en el mundo. Mi familia está más interesada en tener educación para ganar dinero.

Era evidente que procedía de una familia con un nivel de educación alto y Melanie sabía que no podía explicarle que lo único que su madre quería era que ella fuera una estrella. Melanie seguía soñando con ir algún día a la universidad, pero con su agenda de grabaciones y giras de conciertos nunca tenía tiempo y, de seguir a este ritmo, nunca lo tendría. Leía mucho para compensar y, por lo menos, estaba enterada de lo que pasaba en el mundo. El negocio del espectáculo nunca le había parecido suficiente.

—Será mejor que vuelva al comedor —dijo él, finalmente—. Se supone que tengo que ayudar a hacer sopa de zanahoria. Soy un cocinero desastroso, pero hasta ahora nadie se ha dado cuenta. —Se echó a reír con naturalidad y dijo que esperaba volver a verla por el campamento.

Ella le dijo que volviera si se hacía daño, aunque esperaba que no se lo hiciera. Tom le dijo adiós con la mano y se marchó. La hermana Maggie llegó y comentó su encuentro con una sonrisa.

—Es guapo —dijo con ojos chispeantes.

Melanie soltó una risita, propia de la adolescente que era, no de una estrella de fama mundial.

—Sí que lo es. Y agradable. Está a punto de graduarse en Berkeley en ingeniería. Es de Pasadena.

Era totalmente opuesto a Jake, con su aire escurridizo, su carrera de actor y sus frecuentes estancias en rehabilitación; aunque lo había querido durante un tiempo. Sin embargo, recientemente se había quejado a Ashley de que era muy egocéntrico. Ni siquiera estaba segura de que le fuera fiel. Tom parecía un tipo decente, sano y agradable. De hecho, como le habría dicho a Ashley, era realmente muy guapo. Macizo. Un tío bueno. Con cerebro. Y una sonrisa encantadora.

—Quizá lo veas alguna vez en Los Ángeles —dijo Maggie, esperanzada.

Le encantaba que los jóvenes se enamoraran. No le había impresionado demasiado el actual novio de Melanie. Solo se había dejado caer por el hospital una vez; había dicho que apestaba y había vuelto al hangar a no hacer nada. No se había ofrecido voluntario para ninguno de los servicios que otros le proporcionaban a él, y creía que era absurdo que alguien de la talla de Melanie jugara a ser enfermera. Opinaba como su madre, a quien le irritaba lo que hacía Melanie y se quejaba de ello cada noche, cuando la joven volvía y se dejaba caer en el catre.

Melanie y Maggie se pusieron a trabajar. Tom estaba en el comedor hablando con el amigo en cuya casa se encontraba la noche del terremoto. Su anfitrión de aquella noche aciaga era un estudiante del último curso en la Universidad de San Francisco.

—He visto con quién hablabas —dijo con una sonrisa pícara—. Eres endiabladamente de listo ligándotela así.

—Sí —dijo Tom, sonrojándose—, es una monada. Y, además, muy agradable. Es de Los Ángeles.

—No me digas. —Su amigo se rió de él, mientras ponían calderos de sopa de zanahorias en el enorme fogón de butano que les había proporcionado la Guardia Nacional—. ¿Dónde creías que vivía? ¿En Marte?

Tom no tenía ni idea de por qué a su amigo le divertían tanto los escasos detalles que le había dado de ella.

—¿Qué quieres decir con eso? Podría haber sido de aquí.

—¿Es que no lees los cotilleos de Hollywood? Pues claro que vive en Los Ángeles, con una carrera como la suya. Joder, tío, acaba de ganar un Grammy.

—¿De verdad? —Tom lo miró, estupefacto—. Se llama Melanie... —De repente sintió vergüenza, al darse cuenta de lo que había hecho y de quién era ella—. Por todos los santos, debe de pensar que soy un completo imbécil... No la reconocí. Dios mío... pensé que solo era una rubia bonita a punto de dejar caer una caja. Con un bonito culo, por cierto —comentó a su amigo, riendo. Pero lo mejor era que parecía una persona agradable y que se había mostrado natural y en absoluto pretenciosa. Sus comentarios sobre las ambiciones de su madre tendrían que haberla delatado—. Me dijo que le habría gustado estudiar enfermería, pero que su madre no la dejaba.

—Pues claro. ¡Con la cantidad de dinero que gana cantando! Joder, si yo fuera su madre tampoco la dejaría. Debe de ganar millones con sus discos.

Ahora, Tom parecía molesto.

—¿Y qué, si detesta lo que hace? El dinero no lo es todo.

—Sí que lo es cuando estás donde ella está —dijo el universitario, con espíritu práctico—. Podría guardar un montón de pasta debajo del colchón y, más tarde, hacer lo que quisiera. Aunque la verdad es que no la veo de enfermera.

—Parece gustarle lo que está haciendo, y la voluntaria con la que trabaja ha dicho que lo hace muy bien. Debe de resultarle agradable estar aquí, sin que la reconozca nadie. —De nuevo, parecía avergonzado—. ¿O soy el único habitante del planeta que no sabía quién es?

—Me parece que sí. Me dijeron que estaba aquí, en el campamento, pero yo no la había visto hasta esta mañana, cuando habéis estado hablando. No hay ninguna duda, está muy buena. Vaya tanto te has marcado, tío —lo felicitó su amigo, por su buen gusto y por su juicio.

—Ya, claro. Debe de pensar que soy el tío más estúpido del campamento. Y probablemente el único que no sabía quién era ella.

—Seguramente pensó que era muy tierno —le aseguró su amigo.

—Le dije que su cara me resultaba conocida y le pregunté si nos habíamos visto antes —recordó con un gemido—. Pensé que a lo mejor estudiaba en Berkeley.

—¡No! —exclamó su amigo con una amplia sonrisa—. ¡Mucho mejor que eso! ¿Vas a volver a verla? —Esperaba que sí. También él quería conocerla. Verla una vez, para poder decir que la conocía.

—Es posible. Si consigo dejar de sentirme tan estúpido.

—Supéralo. Ella lo vale. Además, no tendrás otra oportunidad de conocer a una gran estrella.

—No actúa como una estrella. Es totalmente real —afirmó Tom. Era una de las cosas que le habían gustado de ella, que parecía muy natural. Tampoco estaba mal que fuera lista y agradable. Y, evidentemente, que trabajara mucho.

—Pues deja de lloriquear por sentirte tonto. Ve a verla otra vez.

—Bueno, ya veremos —dijo Tom, que no parecía convencido y se dedicó a remover la sopa. Se preguntaba si Melanie iría al comedor a almorzar.

Everett regresó de su paseo por Pacific Heights a última hora de la tarde. Había tomado fotos de una mujer cuando la sacaban de debajo de una casa. Había perdido una pierna, pero estaba viva. Fue un momento muy conmovedor y hasta a él se le habían saltado las lágrimas. Aquellos días estaban siendo muy emotivos y, pese a su experiencia en zonas de guerra, en el campamento había visto muchas escenas que le habían enternecido. Se lo estaba contando a Maggie mientras estaban sentados al aire libre, durante su primer descanso en muchas horas. Melanie estaba dentro, entregando insulina y agujas hipodérmicas a los que habían ido a buscarlas después de que se anunciara por los altavoces.

—¿Sabes? —dijo sonriendo a Maggie—. Voy a lamentar volver a Los Ángeles. Me gusta esto.

—A mí también. Siempre me ha gustado —respondió ella, en voz baja—. Me enamoré de esta ciudad cuando vine de Chicago. Llegué para incorporarme a una orden carmelita, pero acabé en otra orden. Me entusiasmaba trabajar con los pobres, en las calles.

—Nuestra Madre Teresa particular —comentó él, tomándole el pelo, sin saber que habían comparado a Maggie con la monja santa muchas veces. Tenía las mismas cualidades de humildad, energía y compasión infinita, que emanaban de su fe y de su naturaleza bondadosa. Casi parecía que la iluminara una luz interior.

—Me parece que las carmelitas habrían sido demasiado sumisas para mí. Mucho rezar y poco trabajo práctico. Encajo mejor en mi orden —afirmó, con aire plácido, mientras ambos bebían agua.

De nuevo hacía calor, como lo había hecho, de forma impropia para la estación, desde antes del terremoto. En San Francisco nunca hacía calor, pero ahora sí. El sol de final de la tarde era una sensación agradable en la cara.

—¿Alguna vez te has hartado o has dudado de tu vocación? —preguntó, interesado. Ahora eran amigos y se sentía fascinado por ella.

—¿Por qué tendría que hacer algo así? —Parecía asombrada.

—Porque la mayoría lo hacemos, en algún momento. Nos preguntamos qué estamos haciendo con nuestra vida o si hemos elegido el camino acertado. A mí me ha ocurrido muchas veces —admitió.

Ella asintió.

—Has hecho elecciones más difíciles —dijo con delicadeza—. Casarte a los dieciocho, divorciarte, dejar a tu hijo, marcharte de Montana, aceptar un trabajo que era más una vocación que un empleo. Significaba sacrificar cualquier tipo de vida privada. Y luego renunciar al trabajo y renunciar a la bebida. Todas fueron decisiones muy importantes que debieron de ser difíciles de tomar. Mis opciones siempre han sido más fáciles. Voy donde me envían y hago lo que me ordenan. Obediencia. Hace que la vida sea muy sencilla. —Al decirlo, parecía serena y confiada.

—¿Es así de sencillo? ¿Nunca disientes de tus superiores y quieres hacer algo a tu manera?

—Mi superior es Dios —dijo ella con sencillez—. En última instancia, trabajo para Él. Y sí —continuó, con cautela—, a veces pienso que lo que la madre superiora quiere o lo que el obispo dice es tonto, o miope o anticuado. La mayoría de ellos creen que soy muy radical, pero la verdad es que ahora prácticamente me dejan hacer lo que quiero. Saben que no los avergonzaré y yo procuro no decir abiertamente lo que pienso sobre la política local. Es algo que molesta a todo el mundo, sobre todo cuando tengo razón —concluyó, sonriendo.

—¿No te importa no tener una vida propia? —No podía ni imaginarlo. Era demasiado independiente para vivir obedeciendo a nadie, en particular a una Iglesia o a las personas que la regían. Pero esa era la esencia de su vida.

—Esta es mi vida. Me gusta. No importa si vivo en Presidio, en Tenderloin o con las prostitutas o los drogadictos. Estoy aquí para ayudarlos, al servicio de Dios. Es parecido al ejército que sirve a su patria. Me limito a obedecer órdenes. No tengo que hacer las normas.

Everett siempre había tenido problemas con las normas y la autoridad, lo cual, en determinado momento de su vida, fue la razón de que bebiera. Era su manera de no jugar según las reglas y escapar de la aplastante presión que sentía cuando otros le decían lo que debía hacer. Maggie tenía mejor carácter que él, incluso ahora que ya no bebía. A veces, la autoridad seguía irritándolo, aunque la toleraba mejor. Era más viejo, más flexible y haber hecho rehabilitación había ayudado.

—Haces que parezca tan sencillo... —dijo Everett con un suspiro.

Terminó el agua y la miró atentamente. Era guapa; sin embargo, se mostraba retraída, intentaba no relacionarse con nadie de una manera personal, femenina. Tenía un aspecto encantador, pero siempre había un muro invisible entre ellos y ella no permitía que desapareciera. Era más poderoso que el hábito que no vestía. No importaba que los demás lo vieran o no; ella siempre era absolutamente consciente de que era monja, y así quería que fuera.

—Es sencillo, Everett —dijo con dulzura—. Recibo mis instrucciones del Padre y hago lo que me dicen, lo que parece estar bien en cada momento. Estoy aquí para servir, no para dirigir las cosas ni para decirle a nadie cómo tiene que vivir. Ese no es mi trabajo.

—Tampoco el mío —respondió él, lentamente—, pero tengo mis opiniones sobre la mayoría de las cosas. ¿No te gustaría tener tu propia casa, una familia, un marido, hijos?

Ella negó con la cabeza.

—En realidad, nunca he pensado en ello. Nunca he creído que eso fuera para mí. Si estuviera casada y tuviera hijos, solo me ocuparía de ellos. De esta manera, puedo cuidar de muchos más. —Parecía totalmente satisfecha.

—¿Y qué hay de ti? ¿No quieres nada? ¿Para ti misma?

—No —sonrió francamente—. No. Mi vida es perfecta tal como es y me gusta así. A esto se refieren cuando hablan de vocación. Estaba llamada a hacer esto y estaba hecha para ello. Es como ser elegida para un propósito especial. Es un honor. Ya sé que tú no lo ves de esta manera, pero para mí no es un sacrificio. No renuncié a nada. Recibo mucho más de lo que nunca habría soñado o deseado. No se puede pedir más.

—Eres afortunada —dijo él, con tristeza, al cabo de un momento. Era evidente que ella no quería nada para sí misma, no tenía necesidades en las que se permitiera pensar, ningún deseo de ascender ni de adquirir nada. Era totalmente feliz y se sentía realizada entregando su vida a Dios—. Yo siempre quiero cosas que nunca he tenido; me pregunto cómo sería compartir mi vida con alguien, tener una familia y unos hijos a los que ver crecer, en lugar del que no he llegado a conocer. Simplemente, tener a alguien con quien disfrutar de la vida. Pasada cierta edad, no es divertido hacerlo todo solo. Parece egoísta y vacío. Si no lo compartes todo con alguien que quieres, ¿qué sentido tiene? Y luego, ¿qué? ¿Mueres solo? Por alguna razón, nunca he tenido tiempo de hacer nada de eso. Estaba demasiado ocupado cubriendo zonas de guerra. También es posible que me asustara demasiado ese tipo de compromiso, después de que me atraparan en el matrimonio cuando no era más que un muchacho. Que te dispararan resultaba menos aterrador que seguir casado. —Parecía deprimido, y ella le tocó el brazo con dulzura.

—Deberías tratar de encontrar a tu hijo —dijo con voz queda—. Es posible que él te necesite, Everett. Podrías ser un gran regalo para él. Y él podría llenar un vacío en ti. —Veía que se sentía solo y creía que, antes que mirar hacia delante, a ese futuro vacío que veía ante él, debía volver sobre sus pasos, por lo menos durante un tiempo, y buscar a su hijo.

—Tal vez tengas razón —respondió él, reflexionando.

Sin embargo, había algo en la idea de buscar a su hijo que lo asustaba. Era demasiado difícil. Todo había pasado hacía mucho tiempo y, probablemente, Chad lo odiaba por abandonarlo y perder el contacto. En aquel entonces, Everett solo tenía veintiún años y aquella responsabilidad había pesado mucho sobre él. Así que huyó y se dio a la bebida los siguientes veintiséis años. Envió dinero para mantener a su hijo hasta que este cumplió dieciocho años, pero eso había ocurrido una docena de años atrás.

—Echo de menos mis reuniones —dijo cambiando de conversación—. Siempre me siento como una mierda cuando no

voy a AA. Procuro ir dos veces al día. A veces, incluso más.
—Y ahora hacía tres días que no iba. No había reuniones en
la destrozada ciudad y él no había hecho nada para organizar
un grupo de AA en el campamento.

—Creo que tendrías que organizar uno aquí —lo animó
ella—. Quizá tengamos que quedarnos otra semana, o más.
Es mucho tiempo para que no asistas a ninguna asamblea y lo
mismo debe de pasarles a todos los demás que echan en falta
sus reuniones. Con tanta gente, apuesto a que tendrás una respuesta asombrosa.

—Tal vez sí —respondió con una sonrisa. Siempre lograba que se sintiera mejor. Era una persona extraordinaria en
todos los sentidos—. Me parece que te quiero, Maggie, en el
buen sentido —afirmó plácidamente—. Nunca había conocido a nadie como tú. Eres como la hermana que nunca tuve y
que desearía haber tenido.

—Gracias —dijo ella dulcemente. Sonrió y luego se puso
en pie—. Sigues recordándome un poco a uno de mis hermanos. El que era sacerdote. Creo sinceramente que deberías hacerte sacerdote —continuó, tomándole el pelo—. Tendrías
mucho que compartir. ¡Y piensa en las morbosas confesiones
que escucharías!

—¡Ni siquiera por eso! —dijo Everett poniendo los ojos
en blanco.

La dejó en el hospital y fue a ver a uno de los voluntarios
de la Cruz Roja que se encargaba de la administración del
campamento. Luego regresó a su sala para hacer un letrero:
AMIGOS DE BILL W. Los miembros de AA sabrían qué quería
decir. La contraseña era para informar de una reunión utilizando el nombre de su fundador. Con aquel tiempo cálido,
incluso podían celebrar la reunión al aire libre, en algún lugar
un poco apartado. Había un bosquecillo tranquilo que había
descubierto paseando por el campamento. Era el sitio perfecto. El administrador le había prometido que anunciaría la
reunión por el sistema de altavoces a la mañana siguiente. El

terremoto los había reunido a todos allí, a miles de ellos, cada uno con su propia vida y sus problemas personales. Se estaban convirtiendo en una ciudad dentro de la ciudad, en la ciudad de todos ellos. Una vez más, Maggie tenía razón. Después de decidir organizar una reunión de AA en el campamento, ya se sentía mejor. Pensó de nuevo en Maggie y en la influencia positiva que ejercía sobre él. A sus ojos, no era únicamente una mujer o una monja; era mágica.

7

Al día siguiente, Tom volvió al hospital con aire compungido para ver a Melanie. La encontró cuando se dirigía a un cobertizo donde usaban lavadoras que funcionaban con butano para hacer la colada. Iba muy cargada de ropa y, al verlo, estuvo a punto de tropezar. Él la ayudó a cargar las máquinas mientras se disculpaba por su estupidez cuando se conocieron.

—Lo siento, Melanie. No suelo ser tan tonto. No establecí la relación. Supongo que no esperaba encontrarte aquí.

Ella le sonrió; no parecía molesta porque no la hubiera reconocido. De hecho, lo prefería.

—Canté en una gala benéfica, aquí, el jueves por la noche.

—Me encanta tu música y tu voz. Sabía que me resultabas familiar —dijo riendo, relajándose por fin—. Pero creí que debía de conocerte de Berkeley.

—Ya me gustaría —respondió ella sonriendo, mientras volvían al exterior—. Me gustó que no supieras quién era. A veces es muy pesado que todos me conozcan y me hagan la pelota —dijo sin rodeos.

—Sí, apuesto a que sí.

Volvieron al patio principal, cogieron unas botellas de agua de una carretilla y se sentaron a charlar. Era un lugar bonito, con el puente del Golden Gate a lo lejos y la bahía brillando bajo la luz del sol.

—¿Te gusta lo que haces? Me refiero al trabajo... —preguntó Tom.

—A veces. Aunque a veces es duro. Mi madre me presiona mucho. Sé que debería estar agradecida. Le debo mi carrera y mi éxito. No deja de repetírmelo. Pero ella lo desea más que yo. A mí solo me gusta cantar; me encanta la música. A veces, los conciertos son divertidos, y las giras y todo eso. Pero otras veces, es demasiado. Y no puedes elegir. Tienes que hacerlo a tope o no hacerlo. No puedes quedarte a medias.

—¿Alguna vez te has tomado un descanso? ¿Tiempo libre?

Melanie negó con la cabeza y luego se echó a reír, consciente de lo joven que parecía.

—Mi madre no me deja. Dice que sería un suicidio profesional. Dice que a mi edad no se toman descansos. Yo quería ir a la universidad, pero debido a lo que estaba haciendo no había manera. Empecé a ser popular el primer año de instituto, así que dejé la escuela, tuve profesores particulares y conseguí mi bachillerato. No hablaba en broma. Me encantaría ir a la escuela de enfermería. Pero mi madre nunca me dejaría.

Incluso a ella le sonaba al cuento de la pobre niña rica. Pero Tom la entendía e intuía las presiones a las que Melanie estaba sometida. No le parecía divertido, aunque los demás pensaran lo contrario. La joven parecía triste cuando hablaba de ello, como si se hubiera perdido una parte importante de su juventud, lo cual era cierto. Al mirarla, Tom era consciente de ello y lo sentía por ella.

—Me encantaría verte actuar, en algún momento —dijo, pensativo—. Quiero decir, ahora que te conozco.

—Tengo un concierto en Los Ángeles, en junio. Luego me iré de gira. Primero a Las Vegas y luego por todo el país. Julio, agosto y parte de septiembre. A lo mejor, puedes venir en junio. —Le gustaba la idea y a él también, aunque acababan de conocerse.

Volvieron lentamente hacia el hospital y él la dejó en la entrada, aunque prometió ir a buscarla más tarde. No le había preguntado si tenía novio y ella había olvidado mencionar a Jake. Este se estaba portando de manera muy desagradable desde que estaban allí, quejándose sin parar. Quería irse a casa, igual que las otras ochenta mil personas, pero ellas parecían soportarlo con paciencia. Los inconvenientes que todos sufrían no habían sido ideados para irritarlo únicamente a él. La noche anterior, Melanie le había comentado a Ashley que Jake era como un niño pequeño. Además, se estaba hartando de ocuparse de él. Era muy inmaduro y egoísta. Se olvidó de Jake, incluso de Tom, cuando volvió al trabajo con Maggie.

La reunión de Alcohólicos Anónimos organizada por Everett aquella noche, en el campamento, fue un éxito. Con gran sorpresa por su parte, acudieron casi un centenar de personas, entusiasmadas por poder reunirse. El letrero de AMIGOS DE BILL W. había atraído a los enterados e iniciados y el anuncio público hecho por la mañana en el patio había informado a todos de adónde debían ir. La reunión duró dos horas, y participó un número sorprendente de personas. Everett se sentía como un hombre nuevo cuando entró en el hospital a las ocho y media para contárselo a Maggie. Observó que parecía cansada.

—¡Tenías razón! ¡Ha sido fantástico!

Al contarle el éxito de la reunión, le resplandecían los ojos con entusiasmo. Maggie estaba encantada por él. Everett se quedó por el hospital una hora, mientras había calma. Para entonces, Maggie había enviado a Melanie de vuelta a su sala. Así que los dos se sentaron y charlaron un buen rato.

Al final, dejaron el hospital juntos. Maggie firmó el registro de salida y él la acompañó de vuelta al edificio donde se alojaban los religiosos voluntarios. Había monjas, sacerdotes, pastores, hermanos, varios rabinos y dos monjes budistas con sus ropas de color naranja; iban y venían, mientras Everett y Maggie permanecían sentados en el escalón de la entrada. Él se sentía renovado después de la reunión y le dio las gracias de nuevo cuando se levantó para marcharse.

—Gracias, Maggie. Eres una amiga fantástica.

—Tú también, Everett —dijo sonriendo—. Me alegro de que saliera bien.

Por un momento, le había preocupado qué pasaría si no acudía nadie. Pero el grupo había decidido reunirse cada día, a la misma hora, y tenía la impresión de que iba a crecer de manera exponencial. Todos estaban sometidos a mucha tensión. Incluso ella lo sentía. Los sacerdotes de su edificio decían la misa cada mañana y para ella era una buena manera de empezar el día, igual que la reunión de Everett lo había sido para él. También rezaba por lo menos una hora por la noche, antes de dormirse, o tanto tiempo como conseguía permanecer despierta. Las jornadas eran largas, duras y agotadoras.

—Hasta mañana —se despidió él, antes de marcharse.

Maggie entró en el edificio donde se alojaba. Había luces, alimentadas por baterías, en la entrada y en la escalera. Pensó en él mientras entraba en la habitación que compartía con otras seis monjas; todas ellas desempeñaban diversos trabajos voluntarios en Presidio, pero, por primera vez en años, se sentía separada de ellas. Una de las monjas llevaba dos días quejándose de no poder vestir el hábito. Lo había dejado en el convento, cuando el edificio se incendió debido a una fuga de gas; todos huyeron y llegaron a Presidio en albornoz y zapatillas. Repetía que se sentía desnuda sin el hábito. En los últimos años, Maggie detestaba ponerse el suyo; lo había llevado la noche de la gala, únicamente porque no tenía ningún vestido, solo la ropa para trabajar en la calle.

Era la primera vez en su vida que se sentía aislada de las demás monjas. No estaba segura del motivo, pero, de algún modo, le parecían estrechas de miras. Pensó en las conversaciones que había tenido con Everett sobre lo mucho que le gustaba ser monja. Era verdad, pero había ocasiones en las que las otras monjas, incluso los sacerdotes, le crispaban los nervios. A veces olvidaba que su conexión era con Dios y con los seres perdidos con los que trabajaba. Pero los miembros de las órdenes religiosas le parecían irritantes, en particular cuando pretendían ser superiores moralmente o se mostraban intolerantes respecto a sus propias elecciones en la vida.

Sin embargo, lo que estaba sintiendo la preocupaba. Everett le había preguntado si alguna vez había dudado de su vocación. Nunca lo había hecho y tampoco lo hacía ahora. Pero, de repente, echaba de menos hablar con él, sus conversaciones filosóficas, las cosas divertidas que él decía. Y pensar en él la inquietaba. No quería sentir demasiado apego por ningún hombre. Se preguntaba si esa monja estaba en lo cierto. Tal vez debían llevar el hábito, para recordar a los demás quiénes eran y para mantener la distancia. No había distancia entre Everett y ella. En las inusuales circunstancias que estaban viviendo, se habían formado sólidas amistades, vínculos imposibles de romper, incluso idilios en ciernes. Estaba dispuesta a ser amiga de Everett, pero, ciertamente, nada más. Se lo recordó a sí misma mientras se lavaba la cara con agua fría. Luego se echó en la cama y rezó, como hacía siempre. No permitió que él se entrometiera en sus plegarias, pero no había duda: seguía merodeando por su cabeza y tuvo que hacer un decidido esfuerzo para dejarlo fuera. Aquello le recordó, como nada lo había hecho desde hacía muchos años, que era la esposa de Cristo y de nadie más. No pertenecía a nadie más que a Él. Así había sido siempre, así era y así seguiría siendo. Mientras rezaba con renovado fervor, consiguió eliminar la visión de Everett de su cabeza y llenarla solo con Cristo. Cuando acabó de rezar, suspiró largamente, cerró los ojos y se quedó dormida en paz.

Melanie estaba agotada cuando volvió a su edificio aquella noche. Había sido su tercer día de duro trabajo en el hospital y, aunque le gustaba lo que hacía allí, en el camino de vuelta a la sala donde dormía tuvo que reconocer que habría sido estupendo poder tomar un baño caliente, tumbarse en su cómoda cama con la tele encendida y quedarse dormida. En cambio, compartía una sala enorme con varios cientos de personas. Estaba atestada, había mucho ruido, olía mal y la cama era dura. Sabía que pasarían allí algunos días más, ya que la ciudad estaba bloqueada y no había manera de marcharse. Tenían que arreglárselas lo mejor posible, como le decía a Jake cuando se lamentaba. Se sentía decepcionada por sus constantes quejas y porque, muchas veces, se las hacía pagar a ella. Y Ashley no era mucho mejor. No dejaba de llorar, decía que sufría un choque postraumático y que quería irse a casa. A Janet tampoco le gustaba estar allí, pero por lo menos estaba haciendo amigos, con los que hablaba constantemente de su hija, para que todos supieran lo importante y especial que era. A Melanie no le importaba. Estaba acostumbrada. Su madre hacía lo mismo dondequiera que fueran. Los músicos y los encargados del equipo también habían hecho numerosos amigos. Pasaban mucho rato con ellos y jugaban al póquer. Pam y ella eran las únicas que trabajaban, así que Melanie apenas veía a los demás.

Al entrar cogió un refresco de cerezas. La sala estaba en penumbra, ya que las luces alimentadas por baterías solo iluminaban los bordes de la estancia por la noche. Estaba lo bastante oscuro como para tropezar con la gente o incluso caerte, si no prestabas la debida atención. Había gente durmiendo en sacos de dormir en los pasillos, otros en los catres y parecía que toda la noche había niños llorando. Era como viajar en la bodega de un barco, o estar en un campo de refugiados, que es lo que era en realidad. Melanie se dirigió hacia donde estaba su grupo, formado por más de una docena de catres; algunos de los encargados del equipo dormían en el suelo, en sacos de dormir. La cama de Jake estaba junto a la suya.

Se sentó en el borde de la cama y le dio unas palmaditas en

el hombro desnudo, que asomaba fuera del saco de dormir. Estaba de espaldas a ella.

—¡Eh, cariño! —susurró en la casi completa oscuridad.

Los ruidos de la sala se apagaban al llegar la noche. La gente se iba a dormir temprano. Estaban trastornados, asustados, deprimidos por lo que habían perdido; además, por la noche no había nada que hacer, por lo tanto se iban a la cama. Al principio, Jake no se movió, así que supuso que estaba dormido; Melanie empezó a dirigirse hacia su cama. Su madre no estaba allí; se había ido a algún sitio. Cuando estaba a punto de dejarse caer sobre la cama, hubo un movimiento súbito en el saco de Jake y aparecieron dos cabezas al mismo tiempo, con aire sobresaltado y avergonzado. La primera cara era la de Ashley; la segunda, la de Jake.

—¿Qué estás haciendo aquí? —preguntó él, furioso y sorprendido.

—Duermo aquí, me parece —respondió Melanie, al principio incapaz de entender lo que veía, pero enseguida lo entendió—. Muy bonito —le dijo a Ashley, su amiga de toda la vida—. Francamente bonito. Pero ¿qué mierda estáis haciendo vosotros dos? —dijo, controlando la voz para que los demás no la oyeran.

Para entonces, Jake y Ashley se habían incorporado. Vio que estaban desnudos. Ashley hizo algunos movimientos gimnásticos y salió del saco con camiseta y tanga. Melanie reconoció que ambas cosas eran suyas.

—Eres un cabrón —espetó a Jake e intentó marcharse.

Jake la cogió por el brazo, mientras se esforzaba por salir del saco, vestido solo con calzoncillos.

—Por todos los santos, nena. Solo estábamos haciendo el tonto. No tiene ninguna importancia.

La gente empezaba a mirarlos. Lo peor era que sabían quién era ella. Su madre se había encargado de ello.

—Pues a mí me parece que sí que la tiene —replicó Melanie, volviéndose para mirarlos. Primero se dirigió a Ashley—:

No me importa que me robes la ropa interior, Ash, pero me parece que robarme el novio es demasiado, ¿no crees?

—Lo siento, Mel —dijo Ashley, con la cabeza gacha, mientras las lágrimas le caían por las mejillas—. Pero aquí es todo tan espantoso... Estoy tan asustada... Hoy he tenido un ataque de ansiedad. Jake solo trataba de que me sintiera mejor... yo... no era... —Cada vez lloraba con más fuerza. A Melanie le daba asco mirarla.

—Ahórrate los detalles. Yo no te lo habría hecho a ti. A lo mejor, si movierais vuestro jodido culo e hicierais algo útil, no tendríais que follar para entreteneros. Me dais asco, los dos —declaró Melanie, con voz temblorosa.

—Deja esos aires de superioridad, pedazo de zorra —espetó Jake, decidiendo que la mejor defensa era el ataque. No le dio resultado.

—¡Que te jodan! —gritó Melanie, justo cuando llegaba su madre, que parecía confundida por lo que estaba pasando. Vio que estaban discutiendo acaloradamente, pero no tenía ni idea de por qué. Había estado jugando a las cartas con unas nuevas amigas, y con un par de hombres muy atractivos.

—¡Que te jodan a ti! ¡No eres tan fabulosa como crees! —le lanzó Jake, mientras Melanie se alejaba y su madre corría detrás de ella, con aire preocupado.

—¿Qué ha pasado?

—No quiero hablar de ello —respondió Melanie, yendo en busca de aire fresco.

—¡Melanie! ¿Adónde vas? —gritó Janet, mientras la gente que había alrededor se despertaba y se quedaba mirándola.

—Fuera. No te preocupes. No pienso volver a Los Ángeles —dijo antes de salir corriendo por la puerta.

Janet volvió atrás y encontró a Ashley sollozando y a Jake con un berrinche tremendo. Tiraba cosas por todas partes mientras la gente de alrededor le decía que parara o le patearían el culo. No era muy popular en la zona donde dormían. Había sido grosero con todos y no le veían ningún encanto, a pesar de ser una estrella de televisión. Janet estaba muy preocupada, así que pidió a uno de los músicos que hablara con él y le dijera que parara.

—¡Odio este sitio! —gritó Jake y se marchó fuera con Ashley corriendo detrás de él.

Habían hecho algo estúpido, y ella lo sabía. Sabía cómo era Melanie; la lealtad y la honestidad lo eran todo para ella. Tenía miedo de que Melanie no la perdonara nunca y así se lo dijo a Jake mientras permanecían sentados en el exterior, envueltos en mantas y con los pies descalzos. Ashley miró alrededor y no vio a Melanie por ninguna parte.

—Que la jodan —gruñó Jake—. ¿Cuándo leches vas a sacarnos de aquí? —Le había preguntado a uno de los pilotos de helicóptero si podían llevarlos hasta Los Ángeles. El hombre se había quedado mirándolo como si estuviera loco. Volaban para el gobierno, no eran de alquiler.

—Nunca nos perdonará —lloriqueó Ashley.

—¿Y qué? ¿Qué te importa? —Tragó una bocanada de aire fresco. Lo de Ashley solo había sido un poco de diversión; no tenían nada mejor que hacer y Melanie estaba tan jodidamente ocupada haciendo de Florence Nightingale... Se dijo a sí mismo y a Ashley que nada de esto habría pasado si Melanie se hubiera quedado con ellos. La culpa era suya, no de ellos—. Eres mucho más mujer que ella —dijo a Ashley, que bebió sus palabras y se acurrucó contra él.

—¿De verdad lo crees? —preguntó, esperanzada y sintiéndose mucho menos culpable que hacía unos momentos.

—Pues claro, pequeña —afirmó.

Unos minutos más tarde volvieron dentro. Ella durmió dentro del saco de Jake, con él, ya que de todos modos Melanie no estaba allí. Janet fingió no darse cuenta, pero comprendió lo que había sucedido. En cualquier caso, Jake nunca le había caído bien. En su opinión, no era una estrella lo bastante importante para su hija; además, no le gustaban en absoluto sus historias con las drogas.

Melanie había vuelto al hospital y se acostó en una de las camas vacías que esperaban nuevos pacientes. Cuando Melanie le dijo que había habido un problema en su sala, la enfermera encargada le permitió dormir allí. La joven le prometió que se levantaría si necesitaban la cama para un paciente.

—No te preocupes —dijo la enfermera, bondadosamente—. Duerme un poco. Pareces agotada.

—Lo estoy —reconoció Melanie, pero permaneció despierta durante horas, pensando en las caras de Jake y Ashley asomando del saco de dormir.

No le sorprendía demasiado que Jake lo hubiera hecho, aunque lo odiaba por ello y pensaba que era un cerdo por engañarla con su mejor amiga. Lo que más le dolía era la traición de Ashley. Ambos eran débiles y egoístas; la utilizaban y la explotaban sin vergüenza. Sabía que eran gajes del oficio, porque ya la habían traicionado otras veces. Pero estaba harta de todas las decepciones que acompañan el estrellato. ¿Qué pasaba con el amor, la honradez, la decencia, la lealtad y los amigos de verdad?

Melanie estaba profundamente dormida cuando Maggie la encontró allí, a la mañana siguiente, y la tapó cuidadosamente con una manta. No tenía ni idea de lo que había pasado, pero cualquiera que fuera el motivo, sabía por instinto que nada bueno la había llevado allí. Maggie dejó que durmiera tanto como quisiera. Melanie parecía una niña pequeña dormida cuando Maggie se fue a trabajar. Había mucho que hacer.

8

El lunes por la mañana, la tensión en casa de Seth y Sarah, en Divisadero, era palpable y asfixiante. Como hacía cada día desde el terremoto, Seth probó todos los teléfonos de la casa, todos los móviles, los teléfonos de los coches, incluso su Black-Berry, sin resultado. San Francisco estaba completamente aislada del mundo. Los helicópteros seguían zumbando en el cielo, volando bajo para hacer comprobaciones e informar a los servicios de emergencias. Seguían oyéndose sirenas por toda la ciudad. Si podían, todos se quedaban en casa, ya que las calles parecían las de una ciudad fantasma. Pero en el interior de la casa reinaba una sensación de catástrofe inminente. Sa-rah se mantenía alejada de Seth, ocupada con sus hijos. Seguían las rutinas habituales, pero ella y Seth apenas se dirigían la palabra. Lo que él le había confesado la había escandalizado tanto que prefería guardar silencio.

Sirvió el desayuno a los niños; las provisiones de comida estaban disminuyendo. Después, jugó con ellos en el jardín y los empujó en el columpio que habían instalado allí. A Molly le parecía divertido que el árbol se hubiera caído. La tos y el dolor de oídos de Oliver habían disminuido gracias a los anti-bióticos que había tomado. Los dos estaban animados, aun-que no se podía decir lo mismo de sus padres. Parmani y Sarah les prepararon sándwiches de mantequilla de cacahuete y jalea para almorzar, con plátanos cortados en rodajas, y luego los acostaron para que durmieran la siesta. La casa estaba tranquila cuando Sarah fue finalmente a ver a Seth a su estudio. Tenía la cara descompuesta y la mirada perdida, absorto en sus pensamientos.

—¿Estás bien?

Seth ni siquiera se molestó en contestar. Solo se volvió a mirarla, con ojos apagados. Todo lo que había construido para ellos estaba a punto de derrumbarse. Parecía destrozado, sin vida.

—¿Quieres almorzar? —preguntó ella.

Él negó con la cabeza y luego la miró suspirando.

—Entiendes lo que va a pasar, ¿verdad?

—No exactamente —dijo ella en voz baja, y se sentó—. Sé solo lo que me dijiste ayer: que van a auditar los libros de Sully, que descubrirán que el dinero de los inversores ha desaparecido y que seguirán el rastro hasta tus cuentas.

—Se llama robo y fraude de valores. Son delitos federales graves. Por no hablar de los pleitos que desencadenará entre los inversores de Sully, incluso de los míos. Habrá un follón de mil demonios, Sarah. Probablemente durará mucho, muchísimo tiempo. —No había pensado en nada más desde el jueves por la noche, y ella desde el viernes.

—¿Qué significa eso? Define «follón» —pidió ella con tristeza, pensando que más valía que se enterara de lo que se les echaba encima. También iba a afectarla a ella.

—Un proceso, probablemente. Una acusación ante el gran jurado. Un juicio. Seguramente me declararán culpable y me enviarán a prisión.

Miró el reloj. Eran las cuatro en Nueva York, ya habían pasado cuatro horas del plazo que tenía para devolver el dinero a Sully a tiempo para la auditoría de sus inversores. Era una mierda de suerte que sus respectivas auditorías se realizaran en días tan cercanos, y peor suerte todavía que el terremoto de San Francisco hubiera cerrado todas las comunicaciones y los bancos de la ciudad. Estaban con el agua al cuello y eran un blanco seguro, sin posibilidad de borrar su rastro.

—A estas horas ya habrán pillado a Sully, y en algún momento de esta semana, la SEC pondrá en marcha una investigación de sus libros, y de los míos en cuanto esta ciudad se abra de nuevo. Él y yo estamos en el mismo barco. Los inversores empezarán a presentar demandas civiles, por malversación de fondos, robo y fraude. —Luego, como si las cosas pudieran todavía ir a peor, añadió—: Estoy casi seguro de que perderemos la casa y todo lo que tenemos.

—Y entonces, ¿qué? —preguntó Sarah, con voz ronca. No le horrizaba tanto perder sus propiedades y posesiones como descubrir que Seth era un hombre deshonesto. Un sinvergüenza y un estafador. Lo había conocido y querido durante seis años, y ahora descubría que no lo conocía. No se habría sentido más horrorizada si se hubiera transformado en un hombre lobo ante sus ojos—. ¿Qué pasará conmigo y con los niños?

—No lo sé, Sarah —contestó con franqueza—. Puede que tengas que buscar trabajo.

Ella asintió. Había opciones peores. Estaba más que dispuesta a trabajar si eso los ayudaba, pero si lo condenaban, ¿qué iba a pasar con su vida, con su matrimonio? Y si iba a la cárcel, entonces ¿qué?, y ¿por cuánto tiempo? Ni siquiera podía pronunciar las palabras para preguntárselo, mientras él seguía allí, sentado, cabeceando, con las lágrimas bañándole las mejillas. Lo que más la asustaba era que él parecía pensar solo en sí mismo, no en ellos. ¿Qué iba a pasarles a ella y a sus hijos si él iba a la cárcel?

—¿Crees que la policía se presentará aquí en cuanto la ciudad se abra de nuevo? —No tenía ni idea de qué les aguardaba. Ni en sus peores pesadillas había imaginado nunca nada como aquello.

—No lo sé. Supongo que empezarán con una investigación de la SEC. Pero podría ponerse muy feo rápidamente. En cuanto abran los bancos, el dinero estará allí y yo estaré jodido.

Sarah asintió, esforzándose por no perderse ni una palabra, intentando recordar lo que él había dicho.

—Me contaste que Sully y tú lo habíais hecho antes. ¿Muchas veces? —Tenía la mirada sombría y la voz ronca. Seth había sido deshonesto no solo esta vez, sino quizá durante varios años.

—Unas pocas. —Parecía tenso al responder.

—¿Cuántas son unas pocas? —Quería saberlo.

—¿Acaso ahora importa? —Ella vio cómo se le tensaba un músculo en la mandíbula—. Tres... quizá cuatro. Él me ayudó a montarlo. La primera vez que lo hice fue justo después de empezar, para darnos un pequeño empujón y lograr que los inversores se interesaran en el fondo. Era como montar un escaparate, para tener buen aspecto. Funcionó... así que lo hice de nuevo. Atrajimos a los grandes inversores, porque pensaron que teníamos todo ese dinero en el banco.

Les había mentido, engañado, había cometido un claro fraude. A Sarah le resultaba inconcebible; ahora entendía su rápido y asombroso éxito. El chico prodigio del que todos hablaban era un embustero y un ladrón, un timador. Pero lo más horrible era que ella estaba casada con él. La había engañado también a ella. Nunca había querido aquellos lujos excesivos que él le ofrecía. No los necesitaba. Al principio, incluso le preocupaban. Pero Seth insistió en que estaba ganando dinero a espuertas y que merecían todos aquellos caprichos y el fabuloso estilo de vida que él le proporcionaba. Casas, joyas, coches de lujo, el avión. Y lo había construido todo con dinero conseguido fraudulentamente. Ahora estaban a punto de pillarlo y todo aquello por lo que había trabajado desaparecería, y también desaparecería de su vida.

—¿También tenemos problemas con Hacienda? —preguntó, presa del pánico. Si era así, podía verse implicada ya que habían presentado declaraciones conjuntas. ¿Qué pasaría con sus hijos si ella iba a la cárcel? La mera idea la horrorizaba.

—No —la tranquilizó él—. Nuestras declaraciones de la renta están limpias como una patena. Yo no te haría algo así.

—¿Por qué no? —preguntó con los ojos anegados en lágrimas, que se desbordaron por sus mejillas. Estaba abrumada. El terremoto que había golpeado la ciudad era una nimiedad comparado con lo que estaba a punto de pasarles a ellos—. Has hecho todo lo demás. Te has puesto en peligro y vas a arrastrarnos contigo.

No podía ni siquiera imaginar qué iba a decirles a sus padres. Se quedarían horrorizados y profundamente avergonzados cuando todo aquello llegara a los periódicos. No habría manera de mantenerlo en secreto. Ya podía ver los titulares de los noticiarios, y más todavía si lo condenaban y lo encarcelaban. Iba a ser un verdadero festín para la prensa. Había subido tan alto que más dura iba a ser la caída. Se dijo que era fácil predecirlo; se levantó y caminó por la habitación.

—Necesitamos un abogado, Seth, uno bueno de verdad.

—Yo me ocuparé de eso —respondió él, observándola mientras ella, de pie, miraba por la ventana.

El terremoto había tirado las macetas de las ventanas de los vecinos y seguían caídas por toda la acera; la tierra y las flores estaban esparcidas por todas partes. Todos ellos se habían marchado al refugio de Presidio cuando la chimenea se hundió y atravesó el tejado; nadie se había ocupado de recoger nada. Iba a haber mucho que limpiar en la ciudad. Pero no sería nada comparado con el desastre al que Seth tendría que enfrentarse.

—Lo siento, Sarah —susurró.

—Yo también —dijo ella, volviéndose a mirarlo—. No sé si significa algo para ti, Seth, pero te quiero. Te quiero desde el momento en que te vi. Y todavía te quiero, incluso después de esto. No sé dónde iremos a partir de ahora. Ni siquiera si iremos a alguna parte.

No se lo dijo, pero no sabía si podría llegar a perdonarlo por haberse portado de forma tan deshonesta y tener tan poca integridad. Había sido una revelación horrorosa sobre el hombre al que amaba. Si en realidad era tan diferente del hombre que había creído que era, ¿de quién se había enamorado? Ahora le parecía un extraño, y de hecho lo era.

—Yo también te quiero —afirmó él, abatido—. Lo siento mucho. Nunca pensé que llegáramos a esto. No creí que nos atraparan. —Lo dijo como si hubiera robado una manzana de un puesto en la calle, o no hubiera devuelto un libro a la biblioteca.

Sarah estaba empezando a preguntarse si realmente se daba cuenta de lo importante que era aquello.

—No se trata de eso. No es solo que te atrapen. Se trata de quién eres y en qué estabas pensando cuando montaste ese chanchullo. El riesgo que corriste. La mentira que vivías. Las personas a las que estabas dispuesto a mentir y perjudicar, no solo a tus inversores, sino también a mí y a nuestros hijos. También ellos sufrirán las consecuencias. Si vas a la cárcel, tendrán que vivir con ello el resto de su vida, sabiendo lo que hiciste. ¿Cómo van a respetarte cuando crezcan? ¿Qué les dice esto de ti?

—Les dice que soy humano y que cometí un error —dijo con tristeza—. Si me quieren me perdonarán, y tú también.

—Tal vez no sea tan sencillo. No sé cómo te recuperas de algo así, ninguno de nosotros lo sabe. ¿Cómo olvidas que alguien en quien confiabas plenamente resulta ser un embustero, un farsante, un ladrón... un impostor...? ¿Cómo podré volver a confiar en ti?

Seth no dijo nada y siguió sentado, mirándola. No se le había acercado desde hacía tres días. No podía. Sarah había levantado un muro de tres metros de alto entre los dos. Incluso en la cama, por la noche, cada uno se había acurrucado en su lado, dejando un amplio espacio vacío entre los dos. Él no la tocaba y ella no podía acercarse a él. Estaba demasiado herida y dolida, demasiado desilusionada y decepcionada. Él quería que ella lo perdonara, lo comprendiera, lo apoyara, pero ella no tenía ni idea de si lo haría o de si podría hacerlo alguna vez. Todo aquello la desbordaba.

Casi estaba agradecida de que la ciudad estuviera aislada. Necesitaba tiempo para digerirlo, antes de que el techo se desplomara sobre sus cabezas. Pero también era cierto que de no ser por el terremoto, nada de esto habría sucedido. Él habría devuelto el dinero a Sully, para que pudiera amañar sus libros. Luego, en algún momento, lo habrían hecho otra vez, y quizá los habrían pillado más adelante. Habría pasado, antes o después. Nadie era tan listo ni se iba de rositas para siempre tras cometer un delito de esta magnitud. Era tan simple que resultaba patético, y tan deshonesto que dejaba pasmado a cualquiera.

—¿Vas a dejarme, Sarah?

Para él, aquello sería lo peor. Quería que permaneciera a su lado, aunque no parecía que fuera a hacerlo. Sarah tenía unas ideas extremadamente rígidas sobre la honradez y la integridad. Fijaba unas normas muy exigentes para ella misma y para los demás. Él las había infringido todas. Incluso había puesto en peligro a su familia, lo cual sospechaba que, para ella, sería la gota que colmaría el vaso. Para Sarah, la familia era sagrada. Vivía de acuerdo con los valores en los que creía. Era una mujer de honor, que creía y esperaba lo mismo de él.

—No lo sé —contestó ella sinceramente—. No tengo ni idea de qué voy a hacer. Me cuesta pensar en ello ahora. Lo que has hecho es tan enorme, que no estoy segura de comprenderlo todavía.

Nada de lo sucedido durante el terremoto la había horrorizado tanto como esto. Por su aspecto, parecía que el mundo se hubiera desplomado encima de ella y de sus hijos.

—Espero que no me dejes —dijo él con aspecto triste y vulnerable—. Quiero que te quedes. —La necesitaba. No creía que pudiera hacer frente a aquello solo. Pero comprendía que quizá tendría que hacerlo y, en cierto modo, reconocía que era culpa suya.

—Quiero quedarme —respondió ella, llorando. Nunca se había sentido tan destrozada en toda su vida, excepto cuando creyeron que su pequeña iba a morir. Gracias a Dios, Molly se había salvado. Pero ahora no podía imaginar que nada pudiera salvar a Seth. Incluso si tenía un abogado brillante y negociaban inteligentemente, no podía imaginar que lo declararan inocente, no con las pruebas que les proporcionaría el banco—. La verdad es que no sé si puedo hacerlo —añadió—. Esperemos a ver qué pasa cuando podamos volver a comunicarnos con el mundo. Supongo que la mierda empezará a salpicar muy rápido.

Él asintió. Ambos sabían que este tiempo en el que estaban aislados del mundo era como unos días de gracia para ellos. No podían actuar ni reaccionar de ninguna manera. Lo único que podían hacer era esperar. Aumentaba enormemente la tensión de los días posteriores al terremoto, pero Sarah agradecía el tiempo que le daba para pensar. Le resultaba más beneficioso a ella que a Seth, que merodeaba por la casa como un león enjaulado, dándole vueltas a lo que le iba a pasar y preocupándose sin cesar. Estaba desesperado por hablar con Sully y averiguar qué había pasado en Nueva York. Seth comprobaba su BlackBerry constantemente, como si pudiera volver a la vida de repente. Seguía tan muerta como todo lo demás; posiblemente también como su matrimonio.

Igual que habían hecho las tres noches anteriores, se acostaron muy separados en la cama. Seth quería hacerle el amor, por el consuelo que le proporcionaría a él, para tener la seguridad de que ella seguía queriéndolo, pero no se le acercó ni la culpó porque se sintiera como se sentía. Siguió despierto en su lado de la cama, mucho después de que ella se durmiera. En medio de la noche, Oliver se despertó, llorando y tocándose las orejas otra vez. Le estaban saliendo los dientes, así que Sarah no estaba segura de si lo que le dolía eran los oídos o los dientes. Lo acunó en brazos mucho rato, meciéndolo en la amplia y cómoda mecedora que había en su habitación, hasta que, finalmente, el pequeño se durmió de nuevo. No volvió a meterlo en la cuna, sino que se quedó allí, con él en los brazos, mirando la luna y escuchando los helicópteros que vigilaban la ciudad durante la noche. Parecía una zona de guerra y, mientras permanecía allí sentada, comprendió que lo era. Sabía que empezaba una época terrible para ellos. No había manera de evitarlo, cambiarlo, volver atrás. Igual que la ciudad se había visto sacudida hasta los cimientos por el terremoto, también su vida se había venido abajo o estaba a punto de hacerlo. Se había desplomado desde lo alto, había chocado contra el suelo y se había hecho añicos.

Pasó el resto de la noche en la mecedora, con Ollie en los brazos, sin volver a la cama. Era incapaz de acostarse junto a Seth; quizá no podría nunca más. Al día siguiente, se trasladó a la habitación de invitados.

9

El viernes, octavo día después del terremoto, informaron a los residentes del refugio de Presidio de que las autopistas y el aeropuerto volverían a estar abiertos al día siguiente. Se había instalado una torre de control provisional. Pasarían meses antes de que se reconstruyera la antigua. La apertura de las autopistas 280 y 101 significaba que se podría ir hacia el sur, pero el Golden Gate no funcionaría hasta al cabo de unos días, así que trasladarse directamente hacia el norte seguiría siendo imposible. Les dijeron que el Bay Bridge estaría cerrado durante muchos meses, hasta que lo repararan. Esto significaba que los que fueran al trabajo desde el este de la bahía tendrían que hacerlo por los puentes Richmond y Golden Gate o por el Dumbarton o el San Mateo, al sur. Esos traslados diarios serían una pesadilla y habría muchos atascos. Además, por el momento, solo los que vivían en la península podrían volver el sábado a su casa.

Se estaba abriendo el acceso a varios barrios, así que los vecinos podrían comprobar en qué estado se encontraba su casa. Otros se encontrarían con las barreras de la policía y la cinta amarilla, si era demasiado peligroso entrar. El Distrito Financiero era todavía un caos y terreno prohibido para todos, lo cual significaba que, de momento, muchas empresas no podrían volver a abrir. A lo largo del fin de semana, solo dispondrían de electricidad en una pequeña parte de la ciudad. Corrían rumores de que no se restablecería completamente hasta pasados unos dos meses, quizá uno si tenían suerte. La ciudad estaba patas arriba y empezaba a levantarse. Después de haber quedado arrasada durante los últimos ocho días, empezaba a dar señales de vida, pero pasarían meses hasta que San Francisco estuviera en pie de nuevo. En los refugios mucha gente había dicho que se iría de la ciudad. Llevaban muchos años viviendo con miedo a un terremoto importante y, ahora que había llegado, el golpe había sido demasiado fuerte. Algunos estaban dispuestos a marcharse; otros estaban decididos a quedarse. Los viejos decían que no vivirían lo suficiente para ver otro como este, así que no importaba. Los jóvenes estaban impacientes por reconstruirlo todo y empezar de nuevo. Y muchos, entre los unos y los otros, decían que no querían saber nada más de la ciudad; habían perdido demasiado y estaban demasiado atemorizados. Por los dormitorios, el comedor y los pasillos por donde la gente paseaba, incluso a lo largo de las playas que bordeaban Crissy Field, se oía un rumor constante de voces preocupadas. En un día soleado, era más fácil olvidar lo que les había pasado. Pero ya entrada la noche, cuando notaban las réplicas que habían empezado un día después del terremoto, todos parecían dominados por el pánico. Había sido una época traumática para los habitantes de la ciudad y todavía no había tocado a su fin.

Después de oír la noticia de que el aeropuerto iba a abrir al día siguiente, Melanie y Tom fueron a sentarse en la playa, para hablar y mirar hacia la bahía. Habían ido a sentarse allí cada día. Melanie le había contado lo sucedido con Jake y Ashley; dormía en el hospital desde entonces. Estaba ansiosa por volver a casa y huir de ellos, pero disfrutaba conociendo mejor a Tom.

—¿Qué harás ahora? —preguntó ella en voz baja. Estar con él despertaba siempre en Melanie una sensación reconfortante y sosegada. Era de trato fácil, y transmitía confianza y dignidad.

Era agradable conversar con alguien que no estaba directamente relacionado con su trabajo ni con ningún aspecto del mundo del espectáculo. Estaba cansada de actores, cantantes, músicos y de todos los locos con los que trataba cada día. Había salido con varios de ellos y siempre acababa como con Jake; a veces, incluso peor. Eran narcisistas, drogadictos, lunáticos o, simplemente, gente que actuaba con maldad y que quería aprovecharse de ella, de una u otra manera. Por lo que había visto, no tenían conciencia ni moralidad y hacían lo que les venía en gana en cada momento. Pero ella quería algo mejor en la vida. Incluso a sus diecinueve años, era mucho más estable que ellos. No se drogaba y nunca lo había hecho, nunca había engañado a nadie, no mentía, no estaba obsesionada consigo misma y era una persona decente, moral y honesta. Sólo pedía lo mismo de los demás. Habían hablado mucho de la carrera de Melanie en los últimos días y de qué deseaba hacer con ella. No quería dejarla, pero sí tomar las riendas. Sin embargo, era poco probable que su madre se lo permitiera. Melanie le había dicho a Tom que estaba harta de que la dirigieran, controlaran, utilizaran y presionaran todos los que la rodeaban. Tom estaba impresionado por lo lógica, sensata y razonable que era.

—Yo tengo que volver a Berkeley y mudarme de mi apartamento —dijo Tom respondiendo a su pregunta—. Pero parece que pasará un tiempo antes de que pueda hacerlo. Para que pueda ir al este de la bahía, por lo menos el Golden Gate y el Richmond tienen que estar abiertos. Después iré a Pasadena. Iba a quedarme por aquí todo el verano, ya que tengo un trabajo en otoño, pero ahora todo podría cambiar; depende de cuánto tarden las empresas en volver a abrir. Puede que busque algo allá abajo. —Igual que ella, era una persona centrada, práctica y con una visión clara de sus objetivos. Tenía veintidós años, quería trabajar unos cuantos años y luego ir a la escuela de negocios, quizá en UCLA—. Y tú, ¿qué? ¿Qué tienes previsto para las próximas semanas?

No habían hablado de ello en detalle hasta entonces. Sabía que se iba de gira en julio, después de un concierto en Las Vegas. Melanie le había dicho lo mucho que detestaba esa ciudad, pero era un lugar importante para ella, y la gira iba a ser un éxito. Después pretendía volver a Los Ángeles en septiembre, cuando acabara la gira. Pero no le había contado lo que pensaba hacer en junio. Todavía estaban en mayo.

—La semana próxima tengo una sesión de grabación para un nuevo CD. Grabaremos parte del material que usaré en la gira. Es un buen precalentamiento para mí. Aparte de eso, estoy bastante libre hasta el concierto en Los Ángeles, en junio, justo antes de marcharme. ¿Crees que habrás vuelto a Pasadena para entonces? —Le dijo la fecha, esperanzada.

Él sonreía, escuchándola. Conocerla había sido maravilloso, y volver a verla sería un sueño. Pero no podía evitar pensar que en cuanto volviera a la ciudad, ella lo olvidaría.

—Me encantaría que fueras mi invitado en el concierto de Los Ángeles. Es bastante demencial cuando trabajo, pero podrías pasarlo bien. Puedes llevar a un par de amigos, si quieres.

—Mi hermana se volvería loca —dijo sonriéndole—. También estará en casa en junio.

—¿Por qué no la llevas? —propuso Melanie. Luego, su voz se convirtió en un susurro—. Espero que me llames cuando vuelvas.

—¿Contestarás a mi llamada? —preguntó con aire preocupado. Una vez fuera de Presidio y de vuelta a su vida real, Melanie era una gran estrella. ¿Qué podía querer de él? Solo era un ingeniero en ciernes; alguien que no formaba parte de su entorno. Pero parecía que le gustaba estar con él, tanto como él disfrutaba estando con ella.

—Pues claro —respondió ella—. Espero que me llames. —Le anotó el número de su móvil.

Los móviles todavía no funcionaban en la zona de San

Francisco y aún tardarían bastante en hacerlo. Los servicios de teléfono y de los ordenadores tampoco se habían restablecido. Se hablaba de que tardarían otra semana en estar en funcionamiento.

Volvieron paseando al hospital y él bromeó, diciendo:

—Supongo que no te matricularás en la escuela de enfermería por el momento, ya que te vas de gira.

—En efecto. Al menos, no en esta vida.

Había presentado a Tom a su madre el día anterior, pero Janet no se había mostrado impresionada. En lo que a ella respectaba, era solo un muchacho y su título de ingeniero no significaba nada. Quería que Melanie saliera con productores, directores, cantantes famosos, actores conocidos, cualquiera que atrajera la mirada de la prensa o que, de alguna manera, pudiera ayudarla en su carrera. Dejando de lado sus fallos, Jake cumplía ese papel: era un señuelo para la prensa. Tom nunca lo sería. Y su aburrida, sana y bien educada familia de Pasadena no tenía ningún interés para Janet. Pero no se sentía inquieta; suponía que Melanie lo olvidaría en cuanto se marcharan de San Francisco, y que no volvería a verlo nunca más. No tenía ni idea de sus planes para volver a encontrarse en Los Ángeles.

Melanie trabajó con Maggie todo el día y hasta bien entrada la noche. Tom les llevó una pizza del comedor y cenaron juntos. La comida seguía siendo sorprendentemente buena, gracias al continuado suministro de carne, fruta y verduras frescas, transportadas en helicóptero, y a la creatividad de los cocineros. Everett se unió a ellas después de su última reunión de AA y les dijo que le había pasado el relevo a una nueva secretaria, una mujer cuya casa en la Marina había quedado destruida y que pensaba quedarse en el refugio de Presidio varios meses. El número de asistentes había aumentado extraordinariamente en los últimos días y había sido una enorme fuente de apoyo para él. Dio las gracias a Maggie, una vez más, por animarlo a iniciar las reuniones. Ella le aseguró, amablemente, que él lo habría hecho de todos modos. Luego continuaron sentados, charlando, después de que los dos jóvenes se marcharan a dar un paseo en su última noche juntos. Eran unos momentos que todos recordarían durante mucho tiempo, algunos con dolor.

—Detesto volver a Los Ángeles mañana —confesó Everett, después de que Tom y Melanie se marcharan. Le habían prometido volver para despedirse. El grupo procedente de Los Ángeles se marcharía a la mañana siguiente, temprano, así que Melanie no volvería a trabajar en el hospital—. ¿Estarás bien aquí? —Parecía preocupado por ella. Estaba llena de fuego y desbordaba energía, pero también había algo vulnerable en ella, algo que había acabado apreciando mucho.

—Por supuesto que sí. No seas tonto. He estado en sitios mucho peores que este. Mi barrio, por ejemplo —respondió, echándose a reír.

Él también sonrió.

—Y yo. Pero ha sido muy agradable estar aquí contigo, Maggie.

—Hermana Maggie para ti —le recordó, y luego soltó una risita. Había algo entre ellos y eso, a veces, le preocupaba. Él había empezado a tratarla como una mujer, no como una monja. Se mostraba protector, así que ella le recordó que las monjas no eran mujeres corrientes; estaban bajo la protección de Dios—. Mi Hacedor es mi esposo —dijo, citando la Biblia—. Él cuida de mí. Estaré bien aquí. Tú asegúrate de que estás bien en Los Ángeles. —Seguía alimentando la esperanza de que pronto fuera a Montana a buscar a su hijo, aunque sabía que todavía no estaba preparado para hacerlo. Pero habían hablado de ello varias veces, así que ella de nuevo lo animó a considerarlo.

—Estaré muy ocupado revelando todas las fotos que he tomado. Mi editor se volverá loco. —Sonrió, impaciente por ver las fotos que había tomado de ella la noche del terremoto y después—. Te enviaré copias de las que te he hecho a ti.

—Me gustaría. —Sonrió. Aquellos días habían sido extraordinarios para todos ellos; para algunos tal vez trágicos, pero positivos para otros. Se lo había dicho a Melanie aquella misma tarde. Esperaba que, en algún momento, Melanie se comprometiera en algún trabajo voluntario. Era muy buena en ese tipo de tareas y había reconfortado a mucha gente con gran dulzura y gentileza—. Melanie sería una gran monja —comentó a Everett.

Él soltó una carcajada.

—Deja de intentar reclutar. Esa chica nunca lo hará; su madre la mataría. —Everett había visto a Janet una vez, con Melanie, y la detestó nada más verla. Pensó que era vulgar, dominante, mandona, pretenciosa y grosera. Trataba a Melanie como si tuviera cinco años, mientras explotaba su éxito al máximo.

—Le aconsejé que buscara alguna misión católica en Los Ángeles. Podría hacer un trabajo maravilloso con los sin hogar. Me confesó que, algún día, le gustaría dejar lo que está haciendo y marcharse durante seis meses, para trabajar con los pobres en otro país. Cosas más raras han pasado. Podría ser muy bueno para ella. El mundo en el que trabaja es demencial. Tal vez necesite un descanso, algún día.

—Podría ser, pero no creo que vaya a suceder, con una madre como la suya. No mientras gane discos de platino y Grammys. Supongo que pasará bastante tiempo antes de que pueda hacer algo así. Si es que alguna vez lo hace.

—Nunca se sabe —dijo Maggie. Le había dado a Melanie el nombre de un sacerdote de Los Ángeles que hacía un trabajo maravilloso con la gente de la calle y que iba a México varios meses al año, para ayudar allí.

—¿Y qué hay de ti? —preguntó Everett—. ¿Qué vas a hacer ahora? ¿Volverás a Tenderloin en cuanto puedas? —Detestaba aquel barrio. Era muy peligroso, tanto si ella lo reconocía como si no.

—Me parece que me quedaré aquí un tiempo. Las otras

monjas también se quedan, y algunos sacerdotes. Muchas de las personas que ahora viven aquí no tienen otro sitio a donde ir. Mantendrán abiertos los refugios de Presidio durante por lo menos seis meses. Trabajaré en el hospital de campaña, pero iré a casa de vez en cuando, para ver cómo va todo. Probablemente, hay más cosas que hacer aquí. Puedo usar mis conocimientos de enfermería. —Los había usado bien hasta entonces.

—¿Cuándo volveré a verte, Maggie? —Parecía preocupado. Le había gustado mucho verla cada día, pero ya empezaba a notar cómo ella iba saliendo de su vida, posiblemente para siempre.

—No lo sé —reconoció ella, también con aire triste; luego sonrió al recordar algo que llevaba días queriendo contarle—. ¿Sabes, Everett?, me recuerdas una película que vi cuando era niña. Ya entonces era antigua, con Robert Mitchum y Deborah Kerr. Una monja y un marine naufragan y llegan a una isla desierta. Casi se enamoran pero, por lo menos, son lo bastante sensatos para no permitir que suceda, y se convierten en amigos. Al principio, él se comporta muy mal y ella se escandaliza. Bebe mucho; creo que incluso esconde el alcohol. Ella lo reforma, de algún modo; se cuidan mutuamente. Mientras están en la isla, tienen que ocultarse de los japoneses. La película transcurre durante la Segunda Guerra Mundial. Al final, los rescatan. Él vuelve a los marines y ella al convento. Se llamaba *Solo Dios lo sabe*. Era una película conmovedora. Me gustó mucho. Deborah Kerr era una monja estupenda.

—Tú también —afirmó él con tristeza—. Voy a echarte de menos, Maggie. Ha sido maravilloso hablar contigo cada día.

—Puedes llamarme cuando vuelvan a funcionar los móviles, aunque me parece que tardarán un poco. Rezaré por ti, Everett —dijo, mirándolo a los ojos.

—A lo mejor yo también rezo por ti —replicó él—. ¿Qué hay de la película, la parte en la que casi se enamoran pero acaban siendo amigos? ¿Nos ha pasado lo mismo a nosotros?

Ella se quedó callada unos momentos, pensando en ello, antes de responder.

—Me parece que nosotros somos más sensatos y realistas. Las monjas no se enamoran.

—¿Y si lo hacen? —insistió él, queriendo una respuesta mejor.

—No lo hacen. No pueden. Ya están casadas con Dios.

—No me vengas con eso. Algunas monjas dejan el convento. Incluso se casan. Tu hermano dejó el sacerdocio. Maggie...

Lo interrumpió en seco antes de que pudiera seguir o decir algo que fueran a lamentar. No podría ser su amiga si él no respetaba los firmes límites que ella había establecido o si se pasaba de la raya.

—Everett, por favor, no. Soy tu amiga. Y creo que tú eres amigo mío. Demos gracias por ello.

—¿Y si quiero más?

—No quieres más. —Sonrió con sus eléctricos ojos azules—. Solo quieres lo que no puedes tener. O crees que lo quieres. Hay todo un mundo, lleno de gente, esperándote.

—Pero nadie como tú. Nunca había conocido a nadie como tú.

Ella se rió de él.

—Eso puede ser bueno. Algún día darás gracias por ello.

—Doy gracias por haberte conocido —afirmó él, muy en serio.

—Lo mismo digo. Eres un hombre maravilloso y estoy orgullosa de haberte conocido. Apuesto a que ganarás otro Pulitzer por las fotos que has tomado. —Él había acabado confesándoselo, con cierta timidez, durante una de sus largas charlas sobre su vida y su trabajo—. ¡O algún otro tipo de premio! Me muero de ganas de ver qué publican.

Con mucho tacto, estaba llevándolo a aguas más seguras, y él lo sabía. Maggie no iba a abrirle ninguna otra puerta, ni siquiera iba a dejar que él lo intentara.

Eran las diez cuando Melanie y Tom volvieron para despedirse. Eran jóvenes y parecían felices y un poco aturdidos por la novedad de su naciente idilio. Everett los envidiaba. Para ellos la vida no hacía más que empezar. En cambio sentía como si la suya casi hubiera acabado, por lo menos la mejor parte, aunque AA y su rehabilitación se la habían cambiado para siempre, mejorándola infinitamente. Pero su trabajo le aburría y añoraba sus viejas zonas en guerra. San Francisco y el terremoto habían devuelto la chispa a su vida, por lo que esperaba que las fotos fueran estupendas. Sin embargo, también sabía que iba a volver a un trabajo que le ofrecía pocos retos, requería pocas de sus habilidades y muy poco de su experiencia y pericia. La bebida, antes de lograr dominarla, lo había llevado a esa situación.

Melanie dio un beso de buenas noches a Maggie; luego, Tom y ella se marcharon. Everett partiría con Melanie y su grupo al día siguiente. Iban a ser de los primeros en dejar San Francisco; un autobús los recogería a las ocho. La Cruz Roja lo había organizado todo. Otras personas saldrían más tarde, con diversos destinos. Ya les habían advertido que quizá tuvieran que ir por callejones y carreteras secundarias para llegar al aeropuerto, ya que había muchos desvíos en la autopista; podría llevarles dos horas llegar hasta allí, o quizá más.

Everett dio las buenas noches a Maggie, con pesar. La abrazó antes de marcharse y le deslizó algo en la mano. Ella no lo miró hasta que él se alejó; entonces abrió la mano y vio que era la insignia de AA. Él la llamaba su moneda de la suerte. Sonrió al verla, con los ojos llenos de lágrimas, y se la guardó en el bolsillo.

Tom acompañó a Melanie hasta su hangar. Era la última noche que iba a dormir allí, y la primera vez que volvía desde el incidente con Jake y Ashley. Los había visto en el patio, pero los había evitado. Ashley había ido varias veces a verla al hospital, para hablar con ella, pero Melanie había fingido estar muy ocupada o se había marchado por la puerta trasera, tras pedirle a Maggie que se ocupara de ella. No quería oír sus mentiras, excusas e historias. Para Melanie, Jake y Ashley estaban hechos el uno para el otro. Ella se sentía mucho más feliz pasando su tiempo libre con Tom. Era alguien muy especial, con una hondura y bondad equiparables a las suyas.

—Te llamaré en cuanto funcionen los teléfonos, Melanie —prometió Tom.

Le entusiasmaba saber que ella estaría encantada de recibir sus llamadas. Se sentía como si le hubiera tocado la lotería; todavía no podía creer su buena suerte. No le importaba quién era ella profesionalmente, le parecía la chica más agradable que había conocido nunca. Y ella estaba igualmente impresionada por él, por las mismas razones.

—Te echaré de menos —dijo Melanie, en voz baja.

—Lo mismo digo. Buena suerte con la sesión de grabación.

—Son fáciles y a veces divertidas —afirmó, encogiéndose de hombros—, cuando van bien. Tendremos que ensayar mucho cuando volvamos. Ya me siento oxidada.

—Eso es difícil de creer. Yo no me preocuparía.

—Pensaré en ti —le aseguró, y luego se echó a reír—. Nunca creí que añoraría un campo de refugiados de San Francisco.

Tom se rió con ella y, luego, sin previo aviso, la cogió entre sus brazos y la besó. Melanie estaba sin aliento cuando lo miró y le sonrió. No lo esperaba, pero le había gustado mucho. Nunca la había besado antes, durante sus paseos o las horas que habían pasado juntos. Hasta aquel momento habían sido amigos y esperaba que siguieran siéndolo, aunque añadieran algo más.

—Cuídate mucho, Melanie —dijo en voz baja—. Que duermas bien. Nos veremos por la mañana.

En el comedor estaban empaquetando almuerzos para todos los que iban a viajar a la mañana siguiente. No sabían cuánto tiempo tendrían que esperar en el aeropuerto o si allí habría comida. No parecía probable, así que el comedor les proporcionaba la suficiente para que se la llevaran y les durara hasta que pudieran abastecerse.

Melanie entró en el hangar como si flotara, con una sonrisa soñadora en los labios; encontró a su grupo en el mismo lugar donde habían estado siempre instalados. Observó que Ashley no estaba en la misma cama que Jake, pero ya no le importaba. Su madre, completamente vestida, estaba profundamente dormida y roncaba. Iba a ser su última noche en el refugio. Al día siguiente, cuando volvieran a las comodidades de su vida en Los Ángeles, todo aquello les parecería un sueño. Pero Melanie sabía que siempre recordaría esa semana.

Vio que Ashley estaba despierta, pero no le hizo ningún caso. Jake le daba la espalda y no se movió cuando ella entró, lo cual fue un alivio. No tenía ganas de verlo ni de viajar con él al día siguiente. Pero no había más remedio. Todos volarían en el mismo avión, con otras cincuenta personas del campamento.

Melanie se metió debajo de la manta, en su cama, y entonces oyó que Ashley susurraba:

—Mel... Mel... Lo siento.

—No pasa nada, Ash... no te preocupes —dijo Melanie, pensando en Tom.

Volvió la espalda a su amiga de la infancia, que la había traicionado; cinco minutos después estaba dormida, con la conciencia tranquila. Ashley permaneció despierta, dando vueltas y más vueltas toda la noche, sabiendo que había perdido a su mejor amiga para siempre. Además, ya se había dado cuenta de que Jake no valía la pena.

10

A la mañana siguiente, Tom y la hermana Maggie fueron a despedir a los que se iban. Se utilizarían dos autocares escolares para transportarlos. Todos sabían que el trayecto hasta el aeropuerto iba a ser largo. La comida para los viajeros ya estaba lista y cargada en el autocar. Tom y otros voluntarios del comedor habían acabado de prepararla a las seis de la mañana. Todo estaba dispuesto.

Para sorpresa de todos, había gente que lloraba al despedirse. Habían esperado sentirse encantados de marcharse pero, de repente, les resultaba difícil separarse de sus nuevos amigos. Se intercambiaban promesas de llamar y escribir, incluso de visitarse. La gente de Presidio había compartido mucho dolor, mucho miedo y mucha tensión. Se había creado un vínculo que los uniría para siempre.

Tom estaba hablando con Melanie, en voz baja, mientras Jake, Ashley y los demás subían al autobús. Janet le dijo que se diera prisa. Ni siquiera se molestó en despedirse de Tom. Dijo adiós con la mano a dos mujeres que habían ido a despedirla. Otros deseaban irse a casa también, aunque muchos habían perdido su hogar y no tenían a donde ir. Los que vivían en Los Ángeles tenían suerte de poder dejar la zona y volver a la normalidad. Pasaría mucho tiempo antes de que nada en San Francisco fuera normal.

—Cuídate, Melanie —le susurró Tom, abrazándola suavemente, y luego la besó otra vez.

La joven no tenía ni idea de si Jake los estaba observando, pero después de lo que había hecho, ya no le importaba. Entre ellos, todo había terminado; debería haberse acabado mucho tiempo atrás. Estaba segura de que, en cuanto llegaran a Los Ángeles, él volvería a las drogas. Por lo menos, se había visto obligado a pasarse sin ellas mientras estaban en el campamento, aunque quizá había conseguido algo. Ya no le importaba lo más mínimo.

—Te llamaré en cuanto llegue a Pasadena —le prometió Tom.

—Cuídate —le susurró ella, lo besó levemente en los labios y subió al autobús con los demás.

Jake le lanzó una mirada asesina cuando pasó junto a él. Al subir, Everett estaba justo detrás de ella en la cola. Él le estaba diciendo adiós a Maggie, y ella le enseñó la insignia que se había guardado en el bolsillo.

—No te separes nunca de ella, Maggie —dijo—. Te traerá suerte.

—Siempre he tenido suerte —respondió ella, sonriendo—. He tenido la suerte de conocerte —añadió.

—No tanta como yo. No corras peligro y ten cuidado. Estaremos en contacto —prometió, la besó en la mejilla, mirándola a aquellos ojos azules insondables por última vez, y subió a bordo.

Everett abrió la ventanilla y dijo adiós a Maggie con la mano, mientras se alejaban. Tom y ella se quedaron allí, mirando al autobús, durante mucho rato; luego, volvieron a sus respectivas tareas. Maggie estaba callada y triste mientras regresaba al hospital; se preguntaba si volvería a ver a Everett alguna vez. Sabía que, en caso de que no fuera así, sería la voluntad de Dios. Creía que no tenía derecho a pedir más. Aunque no volvieran a encontrarse, había compartido una semana extraordinaria con él. Notó la insignia de AA en el bolsillo, la acarició brevemente y volvió al trabajo, entregándose a la tarea con vigor, para evitar pensar en él. Sabía que no podía permitírselo. Él regresaba a su vida, y ella, a la suya.

El viaje al aeropuerto resultó todavía más largo de lo previsto. Seguía habiendo obstáculos en la carretera; algunos tramos estaban levantados y habían sufrido graves destrozos. Los pasos elevados se habían desplomado y algunos edificios se habían derrumbado, así que los conductores de los dos autobuses tuvieron que tomar un camino más largo y que daba muchos rodeos. Era casi mediodía cuando llegaron al aeropuerto. Vieron daños en varias terminales, y la torre, que estaba en pie hacía solo nueve días, había desaparecido por completo. Solo había un puñado de viajeros y únicamente habían aterrizado unos pocos aviones, pero el suyo los estaba esperando. Estaba previsto que despegara a la una. Formaban un grupo muy heterodoxo cuando pasaron por facturación. Muchos habían perdido las tarjetas de crédito y solo algunos seguían llevando dinero encima. A los que lo necesitaban, la Cruz Roja les había pagado el billete. Pam, que llevaba consigo las tarjetas de crédito de Melanie, pagó los billetes de todos. Había dejado en Presidio a un numeroso grupo de amigos, después de trabajar muy duro durante una semana. Cuando Pam estaba pagando los billetes, Janet insistió en que Melanie y ella volaran en primera clase.

—No hay ninguna necesidad, mamá —dijo Melanie en voz baja—. Prefiero ir con los demás.

—¿Después de lo que hemos pasado? Tendrían que regalarnos el avión.

Al parecer, Janet había olvidado que los demás habían pasado por la misma terrible experiencia. Everett estaba cerca de ellas, pagando su billete con la tarjeta de crédito de la revista, que conservaba, y miró a Melanie. La joven sonrió y puso los ojos en blanco, justo en el momento en el que Ashley pasaba con Jake. Todavía parecía apenada siempre que su amiga estaba cerca. Jake parecía totalmente harto.

—Joder, me muero de ganas de estar de vuelta en Los Ángeles —dijo Jake, casi gruñendo.

Everett lo miró con una sonrisa.

—Los demás nos morimos de ganas de quedarnos aquí —replicó, burlón.

Melanie se echó a reír, aunque en el caso del fotógrafo era verdad, y también en el suyo. Ambos habían dejado en el campamento personas que les importaban.

Los empleados de la compañía aérea que los atendían eran excepcionalmente agradables. Eran muy conscientes de lo que habían pasado aquellas personas, y los trataban a todos, no solo a Melanie y a su grupo, como si fueran VIP. Los músicos y los encargados del equipo volaban a casa con ellas. En teoría, disponían de los billetes de la gala, pero se habían quedado en el hotel. Pam lo arreglaría con ellos más tarde. Por el momento, lo único que deseaban era volver a casa. Después del terremoto, no habían tenido la oportunidad de tranquilizar a sus familias, de informarlas de que estaban bien, salvo a través de la Cruz Roja, que los había ayudado mucho. Ahora la compañía aérea tomaba el relevo.

Ocuparon sus asientos en el avión y, en cuanto despegaron, el piloto dijo unas palabras, dándoles la bienvenida y deseando que los últimos nueve días no hubieran sido demasiado traumáticos para ellos. En cuanto terminó, varios pasajeros rompieron a llorar. Everett tomó las últimas fotos de Melanie y su grupo. Su aspecto estaba muy lejos del que tenían cuando llegaron. Melanie llevaba unos pantalones de combate, sujetos con una cuerda, y una camiseta que debió de pertenecer a un hombre diez veces más grande que ella. Janet seguía llevando parte de la ropa que vestía entre bastidores la noche del concierto. Sus pantalones de poliéster le habían hecho un buen servicio, aunque, como todos los demás, al final había tenido que recurrir a las camisetas de las mesas de donación. La que llevaba era varias tallas más pequeña. No tenía un aspecto demasiado glamuroso con sus pantalones de poliéster y sus zapatos de tacón alto, que se había negado a cambiar por las chancletas que todos llevaban. Pam vestía un conjunto completo de ropa del ejército que le había dado la Guardia Nacional. Y los músicos y los encargados del equipo parecían presidiarios con sus monos. Como dijo Everett, aquella foto era la leche. Sabía que *Scoop* la publicaría, posiblemente en portada, como contraste con las que había tomado de la actuación de Melanie en la gala, con el ajustado vestido de lentejuelas y los zapatos de plataforma. Como decía Melanie, ahora sus pies parecían los de una granjera; su esmerada pedicura de Los Ángeles había desaparecido por completo entre el polvo y la grava del campamento, mientras iba arriba y abajo con las chancletas de goma. Everett conservaba sus queridas botas de vaquero de lagarto negro.

Sirvieron champán, frutos secos y galletitas saladas. Al cabo de menos de una hora, aterrizaban en el aeropuerto de Los Ángeles, entre exclamaciones, hurras, silbidos y lágrimas. Habían sido nueve días espantosos para todos. Algo menos para unos que para otros, pero incluso en las mejores condiciones a todos les había resultado duro. Cada uno contaba su historia: cómo había escapado y sobrevivido, cómo había resultado herido y el miedo que había pasado. Un hombre llevaba la pierna enyesada y andaba con muletas, proporcionadas por el hospital; varias personas se habían roto el brazo y también iban escayoladas. Entre ellas, Melanie reconoció a varios heridos que Maggie había cosido. Algunos días le parecía que habían cosido a la mitad del campamento. Solo de pensar en ello, empezó a echar de menos a Maggie. La llamaría al móvil en cuanto pudiera.

El avión recorrió la pista hasta la terminal; al salir se encontraron con una multitud de periodistas. Eran los primeros supervivientes del terremoto de San Francisco que volvían a Los Ángeles. También había cámaras de televisión, que se lanzaron sobre Melanie en cuanto salió por la puerta, un poco aturdida. Su madre le había dicho que se peinara, solo por si acaso, pero ella no se había molestado en hacerlo. La verdad era que no le importaba. Se alegraba de estar en casa, aunque no había pensado mucho en ello en el campamento. Estaba demasiado ocupada.

Los fotógrafos reconocieron también a Jake y le hicieron algunas fotos, pero él pasó junto a Melanie, sin decir palabra, y se dirigió hacia la calle. Le dijo a alguien que estaba cerca que esperaba no volver a verla nunca más. Por suerte, no lo oyó ninguno de los miembros de la prensa que estaban fotografiando a la cantante.

«¡Melanie! ¡Melanie! Aquí... aquí... ¿Cómo fue?... ¿Pasaste miedo?... ¿Resultaste herida?... Vamos, sonríe... ¡Tienes un aspecto fabuloso!» Con una sonrisa, Everett se dijo que quién no lo tenía a los diecinueve años. La prensa ni siquiera vio a Ashley entre la multitud. Se había apartado y esperaba con Janet y Pam, como había hecho mil veces antes. Los músicos y los encargados del equipo se marcharon por su cuenta, después de despedirse de Melanie y de su madre. Los músicos le dijeron que se verían en el ensayo, a la semana siguiente, y Pam les prometió que los llamaría para organizarlo todo. La próxima sesión de grabación de Melanie era en menos de una semana.

Les costó media hora atravesar la multitud de fotógrafos y reporteros. Everett las libró de algunas molestias y las acompañó hasta los taxis aparcados junto a la acera. Por primera vez en varios años, no había ninguna limusina esperando. Pero lo único que Melanie quería en aquellos momentos era huir de la prensa que la acosaba. Everett cerró la puerta del taxi de golpe, le dijo adiós con la mano y se quedó mirando mientras se marchaban. No podía dejar de pensar que había sido una semana terrible. A los pocos minutos de marcharse Melanie, la prensa desapareció. Melanie había subido al primer taxi, con Pam; Ashley iba en el segundo, con Janet.

Jake hacía tiempo que se había ido, solo. Y los músicos y los encargados del equipo se las habían arreglado por su cuenta.

Everett echó una larga mirada alrededor, aliviado a su pesar, por estar de vuelta. Los Ángeles tenía el mismo aspecto de siempre, como si no hubiera pasado nada. Era difícil creer que allí la vida fuera normal. Parecía imposible que el mundo hubiera estado a punto de acabarse en San Francisco y que, allí, todo siguiera como de costumbre. Era una sensación extraña. Everett tomó un taxi y dio al conductor la dirección de su lugar de reunión favorito de AA. Quería ir allí antes incluso de volver a casa. La reunión fue increíble. Cuando le tocó su turno, les habló del terremoto, del grupo que había organizado en Presidio y luego, sin poder contenerse, les soltó que se había enamorado de una monja. Dado que en las reuniones de diez pasos no estaba permitido hacer comentarios, nadie dijo nada. Fue más tarde, cuando se levantó y la gente se le acercó para hacerle preguntas acerca del terremoto, cuando uno de los hombres que conocía le hizo una observación.

—Vaya, hablando de algo inaccesible... ¿Cómo vais a hacerlo?

—De ninguna manera —respondió Everett en voz baja.

—¿Dejará el convento por ti?

—No. Le gusta mucho ser monja.

—Entonces, ¿qué pasará contigo?

Everett lo pensó un momento antes de responder.

—Continuaré con mi vida. Seguiré viniendo a las reuniones. Y la amaré siempre.

—¿Te dará resultado? —preguntó su compañero de AA con cara de preocupación.

—Tendrá que darlo —dijo Everett.

Y con esto, abandonó silenciosamente la reunión, paró un taxi y se fue a casa.

11

Melanie pretendía pasar un fin de semana tranquilo, tumbada junto a la piscina, disfrutando como nunca de su casa en las colinas de Hollywood. Era el antídoto perfecto para nueve días de tensión y angustia. Sabía que estaba mucho menos traumatizada que muchos otros. Comparado con quienes habían resultado heridos, habían perdido a sus seres queridos o sus hogares, a ella le había ido bien; incluso se había sentido útil trabajando en el hospital de campaña del campamento. Además, había conocido a Tom.

Como era de prever, y con gran alivio por su parte, Jake no la llamó ni una vez después de volver. Ashley lo hizo varias veces y habló con su madre, pero Melanie no atendió a las llamadas. Le dijo a su madre que había terminado con ella.

—¿No crees que eres demasiado dura? —le preguntó el sábado por la tarde, mientras le hacían la manicura a Melanie junto a la piscina.

Hacía un día fabuloso. Pam le había reservado un masaje para esa misma tarde. Pero Melanie se sentía culpable por estar sin hacer nada; le habría gustado volver al hospital con Maggie, y estar con Tom. Tenía la esperanza de verlo pronto. Era algo que esperaba con impaciencia, ahora que estaba de vuelta a su mundo familiar de Los Ángeles. Los echaba de menos a ambos.

—Se acostó con mi novio, mamá —le recordó a Janet.

—¿No crees que él fue más culpable que ella? —A Janet le caía bien Ashley; le había prometido que, cuando llegaran a casa, hablaría con Melanie y que todo se arreglaría. Pero si dependía de Melanie, aquello no iba a arreglarse en absoluto.

—No la violó. Es una adulta y actuó con plena libertad. Si yo, o nuestra amistad, le hubiera importado no lo habría hecho. No le importó. Y ahora tampoco me importa a mí.

—No seas infantil. Habéis sido amigas desde que teníais tres años.

—A eso me refiero —dijo Melanie fríamente—. Creo que merecía un poco de lealtad. Supongo que ella no pensaba lo mismo. Puede quedárselo si quiere. Para mí, se ha acabado. Terminado. Fue asqueroso. Supongo que a ella la amistad no le importa tanto como a mí. Es bueno saberlo. —Melanie no iba a ceder ni un ápice.

—Le dije que hablaría contigo y que todo se arreglaría. No querrás que quede como una estúpida, ¿verdad? O como una mentirosa.

Aquel intento de su madre por engatusarla y su interferencia solo hicieron que Melanie se afianzara en su postura. La integridad y la lealtad significaban mucho para ella. Particularmente, dada la vida que llevaba, ya que todos querían utilizarla, en cuanto podían. Eran gajes del oficio, formaba parte del éxito y de ser una estrella. Lo daba por sentado en los extraños, incluso en Jake, que había resultado ser escoria. Pero no lo esperaba y no lo aceptaría de su mejor amiga. La enfurecía que su madre tratara de convencerla de lo contrario.

—Ya te lo he dicho, mamá. Se acabó. Y nada cambiará eso. Seré educada cuando la vea, pero es lo único que conseguirá de mí.

—Va a ser muy duro para ella —dijo Janet, comprensiva, pero estaba malgastando las fuerzas. A Melanie no le gustaba que su madre defendiera la causa de Ashley.

—Debió pensarlo antes de meterse en el saco de dormir

de Jake. Además, supongo que lo hizo durante toda la semana.

Pasó un minuto sin que Janet dijera nada; luego volvió a la carga.

—Creo que tendrías que pensarlo.

—Ya lo he hecho. Hablemos de otra cosa.

Janet, disgustada, se marchó. Le había prometido a Ashley que la llamaría y ahora no sabía qué decirle. Detestaba confesarle que Melanie había dicho que no volvería a hablar con ella, pero ese era el caso. En lo que respectaba a Melanie, su amistad había muerto. Dieciséis años de amistad se habían venido abajo. Janet sabía que cuando Melanie se sentía traicionada y decía que algo había terminado, no había marcha atrás. Lo había visto en otras ocasiones: un novio que la había engañado, antes que Jake, y un mánager en quien confiaba y que le había robado dinero. Con Melanie solo se podía tensar la cuerda hasta cierto punto; sus límites estaban muy claros. Janet llamó a Ashley y le dijo que le diera a Melanie un poco de tiempo para calmarse, que todavía se sentía muy dolida. Ashley dijo que lo comprendía y se echó a llorar. Janet le prometió volver a llamarla pronto. La joven era como una segunda hija para ella, pero no se había portado como una hermana con su mejor amiga cuando se acostó con Jake. Y Ashley conocía a Melanie lo bastante bien para saber que no iba a perdonarla.

Cuando la manicura acabó de arreglarle las manos, Melanie se tiró a la piscina. Nadó durante un rato y, a las seis, llegó su preparador. Pam lo había organizado todo y luego se había ido a su casa. Cuando el preparador se marchó, Janet encargó comida china, pero Melanie solo tomó dos huevos pasados por agua. Dijo que no tenía hambre y que necesitaba perder algo de peso. La comida del campamento era demasiado buena y había engordado. Era hora de ponerse seria de nuevo antes del concierto que daría al cabo de pocas semanas. Pensó en Tom y en su hermana, que irían a verla, y sonrió. Todavía no le había hablado a su madre de ellos. Calculó que había tiempo antes de que llegaran. Tom iba a quedarse en San Francisco un poco más. Pero ella no podía saber cuándo iría a Los Ángeles. Entonces, como si le hubiera leído el pensamiento, mientras estaba en la cocina comiéndose los huevos pasados por agua, su madre le preguntó por él. Janet se estaba dando un atracón de comida china; según ella, se había muerto de hambre los nueve días pasados, lo cual no era ni mucho menos cierto. Cada vez que Melanie la veía, estaba comiendo donuts, una piruleta o una bolsa de patatas fritas. Tenía aspecto de haber aumentado dos kilos en la última semana, si no cuatro.

—No te estarás entusiasmando con aquel chico del campo, ¿verdad? El que tiene ese título de ingeniería por Berkeley.

Melanie se sorprendió de que su madre lo recordara. Se había mostrado tan despreciativa con él que le costaba creer que se acordara de sus estudios. Pero estaba claro que parecía muy consciente de quién era, título incluido.

—No te preocupes, mamá —dijo Melanie sin comprometerse.

De todos modos, no era asunto de su madre. Iba a cumplir veinte años dentro de dos semanas. En su opinión, ya tenía edad suficiente para elegir a sus hombres. Había aprendido mucho de los errores que había cometido al salir con Jake. Tom era un ser humano de un tipo muy distinto y a ella le encantaba formar parte de su vida, que era mucho más íntegra y saludable que la de Jake.

—¿Qué significa eso? —preguntó su madre con aire preocupado.

—Significa que es un chico agradable, que ya soy mayor y que, sí, puede que lo vea de nuevo. Eso espero. Si me llama.

—Llamará. Parecía loco por ti; además, después de todo, eres Melanie Free.

—¿Y qué? ¿En qué cambia eso las cosas? —preguntó Melanie, disgustada.

—Las cambia y mucho —le recordó Janet—, para todos los habitantes del planeta, excepto para ti. ¿No crees que llevas la humildad demasiado lejos? Escucha, ningún hombre puede separar quién eres como persona de quién eres como estrella. No está en su ADN. Estoy segura de que ese chico está tan impresionado contigo como todos los demás. ¿Quién quiere salir con alguien sin importancia, si puede salir con una estrella? Se apuntaría un buen tanto.

—No creo que le importe apuntarse ese tipo de tantos. Le importan las cosas serias; es ingeniero y un buen hombre.

—¡Qué aburrido! —exclamó su madre, con cara de asco.

—No es aburrido. Es inteligente —insistió Melanie—. Me gustan los hombres inteligentes. —No se disculpaba por ello. Era un hecho.

—Entonces has hecho bien en librarte de Jake. Estos últimos nueve días me sacaba de quicio. Lo único que hacía era quejarse.

—Creía que te caía bien. —Melanie parecía sorprendida.

—Yo también lo creía —admitió Janet—. Pero cuando finalmente nos marchamos estaba más que harta de él. Hay personas que no son las más adecuadas como compañeras en una crisis. Y Jake es una de ellas. Solo habla de sí mismo.

—Al parecer, Ashley también es una de esas personas a las que no querrías como compañeras en una crisis. Sobre todo si se acuestan con tu pareja. Puede quedárselo. Jake es un pesado y un narcisista.

—Puede que tengas razón. Pero no metas a Ashley en el mismo saco.

Melanie no dijo nada. Ya la había metido en él.

Melanie se retiró pronto a su habitación. Estaba decorada en satén blanco y rosa, según un diseño de su madre, con un cubrecama blanco de piel de zorro. Parecía la habitación de una corista de Las Vegas; precisamente lo que su madre, en el fondo, nunca había dejado de ser. Le había dicho al decorador exactamente lo que quería, hasta el detalle de un osito rosa de peluche. Todas las peticiones de Melanie para conseguir una desnuda sencillez habían sido barridas a un lado. Así era como su madre había decidido que tenía que ser. Sin embargo, al tumbarse en la cama, Melanie reconoció que, por lo menos, era cómoda. Era agradable volver a sentirse mimada. Aunque se sentía un poco culpable, en particular cuando pensaba en la gente de San Francisco, todavía en el refugio, y en que la mayoría de ellos estarían allí durante meses, mientras ella estaba en casa, en su cama cubierta de satén y pieles. En cierto sentido, aquello no le gustaba, aunque, por otro lado, estaba bien. Pero no del todo bien, ya que no era su estilo; era el de su madre. Melanie lo veía más claro cada día que pasaba.

Se quedó en la cama mirando la televisión hasta bien entrada la noche. Vio una vieja película, las noticias y, finalmente, la MTV. A su pesar y aunque la experiencia que había vivido había sido interesante, se dijo que era estupendo estar de vuelta en casa.

El sábado por la tarde, mientras Melanie y su grupo volaban hacia Los Ángeles, Seth Sloane estaba sentado en la sala de estar, con la mirada perdida. Habían pasado nueve días desde el terremoto, pero seguían aislados y sin comunicación con el exterior. Seth ya no estaba seguro de si era una bendición o una maldición. No había conseguido tener noticias de Nueva York. Nada. Cero.

A consecuencia de ello, el fin de semana era angustioso y estresante. Finalmente, desesperado, intentó dejar de pensar en sus problemas y jugar con sus hijos. Sarah llevaba días sin hablarle. Apenas la veía y, por la noche, en cuanto acostaba a los niños, desaparecía en la habitación de invitados. Él no le había comentado nada; no se atrevía.

El lunes por la mañana, once días después del terremoto, Seth estaba sentado a la mesa de la cocina tomando un café, cuando, de repente, la BlackBerry que había dejado sobre la mesa, a su lado, volvió a la vida. Era la primera oportunidad que tenía de comunicarse con el exterior y la aprovechó. Inmediatamente envió un mensaje de texto a Sully y le preguntó qué había pasado. La respuesta llegó dos minutos más tarde.

La respuesta de Sully fue sucinta.

«La SEC se me ha echado encima. Tú eres el siguiente. Lo saben. Tienen los informes del banco. Buena suerte.»

Mierda, susurró Seth entre dientes y le envió un nuevo mensaje.

«¿Te han arrestado?», preguntó.

«Todavía no. Gran jurado la semana que viene. Nos han cogido, hermano. Estamos jodidos.»

Era precisamente lo que estaba temiendo desde hacía una semana. Pero aunque sabía que era probable que sucediera, Seth sintió que se le hacía un nudo en el estómago al leer aquellas palabras. Decir «Estamos jodidos» era quedarse corto, sobre todo si tenían los documentos del banco de Sully. El de Seth seguía cerrado, pero no por mucho tiempo.

Abrió al día siguiente. El abogado de Seth le había aconsejado que no hiciera nada. Seth había ido andando hasta su casa para hablar con él, ya que no podía ponerse en contacto por teléfono. Cualquier cosa que Seth hiciera ahora podía incriminarlo más todavía, teniendo en cuenta que ya estaban investigando a Sully. Dado que había perdido parte de su casa en el terremoto, el abogado de Seth no podría reunirse con él hasta el viernes. Sin embargo, el FBI se les adelantó. El viernes por la mañana, dos semanas después del terremoto, dos agentes especiales del FBI se presentaron en su casa. Fue Sarah quien abrió la puerta. Cuando preguntaron por Seth, ella los acompañó a la sala de estar y fue a buscar a su marido. Estaba sentado en su despacho, en el piso de arriba, donde se había refugiado, aterrorizado, durante aquellas dos semanas. El lío empezaba a desenmarañarse y no había manera de saber cómo acabaría.

Los agentes especiales del FBI pasaron dos horas con Seth, interrogándolo sobre Sully, de Nueva York. Seth se negó a contestar cualquier pregunta sobre él mismo, sin que estuviera presente su abogado, y contó lo menos posible de Sully. Lo amenazaron con arrestarlo allí mismo, por obstrucción a la justicia, si se negaba a contestar a las preguntas sobre su amigo. Cuando se fueron, Seth tenía el rostro desencajado. Pero, por lo menos, no lo habían arrestado. Estaba seguro de que no tardarían en hacerlo.

—¿Qué te han dicho? —preguntó Sarah, nerviosa, después de que se marcharan.

—Querían información sobre Sully. No les he contado mucho, tan poco como he podido.

—¿Qué han dicho de ti? —volvió a preguntar Sarah, ansiosa.

—Les he dicho que no hablaría si no estaba presente mi abogado y han contestado que volverían. Puedes estar segura de que lo harán.

—Y ahora, ¿qué hacemos?

Seth se sintió aliviado al oír que hablaba en plural. No estaba seguro de si era solo por costumbre o si revelaba su estado de ánimo. No se atrevió a preguntar. En toda la semana no había hablado con él, y no quería volver a esa situación.

—Henry Jacobs vendrá esta tarde.

Por fin, funcionaban de nuevo los teléfonos. Habían tardado dos semanas. Pero le aterrorizaba hablar con cualquiera. Había sostenido una críptica conversación telefónica con Sully; eso era todo. Si el FBI lo estaba investigando, sabía que quizá hubieran intervenido su teléfono y no quería empeorar las cosas más de lo que ya lo estaban.

Cuando llegó, el abogado se encerró con Seth en el despacho; estuvieron casi cuatro horas. Examinaron exhaustivamente todos los detalles del caso. Seth se lo contó todo; cuando acabó, el abogado no se mostró optimista. Dijo que, en cuanto tuvieran los documentos del banco, probablemente lo llevarían ante el gran jurado y lo acusarían. Y después no tardarían en arrestarlo. Estaba casi seguro de que lo procesarían. Luego, no sabía qué pasaría, pero la visita de los agentes del FBI no auguraba nada bueno.

Fue un fin de semana de pesadilla para Sarah y Seth. El Distrito Financiero estaba cerrado, sin electricidad ni agua, así que Seth seguía sin poder ir al centro. Se quedó en casa, esperando que sucediera lo inevitable. Y sucedió el lunes por la mañana. El director de la oficina local del FBI llamó a Seth por la BlackBerry. Dijo que las oficinas principales estaban cerradas, así que pidió a Seth y a su abogado que se reunieran con él en casa de Seth al día siguiente por la tarde. Le recordó que no saliera de la ciudad y le informó que estaba sometido a una investigación y que el FBI había sido informado por la SEC. También le contó que Sully iba a comparecer ante el gran jurado, en Nueva York, aquella semana, algo que Seth ya sabía.

Encontró a Sarah en la cocina, dando de comer a Ollie. El pequeño tenía compota de manzana por toda la cara; Sarah estaba hablando con él y con Molly, con *Barrio Sésamo* de fondo. Habían restablecido la electricidad durante el fin de semana, aunque gran parte de la ciudad todavía no tenía. Ellos estaban entre los escasos afortunados, seguramente debido al barrio en el que residían. El alcalde vivía a pocas calles de distancia, algo que nunca perjudica. Estaban restableciendo la electricidad por sectores. Ellos estaban en el primer sector, lo cual era una suerte. También habían abierto algunos establecimientos, sobre todo supermercados, cadenas de alimentación y bancos.

Sarah parecía aterrada cuando Seth le habló de la reunión con el FBI programada para el día siguiente. La única buena noticia para ella era que, como esposa, podía negarse a testificar contra él. De todos modos, no sabía nada. Seth nunca le había hablado de sus transacciones ilegales en los fondos de alto riesgo. Enterarse había sido un duro golpe para ella.

—¿Qué vas a hacer? —preguntó con voz ahogada.

—Mañana me reuniré con ellos, acompañado de Henry. No tengo otra opción. Si me niego podría ser peor; además, pueden conseguir una orden judicial para obligarme. Henry vendrá esta tarde, para prepararme. —Había llamado a su abogado inmediatamente después de hablar con el FBI, y había insistido en que se vieran.

Henry Jacobs llegó por la tarde, con aire sombrío y oficial. Sarah abrió la puerta y lo acompañó arriba, al estudio donde lo esperaba Seth, garabateando nerviosamente, sentado a la mesa y mirando con aire deprimido por la ventana. Había estado abstraído todo el día y, después de su breve conversación con Sarah, había cerrado la puerta. Sarah llamó suavemente y abrió para que entrara Henry.

Seth se levantó para recibirlo, le indicó una butaca y suspiró al sentarse.

—Gracias por venir, Henry. Espero que tengas una varita mágica en la cartera. Voy a necesitar un mago para que me saque de esta. —Se pasó la mano por el pelo mientras el abogado, con aspecto sombrío, se sentaba delante de él.

—Es posible —dijo Henry, sin comprometerse.

Henry era un cincuentón que ya había llevado casos parecidos. Seth lo había consultado varias veces, en realidad en sentido inverso: buscando información detallada sobre cómo cubrir turbias operaciones antes de que se produjeran. Al abogado nunca se le había ocurrido que eso era lo que tenía en mente. Las preguntas le habían parecido muy teóricas y había supuesto que iban encaminadas a asegurarse de no hacer nada malo. Lo había admirado por ser tan diligente y cauto; solo ahora comprendía lo que estaba pasando. No lo juzgaba, pero no había ninguna duda de que Seth se había metido en un grave aprieto, que podía tener unas consecuencias catastróficas.

—Deduzco que ya has hecho esto antes —comentó Henry mientras lo repasaban todo una vez más. Las operaciones de Seth parecían demasiado diestras, demasiado concienzudas y detalladas para que esta fuera la primera vez. Seth asintió. Henry era astuto y muy bueno en lo que hacía—. ¿Cuántas veces?

—Cuatro.

—¿Alguien más ha estado comprometido?

—No. Solo el mismo amigo de Nueva York. Somos compañeros desde el instituto. Confío totalmente en él, aunque supongo que ahora no se trata de eso. —Seth sonrió forzadamente y tiró un lápiz sobre la mesa—. Si no hubiera habido ese terremoto de los cojones, tampoco habríamos tenido problemas esta vez. ¿Quién podía imaginarlo? Íbamos un poco justos de tiempo, pero fue solo una maldita mala suerte que los auditores de sus inversores se presentaran tan pronto después de los míos. Habría funcionado, si el terremoto no lo hubiera paralizado todo.

El dinero había quedado congelado en los bancos, lo cual había permitido que su confabulación se descubriera.

Durante dos semanas, Seth había tenido las manos atadas, con el dinero de los inversores de Sully en sus cuentas. Pero pasaba algo por alto; no se trataba de que el terremoto les hubiera impedido tapar su delito, sino de que no habían transferido los fondos. No debía de haber nada más ilegal que eso, aparte de vaciar las cuentas y huir con el dinero. Habían mentido a dos grupos de inversores, creando el espejismo de que poseían unos fondos enormes en sus cuentas, y los habían descubierto. Henry no estaba escandalizado —defender a gente como Seth era su trabajo— pero tampoco simpatizaba con la situación que había destapado el terremoto. Seth lo vio en sus ojos.

—¿Qué podemos esperar? —preguntó sin ambages. El terror se reflejaba en su rostro y se le escapaba por los ojos, como si fuera una rata enjaulada.

Sabía que no le gustaría lo que iba a oír, pero quería saberlo. El gran jurado se reuniría en Nueva York aquella misma semana, para acusar a Sully, a petición del fiscal federal. Seth sabía que su turno no tardaría en llegar, dado lo que le había comunicado el FBI.

—Seamos realistas, las pruebas contra ti son muy sólidas, Seth —dijo Henry en voz baja. No había ninguna manera de disfrazarlo—. Tienen pruebas claras contra ti, en tus cuentas del banco.

En cuanto Seth lo había llamado, Henry le dijo que no tocara el dinero. De todos modos, no podría haberlo hecho; no podía llevárselo a ningún sitio. Las cuentas de Sully en Nueva York ya estaban bloqueadas. Y no podía sacar sesenta millones de dólares en efectivo, meterlos en una maleta y esconderlos debajo de la cama. De momento, por lo menos, el dinero seguía allí.

—El FBI investiga en nombre de la SEC. Me parece que podemos decir sin temor a equivocarnos que en cuanto informen de lo que averigüen, después de hablar contigo, se celebrará una vista aquí, con el gran jurado. Puede que ni siquiera te pidan que estés presente, si las pruebas en tu contra son lo bastante sólidas. Si el gran jurado se muestra favorable a una acusación, presentarán cargos contra ti muy rápidamente, probablemente te arrestarán y te procesarán. A partir de ahí, está en mis manos. Pero no es mucho lo que podemos hacer. Puede que ni siquiera tenga sentido llegar a juicio. Si las pruebas son firmes como una roca, quizá sea mejor que hagas un trato con ellos, te declares culpable e intentes pactar. Si lo haces, quizá podamos darles la suficiente información para asegurar el caso contra tu amigo de Nueva York. Si la SEC lo acepta y nos necesitan, tal vez te reduzcan la condena. Pero no quiero engañarte. Si lo que dices es verdad y pueden probarlo, creo que irás a la cárcel, Seth. Va a ser difícil sacarte de esta, peor que difícil. Has dejado un rastro muy visible. No hablamos de migajas; es mucho dinero. Un fraude de sesenta millones de dólares no es una nimiedad para el gobierno. No darán marcha atrás en esto. —De repente se le ocurrió algo—.

¿Estás al día en el pago de los impuestos? —Eso sí que sería como abrir la caja de Pandora; Sarah le había hecho la misma pregunta. Si también había cometido un fraude con los impuestos, iba a estar encerrado mucho, muchísimo tiempo.

—Totalmente —afirmó Seth, casi ofendido—. Nunca hago trampas con los impuestos.

Solo estafaba a sus inversores y a los de Sully. Henry se dijo que debía de tratarse de una cuestión de honor entre ladrones.

—Son buenas noticias —respondió secamente.

Seth lo interrumpió.

—¿A qué me enfrento, Henry? ¿Cuánto tiempo podría caerme, en el peor de los casos?

—¿En el peor de los casos? —repitió Henry. Reflexionó, tomando todos los elementos en consideración, o todo lo que sabía hasta entonces—. Es difícil saberlo. La ley y la SEC ven con muy malos ojos a los que defraudan a los inversores... No estoy seguro. Sin ninguna modificación ni acuerdo extrajudicial, veinticinco años, puede que treinta. Pero eso no ocurrirá, Seth —lo tranquilizó—. Podremos compensarlo con otros factores. En el peor de los casos, serían entre cinco y diez años. Si tenemos suerte, de dos a cinco. Creo que, en este caso, sería lo mejor que podríamos conseguir. Espero que logremos que acepten algo así.

—¿En una prisión federal? ¿Crees que quizá aceptarían algún tipo de encarcelación en casa bajo vigilancia electrónica? Podría vivir con eso mucho más fácilmente que si tuviera que ir a la cárcel —dijo. Parecía asustado—. Tengo esposa e hijos.

Aunque se le pasó por la cabeza, Henry no le dijo que tendría que haber pensado en eso antes. Seth tenía treinta y siete años y, debido a la codicia y a su falta de integridad, había destruido la vida de su familia, además de la suya. Aquello no iba a ser agradable y no quería darle a Seth la falsa impresión de que podía salvarlo y evitar que pagara por lo que había hecho. Los federales que investigaban el caso no bromeaban. Odiaban a los tipos como Seth, que consumidos por la codicia y su ego creían que estaban por encima de la ley. Las leyes que regían los fondos de alto riesgo y las instituciones estaban hechas para proteger a los inversores de hombres como Seth. Aunque había vacíos legales, no eran lo bastante grandes para un delito como ese. El trabajo de Henry era proteger a Seth, para bien o para mal. En este caso, posiblemente para mal. No se podía negar que, incluso siendo optimista, era un caso difícil.

—No creo que confinarte en casa con un brazalete sea una opción realista —dijo Henry con franqueza. No iba a mentir a Seth. No quería asustarlo demasiado, pero tenía que decirle honradamente cuáles eran sus posibilidades, hasta donde él podía calibrarlas—. Tal vez te consiga pronto la libertad condicional. Pero no al principio. Seth, me parece que debes empezar a enfrentarte al hecho de que tendrás que ir a prisión un tiempo. Esperemos que no sea demasiado. Pero dada la cantidad de dinero que Sully y tú habéis hecho circular, será un castigo importante, a menos que les demos algo que los convenza de hacer un trato. Pero incluso entonces, no quedarás impune.

Prácticamente era lo mismo que Seth le había dicho a Sarah la mañana después del terremoto. En el momento en el que se produjo el seísmo y los teléfonos dejaron de funcionar, supo que estaba jodido. Igual que ella. Henry se limitaba a explicarlo más claramente. Revisaron los detalles una vez más y Seth le contó toda la verdad. Tenía que contársela. Necesitaba su ayuda y Henry prometió estar presente en la reunión con el FBI, al día siguiente por la tarde. El gran jurado se reuniría en Nueva York, para analizar los cargos contra Sully, exactamente a la misma hora. Eran las seis de la tarde cuando Henry se fue y Seth salió del despacho, con aire agotado.

Bajó para reunirse con Sarah, que estaba en la cocina dando de comer a los niños. Parmani también estaba abajo, haciendo la colada. Cuando Seth entró, Sarah parecía preocupada.

—¿Qué ha dicho?

Al igual que Seth, tenía la esperanza de que se produjera un milagro. Era lo único que podía salvarlo. Seth se dejó caer en una silla y miró tristemente a sus hijos, y luego, de nuevo a ella. Molly trataba de enseñarle algo, pero él no le hizo caso. Tenía demasiadas cosas en la cabeza.

—Más o menos lo que yo pensaba. —Decidió que en primer lugar le contaría lo peor que podía pasar—. Dice que podrían caerme hasta treinta años de cárcel. Si tengo suerte, y quieren hacer un trato conmigo, quizá entre dos y cinco. Tendría que vender a Sully para conseguirlo y la verdad es que no quiero hacerlo. —Suspiró e inmediatamente después le mostró otro aspecto más de quién era—. Pero puede que tenga que hacerlo. Mi culo está en juego.

—Y el suyo. —A Sarah nunca le había gustado Sully. Pensaba que había algo turbio en él; además, siempre se había mostrado condescenciente con ella. Ahora sabía que tenía razón: era una mala persona. Pero también lo era Seth. Y estaba dispuesto a vender a su amigo, lo cual hacía que, de alguna manera, todo tuviera peor aspecto—. ¿Y si él te vende primero?

A Seth no se le había ocurrido. Sully iba por delante en todo el proceso. Era muy posible que en aquel mismo momento se lo estuviera cantando todo a la SEC y al FBI. Lo creía muy capaz. Por otro lado, también Seth estaba dispuesto a hacerlo. Ya lo había decidido, después de lo que le había dicho el abogado. No tenía intención de cumplir treinta años de condena; estaba dispuesto a hacer cualquier cosa para salvar el pellejo. Aunque significara hundir a su amigo. Sarah podía leerlo en su cara y sentía náuseas; no porque vendiera a Sully, que en su opinión se lo merecía, sino porque no había nada sagrado para Seth, ni sus inversores ni su socio de delito ni siquiera su esposa y sus hijos. Ahora conocía cuál era su situación y quién era él.

—¿Y tú? ¿Dónde estás en todo esto? —le preguntó Seth, con aire preocupado, después de que Parmani se llevara a los niños arriba, para bañarlos. De todos modos, Molly no podía entender de qué hablaban y Ollie solo era un bebé.

—No lo sé —dijo Sarah, pensativa.

Henry le había dicho a Seth que sería importante que ella asistiera a la vista y al juicio. Ahora era crucial cualquier apariencia de respetabilidad que pudieran darle al acusado.

—Voy a necesitarte durante el proceso —dijo sinceramente—, y todavía más después. Podría no estar aquí durante mucho tiempo.

Las lágrimas afloraron a los ojos de Sarah al oír aquellas palabras; se levantó para dejar los platos de los niños en el fregadero. No quería que sus hijos la vieran llorar, ni él tampoco. Pero Seth la siguió hasta donde estaba.

—No me dejes ahora, Sarrie. Te quiero. Eres mi esposa. No puedes dejarme tirado —suplicó.

—¿Por qué no lo pensaste antes? —preguntó ella en un susurro mientras las lágrimas le caían por las mejillas en aquella preciosa cocina, en aquella casa que adoraba. El problema con su actual situación era que no se trataba de salvar la casa ni su estilo de vida, sino de que estaba casada con un hombre tan corrupto y deshonesto que había destrozado su vida y su futuro y que, ahora, decía que la necesitaba. ¿Y lo que ella necesitaba de él? ¿Y sus hijos? ¿Y si iba treinta años a prisión? ¿Qué pasaría con todos ellos? ¿Qué vida tendrían ella y los niños?

—Estaba construyendo algo para nosotros —explicó Seth con voz apagada, cerca de ella, junto al fregadero—. Lo hacía por ti, Sarah, por ellos. —Con un gesto señaló hacia el piso de arriba—. Supongo que quise hacerlo demasiado rápido, y me estalló en la cara. —Dejó caer la cabeza con aire avergonzado. Pero Sarah veía que la estaba manipulando, del mismo modo que estaba dispuesto a traicionar a su amigo; era más de lo mismo. Todo giraba en torno a él. Los demás podían irse al infierno.

—Intentaste hacerlo de manera deshonesta. Es diferente —le recordó Sarah—. No tiene nada que ver con construir algo para nosotros. Tiene que ver contigo, con llegar a ser un pez gordo y un ganador, sin importar lo que costara, a expensas de todos, incluso de los niños. Si vas treinta años a la cárcel, ni siquiera te conocerán. Te verán de vez en cuando en las visitas. Por todos los santos, igual podrías estar muerto —dijo furiosa. Ya no se sentía solo destrozada y asustada.

—Muchísimas gracias —dijo Seth, con un brillo alarmante en los ojos—. No cuentes con ello. Me gastaré hasta el último centavo para pagar a los mejores abogados que pueda conseguir y apelar una y otra vez, si tengo que hacerlo. —Pero ambos sabían que antes o después tendría que pagar por sus delitos. Esta última vez, él y Sully pagarían por todas las ocasiones en las que habían hecho lo mismo. Se hundirían, juntos, muy hondo, y Sarah no quería que la arrastrara con él, por mucho que le costara—. ¿Qué ha pasado con «para lo bueno y para lo malo»?

—No creo que eso incluya un fraude de valores y treinta años de cárcel —dijo Sarah con voz temblorosa.

—Incluye permanecer al lado de tu marido cuando está hasta el cuello de mierda. Intenté construir una vida para nosotros, Sarah. Una buena vida. Una gran vida. No oí que te quejaras de lo «bueno» cuando compré esta casa y te dejé que la llenaras de arte y antigüedades, cuando te compré montones de joyas, ropa cara, una casa en Tahoe y un avión. No oí que me dijeras que era demasiado.

Sarah no daba crédito a lo que oía. Solo escucharlo le provocaba más náuseas.

—Te dije que era demasiado caro y que estaba preocupada —le recordó—. Lo hacías todo muy deprisa.

Pero ahora, ambos ya sabían cómo. Lo había hecho con ganancias adquiridas fraudulentamente, engañando a los inversores, haciéndoles creer que tenía más de lo que tenía, para que le dieran más dinero para sus arriesgadas inversiones. Por lo que ella sabía, probablemente se había quedado con una parte. Al pensarlo ahora, comprendió que era muy posible. No se había detenido ante nada para llegar a la cima, y ahora iba a tener una caída vertiginosa hasta el suelo. Puede que incluso fuera fatal para ella, después de destruir la vida de todos ellos.

—No vi que devolvieras nada ni que intentaras detenerme —le reprochó él.

Sarah lo miró a los ojos.

—¿Podría haberlo hecho? Lo dudo, Seth. Creo que lo que te impulsó fue la codicia y la ambición, sin importar lo que costara. Cruzaste todos los límites, y ahora todos nosotros tendremos que pagar por ello.

—Seré yo quien irá a la cárcel, no tú, Sarah.

—¿Y qué esperabas actuando así? No eres un héroe, Seth; eres un estafador. Eso es lo que eres. —Estaba llorando de nuevo.

Seth salió de la habitación, dando un portazo. No quería oírle decir aquello. Quería que le dijera que permanecería a su lado, sin importar lo que pasara. Era mucho pedir, pero creía que lo merecía.

Fue una noche larga y angustiosa para los dos. Él se quedó encerrado en su despacho hasta las cuatro, y ella no salió de la habitación de invitados. Finalmente, a las cinco de la mañana, él se echó en la cama y durmió hasta mediodía. Se levantó a tiempo para vestirse para la reunión con su abogado y el FBI. Sarah se había llevado a los niños al parque. Seguía sin coche, después de perder en el terremoto los dos que tenían, pero Parmani tenía su viejo Honda, que utilizaban para hacer recados. Sarah estaba demasiado disgustada hasta para alquilar un coche, y Seth no iba a ir a ningún sitio, así que tampoco había alquilado uno. Estaba encerrado en su casa, demasiado aterrado por su futuro para moverse o salir.

Estaban volviendo del parque cuando Sarah tuvo una idea y le preguntó a Parmani si podía prestarle el coche para hacer un recado. Le pidió que se llevara los niños a casa, para que hicieran la siesta. La dulce nepalesa le dijo que lo cogiera si quería. Sabía que algo iba mal entre ellos, pero no tenía ni idea de qué era y no se le ocurriría preguntarlo. Pensaba que quizá Seth tenía una aventura o que tenían algún problema en su matrimonio. Le habría resultado inconcebible que Seth estuviera a punto de ser procesado y quizá enviado a prisión o que incluso pudieran perder la casa. Por lo que ella sabía, eran jóvenes, ricos y responsables, tal como pensaba exactamente Sarah dos semanas y media atrás. Pero ahora sabía que eran cualquier cosa menos eso. Jóvenes quizá, pero lo de ricos y responsables había salido volando por la ventana, a causa de su terremoto particular. Ahora comprendía que lo habrían pillado antes o después. No se podía hacer lo que él había hecho sin que saliera a la superficie en algún momento. Era inevitable; solo que ella no lo sabía.

Cuando Parmani le dejó el coche, Sarah fue directamente colina abajo hasta Divisadero. Giró a la izquierda en Marina Boulevard y siguió hasta Presidio, más allá de Crissy Field. Había intentado llamar a Maggie al móvil, pero lo tenía desconectado. Ni siquiera sabía si seguiría en el hospital de campaña, pero necesitaba hablar con alguien y no se le ocurría nadie más. No podía, de ninguna manera, contarles a sus padres el desastre que Seth había causado. Su madre se pondría histérica y su padre se enfurecería con Seth. Además, si las cosas se ponían tan mal como temía, sus padres no tardarían en enterarse por la prensa. Sabía que tendría que decírselo antes de que saliera en las noticias, pero todavía no. En aquel momento, lo que necesitaba era una persona sensata y sensible con la que hablar, con quien desahogarse y compartir sus tribulaciones. Sabía, instintivamente, que la hermana Maggie era esa persona.

Sarah se bajó del maltrecho Honda frente al hospital y entró. Estaba a punto de preguntar si la hermana Mary Magdalen seguía trabajando allí cuando la vio dirigiéndose a toda prisa hacia el fondo de la sala, cargada con un montón casi más alto que ella de batas y toallas para cirugía. Sarah se dirigió hacia ella. En cuanto la vio, Maggie la miró sorprendida.

—Cuánto me alegro de verte, Sarah. ¿Qué te trae por aquí? ¿Estás enferma?

Las salas de urgencias de todos los hospitales de la ciudad estaban ya plenamente operativas, aunque el hospital de campaña de Presidio seguía en marcha. Pero no tenían tanto trabajo como unos días atrás.

—No... estoy bien... yo... lo siento... ¿tienes tiempo para hablar?

Maggie vio la expresión de sus ojos y, al instante, dejó la ropa encima de una cama vacía.

—Vamos. ¿Por qué no vamos a sentarnos a la playa un rato? Nos irá bien a las dos. Llevo aquí desde las seis de la mañana.

—Gracias —dijo Sarah en voz baja y la siguió al exterior.

Bajaron por el sendero que llevaba a la playa, charlando de cosas irrelevantes. Maggie le preguntó cómo estaban los oídos de Ollie y Sarah le dijo que bien. Finalmente, llegaron a la playa y se sentaron en la arena. Las dos llevaban vaqueros y el agua de la bahía estaba tranquila y brillante. Hacía un día maravilloso. Era el mes de mayo más bonito que Sarah recordaba, aunque ahora para ella el mundo tenía un aspecto muy negro. En particular el mundo de Seth y suyo.

—¿Qué te pasa? —preguntó Maggie, amablemente, mirando la cara de la mujer más joven.

Parecía profundamente atribulada y percibía una angustia insonsable en sus ojos. Maggie sospechó un problema en su matrimonio. Sarah había insinuado algo cuando le llevó al pequeño con dolor de oído. Pero, aunque no sabía qué era, Maggie veía que había empeorado muchísimo. Sarah parecía destrozada.

—Ni siquiera sé por dónde empezar.

Maggie esperó, mientras Sarah trataba de encontrar las palabras. Antes de conseguirlo, se le llenaron los ojos de lágrimas, que empezaron a caer por sus mejillas. No hizo nada para secarlas, mientras la discreta monja permanecía sentada junto a ella y rezaba en silencio. Rezaba para que se aliviara la carga que Sarah llevaba en el corazón.

—Es Seth... —empezó finalmente, y Maggie no se sorprendió—. Ha pasado algo terrible... no... Ha hecho algo terrible... algo que está muy mal... y lo han pillado.

Maggie no podía imaginar ni de lejos de qué se trataba; se preguntó si Seth habría tenido una aventura de la que Sarah acababa de enterarse, o que quizá ya sospechara antes.

—¿Te lo ha dicho él mismo? —preguntó Maggie, con dulzura.

—Sí. La noche del terremoto, cuando llegamos a casa, y al día siguiente. —La miró, escrutando sus ojos, antes de contarle toda la historia; sabía que podía confiar en ella. Maggie guardaba los secretos de todo el mundo; solo los compartía con Dios, cuando rezaba—. Ha hecho algo ilegal... transfirió a sus fondos de alto riesgo unas cantidades que no debería haber transferido. Iba a trasladarlas de nuevo pero, con el terremoto, todos los bancos estaban cerrados, así que el dinero se quedó allí. Sabía que lo descubrirían antes de que los bancos volvieran a abrir.

Maggie no dijo nada, pero estaba aturdida. Estaba claro que era un problema mucho mayor de lo que había pensado.

—¿Y lo han descubierto?

—Sí —asintió Sarah, abatida—. Lo han hecho. En Nueva York. El lunes, después del terremoto. Informaron a la SEC, y ellos contactaron con el FBI, aquí. Se ha abierto una investigación y probablemente habrá una acusación ante el gran jurado y un proceso. —Fue directa al grano—. Si lo declaran culpable, podrían condenarlo a treinta años de prisión en el peor de los casos, o tal vez menos. Está pensando en vender al amigo que lo ayudó a hacerlo y al que también están investigando en Nueva York. —Entonces, rompió a llorar con más fuerza y alargó la mano para coger la de la monja—.

Maggie... ni siquiera sé quién es. No es el hombre que creía que era. Es un estafador y un farsante. ¿Cómo ha podido hacernos esto?

—¿Sospechabas algo? —Maggie parecía preocupada por ella. Era una historia realmente terrible.

—Nada. Nunca. Pensaba que era honrado; creía que era increíblemente inteligente y que tenía mucho éxito. Pensaba que gastábamos demasiado, pero él decía que el dinero era para gastarlo. Ya ni siquiera sé si era nuestro dinero o no. Solo Dios sabe qué más hizo. O qué sucederá ahora. Seguramente perderemos nuestra casa... pero lo peor es que lo he perdido a él. Ya es un hombre condenado. Nunca conseguirá salir de esta. Pero quiere que lo apoye y que me quede con él. Dice que a eso me comprometí: «para lo bueno y para lo malo». ¿Qué nos pasará a mí y a los niños si él va a prisión?

Maggie pensó que Sarah era joven y que, en cualquier caso, podría empezar su vida de nuevo. Pero no cabía duda de que era horrible que las cosas acabaran así con Seth, si es que acababan. Le parecía aterrador incluso a ella, pese a lo poco que sabía.

—¿Quieres apoyarlo, Sarah?

—No lo sé. No sé qué quiero ni qué pienso. Lo quiero, pero ya no estoy segura de a quién quiero, ni de con quién he estado casada cuatro años, ni a quién estuve conociendo durante dos años, antes de eso. Es un farsante. ¿Y si no puedo perdonarlo por lo que ha hecho?

—Esa es otra cuestión —dijo Maggie, sensatamente—. Puedes perdonarlo, pero decidir no quedarte con él. Tienes derecho a decidir a quién, qué y cuántas penalidades estás dispuesta a aceptar en tu vida. El perdón es un asunto totalmente diferente y estoy segura de que, con el tiempo, lo perdonarás. Probablemente es demasiado pronto para que tomes cualquier decisión importante. Necesitas reflexionar y ver cómo te sientes. Puede que, al final, decidas quedarte con él o puede que no. No tienes que tomar esa decisión en este preciso momento.

—Él dice que sí —afirmó Sarah, acongojada y confusa.

—No es él quien tiene que decirlo. Eres tú. Te está pidiendo demasiado, después de lo que ha hecho. ¿Las autoridades han ido a verlo ya?

—El FBI está con él en estos momentos. No sé qué pasará a continuación.

—Tendrás que esperar a ver.

—No estoy segura de qué le debo, o qué me debo a mí misma y a mis hijos. No quiero hundirme con él ni estar casada con un hombre que estará en prisión veinte o treinta años, o aunque solo fueran cinco. No sé si podría hacerlo. Tal vez acabaría odiándolo por esto.

—Espero que no, Sarah, decidas lo que decidas. No tienes por qué odiarlo, eso solo te envenenaría a ti. Tiene derecho a tu compasión y a tu perdón, pero no a arruinar tu vida o la de tus hijos.

—¿Le debo esto, como esposa? —Los ojos de Sarah eran pozos insondables de dolor, confusión y culpa, y Maggie sintió una profunda lástima por ella; por los dos, en realidad. Estaban en un lío espantoso y, dejando de lado lo que él hubiera hecho, sospechaba, acertadamente, que Seth no estaba mejor que su esposa.

—Le debes comprensión, piedad y compasión, no tu vida, Sarah. Eso no puedes dárselo, hagas lo que hagas. Pero la decisión de apoyarlo o no es totalmente tuya, sin importar lo que él diga. Si crees que es lo mejor para ti y para tus hijos, tienes derecho a marcharte. Lo único que le debes ahora es el perdón. El resto es decisión tuya. Pero ten en cuenta que el perdón trae consigo un asombroso estado de gracia. Solo eso acabará siendo una bendición para los dos.

Maggie trataba de darle un consejo práctico, teñido de sus personales y poderosas creencias basadas enteramente en la misericordia, el perdón y el amor. El espíritu mismo de Cristo resucitado.

—Nunca he estado en una situación como esta —reconoció Maggie abiertamente—. No quiero darte un consejo equivocado. Solo te digo lo que pienso. Lo que hagas es decisión tuya. Pero tal vez sea demasiado pronto para que decidas. Si lo quieres, ya es mucho. Pero cómo se manifieste ese amor al final y cómo lo expreses, será decisión tuya. Puede que sea mejor para ti y para tus hijos que, al final, te separes de él. Tiene que pagar por sus errores, y parece que fueron unos errores muy grandes. Pero tú no tienes por qué pagarlos. Sin embargo, hasta cierto punto, lo harás de todos modos. No será fácil para ninguno de los dos, decidas lo que decidas.

—Ya no lo es ahora. Seth dice que probablemente perderemos la casa. Podrían embargarla. O quizá deba venderla para pagar a los abogados.

—¿Adónde irías? —preguntó Maggie, mirándola preocupada. Era evidente que Sarah se sentía perdida, y esta era la razón de que hubiera ido a verla—. ¿Tienes familia aquí?

Sarah negó con la cabeza.

—Mis padres se mudaron a las Bermudas. No puedo irme a vivir con ellos; está demasiado lejos. Y tampoco quiero quitarle los niños a Seth. Además, no quiero decirles nada todavía. Supongo que si perdemos la casa, podría alquilar un piso pequeño, y tendría que conseguir un trabajo. No trabajo desde que nos casamos, porque quería quedarme en casa con los niños, y ha sido estupendo. Pero no creo que tenga otra opción. Encontraré trabajo si tengo que hacerlo. Tengo un máster en Administración de Empresas. Así es como Seth y yo nos conocimos, en la Escuela de Negocios de Stanford.

Maggie sonrió, pensando que, sin ninguna duda, Seth había hecho un mal uso de su título superior en ciencias empresariales. Pero, por lo menos, Sarah tenía la suficiente formación para conseguir un buen empleo y mantener a los niños, si era necesario. Pero no se trataba de eso. La gran incógnita era su matrimonio y el futuro de Seth si lo procesaban, lo cual parecía seguro. Y si al final lo condenaban, lo que según Sarah también era probable.

—Creo que necesitas tomarte un tiempo, si puedes hacerlo, y ver qué pasa. No hay ninguna duda de que Seth ha cometido un error terrible y solo tú sabes si puedes perdonarlo y si quieres seguir con él. Reza, Sarah —la instó—. Las respuestas siempre acaban llegando. Lo verás claramente, quizá antes de lo que piensas. —Tal vez incluso antes de lo que querría. Maggie recordó que, a menudo, cuando rezaba pidiendo claridad en alguna situación determinada, las respuestas eran más rotundas y evidentes de lo que quería, en particular si no le gustaban. Pero eso no se lo dijo a Sarah.

—Dice que me necesitará en el juicio —dijo Sarah, con amargura—. Estaré allí, por él. Creo que se lo debo. Pero será espantoso. Aparecerá en la prensa como un delincuente. —En realidad, lo era, y ambos lo sabían—. Es demasiado humillante.

—No dejes que el orgullo decida por ti, Sarah —le advirtió Maggie—. Actúa con amor. Si lo haces, la bendición os alcanzará a todos. Esto es lo que realmente quieres: la respuesta acertada, la decisión acertada, un buen futuro para ti y para tus hijos, tanto si esto incluye a Seth como si no. Siempre tendrá a sus hijos; es su padre, sin importar dónde acabe. La cuestión es si te tendrá a ti. Y lo más importante, si tú quieres tenerlo a él.

—No lo sé. No sé quién es «él». Siento como si estos seis últimos años hubiera estado enamorada de un espejismo. No tengo ni idea de quién es en realidad. Es el último hombre del planeta del que habría esperado que cometiera un fraude.

—Nunca se sabe —dijo Maggie, mientras seguían mirando hacia la bahía—. La gente hace cosas extrañas. Incluso personas que creemos conocer y amar. Rezaré por ti —prometió—. Y reza tú también, si puedes. Ponlo en manos de Dios. Deja que Él intente ayudarte a encontrar una solución.

Sarah asintió y se volvió hacia ella con una leve sonrisa.

—Gracias. Sabía que me ayudaría hablar contigo. Todavía no sé qué haré, pero me siento mejor. Cuando he venido a verte, estaba a punto de darme un ataque.

—Ven a verme cuando quieras, o llámame. Todavía estaré aquí un tiempo. —Seguía habiendo mucho que hacer para ayudar a todos aquellos que se habían quedado sin casa por el terremoto y que tendrían que vivir en Presidio muchos meses. Era un campo fértil de actividad para ella y estaba en armonía con su misión como monja. Llevaba amor, paz y consuelo a todo lo que tocaba—. Sé misericordiosa —fueron sus últimas palabras de consejo para Sarah—. La misericordia es algo importante en la vida. Aunque esto no significa que tengas que quedarte con él ni renunciar a tu vida por él. Pero, una vez que tomes una decisión, cualquiera que sea, tienes que ser compasiva y bondadosa con él y contigo misma. El amor no significa que debas permanecer con él, solo significa que tienes que ser compasiva. Ahí es donde la gracia entra en juego. Lo sabrás cuando llegue el momento.

—Gracias —dijo Sarah, abrazándola, cuando estaban de nuevo delante del hospital—. Seguiré en contacto.

—Rezaré por ti —le aseguró Maggie y le dijo adiós con un gesto y una cariñosa sonrisa mientras Sarah se alejaba en el coche. El rato que habían pasado juntas era justo lo que Sarah necesitaba.

Bajó por Marina Boulevard en el coche de Parmani y fue hacia el sur, colina arriba, a Divisadero. Se detuvo justo cuando se marchaban los dos agentes del FBI; agradeció no haber estado allí. Esperó hasta que se alejaron y luego entró. Henry estaba recapitulando con Seth. Esperó hasta que también él se fue y luego entró en el despacho de Seth.

—¿Dónde estabas? —preguntó él, totalmente exhausto.

—Necesitaba tomar un poco el fresco. ¿Cómo ha ido?

—Bastante mal —afirmó con expresión grave—. No se andan con miramientos. Formularán los cargos la semana que viene. Va a ser muy duro, Sarah. Habría estado bien que te hubieras quedado aquí hoy. —Sus ojos estaban llenos de reproches.

Sarah no lo había visto nunca tan necesitado. Recordó lo

que Maggie le había dicho y se esforzó por sentir compasión por él. No importaba lo que le hubiera hecho a ella, indirectamente; Seth estaba en un lío espantoso. Sintió lástima por él, más que antes de ir a ver a Maggie.

—¿El FBI quería verme? —preguntó, preocupada.

—No. Tú no tienes nada que ver con esto. Les he dicho que no sabías nada. No trabajas para mí. Y no pueden obligarte a testificar en mi contra; eres mi esposa. —Sarah pareció tranquilizarse—. Solo me habría gustado que estuvieras aquí, conmigo.

—Estoy aquí, Seth. —De momento, por lo menos. Era lo máximo que podía hacer.

—Gracias —dijo él en voz baja.

Sarah salió de la estancia y fue arriba, a ver a sus hijos. Seth no le dijo nada más y, en cuanto ella se hubo marchado, hundió la cara entre las manos y se deshizo en llanto.

12

A lo largo de los diez días siguientes, la vida de Seth continuó desmoronándose. El fiscal federal presentó su caso ante el gran jurado, que concedió el procesamiento. Dos días después, los agentes federales fueron a arrestarlo. Le informaron de sus derechos, lo llevaron al juzgado, lo fotografiaron, lo acusaron oficialmente y lo ficharon. Pasó la noche en prisión, hasta que el juez fijó la fianza a la mañana siguiente.

Los fondos que había depositado fraudulentamente en el banco fueron devueltos a Nueva York, por orden del tribunal, para responder ante los inversores de Sully. Así que estos no sufrieron ninguna pérdida, pero los de Seth habían visto unos libros engordados en sesenta millones de dólares y, siguiendo las engañosas afirmaciones de Seth, habían invertido en sus fondos de alto riesgo. La naturaleza y la gravedad del delito de Seth hicieron que el juez fijara la fianza en diez millones de dólares. Debía pagar un millón al fiador judicial para poder salir bajo fianza. Tendrían que dedicar a ello todo el dinero del que disponían. Se consideró que no había riesgo de que huyera y se había establecido una fianza porque no había habido pérdida de vidas ni violencia física. Lo que él había hecho era mucho más sutil. No les quedaba más remedio que poner su casa, que valía unos quince millones, como garantía de la fianza. La noche en la que Seth salió de la cárcel, le dijo a Sarah que tenían que venderla. El fiador judicial se quedaría diez millones como garantía; los otros cinco los necesitaría para pagar a los abogados. Henry ya le había dicho que sus honorarios alcanzarían aproximadamente tres millones de dólares por todo el juicio. Era un caso complicado. Le dijo a Sarah que también tenían que vender la casa de Tahoe. Necesitaban vender todo lo que pudieran. La única buena noticia era que la casa de Divisadero era de su propiedad, sin ninguna carga. La hipoteca sobre la casa de Tahoe se comería parte de los beneficios, pero podían utilizar el remanente para la defensa y los gastos relacionados con ella.

—Venderé también mis joyas —dijo ella, con cara inexpresiva. No le importaban las joyas, pero le dolía mucho perder su casa.

—Podemos alquilar un piso.

Seth ya había renunciado al avión. Todavía no había acabado de pagarlo y había perdido dinero. Su empresa de fondos de riesgo estaba cerrada. No tendrían ingresos, pero gastarían un montón de dinero en la defensa. La maldita operación de sesenta millones de dólares iba a costarles todo lo que tenían. Además de la condena a prisión que le impusieran, si lo encontraban culpable habría unas multas desorbitadas. Y luego, los pleitos de sus inversores acabarían con él. De la noche a la mañana, estaban en la miseria.

—Buscaré un piso para mí —dijo Sarah, en voz baja.

Había tomado la decisión la noche anterior, cuando él estaba en prisión. Maggie tenía razón. No sabía qué haría más adelante, pero había visto claramente que no quería vivir con él en estos momentos. Tal vez volvieran a vivir algún día pero ahora quería tener un piso para ella y los niños; además iba a buscar trabajo.

—¿Te marchas? —Seth parecía estupefacto—. ¿Qué pensarán en el FBI? —Era lo único que le importaba en aquellos momentos.

—Los dos nos marchamos, en realidad. Y lo que pensarán

es que cometiste un error terrible, que yo estoy muy afectada y que nos estamos tomando un tiempo.

Todo ello era cierto. No estaba presentando una demanda de divorcio, únicamente quería espacio. No soportaba formar parte del proceso de desmoronamiento de su vida, solo porque él hubiera decidido ser un estafador, en lugar de un hombre honrado. Había rezado mucho desde su visita a Maggie, y se sentía cómoda con lo que estaba haciendo. Era triste, pero parecía lo acertado; tal como Maggie había dicho, lo sabía. Debía ir paso a paso.

Al día siguiente Sarah llamó a la agencia inmobiliaria y puso la casa en venta. Llamó al fiador judicial para informarle de lo que estaban haciendo, a fin de que no pensara que ocultaban algo. De todas maneras, él tenía la escritura de la casa. Le explicó a Sarah que él debía aprobar la venta y luego quedarse con los diez millones de dólares, pero el resto era para ellos. Le agradeció la llamada; aunque no lo dijo, sentía lástima por ella. Pensaba que su marido era un gilipollas. Incluso cuando se reunió con él en prisión, Seth se mostró pomposo y engreído. El fiador ya había visto a otros como él. Siempre los dominaba su ego y acababan jodiendo a su familia y a su esposa. Deseó buena suerte a Sarah con la venta.

Sarah pasó los siguientes días llamando a personas que conocía en la ciudad y en Silicon Valley, buscando trabajo. Redactó un currículo, con los detalles de su máster por Stanford y su trabajo para una empresa de inversiones en Wall Street. Estaba dispuesta a aceptar cualquier cosa: operadora, analista, lo que fuera. Si era necesario conseguiría una licencia de corredor de bolsa o trabajaría en un banco. Tenía las credenciales y la inteligencia necesarias; lo único que le faltaba era un trabajo. Mientras, movidos tanto por la curiosidad como por un auténtico interés, posibles compradores pululaban por toda la casa.

Seth alquiló un ático lujoso en lo que llamaban el Hotel de los Corazones Rotos, en Broadway. Era un moderno edificio de apartamentos amueblados, pequeños y caros, ocupados en su mayoría por hombres que acababan de romper con sus esposas. Sarah alquiló un piso pequeño y acogedor en un edificio de estilo victoriano en la calle Clay. Tenía dos dormitorios, uno para ella y otro para los niños. Disponía de aparcamiento para un coche y un diminuto jardín. Los alquileres habían caído en picado desde el terremoto, así que lo consiguió a buen precio; además podría ocuparlo a partir del primero de junio.

Fue a ver a Maggie a Presidio para contarle lo que estaba haciendo. La monja lo sintió por ella, pero le impresionó ver que seguía adelante y tomaba decisiones sensatas y prudentes. A Seth no se le ocurrió otra cosa que comprarse un nuevo Porsche, para sustituir el Ferrari que había perdido; debió de hacer algún trato por el que no tenía que pagar por adelantado, lo cual puso furioso a su abogado. Le dijo que era el momento de ser humilde, no fanfarrón. Había perjudicado a mucha gente con sus operaciones y su extravagancia no impresionaría favorablemente al juez. Sarah compró un Volvo familiar de segunda mano, para sustituir su aplastado Mercedes. Había enviado sus joyas a Los Ángeles para que las vendieran. Todavía no les había contado nada a sus padres, que de todos modos no habrían podido ayudarla, aunque al menos le habrían dado su apoyo. Hasta el momento, por algún milagro, la acusación contra Seth no había salido en la prensa, ni tampoco la de Sully, pero sabía que no tardaría mucho en hacerlo. Entonces la mierda empezaría a salpicar, más de lo que ya lo había hecho.

Everett pasó varios días editando sus fotos. Había entregado las mejores a la revista *Scoop*, que había dedicado varias páginas al terremoto de San Francisco. Como era previsible, en portada habían puesto una de Melanie con sus pantalones de camuflaje. De Maggie solo publicaron una, en la que la identificaban como una monja que trabajaba de voluntaria en el hospital de campaña de San Francisco, después del seísmo.

Vendió otras fotos a *USA Today* y a Associated Press, una a *The New York Times* y varias a *Time* y *Newsweek. Scoop* le había autorizado a hacerlo, ya que ellos tenían más de las que utilizarían y no querían dar tanta cobertura al terremoto. Les gustaban mucho más las noticias de celebridades; habían publicado seis páginas de Melanie y solo tres del resto. Everett había escrito el artículo, en el que hacía grandes elogios de los residentes y de la ciudad. Guardaba un ejemplar de la revista que quería enviar a Maggie. Pero, sobre todo, tenía docenas de fotos absolutamente espectaculares de ella. Su aspecto era luminoso en las instantáneas en las que aparecía cuidando a los heridos. En una de ellas sostenía en brazos a un niño que lloraba y consolaba a un anciano con una brecha en la cabeza, bajo una tenue luz... en otras estaba riendo, con aquellos brillantes ojos azules, mientras hablaba con él... pero había una en particular, disparada cuando se alejaban en el autobús, en la que la mirada de sus ojos era tan triste y desolada que casi lo hizo llorar. Había colgado fotografías suyas por todo el piso. Lo miraban mientras desayunaba por la mañana, mientras estaba sentado a su escritorio por la noche, o cuando estaba tumbado en la cama y se quedaba contemplándola durante horas. Quería hacer copias de todas para dárselas a ella y, finalmente, las hizo. No estaba seguro de adónde enviarlas. La había llamado varias veces al móvil, pero nunca contestaba. Ella le había devuelto sus llamadas dos veces, pero tampoco lo había encontrado. Parecía que estuvieran jugando al ratón y al gato; ambos estaban muy ocupados, así que no habían hablado desde que él dejó San Francisco. La echaba terriblemente de menos; quería que viera las preciosas fotografías que le había hecho y enseñarle algunas de las otras.

Al final, un sábado por la noche, cuando estaba solo en casa, decidió ir a San Francisco para verla. No tenía trabajo los siguientes días. Así que el domingo por la mañana se levantó al alba, cogió un taxi hasta el aeropuerto de Los Ángeles y subió a un avión para San Francisco. No la había avisado, pero si no había cambiado nada en las semanas transcurridas desde su marcha, esperaba encontrarla en Presidio.

El avión aterrizó a las diez de la mañana en San Francisco. Paró un taxi y dio la dirección al conductor. Llevaba la caja de fotos bajo el brazo, para enseñárselas. Eran casi las once cuando llegaron a Presidio y vio que los helicópteros seguían patrullando en lo alto. Se quedó mirando el hospital de campaña, esperando que ella estuviera dentro. Era muy consciente de que lo que acababa de hacer era un poco absurdo, pero tenía que verla. Desde que se había ido, la había echado de menos constantemente.

La voluntaria del mostrador de recepción le dijo que Maggie no estaba. Era domingo y la mujer, que la conocía bien, le comentó que probablemente estaría en la iglesia. Everett le dio las gracias y decidió ir a ver en el edificio donde se alojaban los voluntarios religiosos y los diversos capellanes. Había dos monjas y un sacerdote de pie en el escalón de la entrada y, cuando preguntó por Maggie, una de las monjas dijo que entraría a ver si estaba. Everett sintió que el desánimo se adueñaba de él, mientras se quedaba allí, esperando. Le pareció que pasaba una eternidad. Pero, de repente, allí estaba ella, con un albornoz de toalla, con sus brillantes ojos azules y sus cabellos pelirrojos chorreando. Le dijo que estaba en la ducha. Empezó a sonreír en cuanto lo vio; él casi soltó una exclamación de alivio al verla. Por un momento, había temido no encontrarla, pero allí estaba. La abrazó con tal fuerza que a punto estuvo de dejar caer la caja con las fotos. Dio un paso atrás para mirarla, con una enorme sonrisa.

—¿Qué haces aquí? —preguntó ella, mientras las otras monjas y el sacerdote se alejaban.

Todos ellos habían forjado profundas amistades en los primeros días después del terremoto, así que no veían nada inusual en aquella visita ni en la evidente alegría con la que se saludaban. Una de las monjas lo recordaba de cuando estaba en el campamento, antes de que volviera a Los Ángeles; Maggie le dijo que se reuniría con ellos más tarde. Ya habían ido a la iglesia y ahora se dirigían al comedor para almorzar. Aquello empezaba a parecer un campamento de verano permanente para adultos. Everett se había quedado impresionado, de camino a Presidio, por algunas de las mejoras que había visto en la ciudad después de tan solo un par de semanas. Pero el campamento de refugiados de Presidio seguía en plena actividad.

—¿Has venido para hacer un reportaje? —preguntó Maggie. Los dos hablaban a la vez, entusiasmados de verse—. Lo siento, pero me he perdido todas tus llamadas. Desconecto el móvil cuando estoy trabajando.

—Lo sé... Lo siento... Estoy muy contento de verte —dijo, y la abrazó de nuevo—. He venido solo para verte. Había muchas fotos que quería enseñarte y no sabía dónde enviártelas, así que decidí dártelas yo mismo. Te he traído una copia de todas las que hice.

—Deja que me ponga algo de ropa —rogó ella, pasándose la mano por el pelo, corto y mojado, con una amplia sonrisa.

Volvió al cabo de cinco minutos, con vaqueros, sus Converse de color rosa y una camiseta del circo Barnum & Bailey, con un tigre. Él se echó a reír al ver aquella camiseta tan fuera de lugar; Maggie debía de haberla cogido de la mesa de las donaciones. Definitivamente, era una monja de lo más inusual. Y se moría de ganas de ver las fotos. Recorrieron unos metros hasta un banco y se sentaron para mirarlas. A ella le temblaron las manos al abrir la caja. Cuando las vio, se conmovió y se le saltaron las lágrimas varias veces; otras se echó a reír, mientras recordaban los momentos, las caras y aquellas situaciones estremecedoras. Había fotos de la mujer que él había visto cómo sacaban de debajo de su casa, después de tener que cortarle la pierna para poder liberarla; otras de niños y muchas de Melanie, pero todavía había más de Maggie. Por lo menos la mitad de las fotos eran de ella. Al mirar cada una, ella exclamaba: «Oh, me acuerdo de esto». «Oh, Dios mío, ¿te acuerdas de él?» «Oh, aquel pobre niño.» «Aquella anciana tan dulce.» Había fotos de la destrucción de la ciudad tomadas la noche de la gala, cuando empezó todo. Era una crónica extraordinaria de unos momentos aterradores, pero profundamente conmovedores en la vida de ambos.

—Oh, Everett, son magníficas —dijo, mirándolo con sus luminosos ojos azules—. Gracias por traerlas para enseñármelas. He pensado tantas veces en ti, esperando que todo fuera bien... —Los mensajes que él había dejado eran tranquilizadores, pero había echado de menos hablar con él, casi tanto como él había echado de menos hablar con ella.

—Te he echado en falta, Maggie... —dijo sinceramente, cuando acabaron de mirar las fotos—. No tengo a nadie con quien hablar cuando tú no estás. —No se había dado cuenta de lo vacía que estaba su vida hasta que la conoció y luego la dejó.

—Yo también te he echado en falta —confesó ella—. ¿Has ido a las reuniones? El grupo que iniciaste aquí sigue muy activo.

—He ido a dos cada día. ¿Quieres que vayamos a almorzar?

Algunos de los locales de comida rápida de la calle Lombard habían abierto. Le propuso que compraran algo para comer y fueran hasta el Marina Green. Hacía un día espléndido. Desde allí, podrían contemplar la bahía y mirar los barcos. También podrían hacerlo desde la playa de Presidio, pero pensó que le iría bien salir, caminar, tomar el aire y dejar Presidio para variar. Había estado encerrada en el hospital toda la semana.

—Me encantaría.

No podrían ir lejos sin coche, pero Lombard estaba a una distancia razonable a pie. Maggie fue a buscar un suéter a su habitación y, unos minutos más tarde, se ponían en marcha.

Caminaron un rato, en un cómodo silencio, y luego charlaron de lo que habían estado haciendo. Ella le contó cómo progresaba la reconstrucción de la ciudad y cómo iba su trabajo en el hospital. Él le habló de los trabajos en los que había estado ocupado. Le dio un ejemplar de la edición de *Scoop* dedicada al terremoto, con todas las fotos de Melanie, y hablaron de lo agradable que era la cantante. En el primer sitio de comida rápida que encontraron, compraron unos bocadillos y luego se dirigieron hacia la bahía. Finalmente, se sentaron en la amplia extensión de césped de Marina Green. Maggie no le dijo nada sobre los problemas de Sarah, porque se trataba de una confidencia. Para entonces, había tenido noticias de Sarah varias veces, y sabía que las cosas no iban bien. Sabía que habían arrestado a Seth y que había salido bajo fianza. También le había dicho que iban a vender la casa. Eran unos momentos terribles para Sarah, que no merecía lo que le estaba pasando.

—¿Qué harás cuando dejes Presidio? —le preguntó Everett. Habían comido los sándwiches y se habían tumbado en la hierba, mirándose como dos adolescentes en verano. Maggie no parecía en absoluto una monja, con aquella camiseta del circo y sus botas deportivas de color rosa, echada sobre la hierba hablando con él. A veces, él olvidaba que lo era.

—No creo que me marche hasta dentro de un tiempo, quizá pasen unos meses. Llevará mucho tiempo encontrar casa para todas estas personas. —Había quedado destruida una parte tan grande de la ciudad que probablemente sería necesario un año, o más, para reconstruirla—. Después, supongo que volveré a Tenderloin y haré lo mismo que siempre. —De repente, al decirlo, se dio cuenta de lo repetitiva que era su vida. Hacía años que trabajaba en las calles con los sin hogar. Pero siempre le había parecido bien. Sin embargo, ahora quería algo más; volvía a disfrutar del trabajo de enfermera en el hospital.

—¿No quieres algo más, Maggie? ¿Tener tu propia vida, algún día?

—Esta es mi vida —dijo con dulzura, sonriéndole—. Es lo que hago.

—Lo sé. Yo también. Hago fotos para ganarme la vida, para las revistas y los periódicos. Sin embargo, desde que he vuelto, me siento extraño. Algo me impresionó cuando estaba aquí. Siento que falta algo en mi vida. —Entonces, mirándola, allí tumbados, dijo con voz queda—: Tal vez eres tú.

Ella no sabía qué decir. Se quedó mirándolo unos momentos y luego bajó los ojos.

—Ten cuidado, Everett —dijo, en un susurro—. Creo que no deberíamos seguir por ese camino. —Ella también había pensado en ello.

—¿Por qué no? —preguntó él, tercamente—. ¿Qué problema hay si un día cambias de opinión y ya no quieres ser monja?

—¿Y si no es así? Me gusta ser monja. Es lo que he sido siempre, desde que salí de la escuela de enfermería. Es lo único que quería ser de pequeña. Es mi sueño, Everett. ¿Cómo puedo renunciar a él?

—¿Y si lo cambias por otra cosa? Podrías hacer el mismo trabajo si dejaras el convento. Podrías ser asistenta social o enfermera profesional con los sin hogar. —Lo había pensado desde todos los ángulos.

—Ya hago todo eso, y soy monja. Sabes lo que siento. —La estaba asustando; quería que se callara, antes de que dijeran demasiado y sintiera que no podía volver a verlo. No quería que pasara, pero si él iba demasiado lejos, ocurriría. Tenía que vivir de acuerdo con sus votos. Seguía siendo monja, tanto si a él le gustaba como si no.

—Entonces, supongo que tendré que seguir viniendo a verte, para darte la lata de vez en cuando. ¿Me lo permitirás? —Intentaba dar marcha atrás y le sonreía bajo el brillante sol.

—Me gustaría, siempre que no hagamos ninguna tontería —le recordó, aliviada de que no siguiera presionándola.

—¿Y eso qué significa? Define «tontería».

Volvía a insistir y ella lo sabía, pero ya era mayorcita y podía cuidarse.

—Sería una tontería que tú o yo olvidáramos que soy monja. Pero no lo haremos —dijo con firmeza—. ¿De acuerdo, señor Allison? —dijo refiriéndose, con una risita, a aquella vieja película con Deborah Kerr y Robert Mitchum.

—Sí, sí, lo sé —dijo Everett, poniendo los ojos en blanco—. Al final, yo vuelvo a los marines y tú sigues siendo monja, igual que en la película. ¿No conoces ninguna donde la monja deje el convento?

—No veo esas películas —dijo, pudorosa—. Solo miro aquellas en las que la monja es fiel a sus votos.

—Las detesto —respondió él, tomándole el pelo—. Son muy aburridas.

—No, no lo son. Son muy nobles.

—Ojalá no fueras tan noble, Maggie —dijo suavemente—. Ni tan fiel a tus votos.

No se atrevió a decir nada más, y ella no respondió. La estaba presionando. Maggie cambió de conversación.

Se quedaron al sol hasta el final de la tarde, viendo los edificios y las obras de reconstrucción que se estaban realizando en las zonas que había detrás de ellos. Volvieron paseando hasta Presidio cuando empezaba a refrescar. Maggie lo invitó a tomar algo en el comedor antes de marcharse. Le contó que Tom había vuelto a Berkeley para cerrar su apartamento. Pero seguían allí muchas de las caras de antes de que Everett se fuera.

Los dos tomaron sopa, él la acompañó de vuelta a su edificio después de cenar y ella le dio las gracias por la visita.

—Volveré a verte —prometió Everett. Le había hecho algunas fotos mientras tomaba el sol hablando con él. Sus ojos eran del mismo color que el cielo.

—Cuídate —dijo ella, como ya había hecho antes—. Rezaré por ti.

Él asintió y le dio un beso en la mejilla. Era tan suave como el terciopelo. Había una cualidad intemporal en ella; parecía asombrosamente joven, con aquella tonta camiseta del circo.

Maggie se quedó mirándolo hasta que lo vio salir por la verja principal. Tenía aquel familiar modo de andar que había acabado reconociendo, con sus botas de vaquero de lagarto negro. Él le dijo adiós con la mano una vez y luego se dirigió hacia Lombard para tomar un taxi que lo llevara al aeropuerto; ella subió a su habitación para mirar sus fotos de nuevo. Eran magníficas. Tenía un talento extraordinario. Pero era más que eso; había algo en su alma que la atraía. No quería que fuera así, pero se sentía poderosamente atraída hacia él, no solo como amigo, sino como hombre. Nunca le había pasado, en toda su vida adulta, desde que entró en el convento. Conmovía algo en ella que no tenía ni idea de que estuviera allí y que quizá no estaba, hasta que llegó Everett. Pero la trastornaba profundamente.

Cerró la caja de fotos y la dejó sobre la cama, a su lado. Luego se tumbó y cerró los ojos. No quería que le pasara aquello. No podía enamorarse de él, no podía dejar que sucediera. Era imposible. Y se dijo que no iba a suceder.

Permaneció allí mucho rato, echada, rezando, hasta que volvieron las otras monjas con las que compartía la habitación. Nunca había rezado tan fervientemente en toda su vida y lo único que repetía una y otra vez, para sus adentros, era: «Por favor, Dios, no permitas que lo ame». Lo único que podía hacer era confiar en que Dios la oyera. Sabía que no podía dejar que sucediera y se recordaba, una y otra vez, que pertenecía a Dios.

13

Tom llegó a Pasadena, a casa de su familia, una semana después de que Melanie dejara San Francisco. La llamó nada más llegar. Había recogido todas sus cosas del apartamento en dos días, las había cargado en la camioneta, que, milagrosamente, no había sufrido ningún daño, y se había puesto en marcha hacia el sur. Se moría de ganas de ver a Melanie.

Pasó la primera noche en casa, con sus padres y su hermana, que habían estado muy preocupados por él durante el terremoto y querían que les contara todo lo sucedido. Pasó una noche muy agradable charlando con ellos, y al final le dijo a su hermana que pronto la llevaría a un concierto. Al día siguiente, inmediatamente después del desayuno, se encaminó a Hollywood. Al marcharse, mencionó que probablemente no estaría de vuelta hasta bien entrada la noche. Por lo menos, eso esperaba. Melanie lo había invitado a pasar el día con ella, y luego pensaba llevarla a cenar. Después de poder estar con ella cuando quería en Presidio, al marcharse la había echado terriblemente de menos y ahora quería pasar todo el tiempo que pudiera con ella, sobre todo sabiendo que se marcharía de gira en julio. También él tenía que ponerse a trabajar. Estaba claro que el puesto de San Francisco no iba a cuajar. Después del terremoto, habría muchos retrasos y había decidido buscar trabajo en Los Ángeles.

Melanie lo estaba esperando cuando llegó. Cuando vio que el coche se acercaba le abrió la verja desde la casa. Tom aparcó y ella salió corriendo para recibirlo con una amplia sonrisa. Pam, que estaba mirando hacia fuera, sonrió al ver que se besaban. Luego Melanie lo llevó al interior para enseñarle la casa. Abajo, tenían un gimnasio, una sala de juego, con una mesa de billar y un televisor de pantalla grande, con unos cómodos sillones para ver películas y una enorme piscina. Melanie le había dicho que llevara el traje de baño. Pero a él lo único que le interesaba era verla. Cuando la abrazó y la besó suavemente en los labios, el tiempo se detuvo para ambos.

—Te he echado mucho de menos —dijo Tom, sonriendo feliz—. El campamento fue horrible después de que te marcharas. No paraba de dar vueltas y más vueltas, y de incordiar a Maggie. Ella también te extrañaba.

—Tengo que llamarla. La echo en falta... y te echaba en falta a ti —susurró Melanie.

Cuando los empleados del servicio de limpieza bajaron ruidosamente la escalera se echó a reír y llevó a Tom arriba para que viera su dormitorio. Parecía la habitación de una niña, con la decoración en blanco y rosa que su madre había elegido. Había fotos de Melanie con actores, actrices y otros cantantes, la mayoría muy famosos. Su madre había enmarcado una foto suya en la que recogía el Grammy. También había fotos de sus raperos y estrellas favoritos. La siguió de vuelta al exterior y por la escalera de atrás hasta la cocina, donde cogieron unos refrescos y salieron a sentarse junto a la piscina.

—¿Qué tal fue la sesión de grabación?

Estaba fascinado por lo que ella hacía, aunque no le impresionaba excesivamente que fuera una estrella. Se sentía aliviado al ver que Melanie no había cambiado, que era la misma joven adorable que había conocido y de la que se había enamorado en San Francisco. Incluso estaban todavía más enamorados. Melanie llevaba shorts, una camiseta de tirantes y sandalias, en lugar de las chanclas que calzaba en el campamento, pero su aspecto era el mismo. No iba más arreglada ni actuaba más como una estrella que cuando la conoció. Era ella misma, sentada junto a él en una tumbona, y luego al borde de la piscina, balanceando los pies. Todavía le costaba creer que fuera una persona mundialmente famosa. No tenía ninguna importancia para él. Y Melanie podía percibirlo, igual que lo había percibido en San Francisco. Tom era auténtico, e indiferente a su fama.

Estaban sentados junto a la piscina, charlando tranquilamente. Melanie le estaba hablando de su sesión de grabación, cuando apareció el coche de su madre en el camino de entrada y se detuvo junto a la piscina para ver qué hacía su hija y con quién estaba. No se alegró en absoluto al ver a Tom, así que su saludo no fue nada cálido.

—¿Qué estás haciendo aquí? —preguntó bruscamente. Melanie parecía avergonzada cuando Tom se levantó para estrecharle la mano a su madre. Janet no pareció impresionada.

—Llegué a Pasadena ayer —explicó Tom—. Se me ocurrió venir a saludarlas.

Janet asintió y lanzó una mirada a Melanie. Esperaba que el joven no se quedara mucho tiempo. Nada en él le parecía atractivo como acompañante de su hija. A Janet no le importaba que tuviera una buena educación, procediera de una familia agradable y que seguramente consiguiera un trabajo decente una vez instalado en Los Ángeles. Tampoco le importaba que fuera una persona bondadosa y compasiva que amaba a su hija. Un chico agradable de Pasadena no tenía ningún interés para ella, así que se encargó de dejar claro, sin decirlo, que no aprobaba que hubiera ido a verla. Dos minutos después, Janet entró en la casa y cerró dando un portazo.

—Me parece que no se ha alegrado mucho de verme —dijo Tom, incómodo.

Melanie se disculpó por la actitud de su madre, como hacía con frecuencia.

—Ella preferiría que fueras una estrella de cine, de medio pelo y drogadicto, siempre que aparecieras en la prensa amarilla por lo menos dos veces a la semana y, a ser posible, no acabaras en la cárcel. A menos que eso te consiguiera publicidad en la prensa. —Se echó a reír de la descripción que acababa de hacer de su madre, aunque Tom sospechaba que era dolorosamente acertada.

—Nunca he estado en la cárcel ni he salido en los tabloides —dijo, disculpándose—. Debe de pensar que soy una auténtica calamidad.

—Yo no —dijo Melanie, sentada junto a él, mirándolo a los ojos.

Hasta el momento, le gustaba todo en él, particularmente que no formara parte del estúpido mundo de Hollywood. Había llegado a odiar los problemas que tenía con Jake. La bebida, la rehabilitación, acabar en los tabloides con él y aquella vez que le había dado un puñetazo a alguien en un bar. En un instante, aparecieron en escena montones de *paparazzi*; a él se lo llevó la policía, mientras a ella le estallaban los flashes en la cara. Pero por encima de todo, odiaba lo que había hecho con Ashley. No había hablado con él desde la vuelta y no pensaba hacerlo. Por el contrario, Tom era honorable, decente, sano y educado, y ella le importaba.

—¿Nos damos un baño? —propuso.

Tom asintió. Le daba igual lo que hicieran, mientras estuviera con ella. Era un chico sano y normal de veintidós años. De hecho, más agradable, más inteligente y más guapo que la mayoría. A Melanie le resultaba fácil ver que era alguien con futuro. No el tipo de futuro que su madre quería para ella, sino aquel del cual Melanie quería formar parte cuando fuera mayor, o incluso ahora. Era un hombre con los pies en el suelo y auténtico, igual que ella. No había nada falso en él. Estaba tan lejos del entorno de Hollywood como se podía estar.

Lo acompañó a la cabaña que había al final de la piscina y le enseñó la habitación donde podía cambiarse. Tom salió un minuto después, con un traje de baño de estilo hawaiano. Había estado allí, en Kauai, por Pascua, haciendo surf con unos amigos. Melanie entró en la cabaña después de él y salió con un biquini rosa que destacaba su deslumbradora figura. Había estado trabajando con su preparador físico desde su regreso. Formaba parte de sus tareas diarias. Igual que ejercitarse dos horas cada día en el gimnasio. También había ido a ensayar diariamente, preparándose para el concierto de junio. Iba a celebrarse en el Hollywood Bowl, y las entradas ya estaban agotadas. Habría ocurrido de todos modos, pero después del reportaje que le habían dedicado en *Scoop*, contando cómo había sobrevivido al terremoto en San Francisco, se vendieron incluso más rápido. Ahora los revendedores cobraban cinco mil dólares por entrada. Ella tenía dos, con pases entre bastidores, reservadas para Tom y su hermana.

Nadaron juntos y se besaron en la piscina; luego flotaron sobre una gran balsa hinchable, tumbados el uno junto al otro, al sol. Melanie se había puesto montones de protección solar. No le permitían ponerse morena, ya que bajo las luces del escenario, el bronceado se veía demasiado oscuro. Su madre la prefería pálida. Pero era agradable estar allí tumbada con Tom. Permanecieron en silencio un rato, cogidos de la mano. Todo era muy inocente y amistoso. Se sentía increíblemente cómoda con él, igual que cuando estaban en el campamento.

—El concierto será genial —dijo cuando hablaron de ello.

Le habló de los efectos especiales y de las canciones que iba a cantar. Él las conocía todas y le aseguró, de nuevo, que su hermana iba a volverse loca. Le contó que todavía no le había dicho qué concierto era ni que podrían verla después del espectáculo entre bastidores.

Cuando se cansaron de estar al sol, entraron y prepararon el almuerzo. Janet estaba en la cocina, fumando, hablando por teléfono y ojeando una revista de cotilleos. Estaba decepcionada porque Melanie no aparecía en ella. Para no molestarla, se llevaron los sándwiches fuera y se sentaron bajo un parasol cerca de la piscina. Después, se tumbaron en una hamaca juntos y ella le contó en un susurro que había estado tratando de averiguar la manera de realizar algún trabajo de voluntariado, como el que había hecho en Presidio. Quería hacer algo más con su vida aparte de ensayar y cantar.

—¿Tienes alguna idea? —preguntó él, susurrando también.

—Nada que mi madre me dejara hacer.

Eran como conspiradores, hablando en murmullos. Él volvió a besarla. Cuanto más la veía, más loco se volvía por ella. Casi no podía creer la suerte que tenía, no por quién fuera ella, sino porque era una chica dulce, sencilla y porque se lo pasaba muy bien a su lado.

—La hermana Maggie me habló de un sacerdote que dirige una misión católica —prosiguió Melanie—. Va a México unos meses cada año. Me encantaría llamarlo, pero no creo que pudiera hacer algo así. Tengo la gira y mi agente está adquiriendo compromisos hasta finales de año. Pronto empezaremos la próxima temporada. —Parecía desilusionada al mencionarlo. Estaba cansada de viajar tanto; además, quería tener tiempo para pasarlo con él.

—¿Estarás fuera mucho tiempo? —A él también le preocupaba. Acababan de conocerse y quería pasar más tiempo con ella. Para él iba a ser igualmente complicado, una vez que encontrara trabajo. Ambos estarían muy ocupados.

—Suelo viajar unos cuatro meses al año. A veces, cinco. El resto del tiempo, voy y vengo, como hice para la gala de San Francisco. Para ese tipo de conciertos solo estoy fuera un par de noches.

—Pensaba que a lo mejor podría coger un avión para ir a verte a Las Vegas y también a otros conciertos de tu gira. ¿A qué lugares irás?

Estaba tratando de encontrar la forma de que se vieran. No quería esperar hasta principios de septiembre, cuando ella regresara. Habían tejido una relación tan estrecha después del terremoto de San Francisco que sus sentimientos habían pulsado la tecla de avance rápido sin ellos darse cuenta. Melanie estaría fuera diez semanas, una gira habitual, aunque ahora a ambos les parecía una eternidad. Y su agente quería que fuera de gira a Japón, el año siguiente. En aquel país, sus CD volaban de las estanterías. Tenía exactamente el aspecto y el sonido que les gustaba.

Se echó a reír cuando él le preguntó adónde iba de gira y empezó a recitar una ciudad tras otra. Iba a viajar por todo Estados Unidos. Pero, por lo menos, lo harían en un avión chárter. Durante muchos años lo habían hecho en autocar, y había sido una experiencia agotadora. A veces viajaban de noche; en realidad, casi siempre. Pero ahora, su vida y sus giras eran mucho más civilizadas. Cuando le informó de las fechas, él dijo que confiaba poder ir a verla un par de veces durante la gira. Dependía de lo rápido que encontrara trabajo, pero a ella le pareció fantástico.

Se sumergieron en la piscina de nuevo y nadaron hasta que se quedaron sin aliento. Tom estaba en una forma fantástica y era un nadador excelente. Le contó que había formado parte del equipo de natación de la Universidad de Berkeley y que había jugado al fútbol un tiempo, antes de lesionarse la rodilla. Le enseñó la pequeña cicatriz de una operación de cirugía menor. Le habló de sus años de universidad, de su infancia y de sus planes profesionales. En algún momento quería hacer un posgrado, pero antes había decidido trabajar varios años. Lo tenía todo planeado. Sabía adónde iba, mejor que la mayoría de los jóvenes de su edad.

Descubrieron que a los dos les encantaba esquiar, jugar al tenis, practicar deportes acuáticos y otras actividades deportivas, para la mayoría de las cuales Melanie no tenía tiempo. Le explicó que tenía que mantenerse en forma, pero que los deportes nunca entraban en su agenda. Estaba demasiado ocupada y su madre no quería que se lesionara y no pudiera salir de gira. Ganaba una fortuna en las giras, aunque eso no se lo explicó en detalle. No era necesario. La cantidad de dinero que estaba ingresando era escandalosa, como él podía adivinar. Melanie era demasiado discreta para mencionarlo, aunque Janet solía insinuar que su hija ganaba una enorme cantidad de dinero. Melanie todavía se sentía incómoda con esa cuestión. Además, su agente había advertido a Janet que fuera discreta; de lo contrario podía poner en peligro a Melanie. Ya tenían bastantes dolores de cabeza con la seguridad y para protegerla de sus fans. Era algo en lo que debían pensar todas las grandes estrellas de Hollywood; nadie se libraba. Janet siempre quitaba importancia a los peligros cuando hablaba con su hija, para no asustarla, pero con frecuencia contrataba a un guardaespaldas también para ella. Decía que, a veces, los fans eran peligrosos. Lo que solía olvidar era que se trataba de los fans de Melanie, no de los suyos.

—¿Alguna vez recibes cartas amenazadoras? —preguntó Tom, mientras se secaban tumbados junto a la piscina. Nunca había pensado en lo que significaba proteger a alguien en la posición de Melanie. La vida había sido mucho más sencilla para ella en Presidio, aunque no durara mucho. Y él no se había dado cuenta de que algunos de los hombres que viajaban con ella eran guardaespaldas.

—A veces —respondió ella, vagamente—. Sí. Los únicos que me amenazan están chiflados. No creo que nunca llegaran a hacerme nada, aunque algunos llevan años escribiéndome.

—¿Amenazándote? —Parecía horrorizado.

—Sí —dijo riendo.

Eran gajes del oficio y estaba acostumbrada. Incluso recibía cartas tan apasionadas que daban miedo, de hombres en cárceles de máxima seguridad. Nunca contestaba. De ahí salían los acechadores, cuando los soltaban. Era cauta en extremo y nunca paseaba por lugares públicos sola; cuando los llevaba con ella, sus guardaespaldas la cuidaban muy bien.

Siempre que era posible, prefería no utilizarlos cuando hacía recados o visitaba a sus amigos en Los Ángeles; decía que prefería conducir ella misma.

—¿Y alguna vez tienes miedo? —preguntó Tom, cada vez más preocupado. Quería protegerla, pero no estaba seguro de cómo.

—Por lo general no. Solo muy de vez en cuando; depende de lo que diga la policía sobre el acechador. He pasado lo mío, pero no ha sido peor de lo que ha tenido que soportar cualquiera de por aquí. Cuando era más joven, sí que me asustaba mucho, pero la verdad es que ahora ya no. Los únicos acechadores que me preocupan son los periodistas. Pueden comerte viva. Ya lo verás —le advirtió, pero él no veía cómo iba a afectarlo. Era muy ingenuo sobre el tipo de vida que ella llevaba y sobre todo lo que entrañaba. Seguro que tenía sus desventajas, pero tumbado al sol, charlando con ella, todo parecía muy sencillo. Melanie era como cualquier otra chica.

Al final de la tarde fueron a dar una vuelta en coche. La llevó a tomar un helado y ella le enseñó la escuela donde había ido antes de dejar los estudios. Le dijo que seguía queriendo ir a la universidad, pero que, por el momento, solo era un sueño, no una posibilidad. Estaba fuera demasiado tiempo, así que leía todo lo que podía. Entraron en una librería juntos y descubrieron que tenían los mismos gustos y que les habían entusiasmado los mismos libros.

Volvieron a casa y, más tarde, la llevó a cenar a un pequeño restaurante mexicano que a ella le gustaba. Después regresaron y vieron una película en la sala de juegos, en la pantalla de plasma gigante. Era casi como estar en el cine. Cuando Janet llegó, pareció sorprendida de verlo todavía allí. Tom se sintió algo incómodo al ver su desagrado, que no intentaba ni siquiera disimular. Eran las once cuando se marchó. Melanie lo acompañó hasta la camioneta, que estaba en el camino de entrada y se dieron un largo beso a través de la ventanilla. Tom dijo que había pasado un día maravilloso, igual que ella. Había sido una primera cita muy respetuosa y muy agradable. Le dijo que la llamaría al día siguiente, pero la llamó en cuanto salió del camino. El móvil de Melanie sonó mientras se dirigía hacia la casa, pensando en él.

—Ya te extraño —dijo Tom.

Ella se echó a reír.

—Yo también. Hoy lo he pasado muy bien. Espero que no te aburrieras, quedándote aquí todo el rato.

A veces, a ella le resultaba difícil salir, a causa de la gente que la reconocía en todas partes. Todo había ido bien cuando fueron a tomar el helado, pero la gente de la librería se había quedado mirándola embobada y tres personas le habían pedido un autógrafo mientras pagaban. Era algo que detestaba cuando salía con alguien. Siempre le parecía una intrusión y molestaba al hombre con el que estaba. Pero a Tom le había divertido.

—Lo he pasado estupendamente —dijo, tranquilizándola—. Te llamaré mañana. A lo mejor podemos hacer algo el fin de semana.

—Me encanta ir a Disneylandia —confesó ella—. Hace que me sienta una niña de nuevo. Pero en esta época del año está atestado. Es mejor en invierno.

—Eres una niña —respondió él, sonriendo—. Una niña fantástica, de verdad. Buenas noches, Melanie.

—Buenas noches, Tom —dijo, y colgó con una sonrisa de felicidad.

Su madre, que salía entonces de su habitación, vio que Melanie se dirigía hacia ella.

—¿De qué iba esto de hoy? —preguntó Janet, todavía con expresión contrariada—. Ha estado aquí todo el día. No empieces nada con él, Mel. No vive en nuestro mundo. —Eso era precisamente lo que le gustaba a Melanie—. Te está utilizando por lo que eres.

—No, no es así, mamá —dijo Melanie, furiosa y ofendida

por él. Tom no era ese tipo de hombre—. Es una persona normal y decente. No le importa lo que soy.

—Eso es lo que tú crees —dijo Janet, escéptica—. Si sales con él, no volverás a aparecer en la prensa, y eso no es bueno para tu carrera.

—Estoy harta de oír hablar de mi carrera, mamá —dijo Melanie, con aire triste. Era de lo único que hablaba su madre. A veces, la veía en sueños blandiendo un látigo—. En la vida hay otras cosas.

—No, si quieres ser una gran estrella.

—Soy una gran estrella, mamá. Pero también necesito tener una vida. Y Tom es un hombre realmente estupendo. Mucho mejor que esos tipos de Hollywood con los que he salido.

—Porque todavía no has conocido al hombre adecuado —dijo Janet, tajante, indiferente a lo que Melanie sentía por Tom.

—¿Hay alguno? —le espetó Melanie, rabiosa—. A mí, ninguno me lo parece.

—¿Y él sí? —inquirió Janet, preocupada—. Ni siquiera lo conoces. Solo era una cara más en aquel horroroso campamento de refugiados. —Seguía soñando con él y ninguno de sus sueños era agradable. Todos ellos habían quedado traumatizados en un grado u otro, en particular cuando se produjo el terremoto. Nunca, en toda su vida, se había sentido tan feliz de volver a dormir en su cama.

Melanie no le dijo que no opinaba que el campamento fuera horroroso. Para ella, lo único realmente horrible había sido que su supuesto novio se acostara con quien afirmaba ser su mejor amiga. Ahora se había librado de los dos, sin ningún pesar por su parte. Aunque su madre sí lo lamentaba, y seguía hablando con Ashley una vez al día, por lo menos, prometiéndole que arreglaría las cosas con Melanie, a pesar de que ella no tenía ni idea de que hablaran regularmente.

Melanie no tenía ninguna intención de dejar que Ashley

entrara de nuevo en su vida. Ni Jake. La llegada de Tom le parecía una recompensa por haberlos perdido. Dio las buenas noches a su madre y recorrió lentamente el pasillo hasta su habitación, pensando en Tom. Había sido una primera cita absolutamente perfecta.

14

Tom volvió a ver a Melanie varias veces. Salían a cenar, al cine y descansaban en la piscina, pese a la evidente desaprobación de Janet, que apenas le hablaba, aunque él era extremadamente cortés con ella. Una vez, llevó a su hermana para que conociera a Melanie. Los tres hicieron una barbacoa junto a la piscina y lo pasaron en grande. A la hermana de Tom le impresionó mucho Melanie, por lo sencilla, abierta, amable y comprensiva que era. No había nada en su actitud que hiciera pensar que era una estrella. La verdad era que actuaba como cualquier chica de su edad. Le hizo muchísima ilusión que los invitara al concierto en el Hollywood Bowl, en junio.

Todavía no se habían acostado. Habían decidido tomarse las cosas con calma, ver qué pasaba y conocerse bien primero. Melanie seguía sintiéndose herida a causa de Jake, y Tom no la apremiaba. Decía constantemente que tenían tiempo. Siempre lo pasaban bien juntos. Él llevaba todas sus películas y CD favoritos, y poco después de que ella conociera a su hermana, Nancy, la invitó a cenar a Pasadena. Melanie encontró adorables a sus padres. Eran auténticos, agradables y cordiales. Tenían conversaciones inteligentes, eran personas instruidas y se notaba que todavía se gustaban; fueron muy respetuosos con ella, y sensibles al hecho de que fuera quien era. No hicieron alharacas, la acogieron como a cualquiera de los amigos de sus hijos... al contrario que Janet, que seguía actuando como si Tom fuera un intruso, o algo peor. Hacía todo lo posible por ser desagradable con él, pero el joven le dijo a Melanie que no le importaba. Comprendía que Janet lo viera como una amenaza y que pensara que no era el tipo de hombre con el que debía salir su hija, en particular si quería que los tabloides y la prensa se ocuparan de ella, que era lo que Janet quería. Melanie se disculpaba constantemente por el comportamiento de su madre y, poco a poco, empezó a pasar más tiempo en Pasadena cuando no estaba ensayando.

Tom la acompañó a los ensayos dos veces y se quedó totalmente impresionado por lo profesional que era. Su exitosa carrera no era una casualidad. Era brillante en todos los aspectos técnicos, hacía ella misma los arreglos, escribía algunas de las canciones y trabajaba increíblemente duro. Los dos ensayos a los que Tom asistió, para el concierto en el Hollywood Bowl, se prolongaron hasta las dos de la madrugada, hasta que Melanie creyó que todo estaba perfecto. Los técnicos con los que habló mientras vagaba por allí le dijeron que siempre era así. A veces, trabajaban hasta las cuatro o las cinco de la mañana, y luego quería que estuvieran de nuevo allí a las nueve. Les exigía mucho, pero se exigía más todavía a sí misma. Además, Tom pensaba que tenía una voz de ángel.

Melanie le había dicho que el día del concierto podía llegar temprano y que él y Nancy podían quedarse en su camerino, con ella, hasta que empezara. Él le tomó la palabra. Cuando llegaron, se encontraron con que Janet estaba allí, con Melanie, yendo arriba y abajo y dando órdenes e instrucciones. Luego bebió champán y la maquillaron. A veces, los fotógrafos querían que ella también posara. No prestó la menor atención ni a Tom ni a Nancy mientras pudo y luego salió disparada para ir a buscar al peluquero de Melanie, que estaba fuera, fumando con algunos de los músicos. Todos conocían a Tom personalmente y opinaban que era un tipo agradable.

La dejaron media hora antes de que empezara el concierto. Tenían que acabar de maquillarla y debía vestirse. Tom pensó que estaba asombrosamente tranquila, considerando que estaba a punto de actuar ante ochenta mil personas. Era lo que mejor hacía. Iba a presentar cuatro canciones nuevas para ver cómo funcionaban. La gira empezaría pronto. Tom le había prometido que iría a verla siempre que pudiera, aunque empezaba a trabajar en julio y estaba entusiasmado. Iba a trabajar con Bechtel, y le habían prometido que viajaría a otros países. Decía que eso lo mantendría ocupado mientras Melanie no estuviera, y que era mucho mejor que el puesto que había conseguido en San Francisco antes del terremoto. Esta oportunidad le había llegado sin buscarla, a través de unas relaciones de su padre, pero encerraba una importante oportunidad profesional para él. Si les gustaba su trabajo, incluso considerarían la posibilidad de pagarle los estudios en la escuela de negocios.

—Buena suerte, Mel —le susurró antes de salir del camerino—. Estarás fantástica.

Les había dado unos asientos en primera fila. Cuando él se fue, Melanie se metió en un vestido ajustado de satén rojo, comprobó el maquillaje y el peinado y se puso unas sandalias plateadas, con una plataforma altísima. Tenía que cambiar seis veces de vestuario, con un único descanso. Iba a trabajar muy duro.

—Cantaré una de las canciones para ti —le murmuró al oído cuando él la besó—. Sabrás cuál es. Acabo de escribirla. Espero que te guste.

—Te quiero —dijo él. A Melanie se le pusieron los ojos como platos. Era la primera vez que se lo decía, y era todavía más asombroso porque aún no habían hecho el amor. Parecía casi irrelevante en esos momentos; todavía se estaban conociendo, aunque era maravilloso pasar el tiempo juntos.

—Yo también te quiero —respondió.

Él se marchó, justo en el momento en el que entraba su madre, como un huracán, recordándole que tenía menos de veinte minutos, que dejara de tontear y que se preparara. La seguían cuatro fotógrafos, que esperaban fotografiar a Melanie.

Janet la ayudó a subirse la cremallera del vestido y Melanie le dio las gracias. Luego, Pam dejó entrar a los fotógrafos. Janet posó con ella para dos de las fotos. Melanie parecía muy pequeña a su lado. Su madre era una mujer grande y su presencia se imponía dondequiera que estuviera.

En ese momento fueron a buscarla. El concierto estaba a punto de empezar. Corrió hacia el escenario, saltando con agilidad por encima de los cables y el equipo, saludó rápidamente a los músicos, se colocó fuera de la vista del público y cerró los ojos. Respiró lenta y profundamente tres veces. Oyó que le daban la entrada y se movió despacio hasta quedar a la vista, en medio del humo. Cuando este se aclaró, allí estaba ella. Miró al público con la sonrisa más sexy que Tom había visto en su vida y ronroneó un saludo. Aquello no se parecía en nada a los ensayos ni ella a la chica que él había llevado a cenar a su casa, en Pasadena. Cuando Melanie conquistaba al público cantando con todo el corazón, haciendo que las vigas del techo casi temblaran, era, en todas y cada una de las fibras de su ser, una estrella. Las luces eran demasiado intensas para que viera a Tom y a su hermana entre el público. Pero, en su corazón, sentía que estaba allí y, esa noche, cantaba para él.

—¡Guau! —exclamó Nancy tocándole el brazo a su hermano, que se volvió hacia ella con una sonrisa—. ¡Es increíble!

—Sí que lo es —afirmó él, orgulloso.

No pudo apartar los ojos de ella hasta el descanso; entonces corrió hasta su camerino para verla y decirle lo fabulosa que era. Le emocionaba estar allí, con ella, y le entusiasmaba su actuación. Apenas lograba expresar lo maravillosa que le parecía. Melanie pensó que era muy distinto salir con alguien que no fuera del sector del espectáculo. Tom nunca sentía celos. Se besaron rápidamente y él volvió a su asiento. Melanie tenía que cambiarse de nuevo y era un cambio difícil. Pam y su madre la ayudaron a ponerse el ajustadísimo vestido; era incluso más ceñido que los que había llevado hasta entonces. Tenía un aspecto fabuloso cuando salió de nuevo al escenario para la segunda parte del concierto.

Aquella noche cantó siete bises. Siempre lo hacía, para complacer a sus fans. Les encantó la nueva canción que había escrito para Tom. Se llamaba «Cuando te encontré» y hablaba de sus primeros días juntos en San Francisco; del puente, de la playa y del terremoto que se había producido en su corazón. Él la escuchaba, embelesado, y su hermana tenía los ojos llenos de lágrimas.

—¿Habla de ti? —preguntó en un susurro.

Él asintió, y ella cabeceó, asombrada. El tiempo diría cómo sería su relación, pero estaba claro que había empezado como un cohete lanzado al espacio y no daba señales de reducir la marcha.

Más tarde, cuando acabó el concierto, se reunieron con Melanie en el camerino. Esta vez había docenas de personas felicitándola: fotógrafos, su secretaria, su madre, amigos, encargados del equipo que habían conseguido llegar hasta allí. Tom y Nancy se vieron engullidos por la multitud; después fueron a cenar a Spago, aunque ya era tarde, porque les costó bastante llegar hasta allí. Wolfgang Puck en persona les había preparado la cena.

Después, Tom y Nancy volvieron a Pasadena. Tom besó a Melanie antes de marcharse, pero le prometió volver a verla por la mañana; luego todos se dispersaron. Había sido una noche larga. A Melanie la esperaba una larguísima limusina blanca frente al restaurante. Era cualquier cosa menos discreta, pero esta era su imagen pública, la que Tom nunca había visto hasta entonces. Era la Melanie privada la que él amaba, pero tenía que reconocer que esta también era genial.

La llamó al móvil en cuanto llegó a casa y le repitió lo fabulosa que había estado. Melanie había conseguido que se convirtiera en un fan acérrimo, en particular después de la canción que había escrito solo para ellos dos. A él le parecía que ganaría otro premio Grammy.

—Estaré ahí a primera hora de la mañana —prometió. Procuraban pasar juntos todo el tiempo posible antes de que ella se fuera a Las Vegas la semana siguiente.

—Podemos leer las críticas juntos cuando vengas. Odio esa parte. Siempre encuentran algo con lo que meterse.

—No veo cómo podrán hacerlo esta vez.

—Lo harán —afirmó, como la profesional que era—. Los celos son una mierda. —Con frecuencia, las malas críticas tenían más que ver con ellos que con una mala actuación, pero dolían igual, aunque ya estuviera acostumbrada. Siempre dolían. En ocasiones, Pam y su madre le ocultaban algunas, si les parecía que eran demasiado groseras, lo cual también sucedía a veces.

Al día siguiente, cuando Tom llegó, había periódicos abiertos por toda la mesa de la cocina.

—Hasta ahora, todo va bien —susurró Melanie a Tom mientras su madre se los iba dando uno por uno. Parecía contenta.

—Les gustan las nuevas canciones —comentó Janet, mirando a Tom con una sonrisa glacial. Hasta ella tenía que admitir que la dedicada a él era buena.

En general, las críticas eran estupendas. El concierto había sido un gran éxito, lo cual era un buen augurio para la gira; incluso para el espectáculo de Las Vegas, que era para un público más reducido y para el que ya no quedaban entradas, igual que había sucedido con el de Hollywood Bowl.

—Bueno, ¿y qué planes tenéis para hoy vosotros dos? —preguntó Janet, mirándolos con aire satisfecho, como si hubiera sido ella quien hubiera dado el concierto. Era la primera vez que voluntariamente incluía a Tom en algo que decía. Algo había cambiado, aunque Melanie no sabía por qué. Tal vez era solo porque estaba de buen humor o porque había acabado dándose cuenta de que Tom no iba a ser un obstáculo en la carrera de Melanie. Él se limitaba a observar lo que pasaba y a apoyar cualquier cosa que ella hiciera.

—Solo quiero descansar —dijo Melanie. Tenía que volver al estudio de grabación al día siguiente. Además, los ensayos para el espectáculo de Las Vegas empezaban el día después—. Y tú, mamá, ¿qué vas a hacer?

—Voy a ir a Rodeo, de compras —contestó, con una amplia sonrisa. Lo que la hacía más feliz era que Melanie diera un gran concierto y que al día siguiente las críticas fueran buenas.

Esta vez, los dejó solos sin miradas adustas ni portazos para gran sorpresa de Tom.

—Me parece que tu iniciación ha tocado a su fin —dijo Melanie, suspirando—. Por el momento, en todo caso. Debe de haber decidido que no eres una amenaza.

—Y no lo soy, Mel. Me encanta lo que haces. Fue increíble verte anoche. No podía creer que estaba allí, sentado... y cuando cantaste aquella canción, estuve a punto de morirme.

—Me alegro de que te gustara. —Se inclinó hacia él y lo besó. Parecía cansada, pero contenta. Acababa de cumplir veinte años y a él le parecía más bonita que nunca—. Ojalá pudiera tomarme un descanso, en algún momento, y alejarme de todo esto. Se vuelve cansado después de un tiempo —confesó. Ya se lo había dicho, durante las semanas anteriores. Los días que pasó trabajando en el hospital de campaña, después del terremoto, habían sido un alivio enorme.

—Puede que un día de estos —dijo tratando de animarla, pero ella negó con la cabeza.

—Ni mi madre ni mi agente lo permitirán. El éxito es demasiado dulce para ellos. Lo exprimirán hasta que yo muera. —Su voz era triste al decirlo.

Tom la abrazó y la besó. La mirada de sus ojos le había llegado al alma, igual que había hecho su canción. Era una mujer extraordinaria, y sabía que él era un tipo con suerte. El destino le había dado unas cartas fabulosas. El terremoto de San Francisco y, a consecuencia de ello, conocerla, había sido lo mejor que le había ocurrido en la vida.

Aquella mañana, mientras Janet leía las críticas de Melanie en Hollywood, Sarah y Seth Sloane también leían las suyas. Finalmente, la noticia había llegado a los periódicos de San Francisco; ninguno de los dos sabía por qué había tardado tanto. Lo habían arrestado semanas atrás pero, sorprendentemente, nadie había explotado aquel hecho. Sin embargo, al final había estallado, como los fuegos artificiales del 4 de julio; incluso habían informado de ellos los de Associates Press. Sarah tenía la impresión de que los periodistas que habían cubierto el arresto de Sully y su inminente proceso, habían informado a sus colegas de la prensa de San Francisco de que, en el oeste, tenía un socio en el delito. Hasta entonces, la historia de Seth había desaparecido por algún agujero, pero ahora estaba en primera plana. El *Chronicle* publicaba todos los detalles morbosos, con una foto de Seth y Sarah en la reciente gala benéfica de los Smallest Angels. Lo que escribían sobre él era deprimente. Reproducían la acusación completa, con todos los detalles, el nombre de sus fondos de riesgo y las circunstancias que habían llevado a su arresto. Decían que su casa estaba a la venta y mencionaban que tenía otra casa en Tahoe y un avión. Lograban que pareciera que todo lo que poseía había sido pagado con dinero adquirido de forma fraudulenta. Lo pintaban como el mayor sinvergüenza y estafador de la ciudad. Era profundamente humillante para él y muy doloroso para ella. No dudaba de que sus padres lo leerían en las Bermudas, una vez que AP lo transmitiera. Comprendió que tenía que llamarlos de inmediato. Con suerte, todavía podría explicárselo ella. Para Seth, era más sencillo. Sus padres eran muy mayores cuando él nació, y ambos habían muerto. Pero los padres de ella estaban perfectamente vivos y se escandalizarían, sobre todo porque querían a Seth, lo habían querido desde el primer momento.

—No es una historia bonita, ¿verdad? —preguntó Seth, mirándola.

Los dos habían perdido mucho peso. Él tenía un aspecto demacrado y ella parecía exhausta.

—Pero no se puede hacer mucho para maquillarlo —respondió ella, sinceramente.

Eran los últimos días de su vida en común. Se habían puesto de acuerdo en seguir en la casa de Divisadero, por el bien de los niños, hasta que se vendiera; luego, cada uno se trasladaría a su piso. Esperaban varias ofertas durante aquella semana. No faltaba mucho. Sarah sabía que la entristecería tener que dejar la casa. Pero estaba más disgustada por su matrimonio y por su marido que por la casa, que solo había sido suya durante unos pocos años. La casa de Tahoe estaba a la venta, con todo lo que había en ella, incluidos los utensilios de cocina, los televisores y la ropa blanca. Así era más fácil venderla a alguien que quisiera una casa para ir a esquiar y no tuviera que molestarse en decorarla o llenarla. La casa de la ciudad la vendían vacía. Las antigüedades las subastarían en Christie's, junto con los cuadros de arte contemporáneo. Sus joyas se estaban empezando a vender en Los Ángeles.

Sarah seguía buscando trabajo, pero todavía no había encontrado nada. Conservaba a Parmani para los niños, porque sabía que cuando encontrara trabajo necesitaría a alguien que los cuidara. Detestaría dejarlos en una guardería, aunque sabía que otras madres lo hacían. Pero lo que en realidad deseaba era poder hacer lo que había hecho hasta ahora: quedarse en casa con ellos, igual que durante los tres años anteriores. Pero eso se había acabado. Con Seth gastando cada centavo que tenían en abogados que lo defendieran y, posiblemente, en multas, ella tenía que trabajar, no solo para ayudar, sino porque en algún momento tendría que mantener a los niños sin ayuda de Seth. Si todo lo que tenían desaparecía en órdenes judiciales, pleitos y en el fondo para la defensa, y luego lo enviaban a prisión, ¿quién iba a ayudarlos? Solo quedaría ella.

Después de aquella increíble y espantosa traición, no confiaba en nadie más que en ella misma. Ya no podía contar con él. Además, sabía que nunca más volvería a confiar en él. Seth lo veía claramente en sus ojos, siempre que sus miradas se encontraban. No tenía ni idea de cómo reparar el daño ni si podría conseguirlo alguna vez. Lo dudaba, teniendo en cuenta todo lo que ella había dicho. No lo había perdonado y empezaba a pensar que no lo haría nunca. Pero no podía culparla. Se sentía profundamente responsable del efecto que todo aquello tenía en ella. Había destrozado la vida de los dos.

Se quedó horrorizado al leer el artículo del periódico. Los hacía picadillo, a él y a Sully; los presentaba como si fueran delincuentes comunes. No decía nada amable ni compasivo. Eran dos tipos perversos que habían montado unos fondos de riesgo fraudulentos, habían mentido respecto al respaldo financiero que tenían y habían estafado dinero a la gente. ¿Qué más podían decir? Estas eran las imputaciones y, como Seth había reconocido ante Sarah y ante su abogado, todas las acusaciones hechas contra ellos eran ciertas.

Sarah y Seth apenas hablaron durante todo el fin de semana. Sarah no lo insultó ni le hizo ningún reproche. No servía de nada. Estaba demasiado dolida. Él había destruido hasta la última brizna de fe y seguridad que ella tuvo alguna vez en él y había tirado su confianza por la borda, al demostrar que era indigno de ellas. Había puesto en peligro el futuro de sus hijos y asestado un duro golpe al suyo. Había convertido sus peores pesadillas en realidad, para bien o para mal.

—No me mires así, Sarah —dijo él finalmente por encima del periódico.

Había un artículo más extenso y desagradable en la edición dominical de *The New York Times*, que también incluía a Seth. La vergüenza de Seth y Sarah era proporcional a lo importantes que habían llegado a ser en su comunidad. Aunque ella no había hecho nada y no sabía nada de las actividades de su marido antes del terremoto, veía que la estaban midiendo por el mismo rasero. El teléfono no había parado de sonar desde hacía días, así que conectó el contestador. No quería hablar con nadie, y tampoco quería saber nada de nadie. La compasión la habría atravesado como un puñal y todavía le apetecía menos oír las apenas veladas risitas de satisfacción de los envidiosos. Estaba segura de que habría muchos de esos. Las únicas personas con las que habló fueron sus padres. Estaban destrozados y horrorizados; tampoco ellos comprendían qué le había pasado a Seth. Al final, todo se reducía a la falta de integridad y a una enorme codicia.

—¿No podrías, por lo menos, intentar poner mejor cara? —preguntó Seth en tono de reproche—. La verdad es que sabes cómo empeorar las cosas.

—Me parece que de eso ya te ocupaste tú, y con mucha eficacia, Seth —dijo mientras recogía los platos del desayuno.

Seth vio que lloraba junto al fregadero.

—Sarah, no... —En sus ojos había una ponzoñosa mezcla de rabia y pánico.

—¿Qué quieres de mí? —Se volvió para mirarlo, angustiada—. Seth, estoy muy asustada... ¿Qué va a pasarnos? Te quiero, y no deseo que vayas a la cárcel. Querría que nada de esto hubiera sucedido... Quiero que vuelvas atrás y deshagas lo que has hecho... no puedes... no me importa el dinero. No quiero perderte... te quiero... pero has tirado toda nuestra vida por la borda. ¿Qué se supone que tengo que hacer?

Seth no podía soportar el dolor que veía en sus ojos pero, en lugar de abrazarla, que era lo único que ella quería, dio media vuelta y se marchó. También él sentía tanto dolor y tanto miedo que no tenía nada que darle. La quería, pero estaba demasiado asustado por lo que podía ocurrirle para ser de alguna ayuda para ella y para los niños. Sentía como si estuviera solo, ahogándose. Igual que ella.

Sarah no recordaba que en toda su vida le hubiera pasado nada tan terrible, excepto cuando su bebé prematuro estuvo a punto de morir, aunque lo salvaron en la unidad neonatal. Pero ahora no había forma de salvar a Seth. Su delito era demasiado grave, demasiado espantoso. Hasta los agentes del FBI parecieron sentir repugnancia hacia él, especialmente cuando vieron a los niños. Sarah nunca había perdido a nadie en circunstancias traumáticas. Sus abuelos murieron antes de que ella naciera o a causa de la edad, sin sufrir enfermedades terminales. Las personas a las que había querido la habían apoyado incondicionalmente. Había tenido una infancia feliz, sus padres eran unas personas responsables y firmes. Los hombres con los que había salido fueron buenos con ella. Seth siempre había sido maravilloso. Y sus hijos eran adorables y estaban sanos. Esto era, de lejos, lo peor que le había pasado nunca. Ni siquiera había perdido a un amigo en un accidente de coche o por culpa de un cáncer. Los treinta y cinco años de su vida habían transcurrido sin daño alguno, y ahora le habían echado encima una bomba nuclear. Y la persona que lo había hecho era el hombre que amaba, su marido. Estaba tan aturdida que en ningún momento sabía qué decir, particularmente a él. No sabía por dónde empezar para mejorar la situación, ni él tampoco. La verdad era que no había manera de hacerlo. Los abogados de Seth tendrían que hacer lo que pudieran con las abrumadoras circunstancias que él les había dado como punto de partida. Pero al final, Seth tendría que apechugar con las consecuencias, por muy amargas que fueran. Y ella también, aunque no había hecho nada para merecerlo. Esta era la parte de «para bien y para mal». Se estaba hundiendo en el infierno, con él.

Sarah llamó a Maggie al móvil el domingo por la noche y hablaron unos minutos. Maggie había leído los artículos de los periódicos en Presidio y compadecía a Sarah, incluso a

Seth. Ambos estaban pagando por los pecados de él. Le daban lástima los niños. Le dijo a Sarah que rezara y que ella también lo haría.

—A lo mejor son indulgentes con él —dijo Maggie, esperanzada.

—Según el abogado de Seth, eso significaría entre dos y cinco años. En el peor de los casos, podrían llegar a ser treinta. —Todo esto ya se lo había dicho antes.

—No pienses en lo peor todavía. Solo ten fe y sigue nadando. A veces, es lo mejor que se puede hacer.

Sarah colgó, pasó silenciosamente frente al estudio de su marido y fue arriba a bañar a los niños. Seth había estado jugando con ellos y ella lo sustituyó. Ahora lo hacían todo por turnos; era raro que estuvieran en la misma habitación al mismo tiempo. Incluso estar cerca el uno del otro resultaba doloroso. Sarah no podía evitar preguntarse si se sentiría mejor o peor cuando se marchara. Quizá ambas cosas.

Everett llamó a Maggie por la noche para hablar de lo que había leído sobre Seth en la prensa de Los Ángeles. La historia se había difundido ya por todo el país. Se había quedado horrorizado por la noticia, entre otras cosas porque pensaba que Seth y Sarah eran una pareja perfecta. Recordó, una vez más, algo que sabía desde hacía años: nunca se sabe qué maldad se esconde en el corazón de un ser humano. Como todos los que habían leído los artículos, sentía lástima por Sarah y los niños, pero ninguna en absoluto por Seth. Si las acusaciones eran ciertas, estaba recibiendo lo que merecía, y parecían tan sólidamente fundadas que sospechaba que lo eran.

—Qué situación tan triste para ella. La vi un momento en la gala. Parece buena persona. Aunque, bien mirado, también él lo parecía. Quién podía imaginarlo... —También la había visto unos momentos en el hospital de campaña, pero no había hablado mucho con ella. Entonces le había parecido alterada, ahora sabía por qué—. Si la ves, dile que lo siento —dijo sinceramente.

Maggie no respondió si la vería o no. Era fiel a Sarah y a la relación que tenían y guardaba todos sus secretos, incluso el de que se veían.

Por lo demás, Everett estaba bien, igual que Maggie. Se alegraba de saber de él, pero, como siempre, después de colgar se sentía agitada. Solo oír su voz le llegaba al corazón. Tras hablar con él, rezó pensando en ello; luego, fue a dar un largo paseo por la playa para disfrutar del atardecer. Empezaba a preguntarse si debería dejar de contestar o de devolver sus llamadas. Pero se dijo que tenía la fuerza para enfrentarse a lo que sucedía. Después de todo, tan solo era un hombre. Y ella era la esposa de Dios. ¿Qué hombre podría competir con eso?

15

El concierto de Melanie en Las Vegas fue un éxito espectacular. Tom voló hasta allí para verlo y ella le cantó su canción de
nuevo. El espectáculo tenía más efectos especiales y era más
impactante, aunque el público era menos numeroso y el lugar más pequeño que en el concierto anterior. En Las Vegas
se volvieron locos por Melanie. La cantante se sentó en el
borde del escenario cuando hizo los bises, así que Tom podía alargar el brazo y tocarla desde su asiento en primera fila.
Los fans se apretujaban a su alrededor, mientras los miembros de seguridad se esforzaban por contenerlos. Al final
hubo una explosión de luces, mientras Melanie subía en una
plataforma hacia el cielo, cantando con todo su corazón. Fue
el espectáculo más impresionante que Tom había visto nunca, aunque se preocupó al enterarse de que Melanie se había
torcido un tobillo al bajar de la plataforma, y tenía otras dos
actuaciones al día siguiente.

Sin embargo, cuando llegó el momento, salió a escena
igualmente, con unas sandalias plateadas de plataforma y el
tobillo del tamaño de un melón. Tom la llevó a urgencias después de la segunda actuación. Melanie y él se fueron sin decirle nada a su madre. En urgencias le pusieron una inyección
de cortisona para que pudiera volver a actuar al día siguiente. Los tres últimos días en Las Vegas tenía actuaciones más

pequeñas. El concierto del estreno había sigo el grande. Cuando él se fue, al acabar el fin de semana, Melanie andaba con muletas.

—Cuídate, Melanie. Trabajas demasiado. —Tom parecía preocupado.

Habían pasado un buen fin de semana juntos, pero ella había estado ocupada con los ensayos y las actuaciones casi todo el tiempo. De todos modos, la primera noche se las arreglaron para ir a uno de los casinos. Y la suite de Melanie era de fábula. Él se alojaba en la segunda habitación de la suite y se mostraron muy circunspectos las dos primeras noches. Pero la última noche, finalmente, cedieron a sus impulsos naturales y a las intensas emociones que sentían el uno por el otro. Ya habían esperado bastante y creían que lo que hacían estaba bien. Ahora, cuando él estaba a punto de marcharse, Melanie se sentía todavía más cerca de él.

—Si no aflojas el ritmo, te destrozarás el tobillo —le advirtió.

—Mañana me pondrán otra inyección de cortisona. —Estaba acostumbrada a lesionarse en el escenario, ya le había ocurrido antes. Siempre seguía adelante, sin importar lo que le pasara. Nunca había cancelado una actuación. Era una profesional.

—Mellie, quiero que te cuides —dijo Tom, verdaderamente preocupado por ella—. No puedes tomar cortisona de esta manera. No juegas en un equipo de fútbol. —Veía que le dolía el tobillo y que todavía estaba hinchado, pese a la inyección del día anterior. Lo único que había hecho era permitirle abusar de su tobillo y actuar, una vez más, con tacones altos—. Tómate un descanso esta noche. —Sabía que se marchaba a Phoenix por la mañana, para otra actuación.

—Gracias —respondió ella, sonriéndole—. Nadie se preocupa por mí como haces tú. Siempre dan por sentado que saldré al escenario y actuaré, viva o muerta. Sabía que la plataforma era poco firme en cuanto me subí. La cuerda se rompió al bajar. Por eso me caí. —Ambos sabían que si se hubiera roto antes, habría caído desde muy arriba e incluso podría haberse matado—. Supongo que ahora ya has visto el lado malo del mundo del espectáculo.

Estaba muy cerca de él mientras esperaban su avión. Lo había llevado al aeropuerto en la larguísima limusina blanca que el hotel ponía a su disposición durante toda su estancia. En Las Vegas, las atenciones que le dispensaban eran fabulosas. No iba a ser tan cómodo cuando cogieran la carretera. Le esperaban diez semanas de gira; no volvería a Los Ángeles hasta principios de septiembre. Tom le había prometido tomar un avión para ir a reunirse con ella algunos fines de semana. Los dos los esperaban con muchas ganas.

—No dejes de ir a ver al médico otra vez antes de marcharte.

En aquel momento anunciaron su vuelo; tenía que irse. La abrazó y la besó, teniendo cuidado con las muletas en las que ella se apoyaba; Melanie estaba sin aliento cuando la soltó.

—Te quiero, Mellie —dijo Tom en voz baja—. No lo olvides mientras estés en la carretera.

—No lo haré. Yo también te quiero.

Llevaban un mes saliendo. No era mucho, pero todo había empezado a ir muy rápido desde que habían llegado a Las Vegas. Habían pasado tanto juntos, en San Francisco, que su idilio había despegado a toda velocidad. Tom era el hombre más maravilloso que había conocido.

—Hasta pronto —se despidió Melanie.

—¡No lo dudes! —La besó una última vez. Fue el último en subir al avión.

Melanie recorrió la terminal cojeando, ayudándose de las muletas, y entró en la limusina que la esperaba. El tobillo la estaba matando, más de lo que había querido admitir ante Tom.

Cuando volvió a su suite en el Paris, se puso una bolsa de hielo en el tobillo, aunque apenas sirvió de nada, y se tomó

Motrin para reducir la hinchazón. A medianoche, su madre la encontró tumbada en el sofá del salón. Melanie reconoció que el tobillo le dolía mucho.

—Tienes que actuar en Phoenix mañana —le recordó su madre—. También está todo vendido. Haremos que te pongan otra inyección por la mañana. No puedes perderte esa actuación, Mel.

—A lo mejor puedo cantar sentada —dijo Melanie tocándose el tobillo y haciendo una mueca de dolor.

—El vestido tendrá un aspecto horrible, si lo haces —comentó su madre.

Melanie nunca se había saltado ni una actuación y no quería que empezara ahora. Los rumores sobre ese tipo de cosas se extendían como un incendio descontrolado y podían destruir la reputación de una estrella. Pero veía que su hija estaba lesionada de verdad. Melanie siempre había sido muy sufrida con las lesiones, nunca se quejaba, pero esta vez parecía más grave.

Tom la llamó por la noche, antes de que ella se fuera a dormir. Melanie le mintió y le dijo que el tobillo estaba mejor, para que no se preocupara. Él le confesó que ya la estaba echando de menos. La joven se quedó dormida mirando una foto de él que había puesto sobre la mesita de noche.

Por la mañana, el tobillo estaba más hinchado, así que Pam la llevó al hospital. El médico jefe de urgencias la reconoció enseguida y la llevó a un cubículo. Dijo que no le gustaba el aspecto que tenía y que quería hacer otra radiografía. Cuando se lesionó, los paramédicos que la vieron la primera vez dijeron que solo era un esguince. Pero el jefe de urgencias no estaba convencido. Y tenía razón. Cuando comprobó la radiografía, le enseñó a Melanie una pequeña fisura. Dijo que tenía que llevar la pierna escayolada durante las próximas cuatro semanas y evitar apoyarse en ella siempre que pudiera.

—Sí, ya —dijo Melanie, riendo, y luego soltó un gemido. Le dolía cada vez que se movía. La actuación de la noche iba a ser una tortura, si es que podía hacerla—. Actúo esta noche en Phoenix, y está todo vendido —explicó—. Y todavía tengo que ir hasta allí. No han pagado para verme cojeando en el escenario con una pierna escayolada —dijo, y casi se le saltaron las lágrimas al mover la pierna.

—¿Qué tal una bota? —propuso el doctor. Trataba a muchos artistas, algunos de los cuales se habían caído del escenario o cosas peores—. Puedes quitártela cuando salgas a escena. Pero ni se te ocurra llevar plataformas o tacones altos. —Conocía bien a los artistas. Melanie puso cara de culpable.

—Mis trajes se verán horribles si llevo botas —dijo.

—Peor aspecto tendrás en una silla de ruedas si se te hincha más. La bota tendría que ayudar. Y debes llevar zapatos planos cuando actúes. Además, tienes que usar las muletas —le advirtió.

No había otra opción. El tobillo le dolía muchísimo y no podía descansar nada de peso en él.

—De acuerdo, probaré la bota —aceptó.

Le llegaba hasta la rodilla, estaba hecha de un material de plástico, negro y brillante, con tiras de velcro para sujetar bien la pierna. En cuanto se puso de pie, sintió un alivio considerable. Salió cojeando de la sala de urgencias, con la bota puesta y con las muletas, mientras Pam pagaba la visita.

—Qué monada —dijo Janet, con despreocupación, mientras ayudaba a Melanie a entrar en la limusina.

Les quedaba el tiempo justo para recoger el equipaje, reunirse con los demás, dirigirse al aeropuerto y coger el avión a Phoenix. Melanie sabía que, a partir de ese momento, todo sería una locura. La gira de conciertos había empezado y recorrerían todo Estados Unidos durante las diez semanas siguientes.

En el avión alquilado apoyó la pierna encima de una almohada. Los músicos se pusieron a jugar al «mentiroso» con dados y al póquer; Janet se unió a ellos. Le echó una ojeada a su hija un par de veces y procuró que estuviera lo más cómoda posible. Al final, Melanie se tomó un par de analgésicos y se quedó dormida. Pam la despertó al llegar a Phoenix, y uno de los músicos la bajó en brazos por la escalera. Melanie tenía aspecto adormilado y estaba un poco pálida.

—¿Estás bien? —le preguntó Janet, cuando entraron en una limusina, también blanca. Se alojarían en suites de hotel y tendrían limusinas esperándolas en todas las ciudades a las que fueran.

—Perfectamente, mamá —la tranquilizó Melanie.

Cuando llegaron a sus habitaciones del hotel, Pam encargó el almuerzo para todos, mientras Melanie llamaba a Tom.

—Aquí estamos —dijo, esforzándose por parecer más animada de lo que estaba. Seguía aturdida debido a los analgésicos, pero la bota la ayudaba a andar. Apenas podía moverse sin las muletas.

—¿Qué tal está el tobillo? —preguntó Tom, preocupado.

—Todavía lo tengo. Antes de marcharnos de Las Vegas me han puesto una especie de escayola de quita y pon. Parezco un cruce de Darth Vader y Frankenstein. Pero realmente ayuda. Además, puedo quitármela para salir al escenario.

—¿Y eso es sensato? —preguntó Tom, sonando como la voz de la razón.

—Estaré bien. —No tenía otra opción.

Aquella noche hizo lo que el médico le había dicho y se puso zapatos planos. Habían eliminado la plataforma ascendente del espectáculo, porque Melanie tenía miedo de caerse y lesionarse otra vez. Siempre decía que se sentía como uno de los Flying Wallendas cuando la usaba y que debería actuar con red. Se había caído dos veces anteriormente, pero esta era la primera que se lesionaba. Le dolía, aunque podría haber sido peor.

Aquella noche, entró cojeando en el escenario, apoyándose en las muletas, y luego las dejó en el suelo. Le habían preparado una silla alta para sentarse y bromeó sobre ello con el público, diciendo que se lo había hecho mientras prac-

ticaba el sexo; los espectadores le rieron la gracia. Sin emba-
go, se olvidaron de ello en cuanto empezó el espectáculo. Durante la mayor parte de la actuación permaneció sentada, pero
a nadie pareció importarle. Llevaba minishorts, medias de
red y un sujetador rojo de lentejuelas. Incluso con zapatos
planos, estaba sensacional. Al final, redujo los bises. Se moría
de ganas de volver a su habitación y tomarse otro calmante.
En cuanto se lo tomó se quedó dormida, de modo que no
llamó a Tom para contarle cómo había ido el espectáculo. Él
le había dicho que iría a cenar a Los Ángeles con su hermana,
así que tampoco la llamó. Pero normalmente hablaban por
el móvil.

Pasaron dos días en Phoenix y, desde allí, volaron a Dallas
y a Fort Worth. Hicieron dos actuaciones en cada ciudad, una
en Austin y otra en el Astrodome de Houston. Obediente,
Melanie llevaba la bota cuando no estaba en el escenario, con
lo cual el pie estaba mejor. Finalmente, pudieron gozar de
dos días de descanso en Oklahoma City. Volaban por todo
el país y ella trabajaba duro. Actuar con una lesión era solo
uno de los problemas con los que tenía que enfrentarse durante la gira de conciertos. Uno de los encargados del equipo se había roto un brazo y el técnico de sonido se había
dislocado una vértebra al cargar con unos aparatos demasiado pesados. Pero no importaba lo que pasara; todos sabían
que el espectáculo debía continuar. La vida no era fácil cuando estaban de gira: los horarios eran agotadores, las actuaciones, duras y las habitaciones de hotel, deprimentes. Siempre que era posible cogían suites. En todos los aeropuertos
les esperaban limusinas, pero no había ningún sitio a donde
ir, excepto de la sala de conciertos al hotel. En muchas ciudades, tocaban en estadios. Así era la vida, mientras iban de ciudad en ciudad. Al cabo de un tiempo olvidaban dónde estaban, ya que todos los lugares parecían iguales.

—Dios, qué bien me iría descansar de todo esto —dijo
Melanie a su madre, una noche particularmente calurosa, en

Kansas City. Había sido una buena actuación, pero se había torcido el tobillo lesionado al saltar para salir del escenario y le dolía todavía más—. Estoy cansada, mamá —reconoció.

Su madre la miró, nerviosa.

—Si quieres seguir consiguiendo discos de platino, tienes que ir de gira —respondió su madre, con sentido práctico. Conocía muy bien el negocio y Melanie sabía que tenía razón.

—Lo sé, mamá.

Melanie no discutió con ella, pero cuando volvió al hotel parecía agotada. Lo único que quería era tomar un baño caliente e irse a la cama. Lo había dicho en serio: se moría por tomarse un descanso. Todos tendrían un fin de semana libre cuando llegaran a Chicago. Tom planeaba volar hasta allí para reunirse con ella. Melanie estaba impaciente por verlo.

—Parece cansada —comentó Pam a Janet—. No debe de ser divertido actuar con ese tobillo.

Habían colocado taburetes en el escenario, en todas las ciudades, pero el tobillo no se curaba y Melanie sufría dolores muy fuertes. Cuando no actuaba, iba cojeando de un sitio a otro, con las muletas y la bota negra. Le proporcionaba cierto alivio, pero no el suficiente. Y el tobillo seguía igual de hinchado. No había mejorado en absoluto. Aunque habría sido infinitamente peor si no dispusieran de su propio avión. Ir en vuelos comerciales con todo aquel equipo habría sido casi imposible y habrían acabado volviéndose locos. Facturar el equipaje y el equipo habría exigido que pasaran horas solo para embarcar. De esta manera, únicamente tenían que cargar las cosas y despegar.

Cuando Tom se reunió con ella en Chicago, se sorprendió al ver lo cansada y pálida que estaba. Melanie se encontraba absolutamente exhausta.

Al llegar del aeropuerto, él ya la estaba esperando en el hotel. Cogiéndola entre sus brazos, le hizo dar vueltas en el aire, con la pesada bota todavía puesta; luego la dejó suavemente en una silla. Melanie sonreía de oreja a oreja. Él se había registrado en el hotel media hora antes de que ella llegara. Era un hotel decente y tenían una suite enorme. Pero Melanie estaba harta del servicio de habitaciones, de firmar autógrafos, de actuar noche tras noche, sin importar lo mucho que le doliera el tobillo. Tom se quedó horrorizado al ver lo hinchado que seguía estando y lo doloroso que debía de ser.

Tenían un concierto el martes. Y solo era sábado por la noche. Tom se marcharía el lunes por la mañana, para ir a trabajar a Los Ángeles. Había empezado después de marcharse ella y le dijo que le encantaba. Los viajes que le prometían parecían fabulosos. Trabajaba para una empresa de planificación urbanística y, aunque la mayoría de los encargos eran con ánimo de lucro, tenían varios proyectos en marcha en países en vías de desarrollo, donde ofrecían sus servicios gratis a los gobiernos, justo lo que Tom quería hacer. Melanie estaba orgullosa e impresionada por su lado humanitario, y se sentía feliz de que hubiera encontrado un empleo que le gustara. Tom había estado muy preocupado al no encontrar trabajo tras volver a Pasadena. Así que ni siquiera le importaba ir y volver de Los Ángeles cada día. Después del terremoto de San Francisco, se alegraba de haber vuelto. Y este puesto era una oportunidad perfecta para él.

Aquella noche, Tom se llevó a Melanie a cenar fuera. Ella se comió una enorme y grasienta hamburguesa, con aros de cebolla frita. Después volvieron al hotel y hablaron de muchas cosas. Ella le habló de todas las ciudades donde habían estado y le contó varios incidentes ocurridos por el camino. A veces, estar de gira era como los chicos que iban de campamento o como los soldados a punto de embarcar.

Había una sensación constante de provisionalidad, de tener que levantar el campamento y trasladarse a otro lugar. A menudo, resultaba divertido y el ambiente entre ellos era genial, pero a pesar de ello, resultaba agotador. Para romper la monotonía de tanto viaje, los músicos y los encargados del equipo se enzarzaban en batallas con globos de agua y lanzaban algunos por las ventanas del hotel, con la intención de darle a la gente que pasaba por la calle. El director solía acabar pillándolos, subía y les echaba una buena regañina. Eran como niños, sin nada mejor que hacer. Cuando tenían tiempo libre, los encargados del equipo y los músicos hacían muchas diabluras. Sobre todo, iban a los locales de *topless* y de *striptease*, recorrían los bares y se emborrachaban. A Tom le gustaba hablar con ellos; los encontraba muy divertidos. Pero lo que más le interesaba era estar con Melanie. La extrañaba cada vez más cuando estaban separados. Melanie le había dicho a Pam, confidencialmente, que cada día estaba más enamorada de Tom. Era la mejor pareja que había tenido y se sentía realmente afortunada de que formara parte de su vida. Pam le recordó que, en aquellos momentos, ella era una de las estrellas más populares del mundo, y que también él era afortunado. Además, Melanie era una persona excepcional. Pam la conoció cuando tenía dieciséis años y opinaba que era la persona más amable que conocía, a diferencia de su madre, que podía ser muy dura. Pam pensaba que Tom y Melanie hacían muy buena pareja. Tenían un carácter parecido, eran fáciles de complacer y cordiales; ambos eran inteligentes, y él no parecía celoso de su fama o de su trabajo, algo increíblemente raro. Pam sabía que no había muchas personas como ellos en todo el planeta y, gracias a Melanie, disfrutaba plenamente de su trabajo.

Tom y Melanie lo pasaron estupendamente en Chicago. Fueron al cine, a museos y a restaurantes; fueron de compras y pasaron mucho tiempo en la cama. Cuando salían, Melanie utilizaba las muletas y llevaba la incómoda bota negra. Tom quería que lo hiciera. Fue un fin de semana fantástico; Melanie agradecía, tanto como él, que pudiera coger un avión y reunirse con ella. Tom estaba utilizando todos los kilómetros de vuelo gratis que tenía acumulados. Las expectativas de verlo y descubrir juntos las ciudades hacían que la gira le resultara mucho más tolerable. A continuación, se dirigirían a la costa Este, hasta Vermont y Maine. Daría conciertos en Providence y en Martha's Vineyard. Tom dijo que intentaría ir a Miami y a Nueva York.

El fin de semana se les pasó volando. Melanie no soportaba ver que se marchaba otra vez. El aire era caliente y húmedo cuando lo acompañó hasta la calle y se quedó con él mientras llamaba un taxi. La bota la había ayudado y el descanso también; para cuando Tom se fue le dolía menos. Por la noche, dejó la bota junto a la cama y sintió como si se quitara una pata de palo. Aquellos días, Tom le había tomado el pelo y, en una ocasión, ella le tiró la bota. Estuvo a punto de dejarlo sin sentido.

—¡Eh, oye, tranquila! ¡Pórtate bien! —exclamó riñéndola, y luego escondió la bota debajo de la cama.

A veces, eran como niños pequeños; siempre se lo pasaban bien. Intensificaban el valor de la vida del otro y estaban cada vez más enamorados. Para Tom y Melanie era un verano de descubrimiento y dicha.

En San Francisco, Seth y Sarah aceptaron la primera oferta que les hicieron por la casa. Se trataba de una buena oferta. Los posibles compradores se trasladaban desde Nueva York y les urgía encontrar vivienda. Pagaban justo por encima del precio que ellos pedían y querían cerrar el trato enseguida. Sarah detestaba tener que abandonar su casa; sentía que perdía algo querido, pero tanto ella como Seth se sintieron aliviados de lograr venderla. Quedó de inmediato en custodia y Sarah envió a Christie's las cosas que iban a vender. Hizo que llevaran los muebles del dormitorio principal, algunas cosas de la sala de estar, la ropa de los niños y parte de sus muebles a su nuevo piso en Clay Street. Ahora los pequeños compartirían una habitación, en lugar de tener cada uno la suya, así que no necesitaban tantas cosas. Todos los archivos y papeles del despacho de Seth fueron al Heartbreak Hotel, en Broadway. Se repartieron los utensilios de la cocina. Sarah envió un sofá y dos butacas a Seth. El resto fue a un guardamuebles. Las obras de arte salieron a subasta. Le entristecía ver lo rápido que su casa se hacía pedazos, de una forma muy parecida a como lo hacía su vida. En cuestión de días, la casa se había quedado vacía; tenía aspecto de haber sido saqueada y de que nadie la quisiera. Ver cómo sucedía le recordó su matrimonio que también había quedado destrozado. Era asombroso lo poco que había bastado para deshacerlo. Se sintió deprimida mientras recorría la casa por última vez, el último día. Encontró a Seth en el despacho, con aspecto de estar tan deprimido como ella. Sarah acababa de bajar de las habitaciones de los niños, donde había ido a comprobar que no olvidaran nada. Parmani se había llevado a los pequeños a su casa, hasta el día siguiente, para que Sarah pudiera organizarlo todo en Clay Street.

—Detesto marcharme —dijo Sarah, mirándolo.

Él asintió, y luego la miró a los ojos con un profundo pesar.

—Lo siento, Sarah... Nunca pensé que esto podría pasarnos a nosotros.

Ella observó que, por una vez, había usado «a nosotros», en lugar de solo «a mí».

—A lo mejor, todo se soluciona. —No sabía qué otra cosa decir, ni él tampoco. Fue hacia él y lo abrazó, para darle consuelo. Él se quedó allí, unos momentos, con los brazos colgando a los lados y luego la abrazó también—. Ven a ver a los niños siempre que quieras —dijo Sarah, generosamente. Todavía no había ido a ver a un abogado para el divorcio. Había tiempo; además, tenía que estar con él en el juicio, de todos modos. Henry Jacobs dijo que su presencia sería un factor positivo, simbólico pero crucial para la defensa de su marido. Habían contratado a otros dos abogados para defenderlo. Henry y ellos trabajarían en equipo. Seth necesitaba toda la ayuda que pudiera conseguir. Las cosas no se presentaban nada bien para él.

—¿Estarás bien? —preguntó Seth con una mirada de profunda preocupación.

Por primera vez en mucho tiempo, su narcisismo permitía entrar a alguien que no fuera él mismo. Sarah pensó que era un principio, y significaba mucho para ella. Habían pasado unas semanas muy difíciles desde el arresto de Seth.

—Sí, estaré bien —aseguró Sarah, mientras permanecían de pie en el comedor, por última vez.

—Llámame si me necesitas, a cualquier hora, en cualquier momento —dijo Seth con aire de profunda tristeza.

Luego, los dos salieron a la calle. Era el final de su vida juntos, la pérdida de su hogar. Él había puesto fin a su vida tal como la conocían. Al volverse a mirar la casa de ladrillo que tanto amaba, Sarah se echó a llorar. Lloraba por su matrimonio y sus sueños perdidos, no por la casa. A Seth se le desgarraba el corazón al ver lo afectada que estaba.

—Iré mañana y me llevaré a los niños de paseo —dijo con voz rota.

Sarah dio media vuelta y asintió, subió al coche y se dirigió hacia Clay. Era el principio de su nueva vida. Por el retrovisor vio que Seth entraba en su nuevo Porsche plateado, que ni siquiera había pagado todavía, y se alejaba. Se le encogió el corazón al mirarlo. Era como si el hombre al que había amado, con el que se había casado y con el que había tenido dos hijos, acabara de morir.

16

El nuevo piso de Sarah en Clay Street estaba en una pequeña casa victoriana que había sido restaurada y pintada recientemente. Era un dúplex, pero no era ni elegante ni bonito; sin embargo, Sarah sabía que tendría mucho mejor aspecto cuando desembalara sus cosas. La primera habitación que preparó fue la de los niños. Quería que cuando llegaran, al día siguiente, se sintieran en casa. Sacó sus posesiones favoritas y sus tesoros, lentamente y con mucho cuidado, temiendo que se hubiera roto algo en el traslado, pero no era así. De momento, todo parecía estar bien. Pasó horas desembalando libros y dos horas organizando la ropa blanca y las camas. Se habían deshecho de tantas cosas que, de repente, su vida parecía muy austera. Todavía resultaba difícil creer que, debido a la increíble traición de Seth, toda su vida hubiera cambiado. Los artículos que habían seguido apareciendo en la prensa local y nacional eran terriblemente humillantes. Pero con humillación o sin ella, lo que más necesitaba en esos momentos era encontrar trabajo. Había llamado a algunos contactos, pero tendría que hacer un enorme esfuerzo en los siguientes días.

De repente, mientras revisaba algunos papeles de la gala benéfica, se le ocurrió una idea. Estaba muy por debajo de sus capacidades, pero en su situación agradecería cualquier trabajo que pudiera conseguir. El miércoles por la tarde, mientras los dos niños dormían, llamó al jefe de la unidad neonatal. Había recortado las horas de Parmani todo lo posible pero, cuando encontrara trabajo, las aumentaría de nuevo. La dulce nepalí había sido muy amable y comprensiva. Sentía lástima por Sarah y los niños y quería hacer todo lo que pudiera por ellos. Para entonces, también ella había leído todos los artículos.

El jefe de la unidad neonatal dio a Sarah el nombre que le pedía y prometió recomendarla. A fin de darle tiempo para hacerlo, esperó hasta la mañana siguiente, pero él le mandó un mensaje diciéndole que ya había hecho la llamada. La mujer se llamaba Karen Johnson. Era la jefa de desarrollo en el hospital, por tanto la responsable de recaudar fondos y realizar cualquier inversión que necesitara el hospital. No era Wall Street, pero Sarah pensaba que podría ser un trabajo interesante, si había un hueco para ella en el departamento. Cuando Sarah la llamó, Karen la citó para el viernes por la tarde. Se mostró muy cálida y cordial, y le agradeció la enorme aportación que había hecho con la gala para la unidad neonatal. Habían recaudado más de dos millones de dólares. Era menos de lo que esperaban, pero seguía siendo una mejora respecto al año anterior.

El viernes por la tarde, Parmani se llevó a los niños al parque mientras Sarah acudía a su cita en el hospital. Estaba nerviosa. Era la primera vez en diez años que iba a una entrevista de trabajo. La última había sido en Wall Street, antes de ir a la escuela de negocios, donde conoció a Seth. Rehízo su currículo e incluyó las galas que había organizado para el hospital. Pero sabía que sería difícil conseguir un empleo, ya que no había trabajado desde que había acabado en la escuela de negocios. Desde entonces, se había casado con Seth y había tenido dos hijos. Estaba fuera del circuito laboral.

Karen Johnson era una mujer alta, esbelta y elegante, con acento de Luisiana, que se mostró amable e interesada durante la entrevista. Sarah fue franca respecto a los reveses que había sufrido, la acusación contra Seth, la circunstancia de que ahora estaban separados y de que necesitaba un empleo por razones obvias. Pero lo más importante era que tenía los conocimientos que necesitaban.

Era perfectamente capaz de encargarse de su cartera de inversiones pero, al decirlo, le entró el pánico, ya que quizá creyeran que era tan poco honrada como su marido. Karen vio la expresión de ansiedad y humillación que apareció en su cara y adivinó la razón. Se apresuró a tranquilizarla y le ofreció su comprensión por los problemas que estaban teniendo.

—Ha sido muy difícil —confesó Sarah, sinceramente—. Fue un choque terrible... Yo no tenía ni idea de lo que estaba pasando, hasta el día del terremoto.

No quería entrar en detalles del caso con Karen, pero habían aparecido en todos los periódicos. No era ningún secreto que Seth iba a ser procesado por fraude y que actualmente estaba en libertad bajo fianza. En todo el país, todos los que leían la prensa o escuchaban las noticias sabían lo que había hecho.

Karen le explicó que una de sus ayudantes se había trasladado recientemente a Los Ángeles, así que había una vacante en el departamento de desarrollo, pero se apresuró a recordarle que los hospitales no eran famosos precisamente por los salarios que pagaban. Mencionó una cifra que a Sarah le pareció maravillosa. Era modesta, pero era algo con lo que podría contar. Además, el horario era de nueve a tres, así que estaría en casa cuando los niños se despertaran de la siesta y podría pasar la tarde con ellos y también el fin de semana, claro. A petición de Karen, Sarah le dejó tres ejemplares de su currículo. Karen le prometió que se pondrían en contacto con ella la semana siguiente y le agradeció cordialmente su interés por el puesto.

Cuando salió del edificio, Sarah estaba entusiasmada. Le gustaba tanto Karen como el trabajo. El hospital significaba mucho para ella y el tipo de cartera de inversiones que Karen había descrito era ideal en su caso. Lo único que cabía hacer ahora era esperar que le dieran el trabajo. Incluso el lugar le parecía bien. El hospital estaba a poca distancia, a pie, de su nueva casa. Y el horario le permitiría pasar tiempo con sus hijos. El único inconveniente era el salario, que no era nada del otro mundo, pero tendría que bastar. De camino a casa, a Sarah se le ocurrió algo.

Fue en coche hasta Presidio y buscó a la hermana Maggie en el hospital de campaña. Le habló de la entrevista que acababa de tener en el hospital. Maggie se alegró mucho por ella.

—¡Es fantástico, Sarah! —Admiraba cómo se enfrentaba a todo lo que le estaba pasando. Sarah le contó que habían vendido la casa, que ella y Seth se habían separado y que se había trasladado a un piso en Clay Street con sus hijos. Solo habían pasado unos pocos días desde que hablaron la última vez, pero las cosas se estaban moviendo muy deprisa.

—Espero conseguir el trabajo. La verdad es que el dinero nos vendría muy bien. —Dos meses antes, ni se le habría ocurrido decir estas palabras. Habrían sido inconcebibles tanto para ella como para Seth. ¡Qué rápido había cambiado todo!—. Le tengo mucho afecto a ese hospital. Le salvaron la vida a Mollie. Por esa razón organizaba las galas.

Maggie recordó el discurso de Sarah, justo antes del terremoto, y la actuación de Melanie.

—¿Cómo estáis Seth y tú? —preguntó Maggie mientras entraban en el comedor para tomar una taza de té. Las cosas se habían calmado un poco en Presidio. Algunos residentes habían podido marcharse a casa, los que vivían en las zonas de la ciudad que volvían a tener electricidad y agua.

—No muy bien —respondió Sarah, sinceramente—. Apenas nos hablábamos antes de dejar la casa. Vive en un apartamento en Broadway. Desde que nos trasladamos a nuestro nuevo piso, Molly no deja de preguntar dónde está su papá.

—¿Qué le contestas? —preguntó Maggie con delicadeza,

mientras se sentaban con sus tazas de té. Le gustaba hablar con Sarah. Era una buena persona y Maggie disfrutaba de su amistad. Aunque no se conocían muy bien, Sarah le había abierto su corazón y confiaba en Maggie plenamente.

—Le digo la verdad lo mejor que puedo. Que papá no vive con nosotros en estos momentos. Parece bastarle. Irá a buscarlos este fin de semana. Molly se quedará a pasar la noche con él. Oliver es demasiado pequeño. —Suspiró—. Le he prometido a Seth que estaría en el juicio con él.

—¿Cuándo será?

—Está fijado para marzo. —Todavía quedaba lejos, nueve meses. Lo bastante para haber tenido con Seth el tercer hijo que deseaba, pero que ya nunca tendrían. No podía ni imaginar que su matrimonio pudiera recomponerse. En cualquier caso, no ahora. Se sentía demasiado traicionada.

—Debéis de estar soportando mucha tensión los dos —comentó Maggie con expresión comprensiva. Siempre era muy amable—. ¿Qué tal llevas lo del perdón, por cierto? Ya sé que no es fácil, en particular en un caso como este.

—Es verdad —respondió Sarah en voz baja—. Para ser sincera, no creo que esté haciéndolo demasiado bien. A veces, me siento furiosa y dolida. ¿Cómo pudo hacerlo? Teníamos una vida maravillosa. Lo quiero, pero simplemente no entiendo cómo pudo hacer algo así, cómo pudo ser tan deshonesto. No tiene ni una pizca de integridad.

—Algo debió de ir muy mal. Sin ninguna duda, fue un terrible error de juicio. Y parece que tendrá que pagar por ello. Tal vez eso sea ya un castigo suficiente. Y perderte a ti y a los niños debe de ser el golpe de gracia.

Sarah asintió. El problema era que también ella estaba pagando. Había perdido a su marido, y sus hijos, a su padre. Pero lo peor de todo era que le había perdido el respeto y dudaba que pudiera confiar en él de nuevo. Seth lo sabía, por eso apenas se había atrevido a mirarla a la cara antes de marcharse, una cara que lo decía todo.

—No quiero ser dura con él, pero ha sido tan terrible... Ha hecho estallar por los aires toda nuestra vida.

Maggie asintió, pensando en ello. Era difícil de comprender. Debió de ser la codicia, probablemente. Y la necesidad de ser más de lo que era. Era como si un grave fallo de carácter hubiera salido a la superficie y se hubiera convertido en un maremoto que se lo había llevado todo por delante. Pero Sarah tenía mejor aspecto de lo que Maggie esperaba. Estuvo a punto de hablarle de sus propios problemas, pero ni siquiera habría sabido por dónde empezar. Sus enormes ojos azules miraron a los de Sarah, y la joven vio que algo la preocupaba profundamente.

—¿Estás bien? —le preguntó.

Maggie asintió.

—Más o menos. A veces, también tengo mis problemas. —Sonrió—. Hasta las monjas tienen ideas locas y hacen cosas absurdas. A veces olvido que tenemos las mismas flaquezas que todos los demás. Justo cuando creo que está todo claro y que dispongo de un canal directo con Dios, va Él y desconecta el sonido. Entonces no logro entender qué estoy haciendo ni dónde estoy. Me recuerda mis fallos y mi humanidad y hace que siga siendo humilde —dijo crípticamente, y luego se echó a reír—. Lo siento. No sé de qué estoy hablando.

Últimamente estaba confusa y atormentada, pero no quería cargar a Sarah con sus problemas. Ya tenía suficiente con los suyos. Además, no había nada que hacer respecto a lo que la inquietaba. Lo sabía. Solo tenía que quitárselo de la cabeza. Le había prometido a Dios y a sí misma que lo haría.

Regresaron al hospital de campaña. Sarah se despidió de Maggie y prometió volver a verla pronto.

—¡Dímelo si consigues el trabajo! —gritó Maggie mientras Sarah se alejaba.

La joven se preguntó si lo lograría. Sin ninguna duda estaba cualificada, pero la suerte no la había favorecido mucho últimamente. Quizá esta vez lo haría. Necesitaba el trabajo. Nadie había contestado a los currículos que había enviado, por si el puesto del hospital no salía bien, aunque esperaba lograrlo.

Sarah volvió a la casa de Clay Street y, al entrar en el piso, se alegró de ver que Parmani y los niños habían vuelto del parque. Molly soltó un grito de felicidad y corrió hasta ella, y Oliver se acercó gateando con una amplia sonrisa para su mamá. Lo cogió y lo lanzó al aire; luego se sentó en el sofá con Molly acurrucada contra ella. Sarah comprendió que pese a todo lo que había pasado, la mayor bendición de su vida eran sus hijos. Mientras empezaba a preparar la cena, pensó en lo agradable que había sido ver a Maggie aquella tarde. Se preguntó cuál sería el problema al que se había referido. Esperaba que no fuera nada importante. Era una mujer tan buena y tan compasiva que Sarah no podía imaginar un problema que no lograra solucionar. Sin ninguna duda, a ella la había ayudado con el suyo. A veces, lo único que hacía falta era un oído receptivo y un buen corazón, aunque la hermana Maggie ofrecía mucho más que eso. Le añadía sabiduría, amor y también humor.

El tobillo de Melanie seguía molestándola cuando volvió a Los Ángeles, a principios de septiembre. Le había dolido durante los dos meses que había estado de gira. Había ido a ver a un médico en Nueva Orleans y a otro, con Tom, cuando él fue a verla a Nueva York. Los dos traumatólogos le dijeron que necesitaba tiempo. A su edad, la mayoría de las lesiones se curan fácilmente, pero saltar arriba y abajo por un escenario y correr por todo el país durante dos meses, actuando una o dos veces por noche, era duro incluso para ella. Finalmente, al volver a Los Ángeles, fue a ver a su médico, que le dijo que el tobillo no se estaba curando tan bien como debería. Le recriminó que trabajara tanto. No era nada nuevo.

Cuando Melanie le describió la gira y lo que había hecho durante ese tiempo, el médico se quedó horrorizado. La joven seguía llevando la enorme bota negra, porque el tobillo no se había curado y la bota le proporcionaba cierto alivio y la protegía de más daños. Los únicos momentos en los que no le dolía era cuando la llevaba puesta. En el escenario, incluso con zapatos de calle y aunque fueran planos, el tobillo la mataba de dolor.

Cuando lo llamó de camino a casa, Tom estaba preocupado.

—¿Qué ha dicho?

—Que necesito unas vacaciones o que quizá debería retirarme —bromeó Melanie. Le encantaba lo atento que era Tom. Jake había sido tan gilipollas... Tom quería saberlo todo de ella, incluso lo que el médico le había dicho tras hacerle otra radiografía—. En realidad —contestó—, dice que hay una pequeña fisura y que, si no me lo tomo con calma, tendrán que operarme y ponerme clavos en el pie. Me parece que elegiré el «tómatelo con calma». En estos momentos no tengo mucho que hacer.

Tom se echó a reír.

—¿Desde cuándo no tienes mucho que hacer?

El día anterior, cuando llegó a casa, Melanie se ocupó de todo lo que había sobre su mesa. Siempre estaba ocupada. Y Tom se preocupaba mucho por ella.

Su madre le hizo las mismas preguntas sobre el tobillo cuando llegó a casa. Melanie le explicó que el médico había dicho que no era nada importante, a menos que volviera a salir de gira; entonces sí que podría serlo.

—Empieza a parecer algo serio —dijo su madre como sin darle importancia—. Siempre que te miro, tienes el pie hinchado. ¿Se lo has dicho al médico? Ni siquiera puedes ponerte tacones altos.

Melanie puso cara compungida.

—Lo olvidé.

—Ya veo lo madura que eres a los veinte años —le recriminó Janet.

Melanie no tenía por qué ser totalmente adulta. En ciertas cosas era solo una niña. Formaba parte de su encanto. Además, había un montón de gente a su alrededor para cuidarla. Sin embargo, en otros aspectos, Melanie era mucho mayor; los años de trabajo duro y la disciplina de su profesión la habían hecho madurar. Era a un tiempo una mujer de mundo y una niña encantadora. Su madre preferiría convencerla de que seguía siendo una niña pequeña, así tendría todo el poder en sus manos, pero pese a los esfuerzos de Janet, Melanie estaba creciendo y convirtiéndose en una mujer.

Melanie intentó cuidarse el tobillo. Iba a fisioterapia, hacía los ejercicios que le decían y lo metía en agua por la noche. Estaba mejor, pero tenía miedo de ponerse zapatos de plataforma o tacones altos y, cuando estaba mucho tiempo de pie durante los ensayos, le dolía. Era un recuerdo constante de lo que debía pagar por el trabajo que hacía y que no era tan fácil como parecía. El dinero, la fama y los lujos de su profesión no se conseguían fácilmente. Había actuado con una dolorosa lesión todo el verano, saliendo al escenario, viajando constantemente y teniendo que actuar como si todo fuera fabuloso o, por lo menos, que estaba bien, cuando no era así. Pensó en ello toda la noche mientras permanecía despierta en la cama, con el tobillo doliéndole, y por la mañana hizo una llamada. Llevaba el nombre y el número en el monedero desde que se había ido de Presidio en mayo. Pidió una cita para el día siguiente por la tarde, y acudió ella sola, sin decírselo a nadie.

El hombre al que fue a ver era pequeño, rechoncho y calvo y tenía los ojos más bondadosos que había visto nunca, excepto los de Maggie. Hablaron mucho, mucho rato. Y cuando Melanie volvió a su casa en Hollywood estaba llorando. Eran lágrimas de amor, alegría y alivio. Ahora tenía que encontrar algunas respuestas, pero todos los consejos de aquel hombre eran buenos. Y las preguntas que le había hecho sobre su vida la habían sumido en una reflexión todavía más profunda. Había tomado una decisión ese día. No sabía si podría llevarla a cabo, pero le había prometido a él y se había prometido a sí misma que lo intentaría.

—¿Algo va mal, Mel? —preguntó Tom cuando pasó a recogerla para ir a cenar.

Fueron a un restaurante de sushi que a los dos les gustaba mucho. Era tranquilo, bonito y la comida era buena. Tenía un aire de serenidad japonesa. Melanie lo miró a través de la mesa y le sonrió.

—No, algo va bien, creo. —Le contó la reunión que había tenido con el padre Callaghan. Le explicó que Maggie le había dado su nombre cuando ella le dijo que quería hacer trabajos de voluntariado. El sacerdote dirigía dos orfanatos en Los Ángeles y una misión en México; solo estaba en la ciudad a temporadas. Había tenido suerte de encontrarlo cuando lo llamó. Se marchaba al día siguiente.

Le habló a Tom del trabajo que hacía, sobre todo con niños abandonados, chicas jóvenes que rescataba de los burdeles, chicos que vendían drogas desde los siete u ocho años. Les proporcionaba un techo, los alimentaba, les daba cariño y hacía que su vida cambiara. En ese momento, se encargaba de un refugio para mujeres maltratadas y ayudaba a construir un hospital para enfermos de sida. Trabajaba con personas parecidas en Los Ángeles, pero lo que de verdad le gustaba era lo que hacía en México. Llevaba haciéndolo más de treinta años. Melanie le había preguntado en qué podía ella ayudarlo. Quería trabajar de voluntaria en Los Ángeles, pero pensó que quizá él le pediría que también extendiera un cheque para ayudar a las misiones de México. En cambio, él le sonrió y la invitó a ir a visitarlo allí; le dijo que creía que le haría mucho bien. Quizá encontrara las respuestas que buscaba, aquellas de las que le había hablado. Melanie le dijo que debería estar agradecida por todo lo que tenía: éxito, fama, dinero, buenos amigos, fans que la adoraban, una madre que lo hacía todo por ella, tanto si quería como si no, y un novio que era maravilloso con ella, una persona realmente buena, a la que amaba.

—Entonces, ¿por qué soy tan desdichada? —preguntó al sacerdote, llorando desconsolada—. A veces detesto lo que hago. Me siento como si fuera propiedad de todo el mundo, excepto de mí misma, y tuviera que hacer todo lo que quieren, por ellos... Además, este estúpido tobillo me está matando desde hace tres meses. He trabajado todo el verano apoyándome en él y ahora no consigo que mejore. Mi madre está furiosa conmigo porque no puedo llevar tacones en el escenario y dice que así todo tiene un aspecto de mierda. —Todo se mezclaba en su cabeza y salía en desorden, como si fueran bloques de construcción del juguete de un niño. Sus pensamientos se dispersaban por todas partes. Más o menos podía identificarlos, pero no les encontraba sentido ni podía sacar nada útil de sus preocupaciones.

El sacerdote le tendió unos pañuelos de papel y ella se sonó.

—Y tú, ¿qué quieres, Melanie? —preguntó el padre Callaghan con dulzura—. No importa lo que los demás quieran. Tu mamá, tu agente, tu novio. ¿Qué quiere Melanie?

Antes de poder contenerse, las palabras habían salido de su boca.

—Cuando sea mayor quiero ser enfermera.

—Yo quería ser bombero; en cambio acabé siendo sacerdote. A veces tomamos otro camino que el que esperábamos.

Le contó que había estudiado arquitectura, antes de entrar en el sacerdocio, algo que ahora le resultaba útil para los edificios que construían en los pueblos mexicanos donde trabajaba. Aunque no le dijo que tenía un doctorado en psicología clínica, que todavía le resultaba más útil para tratar con ella. Era franciscano, lo cual iba bien con la línea de trabajo que había elegido, pero alguna vez se había planteado hacerse jesuita. Le interesaba mucho la vertiente intelectual de sus hermanos jesuitas y disfrutaba de los acalorados debates que tenía con ellos siempre que se presentaba la ocasión.

—Tienes una profesión maravillosa, Melanie. Has sido bendecida. Posees un gran talento y tengo la impresión de que disfrutas con tu trabajo, al menos cuando no actúas con el tobillo roto y nadie te explota.

A su manera, no era muy distinta de las chicas que rescataba de los burdeles mexicanos. La habían utilizado demasiadas personas. Aunque a ella le pagaban mejor y sus vestidos eran más caros. Pero notaba que todos, incluida su madre, la estaban obligando a hacer lo que ellos deseaban y que seguirían haciéndolo hasta que el pozo se secara. Para Melanie, había empezado a secarse durante la última gira y, ahora, lo único que quería era huir y esconderse. Quería ayudar a los demás y entrar en contacto con lo que había experimentado en Presidio después del terremoto. Había sido un tiempo de epifanía y transformación para ella, pero luego había tenido que volver a la vida real.

—¿Y si pudieras hacer las dos cosas? Dedicarte al trabajo que te gusta, pero sin que te resulte abrumador; quizá según tus condiciones. Es posible que tengas que quitar parte de ese control a los demás. Piénsalo. Podrías reservar algún tiempo para ayudar a los demás, a personas que te necesiten de verdad, como los supervivientes del terremoto a los que ayudaste junto con la hermana Maggie. Es posible que de ese modo tu vida adquiera más sentido. Tienes mucho que dar a los demás, Melanie. Y te sorprenderías de lo que ellos te darán a cambio. —En aquellos momentos, nadie le daba nada, salvo Tom. Le estaban chupando la sangre.

—¿Quiere decir trabajar con usted aquí, en Los Ángeles, o en su misión de México? —No podía imaginar cómo se las arreglaría para encontrar tiempo. Su madre siempre tenía planes para ella: entrevistas, ensayos, sesiones de grabación, conciertos, galas benéficas, apariciones especiales. Su vida y su tiempo nunca eran suyos.

—Es posible. Si es lo que tú quieres. Pero no lo hagas por complacerme a mí. Ya haces felices a muchas personas con tu música. Quiero que pienses en qué te haría feliz a ti. Ahora te toca a ti, Melanie. Lo único que debes hacer es ponerte en la cola, llegar a la ventanilla y comprar tu billete. Te está esperando. Nadie puede quitártelo. No tienes por qué montar en las atracciones en las que los demás quieren que subas. Compra tu billete, elige tu atracción y pásalo bien, para variar. La vida es mucho más divertida de lo que le permites ser. Y nadie debería quitarte ese billete. No les toca a ellos, Melanie. Te toca a ti. —Hablaba sonriéndole y, mientras lo escuchaba, lo supo.

—Quiero ir a México con usted —afirmó, en un susurro.

Sabía que no tenía compromisos importantes durante las tres semanas siguientes. Tenía concertadas unas entrevistas y una sesión de fotos para una revista de moda. También iba a grabar en septiembre y octubre, y tenía una gala benéfica algo después. Pero ninguna de ellas era algo que no pudiera cambiarse o cancelarse. De repente supo que tenía que marcharse y que a su tobillo le iría bien dejar de trabajar un tiempo, en lugar de andar cojeando con tacones altos para contentar a su madre. De repente, todo aquello le parecía insoportable. Y el sacerdote le ofrecía una salida. Quería usar aquel derecho del que le hablaba. Nunca, en toda su vida, había hecho lo que quería. Hacía lo que su madre le decía y lo que todos esperaban de ella. Siempre había sido una niña perfecta, pero ahora estaba harta de serlo. Tenía veinte años y, para variar, quería hacer algo que significara mucho para ella. Y sabía que era esto.

—¿Podría quedarme en una de las misiones durante un tiempo? —preguntó.

El sacerdote asintió.

—Puedes vivir en nuestro hogar para adolescentes. La mayoría han sido prostitutas y drogadictas. Pero no lo dirías al verlas ahora; todas parecen ángeles. Que estés allí podría hacerles mucho bien. Y a ti también.

—¿Cómo puedo ponerme en contacto con usted cuando esté allí? —preguntó, sintiendo que le faltaba el aliento. Su madre la mataría si hacía lo que tenía pensado. Aunque, tal vez trataría de convertirlo en una oportunidad de oro con la prensa. Siempre lo hacía.

—Tengo mi móvil, pero te daré algunos otros números —respondió el padre Callaghan, anotándolos en un papel—. Si no te va bien ir ahora, quizá te resulte más fácil dentro de unos meses; por ejemplo en primavera. Tal vez sea un poco precipitado, teniendo en cuenta cómo es tu vida. Estaré allí hasta después de Navidad, así que ve cuando quieras y quédate todo el tiempo que te parezca. No importa cuándo vayas, siempre habrá una cama preparada para ti.

—Iré —afirmó Melanie, decidida, comprendiendo que las cosas tenían que cambiar. No podía satisfacer siempre a su madre. Necesitaba tomar sus propias decisiones. Estaba cansada de vivir los sueños de su madre o ser su sueño. Y ese era un buen lugar donde empezar.

Se quedó muy pensativa cuando terminó la entrevista. El sacerdote la abrazó y luego le hizo la señal de la cruz en la frente con el pulgar.

—Cuídate, Melanie. Espero verte en México. Si no, te llamaré cuando vuelva. Mantente en contacto.

—Lo haré —prometió.

No dejó de pensar en ello durante el camino de vuelta a casa. Sabía qué quería hacer; lo que no sabía era cómo, aunque fuera unos pocos días. Pero quería ir y quedarse más de unos pocos días. Quizá, incluso unos meses.

Se lo contó todo a Tom durante su cena de sushi. Él se quedó impresionado y estupefacto, y luego, con la misma rapidez, preocupado.

—No irás a meterte en un convento, ¿verdad?

Melanie vio el pánico en sus ojos y, cuando negó con la cabeza, él se echó a reír, aliviado.

—No. No soy lo bastante buena persona para eso. Además, te añoraría demasiado. —Alargó la mano, a través de la mesa, y le cogió la suya—. Solo me gustaría hacerlo durante un tiempo, ayudar a algunas personas, aclarar mis ideas, librarme de la opresión de todas mis obligaciones. Pero no sé si me dejarán; a mi madre le dará un ataque. Solo siento que tengo que marcharme y averiguar qué es importante para mí, aparte de mi trabajo y tú. El padre Callaghan dice que no es necesario que abandone mi carrera para ayudar a los demás; dice que también les doy esperanza y alegría con mi música. Pero quiero hacer algo más real, durante un tiempo, como cuando estaba en Presidio.

—Me parece una gran idea —dijo Tom, apoyándola.

Desde que había vuelto de la gira, Melanie tenía aspecto de estar agotada; además, el tobillo seguía doliéndole mucho. No era de extrañar después de andar corriendo arriba y abajo apoyándose en él durante tres meses; de bailar en el escenario, tomar calmantes por la noche e inyecciones de cortisona como los futbolistas que tratan de engañar a su cuerpo para que crea que no está lesionado y pueda volver a jugar. Tom había averiguado mucho de las presiones a las que estaba sometida y del precio de su fama. Le parecía demasiado y pensó que irse a México un tiempo era justo lo que necesitaba, para su espíritu además de para su cuerpo. Lo que su madre diría era harina de otro costal. Estaba empezando a conocer a Janet y sabía cómo lo controlaba todo en la vida de Melanie. Ahora la madre de Melanie ya lo toleraba; incluso a veces parecía que le cayera bien, pero nunca aflojaba las riendas. Quería que fuera una marioneta de la que ella manejara todos los hilos. Cualquier cosa que se interfiriera tenía que ser eliminada, de inmediato. Tom tenía cuidado de no contrariarla ni desafiar la abrumadora influencia que tenía en la vida de Melanie. Creía que no duraría para siempre, pero también sabía que si Melanie se rebelaba contra el control de su madre, Janet se pondría hecha una furia. No quería ceder ese poder a nadie y menos todavía a la propia Melanie. Y ella también lo sabía.

—Creo que primero lo organizaré todo y luego se lo diré. Así no podrá detenerme. Tengo que ver si mi agente y mi mánager pueden librarme de algunas cosas sin que mi madre lo sepa. Ella quiere que lo haga todo, siempre que salga en la prensa nacional, consiga publicidad y yo aparezca en la portada de lo que sea. Tiene buenas intenciones, pero no comprende que a veces es demasiado. Sé que no puedo quejarme, ya que logró que mi carrera se hiciera realidad. Lo ha tenido entre ceja y ceja desde que yo era una niña. Pero yo no deseo todo esto tanto como ella. Quiero poder elegir, no quedar enterrada debajo de toda la basura que me obliga a hacer. ¡Y es mucha! —Sonrió a Tom.

Él sabía que la joven estaba diciendo la verdad. Lo había visto muy de cerca desde mayo. Solo seguir la pista de todo lo que hacía, lo dejaba exhausto, a pesar de que tenía tanta energía como ella. Pero él no se había roto el tobillo actuando en Las Vegas. Y eso también tenía un precio. Todo lo tenía. Hasta entonces, Melanie parecía agotada; sin embargo, de repente, había vuelto a la vida después de su reunión con el sacerdote.

—¿Vendrías a verme a México? —preguntó a Tom, esperanzada.

Él sonrió y asintió.

—Pues claro que sí. Estoy muy orgulloso de ti, Mellie. Creo que, si consigues ir, te encantará.

Ambos sabían que su madre sería una adversaria de armas tomar y que se sentiría profundamente amenazada por cualquier señal de independencia por parte de su hija. Iba a ser duro para Melanie. Era la primera vez que tomaba una decisión por sí misma. Y era una gran decisión, dado que no tenía nada que ver con su carrera. Esto asustaría todavía más a Janet. No quería que Melanie se distrajera de sus metas o, más importante, de las metas de su madre. Se suponía que Melanie no podía tener sueños; solo los de su madre. Esto estaba cambiando. Y el cambio iba a aterrar a su madre. Ya era hora.

Siguieron hablando de ello de camino a casa. Janet había salido cuando llegaron; fueron discretamente a la habitación de Melanie y cerraron la puerta con llave. Hicieron el amor y después se quedaron acurrucados en la cama, viendo películas por televisión. A Janet no le importaba que Tom se quedara a pasar la noche de vez en cuando, aunque no quería que nadie se trasladara a vivir allí, ni con su hija ni con ella. Mientras el hombre con el que estuviera no se volviera demasiado arrogante o influyera demasiado en Melanie, estaba dispuesta a tolerar su existencia. Tom era lo bastante listo para ser discreto, y nunca le plantaba cara.

Al final, decidió volver a casa alrededor de las dos de la madrugada, para poder llegar temprano al trabajo al día siguiente. Melanie estaba dormida cuando se marchó, pero ya le había dicho que se iría. Ella había sonreído adormilada y lo había besado. Al día siguiente, se despertó temprano y empezó a llamar por teléfono para poner en marcha sus planes. Hizo que su agente y su mánager le juraran guardar silencio y ambos le dijeron que verían qué podían hacer para liberarla de los compromisos que tenía, la mayoría, o todos ellos, concertados por su madre. Le advirtieron que Janet no tardaría mucho en enterarse, de una u otra manera. Melanie dijo que hablaría con ella, pero solo después de haber cancelado los compromisos, para que Janet no pudiera hacer nada al respecto. Su mánager le dijo que su estancia en México sería una oportunidad fabulosa para la prensa, si estaba dispuesta a sacarle partido.

—¡No! —exclamó Melanie, tajante—. De eso se trata. Necesito alejarme de toda esta mierda. Necesito tiempo para averiguar quién soy y qué quiero hacer.

—Oh, por Dios, es uno de esos viajes. No estarás pensando en retirarte, ¿verdad? —le preguntó su agente.

Janet los mataría a todos si sucedía algo así. En el fondo, era una mujer decente; solo deseaba que la carrera de su hija fuera la más espectacular de la historia. Quería a su hija, pero únicamente vivía a través de ella. El agente pensaba que era bueno que Melanie tratara de cortar el cordón umbilical. Tenía que pasar antes o después. Lo había visto venir. El problema era que Janet no lo veía, y defendería aquel cordón umbilical con su vida. Nadie iba a tocarlo. Solo Melanie tenía ese derecho.

—¿En cuánto tiempo estás pensando? —le preguntó el agente.

—Tal vez hasta Navidad. Sé que tenemos el concierto en Madison Square Garden por Nochevieja. No quiero cancelarlo.

—Menos mal —dijo con alivio—. De lo contrario, habría tenido que cortarme las venas. Hasta entonces, los compromisos no son demasiado importantes. Me pondré a ello —prometió.

Dos días después, tanto el agente como la mánager habían hecho lo que habían prometido. Melanie estaba libre hasta dos semanas después de Acción de Gracias. Algunos compromisos habían sido programados para otro día y otros hubo que cancelarlos, aunque tal vez se aplazarían a alguna lejana fecha posterior. Ninguno de ellos era muy importante. Era el momento perfecto para hacerlo. Lo único que se perdería sería aparecer en algunas noticias relacionadas con las fiestas y galas a las que la invitarían. Pero no había manera de predecirlas. A Janet le gustaba que asistiera a todas. Y Melanie siempre lo había hecho. Hasta ahora.

Como ya esperaban, Janet entró en la habitación de Melanie dos días después de que hubieran cancelado todos sus compromisos. Nadie le había dicho nada todavía; Melanie había informado a Tom de que se lo contaría aquella misma noche. Pensaba marcharse el lunes siguiente, así que ya había hecho las reservas. Quería pasar el fin de semana con Tom antes de irse. Él la respaldaba totalmente. Además, planeaba ir a verla cuando pudiera. Estaba entusiasmado por lo que ella estaba haciendo, ya que también quería trabajar de voluntario algún tiempo. Sentía un fuerte impulso por ayudar a su prójimo, igual que ella, y quería compaginar su carrera profesional con una tradición humanitaria en la que creía firmemente.

Tres meses separados no era mucho, pero le dijo que la echaría de menos. Lo que tenían era bueno y sólido, así que soportaría cualquier distanciamiento debido a sus respectivas obligaciones. Su relación avanzaba a toda velocidad y se estaba convirtiendo en algo muy importante para los dos. Eran bondadosos, compasivos, inteligentes y ayudaban a los demás. No podían creer lo afortunados que habían sido al conocerse. En muchos sentidos, eran muy parecidos y se inspiraban mutuamente de manera constructiva. Juntos, su mundo había crecido. Tom pensaba incluso en tomarse un par de semanas libres y trabajar con ella de voluntario en una de las misiones mexicanas, si le concedían el permiso en el trabajo. Le encantaba tratar con niños y en el instituto había sido el Hermano Mayor para un chico de Watts y para otro del este de Los Ángeles; seguía en contacto con ambos. Era lo suyo. De adolescente había soñado con unirse al Cuerpo de Paz, aunque más tarde eligió iniciar una carrera profesional. Pero ahora envidiaba lo que ella iba a hacer en México y le gustaría poder pasar tres meses allí también.

—¡Qué extraño! —dijo Janet a Melanie, mirando un puñado de papeles que llevaba en la mano—. Acabo de recibir un fax donde dice que tu entrevista con *Teen Vogue* ha sido cancelada. ¿Cómo es posible que metan la pata de este modo? —Negó con la cabeza y miró a su hija con expresión irritada—. Y esta mañana he recibido un e-mail de la gala benéfica contra el cáncer de colon diciendo que esperan que puedas acudir el año próximo. Se celebraba dentro de dos semanas. Parece que te han dejado plantada por otra; dicen que lo hará Sharon Osbourne. Tal vez piensen que eres demasiado joven. Sea como sea, será mejor que salgas ahí fuera y muevas el culo, niña. ¿Sabes qué significa esto? Que están empezando a olvidarte porque solo has estado de gira poco más de dos meses. Es hora de que enseñes la cara y consigas algo de publicidad.

Sonrió a su hija, que estaba tumbada en la cama, viendo la tele.

Melanie había estado pensando en lo que tenía que meter en las maletas para su viaje a México. No mucho. Había media docena de libros encima de la cama, sobre México, que se le habían pasado por alto, milagrosamente, a su madre. Levantó la cabeza y la miró, preguntándose si este era el momento adecuado para decírselo. Sabía que no iba a ser fácil, fuera cual fuese el momento en el que se lo dijera. La proverbial mierda iba a empezar a salpicar.

—Esto... en realidad, mamá —empezó Melanie, justo cuando su madre iba a salir de la habitación—. He sido yo quien ha cancelado esos dos actos... y algunos más... Estoy cansada... Pensaba irme fuera unas semanas. —Había estado dudando si decirle a su madre el tiempo que iba a estar fuera o que lo viera sobre la marcha. Todavía no lo había decidido. Pero tenía que decirle algo, ya que estaba a punto de marcharse.

Janet se paró en seco y se volvió con cara de pocos amigos, mientras Melanie seguía tumbada en su cama de satén rosa.

—¿De qué va todo esto, Mel? ¿Qué quieres decir con que te vas unas semanas? —La miraba como si Melanie acabara de decir que le habían salido cuernos o alas.

—Bueno, ya sabes... el tobillo... me ha estado molestando mucho... He pensado... en fin... que sería bueno marcharme.

—¿Has cancelado unos compromisos sin preguntármelo?

Melanie vio que la mierda empezaba a acumularse; las salpicaduras no tardarían en llegar.

—Iba a decírtelo, mamá, pero no quería que te preocuparas. El médico dijo que tenía que descansar el pie.

—¿Es idea de Tom? —Ahora su madre la miraba, furiosa,

tratando de averiguar de dónde procedía la influencia maligna que había llevado a Melanie a cancelar dos compromisos sin consultarla primero. Se olía una fuerte interferencia.

—No, mamá, no lo es. Simplemente es algo que quiero hacer. Estaba cansada después de la gira. No quería actuar en esa gala y puedo hacer lo de *Teen Vogue* cuando quiera. Nos lo están pidiendo continuamente.

—No se trata de eso, Melanie —dijo Janet mientras se acercaba a la cama soltando chispas por los ojos—. Tú no cancelas los compromisos. Tú hablas conmigo y yo lo hago. Además, no puedes desaparecer de la faz de la tierra solo porque estés cansada. Tienen que seguir viéndote.

—Mi cara está en un millón de cubiertas de CD. Nadie me olvidará si me voy unas semanas o no hago una gala benéfica contra el cáncer de colon. Necesito tener tiempo para mí.

—¿De qué demonios va todo esto? Tiene que haber sido Tom. Me doy cuenta de cómo ese chico merodea por aquí. Seguramente te quiere solo para él. Está celoso de ti. Él no entiende, ni tú tampoco, cuánto cuesta forjar una carrera importante y mantenerte en la cima. No puedes tumbarte a la bartola, follar, ver la tele o estar con la nariz metida en un puñado de libros. Es preciso que te vean. No sé dónde pretendías pasar unas semanas, pero ya puedes cancelar ese plan ahora mismo. Cuando yo crea que necesitas marcharte, ya te lo diré. Estás perfectamente. Ahora mueve el culo y deja de compadecerte por ese tobillo. Levántate y muévete, Mel. Llamaré a *Teen Vogue* y concertaré de nuevo la entrevista. No cambiaré lo de la gala, porque no quiero fastidiar a Sharon. ¡Pero ni se te ocurra volver a cancelar, jamás, ninguno de tus compromisos! ¿Me oyes? —Temblaba de rabia y Melanie, de terror.

Se sintió enferma al oír a su madre. Estaba todo allí. Janet pensaba que era de su propiedad. Cualesquiera que fueran sus intenciones, buenas o malas, Melanie sabía que el constante control de su madre le arruinaría la vida, si continuaba permitiéndoselo.

—Te oigo, mamá —dijo en voz baja—, y siento que lo tomes así. Pero esto es algo que tengo que hacer por mí misma. —Hizo de tripas corazón y se lanzó de cabeza al río—. Me voy a México hasta después de Acción de Gracias. Me marcho el lunes. —Casi se encogió al decirlo, pero consiguió no hacerlo. Era el peor enfrentamiento que habían tenido, aunque habían tenido algunos choques importantes, siempre que Melanie intentaba tomar alguna decisión o gozar de cierta independencia.

—¿Que te vas? ¿Adónde? ¿Estás loca? Tienes un millón de compromisos hasta entonces. No irás a ninguna parte, Melanie, a menos que yo te lo diga. Y no te atrevas a decirme lo que vas a hacer. No olvidemos quién te puso ahí arriba.

Era su voz la que la había puesto allí, con ayuda de su madre, cierto, pero era cruel decir algo así, y Melanie lo sintió como un puñetazo. Era la primera vez que hacía frente a su madre de esa manera. Y era cualquier cosa menos agradable. Quería meterse debajo de la cama y llorar, pero no lo hizo. Se mantuvo firme. Sabía que tenía que hacerlo. Además, no estaba haciendo nada malo. Se negó a dejar que su madre hiciera que se sintiera culpable por querer tomarse un tiempo libre.

—He cancelado los demás compromisos, mamá —dijo con franqueza.

—¿Quién lo ha hecho?

—Yo. —No quería meter en un aprieto a su agente y a su mánager, así que cargó con las culpas. Ella les había dicho que lo hicieran y eso era lo que importaba—. Necesito marcharme este tiempo, mamá. Siento disgustarte, pero es importante para mí.

—¿Quién irá contigo?

Seguía buscando al culpable, a la persona que le había robado el poder sobre su hija. Pero, en realidad, solo había sido el tiempo. Melanie había crecido y quería tener, por lo menos, un poco de control sobre su vida. Era algo anunciado. Aunque, posiblemente, el amor de Tom la había ayudado.

—Nadie. Me voy sola, mamá. Voy a trabajar en una misión católica que cuida niños. Es algo que quiero hacer. Te prometo que cuando vuelva me dejaré el pellejo trabajando. Solo déjame hacer esto sin ponerte como loca.

—No soy yo quien está loca, sino tú —gritó Janet. Melanie no había levantado la voz en ningún momento, por respeto a su madre—. Podemos sacar publicidad de ello si quieres hacerlo solo unos días —dijo esperanzada—, pero no puedes largarte a México tres meses. Por todos los santos, Melanie, ¿en qué estabas pensando? —Entonces se le ocurrió otra cosa—. ¿Es aquella monja de San Francisco quien está detrás de esto? Ya me parecía una pequeña arpía taimada. Ten cuidado con esa gente, Melanie. Antes de que te des cuenta te habrá metido en un convento. Y ya puedes decirle que, si eso es lo que tiene en mente, ¡será por encima de mi cadáver!

Melanie sonrió al oír mencionar a Maggie, por grosero que fuera el comentario.

—No, he ido a ver a un sacerdote. —No le dijo nada de que lo había conocido a través de Maggie—. Tiene una gran misión en México. Solo quiero ir y tener un poco de paz; luego, podré volver y trabajar tanto como quieras. Lo prometo.

—Haces que parezca como si te estuviera maltratando —dijo su madre rompiendo a llorar y sentándose en la cama de su hija.

Melanie la abrazó.

—Te quiero, mamá. Agradezco todo lo que has hecho por mi carrera. Pero ahora quiero algo más que eso.

—Es el terremoto —afirmó Janet temblando y sollozando—. Tienes estrés postraumático. Dios, sería una historia fabulosa para *People*, ¿no crees?

Melanie se echó a reír, mirándola. Su madre era una caricatura de sí misma. Tenía el corazón donde debía, pero en lo único que pensaba era en publicidad para Melanie y en cómo lograr que su carrera fuera todavía más importante de lo que era, algo que habría resultado muy difícil de lograr. Ya había hecho todo lo que se había fijado como meta, pero su madre no quería soltarla para que tuviera su propia vida. Esta era la esencia del problema: quería vivir la vida de Melanie, no la suya.

—Tú también tendrías que ir a algún sitio. A un balneario o algo así. O a Londres con algunos de tus amigos. O a París. No puedes pensar en mí constantemente. No es sano. Para ninguna de las dos.

—Te quiero —gimió Janet—. No sabes a lo que he renunciado por ti... Podría haber hecho carrera; todo te lo di a ti... lo único que he hecho en mi vida ha sido lo que creía mejor para ti. —Era un discurso más que sabido, que Melanie había escuchado con demasiada frecuencia y que, con el paso del tiempo, intentaba interrumpir.

—Lo sé, mamá. Yo también te quiero. Pero déjame hacer esto. Después me portaré bien, lo prometo. Pero tienes que dejar que resuelva las cosas yo misma y tome mis decisiones. Ya no soy una niña. Tengo veinte años.

—Eres una criatura —soltó Janet, furiosa, sintiéndose mortalmente amenazada.

—Soy una mujer —dijo Melanie, tajante.

Janet se pasó los siguientes días llorando, quejándose y acusando, alternativamente. Iba del pesar a la ira. Notaba las primeras señales de que el poder se le escapaba de las manos y sentía pánico. Incluso intentó que Tom hablara con Melanie y la convenciera de abandonar sus planes, pero él le dijo, diplomáticamente, que creía que quizá le haría bien y que pensaba que era algo noble por su parte, lo cual únicamente consiguió enfurecer más a Janet. Fueron unos días de pesadilla en la casa; Melanie solo deseaba que llegara el lunes para marcharse. Después de pasar el fin de semana con Tom en su casa, se quedó la última noche en el piso de Tom, para evitar a su madre; únicamente volvió a su casa a las tres de la madrugada para dormir un poco antes de marcharse al aeropuerto a la mañana siguiente, a las diez. Tom se había tomado la mañana libre para llevarla en coche. Melanie no quería marcharse en una limusina blanca, atrayendo la atención, algo en lo que su madre habría insistido, de haber hecho las cosas a su manera. Seguramente habría llamado a la prensa y habría filtrado la historia; en realidad, todavía podía hacerlo.

La despedida con su madre pareció salida de un culebrón: su madre, aferrada a ella y llorando, decía que probablemente estaría muerta cuando Melanie volviera, porque tenía dolores en el pecho desde que su hija le había dicho que se iba. Melanie insistió en que no le pasaría nada, le prometió llamarla con frecuencia, dejó los números de teléfono pertinentes y echó a correr hacia el coche de Tom, con una mochila y una bolsa de lona. Era lo único que se llevaba. Cuando entró en el coche y se sentó junto a Tom, parecía que huyera de la cárcel.

—¡Vamos! —gritó—. ¡Vamos! ¡Vamos! Antes de que salga corriendo y se tire encima del coche.

Tom arrancó y los dos se echaron a reír cuando llegaron al primer semáforo. Les parecía que era un coche preparado para la fuga, y lo era. Melanie estaba entusiasmada ante la perspectiva de marcharse y al pensar en lo que iba a hacer cuando llegara a México.

Tom la besó al dejarla en el aeropuerto y ella le prometió llamarlo en cuanto llegara. Él planeaba ir a verla al cabo de dos o tres semanas. Pero, entretanto, Melanie sabía que viviría muchas aventuras. Sus tres meses sabáticos en México eran, exactamente, lo que el doctor había prescrito.

Sentada en el avión, justo antes de que las puertas se cerraran, decidió llamar a su madre. Iba a hacer lo que quería y sabía que, para Janet, aquello era difícil, ya que para ella significaba una enorme pérdida. Perder el control sobre su hija, aunque fuera solo un poco, la aterraba y Melanie sintió pena por ella.

Cuando Janet contestó al teléfono parecía deprimida. Pero se animó perceptiblemente al oír la voz de su hija.

—¿Has cambiado de opinión? —preguntó esperanzada.

Melanie sonrió.

—No. Estoy en el avión. Solo quería enviarte un beso. Te llamaré desde México, cuando pueda. —Entonces pidieron que desconectaran todos los móviles y le dijo a su madre que tenía que dejarla. Janet parecía a punto de llorar.

—Sigo sin entender por qué estás haciendo esto. —Lo veía como un castigo, un rechazo. Pero para Melanie era mucho más. Era la oportunidad de hacer el bien en el mundo.

—Necesito hacerlo, mamá. Volveré pronto. Cuídate. Te quiero, mamá —dijo cuando una azafata le recordó que debía apagar el móvil—. Tengo que dejarte.

—Te quiero, Mel —respondió su madre apresuradamente, como si fuera un último beso.

Melanie desconectó el móvil. Se alegraba de haber llamado. El viaje no tenía nada que ver con hacerle daño a su madre. Era algo que necesitaba hacer por ella misma. Necesitaba descubrir quién era y si podía vivir de forma independiente.

17

Maggie recibió noticias de Melanie después de que esta llegara a México. Le decía que estaba entusiasmada, que el sitio era precioso, los niños eran maravillosos y el padre Callaghan era fantástico. Le confesó que nunca había sido tan feliz en su vida y quería darle las gracias por aconsejarle que lo llamara.

Maggie también tenía noticias de Sarah. Había conseguido el trabajo en el hospital y estaba contenta y muy ocupada. Todavía tenía que enfrentarse a muchos problemas y adaptarse a su trabajo, pero parecía irle bien; además, mantenerse ocupada la ayudaba. Maggie sabía, igual que Sarah, que le esperaban tiempos difíciles, en particular cuando juzgaran a Seth. Y después tendría que tomar algunas decisiones importantes. Había prometido a Seth y a sus abogados que estaría al lado de su marido durante el juicio. Pero trataba de decidir si divorciarse o no. La clave era si podría perdonarlo. Todavía no tenía la respuesta a aquella pregunta, aunque había hablado mucho de ello con Maggie. La monja le había dicho que siguiera rezando y que la respuesta llegaría. Pero hasta el momento no había llegado. Sarah solo podía pensar en lo terrible que era lo que Seth había hecho cuando traicionó a todo el mundo, incluido él mismo, e infringió las leyes. A Sarah le parecía un pecado casi imperdonable.

Maggie seguía en el hospital de campaña, en Presidio. Llevaban allí cuatro meses y los responsables de los Servicios de Emergencia pensaban cerrarlo el mes siguiente, en octubre. Todavía quedaba gente viviendo en las salas y hangares de la residencia y en algunos de los viejos barracones de ladrillo, pero no tanta como antes. La mayoría se había ido a su casa o había elegido otras opciones. Maggie pensaba volver a su apartamento en Tenderloin entrado el mes. Sabía que iba a echar de menos el compañerismo de las personas con las que vivía en el campamento y que había conocido allí. De un modo extraño, habían sido buenos tiempos para ella. El estudio de Tenderloin le iba a parecer muy solitario. Se dijo que así tendría más tiempo para rezar, pero echaría de menos el campamento, a pesar de todo. Había hecho unos amigos maravillosos.

Everett la llamó a finales de septiembre, unos días antes de que volviera al piso. Le dijo que iba a ir a San Francisco para hacer un reportaje sobre Sean Penn y que quería llevarla a cenar. Maggie vaciló y empezó a decir que no podía, tratando desesperadamente de encontrar una excusa, pero no consiguió dar con ninguna que resultara verosímil, así que, sintiéndose estúpida por el intento, aceptó la invitación. Rezó toda la noche, rogando no sentirse confusa, sino solo agradecida por la amistad de Everett, sin querer nada más.

Pero en cuanto lo vio, Maggie notó cómo el corazón le latía con más fuerza. Everett se acercó por el camino que llevaba al hospital, donde ella lo esperaba; sus largas y delgadas piernas, con sus botas de vaquero le daban más aspecto de vaquero que nunca. Esbozó una amplia sonrisa en cuanto la vio y, a su pesar, Maggie notó que una sonrisa iluminaba también su cara. Se sentían muy felices de verse. Él le dio un fuerte abrazo y luego dio un paso atrás, para contemplarla.

—Tienes un aspecto fabuloso, Maggie —dijo él, feliz. Venía directamente desde el aeropuerto. No tenía la entrevista hasta el día siguiente. Esa noche era solo para ellos dos.

La llevó a cenar a un pequeño restaurante francés en Union Street. La ciudad volvía a estar en orden. Habían retirado los escombros y estaban construyendo por todas partes. Cuando aún no habían pasado ni cinco meses del terremoto, casi todos los barrios eran habitables de nuevo, excepto los que ya estaban mal antes; era imposible salvar algunos de ellos y había sido necesario echarlos abajo.

—La semana que viene vuelvo a mi apartamento —le informó Maggie con bastante tristeza—. Echaré de menos vivir aquí, con las otras hermanas. Tal vez habría sido más feliz en un convento que viviendo sola —comentó cuando empezaban a cenar.

Ella había pedido pescado y Everett daba cuenta de un enorme filete mientras hablaban. Como siempre les sucedía, la conversación era animada, inteligente y fluida. Hablaron de muchos y variados temas; finalmente, Everett mencionó el inminente proceso de Seth. Maggie se entristecía solo con oír o leer algo sobre ello, particularmente por Sarah. Era una forma estúpida de que un buen hombre y cuatro vidas se echaran a perder, pero había hecho daño a muchas personas.

—¿Crees que vendrás para cubrir el proceso? —preguntó Maggie, interesada.

—Me gustaría. Pero no sé si en *Scoop* estarán interesados, aunque es una historia sensacional. ¿Has vuelto a ver a Sarah? ¿Cómo lo lleva?

—Está bien —contestó Maggie, sin divulgar ninguna confidencia—. Hablamos de vez en cuando. Ahora trabaja en el hospital, en el departamento de recaudación de fondos y desarrollo. No va a resultarle fácil. Sin ninguna duda, él ha arrastrado a mucha gente en su caída.

—Este tipo de gente siempre lo hace —dijo Everett sin mucha compasión. Lo sentía por Sarah y por los hijos de Seth, que ya no podrían conocerlo de verdad si pasaba veinte o treinta años en la cárcel. Pensar en ello le recordó a su hijo. Por alguna razón, siempre pensaba en Chad cuando estaba con Maggie, como si los dos estuvieran conectados de forma invisible—. ¿Sarah va a divorciarse?

—No lo sé —contestó Maggie, vagamente. Tampoco Sarah lo sabía, pero Maggie creía que no debía hablar de ello con Everett, así que desvió la conversación.

Siguieron sentados a la mesa, en el restaurante francés, mucho rato. Era acogedor y confortable y el camarero los dejaba en paz mientras hablaban.

—He oído el rumor de que Melanie está en México —comentó Everett y Maggie sonrió—. ¿Has tenido algo que ver?
—Olía su mano en ello.

Maggie se echó a reír.

—Solo indirectamente. Hay un sacerdote maravilloso que dirige una misión allí. Pensé que tal vez harían buenas migas. Creo que se quedará casi hasta Navidad, aunque, oficialmente, no le ha dicho a nadie dónde está. Quiere pasar unos meses como una persona normal y corriente. Es una joven muy dulce.

—Apuesto a que su madre se subía por las paredes cuando se marchó. Trabajar en una misión, en México, no es exactamente una etapa de su camino al estrellato ni debía de estar en los planes de su madre para ella. No me digas que Janet también está allí. —Se echó a reír ante la imagen que le vino a la cabeza.

Maggie negó con la cabeza, también riendo.

—No. Creo que precisamente eso era lo importante. Melanie tenía que intentar volar sola, al menos un poco. Le hará mucho bien alejarse de su madre. Y también le irá bien a Janet. A veces, es difícil cortar esos lazos. A algunas personas les cuesta más que a otras.

—También hay tipos como yo, que no tienen ningún lazo. —Lo dijo como si lo lamentara.

Maggie lo miró atentamente.

—¿Ya has hecho algo para encontrar a tu hijo? —Lo pinchó suavemente, pero sin presionarlo demasiado. Nunca lo hacía. Siempre creía que un pequeño toque era más efectivo, como en este caso.

—No, pero lo haré uno de estos días. Quizá ha llegado el momento. Aunque esperaré a estar preparado.

Everett pagó la cuenta y empezaron a andar por Union Street. No quedaban señales del terremoto. La ciudad tenía un aspecto limpio y bonito. Había sido un mes de septiembre estupendo, con un tiempo cálido, pero ahora se notaba en el aire el ligero frío del otoño. Maggie rodeó con su mano el brazo de él y siguieron paseando, hablando de esto y de aquello. No pretendían llegar hasta Presidio, pero al final es lo que hicieron. De ese modo pasaron un poco más de tiempo juntos; además, el terreno era llano, lo cual era raro en San Francisco.

Él la acompañó hasta el edificio donde vivía; eran más de las once, lo bastante tarde para que no hubiera nadie fuera. Se habían tomado su tiempo para cenar; siempre parecía que encajaban como las dos mitades de un todo, cada una complementando a la otra, en sus ideas y opiniones.

—Gracias por una velada tan agradable —dijo Maggie, sintiéndose tonta por haber intentado evitarla. La vez anterior que vio a Everett se había quedado confundida, porque sintió una atracción muy fuerte hacia él, pero ahora lo único que sentía era calidez y un profundo afecto. Era perfecto y él la miraba con todo el amor y admiración que sentía por ella.

—Ha sido fantástico verte, Maggie. Gracias por cenar conmigo. Te llamaré mañana cuando me marche. Pasaré por aquí, si puedo, pero creo que la entrevista se alargará mucho, así que tendré que apresurarme para coger el último vuelo. Si no, vendré para tomar un café.

Ella asintió, mirándolo. Todo en él era perfecto. Su cara. Sus ojos, con aquel sufrimiento profundo y antiguo de su alma que asomaba en ellos, junto con la luz de la resurrección y la sanación. Everett había estado en el infierno y había vuelto, pero eso había hecho de él el hombre que era. Mientras lo miraba, vio cómo inclinaba lentamente la cara hacia ella. Ella iba a besarlo en la mejilla, pero antes de darse cuenta de lo que pasaba, notó unos labios en los suyos y se besaron. No había besado a un hombre desde la guardería e, incluso entonces, no a menudo. Pero ahora, de repente, todo su ser, en cuerpo y alma, se sintió atraído hacia él y sus espíritus se fundieron en uno. Fue la súbita unión de dos seres que se convierten en uno con un solo beso. Se sentía mareada cuando finalmente se separaron. No era solo él quien la había besado, ella también lo había besado a él. Se quedó mirándolo, aterrada. Había sucedido lo inimaginable. A pesar de lo mucho que había rezado para que no fuera así.

—¡Oh, Dios mío... Everett! ¡No! —Dio un paso atrás, pero él la cogió por el brazo y la atrajo suavemente hacia él y, mientras ella bajaba la cabeza, pesarosa, la abrazó.

—Maggie, no... No tenía intención de hacerlo... No sé qué ha pasado... ha sido como si una fuerza demasiado poderosa para resistirse a ella nos uniera. Sé que se supone que algo no debe pasar, pero quiero que sepas que no lo había planeado. Sin embargo, tengo que ser sincero contigo. Esto es lo que siento desde el momento en que te conocí. Te quiero, Maggie. No sé si esto cambia las cosas para ti, pero te quiero. Haré cualquier cosa que me pidas. No quiero hacerte daño. Te quiero demasiado.

Ella alzó la mirada sin decir nada y vio amor en sus ojos, puro, desnudo y sincero. Sus ojos reflejaban lo que había en los de ella.

—No podemos volver a vernos —dijo Maggie con el corazón roto—. No sé qué ha pasado. —Entonces le ofreció como regalo la misma honradez que él le había dado. Tenía derecho a saberlo—. Yo también te quiero —susurró—. Pero no puedo hacer esto... Everett, no vuelvas a llamarme. —Decirlo le rompió el corazón.

Él asintió. Le habría dado los brazos y las piernas. Ya era dueña de su corazón.

—Lo siento.

—Yo también —respondió ella con tristeza y, apartándose de él, entró silenciosamente en el edificio.

Él se quedó mirando la puerta mientras se cerraba, sintiendo que su corazón se iba con ella. Metió las manos en los bolsillos, dio media vuelta y volvió a su hotel en Nob Hill.

En la cama, a oscuras, Maggie tenía la sensación de que su mundo había llegado a su fin. Por una vez estaba demasiado destrozada y estupefacta para rezar. Lo único que podía hacer era permanecer allí, echada, pensando en el momento en el que se habían besado.

18

La estancia de Melanie en México era tal como esperaba que fuera. Los niños con los que trabajaba eran cariñosos, adorables y agradecían enormemente incluso las cosas más pequeñas que hacían por ellos. Melanie trabajaba con chicas de entre once y quince años; todas ellas habían sido prostitutas, muchas eran ex adictas a las drogas y sabía que tres tenían sida.

Fue un tiempo de crecimiento, lleno de profundo sentido para ella. Tom fue a verla dos veces, dos largos fines de semana, y se quedó impresionado por lo que ella hacía. Melanie le contó que tenía muchas ganas de trabajar cuando volviera, echaba de menos cantar, incluso actuar, pero había algunas cosas que quería cambiar. Sobre todo, quería empezar a tomar decisiones. Ambos estuvieron de acuerdo en que era el momento, aunque Melanie sabía que a su madre le costaría mucho aceptarlo. Pero también ella debía tener su propia vida. Melanie dijo que Janet parecía mantenerse ocupada sin ella. Había ido a Nueva York a ver a unos amigos, incluso había viajado a Londres, y había pasado Acción de Gracias con otros amigos de Los Ángeles. Melanie se había quedado en México el día de Acción de Gracias y había decidido que el año siguiente volvería para trabajar de nuevo de voluntaria. El viaje había sido un éxito en todos los sentidos.

Se quedó una semana más de lo que había planeado, así que aterrizó en el aeropuerto de Los Ángeles una semana antes de Navidad. El aeropuerto estaba adornado y sabía que Rodeo Drive también lo estaría. Tom la recogió; Melanie estaba bronceada y feliz. En tres meses, había pasado de niña a mujer. Ese tiempo en México había sido un rito de paso. Su madre no fue al aeropuerto, pero había preparado una fiesta sorpresa en casa, con todas las personas que eran importantes para su hija. Melanie le echó los brazos al cuello y las dos se pusieron a llorar, felices de verse. Estaba claro que su madre la había perdonado por marcharse y, de alguna manera, había sabido comprender y aceptar lo que había pasado, aunque, durante la fiesta, informó a Melanie de todos los compromisos que había adquirido para ella. Melanie empezó a protestar, pero luego las dos se echaron a reír, con complicidad. Las viejas costumbres no desaparecen fácilmente.

—De acuerdo, mamá. Te lo pasaré por esta vez. Solo por esta vez. De ahora en adelante debes preguntarme.

—Lo prometo —respondió la madre, con expresión ligeramente compungida.

Ambas iban a tener que adaptarse. Melanie tenía que asumir la responsabilidad de su vida. Y su madre tenía que cedérsela. No era tarea fácil para ninguna de las dos, pero lo intentaban. El tiempo que habían estado separadas las había ayudado a hacer la transición.

Tom pasó el día de Navidad con ellas y le dio a Melanie un anillo de compromiso. Era un fino aro de diamantes que su hermana le había ayudado a elegir. A Melanie le encantó y él se lo puso en la mano derecha.

—Te quiero, Mel —dijo en voz baja en el momento en el que Janet salía con un delantal de Navidad con lentejuelas rojas y verdes y una bandeja con ponche de huevo.

Se habían presentado varios amigos. Janet estaba de buen humor y más ocupada que nunca. Desde su vuelta, Melanie había pasado la semana ensayando para el concierto de Nochevieja en el Madison Square Garden. Era una reaparición muy exigente; nada que ver con un comienzo suave. Tom iría a Nueva York con ella, dos días antes del concierto. Además, el tobillo de Melanie estaba completamente curado. Durante tres meses, solo había llevado sandalias.

—Yo también te quiero —susurró a Tom.

Llevaba el reloj de Cartier que ella le había regalado. Le encantaba. Pero, sobre todo, la quería a ella. Había sido un año asombroso para los dos, desde el terremoto de San Francisco hasta Navidad.

Sarah dejó a los niños con Seth el día de Navidad. Él se había ofrecido a ir a su casa, pero ella no quería que lo hiciera. Se sentía incómoda cuando estaba allí. Todavía no había decidido qué hacer. Había hablado con Maggie varias veces. La monja le recordaba que el perdón era un estado de gracia, pero por mucho que lo intentara, Sarah no parecía poder alcanzarlo. Seguía creyendo en lo de «para bien y para mal», pero ya no sabía qué sentía por él. No podía digerir lo que había pasado. Estaba como anestesiada.

Habían celebrado la Navidad la noche anterior, en Nochebuena, así que, por la mañana, los pequeños rebuscaron en sus calcetines y abrieron los regalos de Santa Claus. Oliver se lo pasó en grande desgarrando el papel y a Molly le encantó todo lo que le había traído. Comprobaron que Santa Claus se había bebido casi toda la leche y comido todas las galletas. Rudolph había mordisqueado todas las zanahorias, y faltaban dos.

A Sarah le dolía celebrar las tradiciones familiares con los niños y sin Seth, pero él dijo que lo comprendía. Había empezado a ver a un psiquiatra y tomaba medicación para los ataques de ansiedad que sufría. Sarah se sentía muy mal también por eso. Pensaba que debería estar con él, a su lado, aportándole consuelo. Pero ahora era un extraño para ella, aunque un extraño al que había amado y todavía amaba. Era un sentimiento raro y doloroso.

Seth sonrió cuando la vio delante de la puerta, con los niños; la invitó a entrar, pero ella alegó que no podía. Dijo que iba a reunirse con unos amigos; aunque, en realidad, iba a tomar el té en el St. Francis, con Maggie. Melanie la había invitado; no estaba lejos de donde vivía Maggie, aunque todo un universo separara los dos barrios.

—¿Cómo te va? —preguntó Seth.

Oliver entró vacilando; ahora ya caminaba. Molly corrió al interior para ver qué había debajo del árbol. Le había comprado un triciclo rosa, una muñeca tan grande como ella y muchos otros regalos. Su economía estaba en el mismo estado que la de Sarah, pero Seth siempre había gastado mucho más dinero que ella. Ahora ella procuraba tener mucho cuidado con su salario y con el dinero que él le daba para los niños. Sus padres también la ayudaban, incluso la habían invitado a ir a las Bermudas a pasar las vacaciones, pero no quería hacerlo. Prefería quedarse en la ciudad y que los niños estuvieran cerca de su padre. Por lo que sabían, esta podía ser su última Navidad en libertad durante mucho tiempo y no quería privarlo de sus hijos, ni a ellos de él.

—Estoy bien —respondió ella.

Seth sonrió con espíritu navideño, pero se habían roto demasiadas cosas entre ellos. En sus ojos, y también en los de ella, podía verse la decepción y la tristeza que, sumadas a su traición, habían caído encima de Sarah como una bomba. Seguía sin entender qué había pasado o por qué. De nuevo se daba cuenta de que había una parte de él que ella no conocía, una parte que tenía mucho en común con personas como Sully y nada en común con ella. Esa era la parte que la asustaba. Siempre había habido un extraño viviendo en la casa con ella. Y ya era demasiado tarde para conocerlo; además, no quería hacerlo. Ese extraño le había destrozado la vida. Pero poco a poco la estaba reconstruyendo. Dos hombres la habían invitado a salir recientemente, pero los había rechazado a ambos. Sarah consideraba que seguía casada, al menos hasta que decidieran lo contrario, y todavía no lo habían hecho. Pospondría la decisión hasta después del juicio, a menos que, de repente, lo viera con claridad. Seguía llevando la alianza, igual que Seth. Por el momento seguían siendo marido y mujer, aunque vivieran separados.

Seth le dio un regalo de Navidad antes de marcharse; también ella tenía uno para él. Le había llevado una chaqueta de cachemira y algunos suéteres; él le había comprado una preciosa chaqueta de armiño. Era exactamente de su gusto; era preciosa, de un marrón oscuro suntuoso. Abrió el paquete y se la puso; luego lo besó.

—Gracias, Seth. No deberías haberlo hecho.

—Sí que debía —dijo con tristeza—. Mereces mucho más que esto.

En otros tiempos, le habría regalado alguna joya enorme de Tiffany o Cartier, pero ese año no era posible y nunca más lo sería. Todas las joyas de Sarah habían desaparecido. Finalmente, las habían subastado el mes anterior, y el dinero había quedado inmovilizado, con el resto de sus bienes, ya que las facturas de los abogados llegaban hasta el cielo. Seth se sentía muy mal por ello.

Sarah lo dejó con los niños. Pasarían la noche con él. Seth había comprado una cuna plegable para Ollie y Molly dormiría en la cama con él, ya que solo había una habitación en el pequeño apartamento.

Sarah le dio un beso al marcharse; mientras se alejaba en el coche sentía infinita tristeza. La carga que compartían ahora era casi imposible de soportar. Pero no tenían más remedio.

Everett fue a una reunión de AA el día de Navidad por la mañana. Se había ofrecido para ser el orador invitado y hacerles partícipes de su historia. Era una gran asamblea a la que le gustaba acudir. Había muchos jóvenes, algunos tipos de aspecto rudo, un puñado de gente rica de Hollywood, e incluso había entrado un grupo de gente sin hogar. Le gustaba mucho esa mezcla, porque era muy real. Algunas de las reuniones a las que había ido en Hollywood y Beverly Hills estaban demasiado maquilladas y eran demasiado pulidas para él. Prefería que las asambleas fueran más duras y realistas. Esta siempre lo era.

También participó en la parte protocolaria de la reunión. Dijo su nombre y que era alcohólico, y cincuenta personas de la sala respondieron: «¡Hola, Everett!» al mismo tiempo. Incluso después de dos años, aquello le producía una sensación de calidez y hacía que se sintiera en casa. Nunca ensayaba ni practicaba sus intervenciones. Decía lo primero que se le ocurría o lo que le preocupara en aquel momento. Esta vez mencionó a Maggie; dijo que la quería y que era monja. Contó que ella también lo quería, pero que permanecía fiel a sus votos y le había pedido que no volviera a llamarla, así que no lo había hecho. Durante los tres últimos meses había sentido esta pérdida amargamente, pero respetaba sus deseos. Más tarde, al dejar la reunión y subir al coche para volver a casa, se puso a pensar en lo que había dicho: que la quería como nunca había querido a ninguna otra mujer, monja o no monja. Aquello significaba algo y, de repente, se preguntó si había hecho lo acertado o si debía haber luchado por ella. No lo había pensado hasta entonces. Iba de camino a casa cuando dio un giro brusco y se dirigió al aeropuerto. No había mucho tráfico el día de Navidad. Eran las once de la mañana y sabía que, a la una, había un vuelo para San Francisco y que llegaría a la ciudad sobre las tres. En esos momentos, nada habría podido detenerlo.

Compró el billete, subió al avión y se sentó. Durante el vuelo miró por la ventanilla hacia las nubes, el paisaje y las carreteras que se veían abajo. No tenía a nadie más con quien pasar la Navidad; si ella lo rechazaba, no habría perdido mucho. Solo un poco de tiempo y un billete a San Francisco de ida y vuelta. Valía la pena intentarlo. La había añorado insoportablemente en los tres últimos meses; sus opiniones sensatas, sus comentarios reflexivos, su delicada manera de dar consejos, el sonido de su voz y el luminoso azul de sus ojos. Se moría de ganas de verla. Era el mejor regalo de Navidad de todos y el único que tendría. Aunque no le llevaba nada, excepto su amor.

El avión aterrizó con diez minutos de adelanto, justo antes de las dos, y el taxi que tomó lo dejó en la ciudad a las tres menos veinte. Fue a su dirección en Tenderloin, sintiéndose como un escolar que va a ver a su novia; empezó a preocuparse por qué pasaría si no lo dejaba entrar. Tenía un interfono y podría decirle que se marchara, pero debía intentarlo de todos modos. No podía dejar que desapareciera de su vida. El amor era algo demasiado escaso e importante para tirarlo por la borda. Nunca antes había querido a nadie como a ella. Pensaba que era una santa, igual que mucha otra gente.

Cuando llegaron a su casa pagó al taxista y recorrió nerviosamente la distancia hasta la puerta. Los escalones estaban desgastados y rotos. Había dos borrachos sentados en la entrada, compartiendo una botella. Media docena de prostitutas andaban arriba y abajo por la calle, buscando «citas». El negocio seguía como de costumbre, aunque fuera Navidad.

Llamó al timbre, pero no contestó nadie. Pensó en llamarla al móvil, pero no quería ponerla sobre aviso. Se sentó en el último escalón, enfundado en sus vaqueros y su grueso suéter. Hacía frío, pero había salido el sol y era un bonito día. Por mucho tiempo que le llevara, iba a esperarla. Sabía que, al final, aparecería. Probablemente estaba sirviendo el almuerzo o la comida a los pobres en algún comedor, en algún sitio.

Los dos borrachos sentados en el escalón por debajo del suyo seguían pasándose la botella; de repente, uno de ellos lo miró y se la ofreció. Era bourbon, de la marca más barata que habían encontrado y del tamaño más pequeño. Los dos hombres estaban asquerosamente sucios, olían mal y le sonreían, con una sonrisa desdentada.

—¿Un trago? —ofreció uno de ellos arrastrando las palabras. El otro estaba más borracho todavía y parecía medio dormido.

—¿Habéis pensado alguna vez en ir a Alcohólicos Anónimos? —preguntó Everett amigablemente, rechazando la botella.

El que se la había ofrecido lo miró asqueado y volvió la cara. Dio unos golpecitos a su colega, señaló a Everett y, sin decir palabra, se levantaron y se marcharon a otra escalera de entrada, donde se sentaron y siguieron bebiendo mientras Everett los miraba.

—De no ser por la gracia de Dios, así estaría yo —susurró mientras seguía esperando a Maggie. Le parecía una manera perfecta de pasar el día de Navidad, esperando a la mujer que amaba.

Maggie y Sarah pasaron un rato agradable, tomando el té en el hotel St. Francis. Servían un auténtico té inglés completo, con panecillos, pasteles y un surtido de pequeños sándwiches. Charlaron relajadamente mientras tomaban Earl Grey. Maggie pensó que Sarah parecía triste, pero no la presionó, porque ella también se sentía algo desanimada. Echaba de menos hablar con Everett, sus risas y conversaciones, pero después de lo que había pasado la última vez, sabía que no podía volver a verlo ni hablar con él. No tendría la fuerza necesaria para resistirse a él si lo veía. Después de haberse confesado había reforzado su resolución. Pero, de todos modos, lo echaba de menos. Se había convertido en un amigo muy preciado.

Sarah le contó que había visto a Seth, le confesó lo mucho

que lo extrañaba a él y los cómodos días de su vieja vida. Nunca, jamás, había imaginado que todo aquello acabaría. Nada podía estar más lejos de su mente.

Dijo que le gustaba el trabajo y la gente que estaba conociendo. Pero seguía manteniéndose bastante aislada socialmente. Todavía estaba demasiado avergonzada para salir y ver a sus viejos amigos. Sabía que en la ciudad seguían corriendo chismes sobre Seth y ella, y que iba a ser todavía peor cuando empezara el juicio, en marzo. Habían discutido largamente si tratar de conseguir un aplazamiento para retrasar el proceso o presionar para conseguir un juicio rápido. Seth había decidido que quería acabar de una vez. Parecía estar más nervioso cada día que pasaba. También Sarah estaba muy preocupada por todo aquello.

La conversación se desarrolló plácidamente cuando hablaron de acontecimientos de la ciudad: Sarah había llevado a Molly a ver *Cascanueces*; Maggie había asistido a una misa ecuménica de Navidad a medianoche, la noche anterior, en la catedral de Grace. Era un encuentro cálido y cordial entre dos amigas. Su amistad había sido un regalo para ambas, una bendición inesperada debida al terremoto de mayo.

Se marcharon del St. Francis a las cinco. Sarah dejó a Maggie en la esquina de su calle y se dirigió hacia el centro. Pensaba ir al cine e invitó a Maggie, pero esta le dijo que estaba cansada y que prefería volver a casa. Además, la película que Sarah quería ver le parecía demasiado deprimente. Maggie le dijo adiós con la mano mientras Sarah se alejaba en el coche y caminó, lentamente, calle arriba. Sonrió a dos de las prostitutas que vivían en su edificio. Una era una bonita mexicana; la otra, un travesti de Kansas que siempre era muy amable con Maggie y respetaba que fuera monja.

Estaba a punto de empezar a subir los escalones cuando levantó la cabeza y lo vio. Se detuvo, sin moverse, mientras él le sonreía desde arriba. Llevaba tres horas sentado allí y empezaba a tener frío. No le importaba si moría congelado, allí sentado; no iba a moverse hasta que ella volviera a casa. Y, de repente, allí estaba.

Maggie se quedó mirándolo, incapaz de creer lo que veía; lentamente, Everett bajó la escalera hasta donde estaba ella.

—Hola, Maggie —dijo, en voz baja—. Feliz Navidad.

—¿Qué estás haciendo aquí? —preguntó ella, mirándolo fijamente. No se le ocurría qué otra cosa decir.

—Estaba en una reunión esta mañana... y les hablé de ti... así que cogí un avión para desearte Feliz Navidad en persona.

Ella asintió. Era creíble. Podía imaginarlo perfectamente haciendo algo así. Nadie había hecho nunca algo parecido por ella. Quería alargar el brazo y tocarlo para ver si era real, pero no se atrevió.

—Gracias —dijo suavemente, con el corazón desbocado—. ¿Quieres que vayamos a tomar un café a algún sitio? Mi casa está hecha un desastre. —Además, no le parecía correcto que él subiera. El mueble principal de la única habitación del estudio era su cama. Y no estaba hecha.

Él se echó a reír al oír la propuesta.

—Me encantaría. Mi culo se ha estado congelando, literalmente, en tu entrada, desde las tres.

Se sacudió los fondillos del pantalón, mientras cruzaban la calle hasta un café. El lugar tenía un aspecto deprimente, pero era cómodo, estaba bien iluminado y la comida era casi decente. Maggie cenaba allí algunas veces, de camino a casa. El pastel de carne era bastante bueno, igual que los huevos revueltos. Y siempre eran amables con ella porque era monja.

Ninguno de los dos dijo palabra hasta que se sentaron y pidieron café. Everett pidió un sándwich de pavo, pero Maggie no tenía hambre después de la merienda de Navidad que había tomado con Sarah en el St. Francis.

Él fue el primero en hablar.

—Bueno, ¿cómo te ha ido?

—Bien. —Se sentía cohibida por primera vez en toda su vida; luego se relajó un poco y casi volvió a ser ella misma—. Esto es lo más bonito que nadie ha hecho por mí. Volar hasta aquí para desearme Feliz Navidad. Gracias, Everett —dijo, con solemnidad.

—Te he echado de menos. Mucho. Por eso estoy hoy aquí. De repente me pareció estúpido que no pudiéramos hablar nunca más. Supongo que debería disculparme por lo que pasó la última vez, aunque no lamento que lo hiciéramos. Fue lo mejor que me ha pasado nunca. —Siempre era sincero con ella.

—A mí también. —Las palabras salieron de su boca sin su permiso, pero eso era lo que sentía—. Todavía no sé cómo sucedió. —Parecía contrita y arrepentida.

—¿No? Yo sí. Creo que nos queremos. Por lo menos, yo te quiero. Y tengo la sensación de que tú también me quieres. Al menos, espero que así sea. —No quería que sufriera debido a lo que él sentía por ella, pero esperaba de corazón que ambos estuvieran enamorados, y que no le estuviera pasando solo a él—. No sé qué haremos, si es que hacemos algo. Esa es otra historia. Pero quería que supieras lo que siento.

—Yo también te quiero —dijo ella con tristeza. Era el mayor pecado que había cometido nunca contra la Iglesia y el mayor acto de desobediencia a sus votos, pero era verdad. Pensó que él tenía derecho a saberlo.

—Bien, eso son buenas noticias —dijo dándole un bocado al sándwich. Después de tragarlo, sonrió, aliviado por lo que ella acababa de decir.

—No, no lo son —le corrigió ella—. No puedo renunciar a mis votos. Es mi vida. —Pero ahora, en cierto modo, también él lo era—. No sé qué hacer.

—¿Qué tal si de momento disfrutamos y pensamos tranquilamente en ello? Tal vez haya una manera adecuada de que cambies de vida. Una especie de licenciamiento honroso.

Ella sonrió al oírlo.

—No te dan nada de eso cuando dejas la orden. Sé que hay gente que lo ha hecho; mi hermano por ejemplo, pero nunca imaginé que yo pudiera hacerlo.

—Entonces, quizá no lo hagas —dijo él objetivamente—. Tal vez sigamos tal como estamos. Pero, por lo menos, sabemos que nos queremos. No he venido hasta aquí para pedirte que te fugues conmigo, aunque me encantaría que lo hicieras. ¿Por qué no lo piensas, sin torturarte? Date un poco de tiempo para ver cómo te sientes.

A Maggie le gustaba que fuera tan razonable y sensato.

—Estoy asustada —confesó sinceramente.

—Yo también —respondió él y le cogió la mano—. Es algo que asusta. No estoy seguro de haber estado enamorado de nadie en mi vida. Durante treinta años estuve demasiado borracho para que me importara alguien, incluido yo mismo. Pero ahora me despierto y ahí estás tú.

A Maggie le encantaba lo que acababa de oír.

—Nunca he estado enamorada —dijo en voz baja—. Hasta que llegaste tú. Nunca, ni en un millón de años, creí que me pasaría esto.

—Tal vez Dios ha creído que era el momento.

—Tal vez está poniendo a prueba mi vocación. Me sentiré huérfana si dejo la Iglesia.

—Entonces, tal vez tenga que adoptarte. Es una posibilidad. ¿Se puede adoptar a las monjas? —Ella se echó a reír—. Me siento tan feliz de verte, Maggie...

Ella empezó a relajarse y charlaron como siempre. Ella le contó lo que estaba haciendo, y él le habló de sus últimos reportajes. Comentaron el próximo proceso de Seth. Everett dijo que había hablado con su redactor jefe largo y tendido y que quizá se encargara de cubrirlo para *Scoop*. En ese caso, pasaría en San Francisco muchas semanas, a partir de marzo, cuando empezara el juicio. A Maggie le gustaba que estuviera allí y que no la presionara. Cuando salieron del café, volvían a sentirse cómodos el uno con el otro. Él le cogió la mano mientras cruzaban la calle. Eran casi las ocho, hora de que cogiera el avión de vuelta a Los Ángeles.

No lo invitó a entrar, pero se quedaron allí, en la puerta, un largo minuto.

—Es el mejor regalo de Navidad que me han hecho nunca —afirmó Maggie, sonriendo.

—A mí también. —La besó suavemente en la frente. No quería asustarla; además la gente del vecindario sabía que era monja. No quería poner en peligro su reputación besándola. Por otro lado, ella no estaba lista todavía. Necesitaba pensar—. Te llamaré, para ver cómo va todo. —Luego contuvo el aliento, sintiéndose como un adolescente, y dijo—: ¿Lo pensarás, Maggie? Sé que es una gran decisión para ti. No se me ocurre una mayor. Pero te quiero, estoy aquí para ti, y si alguna vez estuvieras lo bastante loca como para hacerlo, sería un honor casarme contigo. Lo digo solo para que sepas que lo que te ofrezco es respetable.

—No esperaría menos de ti, Everett —respondió recatadamente, y luego sonrió—. Tampoco me habían hecho nunca una propuesta de matrimonio, ahora que lo pienso. —La cabeza le daba vueltas al mirarlo; se puso de puntillas y lo besó en la mejilla.

—¿Pueden un alcohólico en vías de recuperación y una monja ser felices juntos? ¿Seguir en sintonía? —Se rió al decirlo pero, de repente, se dio cuenta de que ella todavía era lo bastante joven como para tener hijos, quizá incluso varios si empezaban pronto. Le gustó la idea, pero no se la mencionó a ella. Ya tenía bastante en que pensar.

—Gracias, Everett —dijo ella mientras abría la puerta. Él silbó a un taxi que pasaba y que se detuvo delante de ellos—. Lo pensaré. Lo prometo.

—Tómate todo el tiempo que quieras. No tengo prisa. No te sientas presionada.

—Veamos qué tiene Dios que decir sobre todo esto —manifestó sonriendo.

—De acuerdo. Pregúntaselo. Entretanto, yo empezaré a encender velas. —De niño, le encantaba hacerlo.

Ella le dijo adiós con la mano, mientras entraba en el edificio y él bajaba corriendo la escalera hasta el taxi. Miró hacia la casa mientras se alejaban, pensando que este era posiblemente el mejor día de su vida. Tenía amor, mejor todavía, tenía esperanza. Y lo mejor de todo era que tenía a Maggie... casi. Y, sin ninguna duda, ella lo tenía a él.

19

El día después de Navidad, con la energía acumulada por haber visto a Maggie, Everett se sentó ante el ordenador, entró en internet y empezó a buscar. Sabía que había sitios que hacían búsquedas especiales. Tecleó ciertos datos y apareció un cuestionario en la pantalla. Respondió minuciosamente a todas las preguntas, aunque no disponía de mucha información. Nombre, lugar de nacimiento, nombre de los padres, última dirección conocida. Era todo lo que tenía para empezar. Ninguna dirección actual ni número de la seguridad social ni ningún otro tipo de información. Limitó la búsqueda a Montana. Si no salía nada, podía buscar en otros estados. Se quedó allí sentado, esperando a ver qué aparecía. Tras una breve pausa apareció un nombre y una dirección en la pantalla. Todo había sido muy sencillo y rápido. Después de veintisiete años, allí estaba. Charles Lewis Carson. Chad. La dirección era de Butte, Montana. Había necesitado veintisiete años para buscarlo, pero ahora estaba dispuesto. También había un número de teléfono y una dirección de correo electrónico.

Pensó en enviarle un e-mail, pero decidió no hacerlo. Anotó toda la información en un papel, lo pensó un rato, anduvo arriba y abajo por el apartamento y luego respiró hondo, llamó a la compañía aérea e hizo una reserva. Salía un vuelo a las cuatro de la tarde. Everett decidió cogerlo. Podría llamar cuando llegara allí o, quizá, ir en coche para ver qué aspecto tenía la casa. Chad tenía treinta años y Everett ni siquiera lo había visto en fotografía en todos estos años. Su ex esposa y él habían perdido completamente el contacto después de que él dejara de enviarle los cheques de ayuda, cuando Chad cumplió dieciocho años. Además, el único contacto que habían tenido antes de eso, mientras Chad crecía, eran los cheques que le enviaba cada mes y la firma de ella al dorso, cuando los endosaba. Habían dejado de escribirse cuando Chad tenía cuatro años y no había recibido ni una foto suya desde entonces; aunque tampoco la había pedido.

Everett no sabía nada de él; si estaba casado o soltero, si había ido a la universidad ni qué hacía para ganarse la vida. Entonces tuvo una idea y tecleó las mismas preguntas respecto a Susan, pero no la encontró. Quizá se había trasladado a otro estado o se había vuelto a casar. Podía haber muchas razones para que no apareciera en la pantalla. Además, lo único que deseaba realmente era ver a Chad. Ni siquiera estaba seguro de querer reunirse con él. Echaría una mirada y decidiría, una vez que estuviera allí. Había sido una decisión difícil para él y sabía que tanto Maggie como su recuperación tenían mucho que ver con esa decisión. Antes de que estos dos factores entraran en su vida, no habría tenido el valor de hacerlo. Tenía que enfrentarse con sus fracasos, con su incapacidad para relacionarse o comprometerse, o intentar siquiera ser padre. Tenía dieciocho años cuando nació Chad; era un crío. Ahora Chad era mayor que él cuando nació su hijo. La última vez que lo vio, Everett tenía veintiún años; fue antes de marcharse para convertirse en fotógrafo y recorrer el mundo como si fuera un mercenario. Pero no importaba cómo lo maquillara o que tratara de darle un toque romántico; a efectos prácticos y desde el punto de vista de Chad, lo había abandonado y había desaparecido. Everett se avergonzaba de ello, y era totalmente posible que Chad lo odiara. Sin ninguna duda, tenía el derecho de hacerlo. Por fin, Everett estaba dispuesto a enfrentarse a él, después de todos esos años. Maggie le había dado el empujón que necesitaba.

De camino al aeropuerto estuvo silencioso y pensativo. Compró un café en Starbucks y se lo llevó al avión; luego, se sentó y miró por la ventanilla mientras se lo bebía. Aquel vuelo era diferente del que había cogido el día anterior, cuando fue a San Francisco para ver a Maggie. Incluso si estaba enfadada o lo evitaba, tenían una relación que había sido toda, o en su mayor parte, agradable. Chad y él no tenían nada, salvo el rotundo fracaso de Everett como padre. No había nada en lo que apoyarse ni que cultivar. No había habido ninguna comunicación ni puente entre ellos durante veintisiete años. Aparte del ADN, eran unos extraños.

El avión aterrizó en Butte y Everett le pidió al taxista que pasara por delante de la dirección que había sacado de internet. Era una casa pequeña, limpia, de construcción barata, en un barrio residencial de la ciudad. No era un barrio elegante, pero tampoco pobre. Tenía un aspecto corriente, prosaico y agradable. El trozo de césped delante de la casa era pequeño, pero estaba bien cuidado.

Después de ver el lugar, Everett le dijo al taxista que lo llevara al motel más cercano. Era un Ramada Inn, sin nada distintivo. Pidió la habitación más pequeña y barata, compró un refresco de la máquina y volvió a la habitación. Se quedó allí mucho rato, con la mirada fija en el teléfono, deseando marcar el número, pero demasiado asustado para decidirse, hasta que, finalmente, reunió el valor para hacerlo.

Sintió que necesitaba ir a una reunión. Pero sabía que podría hacerlo más tarde; antes tenía que llamar a Chad. Ya dispondría de tiempo, más adelante, para compartir lo que pasara, y probablemente lo haría.

Contestaron al teléfono al segundo timbrazo. Era una mujer y, por un segundo, se preguntó si se habría equivocado de número. Si era así, resultaría complicado. Charles Carson no era un nombre inusual y debía de haber muchos en el listín telefónico.

—¿Podría hablar con el señor Carson? —preguntó Everett en tono educado y amable. Notó que le temblaba la voz, pero la mujer no lo conocía lo suficiente para darse cuenta.

—Lo siento, ha salido. Volverá dentro de media hora. —Le dio la información amablemente—. ¿Quiere que le dé algún recado?

—Esto... no... yo... ya volveré a llamar —dijo Everett y colgó antes de que ella pudiera hacerle más preguntas. Se preguntó quién era la joven. ¿Esposa? ¿Hermana? ¿Novia?

Se tumbó en la cama, encendió la tele y se adormiló. Eran las ocho cuando se despertó y volvió a quedarse con la mirada fija en el teléfono. Rodó por la cama y marcó el número. Esta vez contestó un hombre con una voz fuerte y clara.

—¿Podría hablar con Charles Carson, por favor? —preguntó Everett a la voz del otro extremo, y esperó ansiosamente. Tenía la impresión de que era él y esa perspectiva le producía vértigo. Era mucho más difícil de lo que había pensado. ¿Qué iba a hacer una vez que se hubiera identificado? Quizá Chad no quisiera verlo. ¿Por qué habría de querer?

—Soy Chad Carson —corrigió la voz—. ¿Con quién hablo? —Sonaba ligeramente suspicaz. Preguntar por él con su nombre completo le decía que quien llamaba era un extraño.

—Yo... esto... Sé que parece una locura, pero no sé por dónde empezar. —Entonces, lo soltó—: Mi nombre es Everett Carson. Soy tu padre. —Hubo un silencio sepulcral al otro extremo de la línea, mientras el hombre que había contestado intentaba descubrir qué estaba pasando. Everett imaginaba el tipo de cosas que Chad podía decirle, y «piérdete» era, de lejos, la más suave—. No estoy seguro de qué decirte, Chad. Supongo que «lo siento» es lo primero, aunque no explica veintisiete años. No estoy seguro de que nada pueda hacerlo. Si no quieres hablar conmigo lo entenderé. No me debes nada, ni siquiera una conversación.

El silencio se prolongó mientras Everett se preguntaba si debía continuar hablando o colgar discretamente. Decidió esperar unos segundos más, antes de renunciar por completo. Le había costado veintisiete años tenderle la mano a su hijo e intentar un reencuentro. Chad, que no tenía ni idea de qué estaba pasando, se había quedado mudo de asombro.

—¿Dónde estás? —fue lo único que dijo, mientras Everett se preguntaba qué estaría pensando. Todo aquello resultaba bastante alarmante.

—Estoy en Butte. —Everett lo pronunció como un natural del lugar. Aunque había vivido en otros sitios, seguía teniendo un ligero acento de Montana.

—¿Aquí? —Chad pareció asombrado de nuevo—. ¿Qué haces aquí?

—Tengo un hijo aquí —respondió Everett, simplemente—. No lo he visto desde hace mucho tiempo. No sé si querrás verme, Chad. Y no te culpo, si no quieres. Llevo mucho tiempo pensando en hacer esto. Pero haré lo que quieras. He venido a verte, pero eres tú quien decide si quieres que nos veamos. Si no, lo comprenderé. No me debes nada. Soy yo quien te debe una disculpa por los últimos veintisiete años. —Se produjo un silencio al otro extremo, mientras el hijo que no conocía digería sus palabras—. He venido para reparar el daño.

—¿Estás en Alcohólicos Anónimos? —preguntó Chad, con cautela, reconociendo la conocida fórmula.

—Sí, así es. Veinte meses. Es lo mejor que he hecho nunca. Por eso estoy aquí.

—Yo también —dijo Chad, después de una pequeña vacilación. Y luego tuvo una idea—. ¿Quieres venir a una reunión?

—Sí. —Everett respiró hondo.

—Hay una a las nueve —contestó Chad—. ¿Dónde te alojas?

—En el Ramada Inn.

—Te recogeré. Llevo una camioneta Ford de color negro. Tocaré la bocina dos veces. Estaré ahí dentro de diez minutos.

—Pese a todo, quería ver a su padre tanto como este quería verlo a él.

Everett se echó un poco de agua por la cara, se peinó y se miró al espejo. Lo que vio fue un hombre de cuarenta y ocho años, que había vivido tiempos borrascosos y que, a los veintiuno, había abandonado a su hijo de tres. Era algo de lo que no se sentía orgulloso. Había muchas cosas que todavía lo angustiaban, y esta era una de ellas. No había hecho daño a muchas personas en su vida, pero a la que más había herido era precisamente su hijo. No había modo alguno de que pudiera compensarlo por ello ni devolverle los años que había pasado sin padre, pero, por lo menos, ahora estaba allí.

Estaba esperando fuera del hotel, vestido con vaqueros y una chaqueta gruesa, cuando llegó Chad. Bajó de la camioneta y mientras se acercó, Everett vio que era alto y guapo, con el pelo rubio y los ojos azules, de complexión fuerte y con la forma de andar típica de Montana. Llegó hasta donde estaba Everett, lo miró larga e intensamente y tendió la mano para estrechar la de su padre. Se miraron a los ojos y Everett tuvo que esforzarse por contener las lágrimas. No quería avergonzar a ese hombre que era un completo extraño para él, pero que parecía un buen tipo, la clase de hijo del que cualquier padre se habría sentido orgulloso y al que habría querido. Se estrecharon la mano y Chad hizo un gesto de saludo. Normalmente era un hombre de pocas palabras.

—Gracias por venir a recogerme —dijo Everett al subir a la camioneta. Vio las fotografías de dos niñas pequeñas y de un niño—. ¿Son tus hijos? —Everett los miró, sorprendido. No se le había ocurrido, ni por un momento, que Chad tuviera hijos.

El joven sonrió y asintió.

—Y otro que viene de camino. Son muy buenos.

—¿Cuántos años tienen?

—Jimmy tiene siete; Billy, cinco y Amanda, tres. Pensaba que ya habíamos terminado, pero tuvimos una sorpresa hace seis meses. Otra niña.

—Es toda una familia. —Everett sonrió, y luego se echó a reír—. ¡La leche! Solo hace cinco minutos que he recuperado a mi hijo y ya soy abuelo, cuatro veces. Me está bien empleado, supongo. Empezaste temprano —comentó Everett, y esta vez Chad sonrió.

—Tú también.

—Un poco antes de lo planeado. —Vaciló un momento con miedo a preguntar, pero decidido a hacerlo de todos modos—. ¿Cómo está tu madre?

—Bien. Volvió a casarse, pero no tuvo más hijos. Sigue aquí.

Everett asintió. Era reticente a volver a verla. Su breve matrimonio adolescente le había dejado un sabor amargo en la boca y, probablemente, a ella también. Habían compartido tres años espantosos, que finalmente lo empujaron a marcharse. Eran la peor pareja que cabía imaginar, una pesadilla desde el principio. Ella había amenazado con matarlo dos veces con el rifle de su padre. Un mes más tarde, Everett se marchó. Pensó que, si no lo hacía, la mataría o se mataría. Habían sido tres años de peleas constantes. Fue entonces cuando empezó a beber más de la cuenta y siguió haciéndolo durante veintiséis años.

—¿A qué te dedicas? —preguntó a Chad con interés. Era un joven muy atractivo, mucho más que él a su edad. Chad tenía un rostro cincelado y era un hombre curtido. Era incluso más alto que Everett y tenía una constitución más fuerte, como si trabajara al aire libre o debiera hacerlo.

—Soy el ayudante del capataz en el rancho TBar7. Está a unos treinta kilómetros de la ciudad. Caballos y ganado. —Tenía el aspecto de un consumado vaquero.

—¿Fuiste a la universidad?

—Los dos primeros años. Por la noche. Mamá quería que estudiara derecho. —Sonrió—. Pero no me iba en absoluto. La universidad estaba bien, pero soy mucho más feliz sobre un caballo que detrás de una mesa, aunque ahora también tengo que hacer bastante trabajo de oficina. No me gusta mucho. Debbie, mi mujer, es maestra. De cuarto curso. Es una jinete formidable. Este verano participó en el rodeo. —Parecían el perfecto vaquero y su esposa; sin saber por qué, Everett supo que tenían un buen matrimonio. Parecía ese tipo de hombre—. ¿Has vuelto a casarte? —preguntó Chad mirándolo con curiosidad.

—No, ya estaba vacunado —dijo, y los dos se echaron a reír—. He estado vagabundeando por el mundo todos estos años, hasta hace veinte meses, cuando empecé la rehabilitación y dejé de beber, con mucho retraso. Estaba siempre demasiado ocupado y demasiado bebido para que una mujer decente me quisiera. Soy periodista —añadió.

Chad sonrió.

—Lo sé. A veces, mamá me enseña tus fotos. Siempre lo ha hecho. Algunas son muy buenas, sobre todo las de las guerras. Debes de haber estado en muchos lugares interesantes.

—Sí.

Se dio cuenta de que al hablar con el joven sonaba más de Montana. Frases cortas, pocas palabras y abreviadas. Ahí todo era sobrio, como el áspero terreno. Tenía una belleza natural increíble y se dijo que era interesante que su hijo se hubiera quedado cerca de casa, a diferencia de él, que se había ido lo más lejos posible de sus raíces. Ya no le quedaba familia allí; los pocos parientes que tenía ya habían muerto. No había regresado nunca, excepto ahora, finalmente, por su hijo.

Llegaron a la pequeña iglesia donde se celebraba la reunión y, mientras seguía a Chad por la escalera que llevaba al sótano, pensó en lo afortunado que era de haberlo encontrado y de que estuviera dispuesto a verlo. Podría haber ido todo de otro modo. Mientras entraba en la estancia dio gracias a Maggie, en silencio. Debido a su dulce y persistente persuasión, él estaba ahora allí, y se sentía satisfecho de haberlo hecho. Ella le había preguntado por su hijo la noche en la que se conocieron.

Everett se sorprendió al ver que había unas treinta personas en la sala, sobre todo hombres, pero también algunas mujeres. Chad y él se sentaron, el uno al lado del otro, en sillas plegables. La reunión acababa de empezar y seguía el habitual formato. Everett habló cuando pidieron que los recién llegados o los visitantes se identificaran. Dijo que se llamaba Everett, que era alcohólico y que llevaba veinte meses en rehabilitación. Todo el mundo dijo: «¡Hola, Everett!», y la reunión prosiguió.

Compartió con los demás aquella noche, y Chad también lo hizo. Everett habló primero; contó lo temprano que había empezado a beber, su infeliz matrimonio de penalty, cómo se había marchado de Montana y había abandonado a su hijo. Dijo que era el hecho de su vida que más lamentaba, que había ido allí para reparar el daño hecho en el pasado, si era posible, y que se sentía agradecido de estar allí. Chad, sentado, se miraba los pies mientras su padre hablaba. Llevaba unas gastadas botas de vaquero, no muy diferentes de las de su padre, que llevaba su par favorito de lagarto negro. Las de Chad eran las de un vaquero en activo, manchadas de barro, de color marrón oscuro y muy gastadas. Todos los hombres de la estancia llevaban botas de vaquero, incluso algunas de las mujeres. Los hombres también tenían sombreros Stetson encima de las rodillas.

Chad dijo que llevaba en rehabilitación ocho años, desde que se casó, lo cual fue una información interesante para su padre. Dijo que había vuelto a pelearse con el capataz, aquel mismo día, y que le habría encantado dejar el trabajo, pero que no podía permitírselo, y que el hijo que esperaban para la primavera iba a someterlo todavía a más presión. Confesó que a veces le daban miedo todas las responsabilidades que tenía. Luego afirmó que, en cualquier caso, quería a sus hijos y a su mujer y que, seguramente, todo se arreglaría. Sin embargo, reconoció que el bebé que venía de camino lo ataría todavía más a su trabajo y que, de vez en cuando, sentía cierto resentimiento por ello. Luego miró a su padre y dijo que era extraño encontrarse con un padre al que no conocía, pero que se alegraba de que hubiera vuelto, aunque fuera con mucho retraso.

Más tarde, los dos hombres se mezclaron con el grupo, después de que todos se cogieran de las manos y pronunciaran la oración de la Serenidad. Una vez terminada la reunión, todos dieron la bienvenida a Everett y charlaron con Chad. Todos se conocían. No había forasteros en la reunión, salvo Everett. Las mujeres habían llevado café y galletas; una de ellas era la secretaria de la reunión. A Everett le habían gustado las intervenciones y dijo que pensaba que había sido una buena reunión. Chad lo presentó a su padrino, un viejo vaquero con el pelo entrecano, barba y ojos risueños, y a sus dos ahijadas, que tenían aproximadamente su misma edad. Chad dijo que era padrino en AA desde hacía casi siete años.

—Llevas mucho tiempo en rehabilitación —comentó Everett cuando se iban—. Gracias por dejarme venir contigo esta noche. Necesitaba ir a una reunión.

—¿Con cuánta frecuencia asistes? —preguntó Chad. Le había gustado la participación de su padre. Fue abierta y honesta, y parecía sincera.

—Cuando estoy en Los Ángeles, voy dos veces al día. Cuando estoy de viaje, una vez. ¿Y tú?

—Tres veces a la semana.

—Llevas una pesada carga, con cuatro hijos. —Sentía mucho respeto por él. De alguna manera, había supuesto que Chad debía de vivir en una especie de hibernación todos aquellos años, permanentemente niño; en cambio, se había encontrado con un hombre que tenía una esposa y una familia. Everett reconoció que, en cierto sentido, había logrado hacer con su vida mucho más que su padre—. ¿Qué pasa con el capataz?

—Es un capullo —dijo Chad, de repente con un aire muy joven e irritado—. No deja de tocarme los huevos. Es un tío muy anticuado y lleva el rancho igual que hace cuarenta años. El año que viene se retira.

—¿Crees que te darán el puesto? —preguntó Everett con preocupación paterna.

Chad se echó a reír y se volvió a mirarlo mientras iban camino del hotel.

—No hace ni una hora que has vuelto ¿y ya te preocupas por mi trabajo? Gracias, papá. Sí, más vale que lo consiga o me cabrearé. Llevo diez años trabajando allí y es un buen trabajo.

Everett sonrió de oreja a oreja, cuando lo llamó «papá». Era una sensación agradable y un honor que sabía que no merecía.

—¿Cuánto tiempo te quedarás aquí? —preguntó Chad.

—Depende de ti —contestó Everett francamente—. ¿Qué me dices?

—¿Por qué no vienes a cenar mañana? No será nada del otro mundo, porque tengo que encargarme yo de cocinar. Debbie tiene muchas náuseas. Siempre le ocurre cuando está embarazada, hasta el último día.

—Debe de ser muy valiente para hacerlo tantas veces. Y tú también. No es fácil mantener a tantos hijos.

—Vale la pena. Espera a conocerlos. De hecho —Chad entornó los ojos, mirándolo—, Billy se parece a ti.

Chad no se parecía a Everett; había notado que se parecía a su madre y a los hermanos de esta, que eran clavados a ella. Eran de origen sueco, grandes y macizos; habían llegado a Montana hacía dos generaciones, desde el Medio Oeste y antes de eso de Suecia.

—Te recogeré mañana a las cinco y media cuando vuelva del trabajo. Puedes hacerte amigo de los niños mientras yo cocino. Aunque tendrás que disculpar a Debbie. Está hecha mierda.

Everett asintió y le dio las gracias. Chad era increíblemente cordial, mucho más de lo que él merecía. Pero estaba enormemente agradecido de que su hijo estuviera tan dispuesto a abrirle su vida. Hacía demasiado que Everett era una pieza que le faltaba.

Se dijeron adiós con un gesto mientras Chad se alejaba en el coche. Hacía mucho frío y había hielo en el suelo. Everett se sentó en la cama con una sonrisa y llamó a Maggie. Ella contestó en cuanto sonó el teléfono.

—Gracias por venir ayer —dijo Maggie cálidamente—. Fue muy agradable —continuó, en voz baja.

—Sí, lo fue. Tengo que decirte algo. Tal vez te sorprenda. —Ella se puso nerviosa al oírlo, temiendo que fuera a presionarla—. Soy abuelo.

—¿Cómo? —preguntó echándose a reír. Pensó que bromeaba—. ¿Desde ayer? Menuda rapidez.

—Al parecer, no tan rápido. Tienen siete, cinco y tres años. Dos niños y una niña. Y otra que viene de camino. —Sonreía ampliamente al decirlo. De repente, le gustaba la idea de tener una familia, incluso si los nietos hacían que se sintiera viejo. Pero ¡qué demonios!

—Espera un momento. Estoy confusa. ¿Me he perdido algo? ¿Dónde estás?

—Estoy en Butte —contestó, orgulloso, y todo gracias a ella. Era otro de los muchos regalos que ella le había dado.

—¿Montana?

—Sí, señora. He llegado hoy, en avión. Es un chico estupendo. Un chico no, un hombre. Es el segundo del capataz de un rancho de aquí, tiene tres hijos y están esperando otro. Todavía no los conozco, pero iré a cenar a su casa mañana. Incluso sabe cocinar.

—Oh, Everett —dijo Maggie, y parecía tan entusiasmada como él—. Me alegro tanto... ¿Cómo te va con Chad? ¿Acepta las cosas... te acepta a ti?

—Es muy noble. No sé cómo fue su infancia ni cómo se siente al respecto, pero parece contento de verme. Tal vez los dos ya estemos preparados. También está en AA, desde hace ocho años. Esta noche hemos ido a una reunión. Es un hombre realmente firme. Es mucho más maduro de lo que yo era a su edad o, quizá, incluso ahora.

—Lo estás haciendo bien. Me alegro mucho de que te hayas decidido. Siempre tuve la esperanza de que lo harías.

—Nunca lo habría conseguido sin ti. Gracias, Maggie.
—Con su insistencia, delicada y persistente, le había devuelto a su hijo y a toda una nueva familia.

—Lo habrías hecho de todos modos. Me alegro de que me hayas llamado y me lo hayas contado. ¿Cuánto tiempo te quedarás?

—Un par de días. No puedo quedarme demasiado tiempo. Tengo que estar en Nueva York en Nochevieja, para cubrir un concierto de Melanie. Pero lo estoy pasando muy bien aquí. Ojalá pudieras venir a Nueva York conmigo. Sé que disfrutarías en uno de sus conciertos. Es increíble sobre un escenario.

—Quizá vaya a uno, un día de estos. Me gustaría.
—Tiene un concierto en Los Ángeles, en mayo. Te invitaré.

Con un poco de suerte, quizá para entonces habría tomado una decisión respecto a dejar el convento. Ahora, era lo único que deseaba, pero no dijo nada. Era una decisión muy importante y sabía que necesitaba tiempo para pensar. Le había prometido no presionarla. Solo la había llamado para contarle lo de Chad y los niños y para darle las gracias por llevarlo hasta allí, a su manera siempre tranquila.

—Pásalo bien con los niños mañana, Everett. Llámame y dime qué tal ha ido.

—Lo prometo. Buenas noches, Maggie... y gracias...

—No me des las gracias a mí, Everett —dijo, sonriendo—. Agradéceselo a Dios.

Así lo hizo, antes de quedarse dormido.

Al día siguiente, Everett fue a comprar algunos juguetes para llevárselos a los niños. Compró una colonia para Debbie y un gran pastel de chocolate para el postre. Lo llevaba todo en bolsas de la compra cuando Chad lo recogió, lo ayudó a ponerlo en la parte de atrás de la camioneta. Le dijo a su padre que comerían alitas de pollo a la barbacoa y macarrones con queso. Últimamente, los niños y él decidían los menús.

Los dos hombres se alegraron de verse de nuevo. Chad lo llevó a la casa, pequeña y pulcra, por la que Everett había pasado cuando dio una vuelta por allí para ver dónde vivía su hijo. El interior era cálido y acogedor, aunque había juguetes por todo el salón, niños tumbados encima de todos los muebles, la televisión estaba encendida y una bonita joven, rubia y pálida, estaba recostada en el sofá.

—Tú debes de ser Debbie. —Se dirigió a ella primero.

Ella se levantó y le estrechó la mano.

—Sí. Chad se alegró enormemente de verte anoche. Hemos hablado mucho de ti durante estos años.

Hizo que resultara como si los comentarios del pasado hubieran sido agradables, aunque, siendo realista, no podía pensar que ese fuera el caso. Cualquier mención de él debía de haber puesto furioso o triste a Chad.

Everett se volvió hacia los niños y se quedó sorprendido de lo encantadores que parecían. Eran tan guapos como sus padres y aparentemente no se peleaban entre ellos. Su nieta parecía un ángel y los dos chicos eran fuertes y robustos vaqueros en miniatura, pero grandes para su edad. Parecían una familia de un cartel que hiciera publicidad del estado de Montana. Mientras Chad preparaba la cena y Debbie se echaba de nuevo en el sofá, visiblemente embarazada, Everett jugó con los niños. Les encantaron los juguetes que les había llevado. Luego enseñó a los chicos a hacer trucos de cartas, con Amanda sentada sobre sus rodillas y, cuando la cena estuvo lista, ayudó a Chad a servir los platos de los niños. Debbie ni siquiera pudo sentarse a la mesa; el olor y la vista de la comida le provocaban náuseas, pero participó en la conversación desde el sofá. Everett lo pasó en grande; no le apetecía nada marcharse cuando llegó el momento de que Chad lo acompañara de vuelta al motel. Everett le agradeció efusivamente aquella estupenda noche.

Cuando pararon delante del motel, Chad se volvió y le preguntó:

—No sé qué opinas, pero... ¿quieres ver a mamá? Si no quieres no pasa nada. Es solo que se me ha ocurrido preguntártelo.

—¿Sabe que estoy aquí? —inquirió Everett, nervioso.

—Se lo he dicho esta mañana.

—¿Ella quiere verme? —Everett no creía que quisiera, después de tantos años. Sus recuerdos no podían ser mejores que los de él; posiblemente eran incluso peores.

—No estaba segura, pero me parece que siente curiosidad. Tal vez sería bueno para vosotros, para cerrar definitivamente este capítulo. Ha dicho que siempre pensó que volvería a verte y que tú regresarías. Creo que, durante mucho tiempo, estuvo furiosa porque no volviste. Pero lo superó hace años. No habla mucho de ti. Pero ha dicho que podría verte mañana por la mañana. Tiene que venir a la ciudad para ir al dentista. Vive a unos cincuenta kilómetros de aquí, más allá del rancho.

—Tal vez sea una buena idea —dijo Everett, pensativo—. Podría ayudarnos a los dos a enterrar viejos fantasmas. —Tampoco él pensaba mucho en ella, pero ahora que había visto a Chad, no le parecía tan incómodo verla; tal vez unos minutos, o el tiempo que pudieran tolerar—. ¿Por qué no le preguntas qué le parece? Estaré en el motel todo el día. No tengo muchas cosas que hacer.

Había invitado a Chad y a su familia a cenar, al día siguiente. Chad le había dicho que les encantaba la comida china y que había un buen restaurante chino en la ciudad. Luego, Everett se marcharía, pasaría una noche en Los Ángeles y volaría a Nueva York, para el concierto de Melanie.

—Le diré que vaya, si quiere.

—Como ella prefiera —dijo Everett esforzándose por parecer natural, pero se sentía algo tenso ante la perspectiva de volver a ver a Susan.

Cuando ella se marchara, probablemente iría a una reunión como había hecho esa tarde antes de ver a Chad y a los niños. Asistía religiosamente a las reuniones, dondequiera que estuviera. En Los Ángeles había muchos lugares donde escoger, pero allí había menos.

Chad dijo que le daría el recado y que recogería a su padre para cenar, al día siguiente. Everett informó de su visita a Maggie. Le dijo lo bien que lo había pasado, lo guapos que eran los niños y lo bien que se portaban. Pero, por alguna razón, no mencionó que posiblemente vería a su ex mujer al día siguiente. No lo había digerido del todo y sentía cierto temor. Maggie se alegró por él todavía más que el día anterior.

Susan se presentó en el motel a las diez de la mañana, justo cuando Everett estaba acabando de tomarse un bollo danés y un café. Llamó a la puerta de la habitación y, cuando él la abrió, se quedaron mirándose un largo momento. Había dos sillas en la habitación y él la invitó a sentarse en una de ellas. Estaba igual y, al mismo tiempo, distinta. Era alta y había engordado, pero la cara era la misma. Ella escudriñó sus ojos y luego lo miró de arriba abajo. Everett sintió que al verla examinaba un trozo de su historia, un lugar y una persona que recordaba, pero por los que ya no sentía nada. No podía recordar haberla querido y se preguntó si realmente lo había hecho. Los dos eran tan jóvenes, estaban tan confusos y furiosos por la situación en la que estaban... Se quedaron allí, sentados en las dos sillas de la habitación, mirándose, tratando de encontrar algo que decir. Igual que en el pasado, tenía la sensación de no tener nada en común con ella; sin embargo, con su deseo y entusiasmo juveniles, no se había dado cuenta de ello cuando empezaron a salir y ella se quedó embarazada. Recordó lo atrapado que se había sentido, lo desesperado, lo negro que le había parecido el futuro cuando el padre de Susan insistió en que se casaran y Everett aceptó lo que le parecía una condena a cadena perpetua. Siempre que pensaba en ello, sentía cómo los años se extendían frente a él, como si fueran una larga y solitaria carretera, llenándolo de desesperación. Tuvo la sensación de que se ahogaba de nuevo solo de pensar en ello y recordó perfectamente todas las razones de que empezara a beber en exceso y, finalmente, huyera de allí. Había sentido que una eternidad con ella era un suicidio. Estaba seguro de que era una buena persona, pero nunca fue la adecuada para él. Tuvo que esforzarse para volver al presente porque, durante una fracción de segundo, deseó un trago; luego recordó dónde estaba y que era libre. No podría volver a atraparlo nunca más. Las circunstancias, más que ella, eran lo que lo había encadenado. Ambos fueron víctimas de su destino, pero él no había querido compartir el suyo con ella. Nunca había conseguido adaptarse a la idea de estar con ella para siempre, ni siquiera por el bien de su hijo.

—Chad es un chico estupendo —dijo elogiándola. Ella asintió, con una leve sonrisa inexpresiva. No tenía aspecto de ser feliz, pero tampoco desdichada. Era anodina—. Igual que sus hijos. Debes de estar muy orgullosa de él. Has hecho un gran trabajo con él, Susan. Y no precisamente gracias a mí. Lo siento por todos aquellos años. —Era su ocasión de reparar el daño hecho, sin importar lo infelices que habían sido juntos. Comprendió, incluso más claramente, lo desastroso que había sido como marido y padre. Era solo un crío.

—Está bien —dijo ella vagamente.

Él pensó que parecía más vieja de lo que era. Su vida en Montana no había sido fácil, como tampoco la suya en sus viajes. Pero al menos era más interesante. Susan era tan distinta de Maggie... ella estaba llena de vida. Había algo en Susan que hacía que se sintiera muerto por dentro, incluso ahora. Le resultaba difícil recordarla cuando era joven y bonita.

—Siempre ha sido un buen chico —prosiguió ella—. Yo opinaba que debía seguir en la universidad, pero él prefería estar al aire libre, montado a caballo, que haciendo cualquier otra cosa. —Se encogió de hombros—. Supongo que es feliz donde está.

Al mirarla, Everett vio amor en sus ojos. Quería a su hijo. Se sintió agradecido por ello.

—En efecto, lo parece.

Aquella conversación entre progenitores les resultaba extraña. Aunque, probablemente, era la primera y la última que tendrían. Esperaba que fuera feliz, aunque no parecía una persona alegre y extravertida. Su rostro era solemne y desprovisto de emoción. Pero aquel encuentro tampoco era fácil para ella. Parecía satisfecha al mirar a Everett, como si estuviera enterrando algo definitivamente. Eran tan distintos que habrían sido muy desgraciados si hubieran seguido juntos. Cuando la visita terminó, ambos sabían que todo había sucedido como debía suceder.

Susan no se quedó demasiado rato y él volvió a pedirle perdón. Ella se fue al dentista y él a dar un paseo y, luego, a su reunión de AA. Compartió con ellos que la había visto y que el encuentro le había recordado lo desesperado, desdichado y atrapado que se sentía cuando estaba casado con ella. Sentía como si, por fin, hubiera cerrado la puerta al pasado, con una doble vuelta de llave. Verla era lo único que necesitaba para saber por qué la había dejado. Una vida con ella lo habría matado, pero ahora estaba agradecido por tener a Chad y a sus nietos. Así que, al final, Susan había compartido algo bueno con él. Todo había sucedido por una razón, y ahora podía ver cuál era. En el pasado no podría haber sabido que, treinta años más tarde, todo cobraría sentido y que Chad y sus hijos se convertirían en la única familia que tenía. En realidad, Susan había aportado algo bueno a su vida y le estaba agradecido por ello.

Por la noche, la cena en el restaurante chino fue estupenda. Chad y él hablaron sin parar, los niños charlaron, rieron y esparcieron comida china por todas partes. Debbie también fue y se esforzó por tolerar el olor de la comida. Solo tuvo que salir fuera, a respirar aire limpio, una vez. Más tarde, cuando dejó a su padre en el motel, Chad le dio un enorme abrazo, igual que los niños y Debbie.

—Gracias por ver a mamá —dijo Chad—. Creo que ha significado mucho para ella. Nunca sintió que te había dicho adiós. Siempre pensó que volverías.

Everett sabía por qué no lo había hecho, pero no se lo dijo a su hijo. Después de todo, Susan era su madre; además, era quien había estado allí para cuidarlo y quererlo. Tal vez fuera aburrida para Everett, pero había hecho un buen trabajo con su hijo y la respetaba por ello.

—Me parece que volver a vernos nos hizo bien a los dos —dijo Everett, sinceramente, ya que le había recordado la realidad del pasado.

—Me ha dicho que lo habéis pasado bien.

Según la definición de Susan, no la suya. Pero había servido de algo y veía que era importante para Chad, lo cual lo convertía en más valioso.

Prometió volver a verlos y seguir en contacto. Les dejó el número del móvil y les dijo que se movía mucho de un lado para otro, cuando le encargaban reportajes.

Todos le dijeron adiós con la mano, mientras se alejaban en el coche. La visita había sido un gran éxito y, por la noche, volvió a llamar a Maggie para contárselo todo. Estaba realmente triste por dejar Butte al día siguiente. Había cumplido su misión. Había encontrado a su hijo, un hombre maravilloso con una esposa encantadora y una familia estupenda. Su ex esposa no era un monstruo, solo que no era la mujer que habría querido o con la que habría podido vivir. El viaje a Montana había dado a Everett un montón de regalos. Y la persona que había hecho que ello fuera posible era Maggie. Era el origen de muchas cosas buenas en su vida.

El avión despegó y Everett observó cómo Montana se iba alejando debajo de él. Cuando trazaron un círculo antes de dirigirse hacia el oeste, pasaron por encima del lugar donde sabía que estaba el rancho donde Chad trabajaba. Miró hacia abajo, con una sonrisa feliz, sabiendo que tenía un hijo y varios nietos, y que nunca volvería a perderlos. Ahora que se había enfrentado a sus demonios y a sus defectos, podría volver a ver a Chad y a su familia una y otra vez. Esperaba con ilusión el momento de hacerlo, quizá incluso llevaría a Maggie con él. Quería ver al nuevo bebé en primavera. La visita que había temido durante tanto tiempo era la pieza de él mismo que le había faltado durante muchos años, quizá toda su vida. Y ahora la había encontrado. Los dos mayores regalos que había recibido en su vida eran Maggie y Chad.

20

Everett cubrió el concierto de Melanie en Nueva York, en Nochevieja. El Madison Square Garden estaba de fans hasta la bandera y ella se encontraba en forma. El tobillo estaba curado, su alma había hallado la paz y vio que era feliz y se sentía fuerte. Se quedó entre bastidores con Tom unos minutos y le hizo una foto con Melanie. Janet estaba allí, como de costumbre, dando órdenes a todo el mundo, pero parecía un poco más moderada y menos detestable. Todo parecía ir bien en su mundo.

Telefoneó a Maggie en Nochevieja cuando para ella era medianoche. Estaba en casa viendo la tele. El concierto había terminado y Everett se había quedado levantado para llamarla. Le dijo que estaba pensando en él y, por su voz, parecía alterada.

—¿Estás bien? —preguntó él, preocupado. Siempre tenía miedo de que decidiera cerrarle la puerta. Sabía lo fuerte que era su lealtad hacia sus votos y él representaba un enorme problema, incluso una amenaza para ella y para todo aquello en lo que creía.

—Tengo muchas cosas en la cabeza —reconoció. Tenía que tomar determinaciones, evaluar toda una vida, y decidir su futuro y el de él—. Rezo constantemente estos días.

—No reces demasiado. Tal vez si dejas que todo siga su curso, las respuestas llegarán.

—Eso espero —afirmó con un suspiro—. Feliz Año Nuevo, Everett. Espero que sea un gran año para ti.

—Te quiero, Maggie —dijo sintiéndose solo de repente. La echaba de menos y no tenía ni idea de cómo acabaría todo aquello. Se recordó que había que vivir día a día, y así se lo transmitió a ella.

—Yo también te quiero, Everett. Gracias por llamar. Dale recuerdos a Melanie de mi parte, si vuelves a verla. Dile que la echo en falta.

—Lo haré. Buenas noches, Maggie. Feliz Año Nuevo. Espero que sea un año estupendo para nosotros dos, si es posible.

—Está en manos de Dios. —Dejaba que Él decidiera. Era lo único que podía hacer y escucharía cualquier respuesta que le llegara cuando rezaba.

Cuando apagó la luz de su habitación del hotel, los pensamientos de Everett estaban totalmente ocupados por Maggie, igual que su corazón. Le había prometido que no la presionaría, aunque a veces tuviera miedo. Pronunció la plegaria de la Serenidad en silencio antes de irse a dormir. Lo único que podía hacer era esperar y confiar en que todo saliera bien para ambos. Seguía pensando en ella cuando se quedó dormido, preguntándose qué les depararía el futuro.

No vio a Maggie durante dos meses y medio, aunque habló con ella a menudo. Ella decía que necesitaba tiempo y espacio para pensar. Pero, a mediados de marzo, fue a San Francisco, enviado por la revista *Scoop* para informar del proceso a Seth. Maggie sabía que iba a ir y que estaría muy ocupado. Cenó con él la noche antes de que empezara el proceso. Era la primera vez que la veía en casi tres meses y estaba magnífica. Le contó que, la noche anterior, Debbie, la esposa de Chad, había tenido una niña, a la que habían puesto el nombre de Jade. Maggie se alegró mucho por él.

Cenaron tranquilamente y él la acompañó a casa. Se quedaron en la escalera de la entrada y hablaron de Sarah y Seth. Maggie dijo que estaba preocupada por ella. Iba a ser una época muy difícil para ambos. Tanto Everett como ella habían esperado que, en el último momento, pudieran llegar a un acuerdo con el fiscal federal para evitar el juicio, pero al parecer no había sido así. Iba a tener que pasar por un proceso con jurado. Era difícil confiar en que el resultado fuera favorable para él. Maggie dijo que rezaba constantemente por una solución satisfactoria.

Ninguno de los dos mencionó su situación ni la decisión que Maggie estaba tratando de tomar. Everett suponía que, cuando hubiera llegado a alguna conclusión, se lo diría. Pero hasta el momento, ese no era el caso, evidentemente. Sobre todo hablaron del proceso.

Aquella noche, Sarah estaba en su piso de Clay Street y llamó a Seth antes de irse a dormir.

—Solo quiero que sepas que te quiero y que deseo que todo salga bien. No quiero que pienses que estoy furiosa. No lo estoy. Solo tengo miedo, por los dos.

—Yo también —reconoció él. El médico le daba tranquilizantes y bloqueadores beta para enfrentarse al juicio. No sabía cómo conseguiría superarlo, pero sabía que no había más remedio y estaba agradecido por su llamada—. Gracias, Sarah.

—Te veré por la mañana. Buenas noches, Seth.

—Te quiero, Sarah —dijo él con tristeza.

—Lo sé —respondió Sarah con voz igualmente triste y colgó.

Todavía no había alcanzado el estado de gracia o perdón del que habían hablado Maggie y ella. Pero lo compadecía y expresaba esa compasión; era lo único que podía hacer en aquellos momentos. Más era pedir demasiado.

Cuando Everett se levantó al día siguiente, metió la cámara en la bolsa. No podría sacarla en el tribunal, pero haría fotos de toda la actividad que hubiera en el exterior y de las personas que anduvieran por allí. Fotografió a Sarah cuando, con aire solemne, entraba en el tribunal junto a su marido. Llevaba un traje gris oscuro y estaba pálida. Seth tenía un aspecto mucho peor, lo cual no era extraño. Sarah no vio a Everett. Al cabo de un rato, este vio llegar a Maggie, que se sentó en la sala para observar el desarrollo del juicio desde un asiento discreto, al fondo. Quería estar allí por Sarah, por si la ayudaba en algo.

Más tarde, salió y charló con Everett unos minutos. Él estaba muy ocupado y Maggie tenía que reunirse con un asistente social para conseguir que aceptaran en un refugio a un hombre sin hogar que conocía. Tanto ella como Everett llevaban una vida muy activa y disfrutaban de lo que hacían. Cenó con él también esa noche, después de que acabara su trabajo en los tribunales. Estaban seleccionando al jurado; los dos pensaban que el juicio podía ser largo. El juez advirtió a los jurados que incluso podría durar un mes, ya que habría que examinar un material financiero muy detallado y habría mucho que leer sobre el asunto. Por la noche, Everett le dijo a Maggie que Seth había tenido un aspecto sombrío toda la tarde; Sarah y él apenas habían intercambiado unas palabras, pero ella estaba allí, incondicionalmente a su lado.

La selección del jurado se alargó durante dos semanas, que a Seth y a Sarah les parecieron angustiosamente lentas, pero, por fin, se acabó. Tenían doce jurados y dos suplentes. Ocho mujeres y seis hombres. Y entonces, finalmente, empezó el proceso. El fiscal y el abogado defensor pronunciaron sus alegatos iniciales. La descripción que hizo el fiscal de la conducta inmoral e ilegal de Seth hizo que Sarah se encogiera, avergonzada. El rostro de Seth era inescrutable mientras el jurado lo miraba. Contaba con la ayuda de los tranquilizantes. Sarah no. No podía imaginar cómo la defensa lograría rebatir aquellos argumentos, ya que la acusación presentaba, día tras día, pruebas, testigos y expertos condenatorios para Seth.

En la tercera semana del juicio, Seth parecía agotado y Sarah sentía que apenas podía arrastrarse cuando, por la noche, volvía a casa con los niños. Había pedido permiso en el trabajo, para estar con Seth, y Karen Johnson, del hospital, le había dicho que no se preocupara. Sentía mucha lástima de Sarah, igual que Maggie, que la llamaba cada noche para ver cómo estaba. Sarah resistía, pese a la increíble presión del juicio.

Everett cenó a menudo con Maggie durante las angustiosas semanas del proceso. Finalmente, en abril volvió a mencionar su situación. Maggie dijo que no quería hablar de ello, que seguía rezando, así que comentaron el juicio, lo cual era siempre deprimente, aunque a ambos los obsesionaba. Era de lo único que hablaban cuando se veían. El fiscal iba enterrando a Seth, día a día; Everett decía que había sido un suicidio ir a juicio. La defensa hacía todo lo que podía, pero los argumentos del fiscal federal eran tan sólidos que era poco lo que podía hacer para contrarrestar la avalancha de pruebas en contra de Seth. Conforme pasaban las semanas, Maggie veía que Sarah estaba cada vez más delgada y pálida. No había manera de salir de aquello, salvo llegando hasta el final, pero era una dura prueba para ellos y para su matrimonio. La credibilidad y la reputación de Seth estaban quedando destruidas. Ver hacia dónde iba aquello era terrible para todos los que los querían, sobre todo para Sarah. Cada vez estaba más claro que Seth debería haber llegado a un acuerdo para conseguir unos cargos o una condena menores, en lugar de ir a juicio. No parecía posible que lo declararan inocente, dadas las acusaciones que había contra él y los testimonios y pruebas que las respaldaban. Sarah era inocente, Seth la había engañado, igual que había engañado a sus inversores; sin embargo, al final, estaba pagando por ello tanto como él, o quizá más. Maggie estaba desconsolada por ella.

Los padres de Sarah estuvieron allí durante la primera semana del juicio, pero su padre sufría una enfermedad del corazón y su madre no quería que se agotara o soportara toda la tensión del proceso, así que volvieron a casa. Mientras, se iban acumulando los argumentos de la acusación contra Seth, y todavía quedaban semanas por delante antes de que todo acabara.

La defensa dedicó toda su energía a defender a Seth. Henry Jacobs tenía un porte imponente y una gran solidez y talento como abogado. El problema era que Seth les había dado muy poco con lo que trabajar y su defensa era, principalmente, humo y espejismos, y se notaba. La defensa iba a presentar su alegato final al día siguiente. Everett y Maggie cenaron en la cafetería frente al piso de Maggie, donde solían reunirse al acabar la jornada. Everett escribía un artículo diario sobre el proceso, para *Scoop*, mientras Maggie seguía con sus actividades habituales, aunque siempre que podía iba al juzgado. Eso la ayudaba a mantenerse al día de lo que sucedía, pasar unos minutos con Everett cuando se levantaba la sesión o cuando había un descanso y abrazar a Sarah siempre que era posible, para animarla.

—¿Qué le sucederá cuando él se vaya? —preguntó Everett a Maggie.

También él estaba preocupado por Sarah. Empezaba a parecer muy frágil y abatida, pero no había dejado de estar ni un solo día al lado de su marido. Por fuera, siempre mostraba elegancia y aplomo. Trataba de transmitir una seguridad y una fe en él que Maggie sabía muy bien que no sentía. Solía hablar con ella por teléfono hasta bien entrada la noche. Pero, a menudo, lo único que Sarah hacía al otro extremo de la línea era llorar, completamente deshecha por aquella implacable tensión.

—No creo que haya ni la más remota posibilidad de que no lo condenen. —Después de lo que había oído las semanas anteriores, a Everett no le cabía ni la menor duda. No podía ni imaginar que el jurado lo viera de otra manera.

—No lo sé. Tendrá que arreglárselas de alguna manera. No tiene más remedio. Sus padres la apoyarán, pero viven muy lejos. Solo pueden ayudarla hasta cierto punto. Está bastante sola. No me parece que tuvieran muchos amigos; además, la mayoría los han abandonado por culpa de este desastre. Creo que Sarah es demasiado orgullosa y está demasiado avergonzada por todo esto para pedir ayuda. Es muy fuerte, pero si él va a la cárcel estará sola. No creo que el matrimonio sobreviva si lo encarcelan. Es una decisión que tendrá que tomar.

—La admiro por aguantar tanto tiempo. Me parece que yo habría dejado a ese cabrón el mismo día que lo acusaron. Se lo merece. La ha arrastrado en su caída. Nadie tiene derecho a hacerle algo así a otro ser humano, por pura codicia y falta de honradez. Si quieres que te diga la verdad, ese tipo es una mierda.

—Ella lo quiere —dijo Maggie simplemente—, y trata de ser justa.

—Ha sido más que justa. Ese tipo le ha jodido la vida, la ha sacrificado a ella y el futuro de sus hijos por su beneficio, pero ella sigue allí, a su lado. Es mucho más de lo que merece. ¿Crees que seguirá con él, si lo condenan? —Nunca había visto una lealtad como la de Sarah y sabía que él no habría sido capaz de algo así. Sentía una gran admiración por ella y la compadecía profundamente. Estaba seguro de que toda la sala sentía lo mismo.

—No lo sé —respondió Maggie sinceramente—. No creo que Sarah lo sepa. Quiere hacer lo correcto, pero tiene treinta y seis años. Tiene derecho a una vida mejor, si él va a prisión. Si se divorcian, podría empezar de nuevo. Si no lo hacen, se pasará muchos años visitándolo en la cárcel y esperándolo mientras la vida la va dejando de lado. No quiero aconsejarla; no puedo. Pero yo misma tengo sentimientos contradictorios. Se lo dije. Pase lo que pase, debe perdonar, pero esto no significa que tenga que renunciar a su vida por él para siempre solo porque él cometió un error.

—Es mucho perdonar —dijo él, sombrío.

Maggie asintió.

—Sí, lo es. No estoy segura de que yo pudiera hacerlo. Es probable que no —añadió, honradamente—. Me gustaría pensar que soy mejor que eso, pero no estoy segura de serlo. De todos modos, solo Sarah puede decidir qué quiere hacer. Y no estoy segura de que lo sepa. No tiene mucho donde elegir. Podría quedarse con él y no perdonarlo nunca, o perdonarlo y dejarlo. A veces, la gracia se expresa de maneras extrañas. Solo espero que encuentre la respuesta acertada para ella.

—Sé cuál sería la mía —dijo Everett en tono grave—. Yo mataría a ese cerdo. Pero supongo que eso tampoco ayudaría a Sarah. No la envidio, sentada allí un día tras otro, oyendo qué hijo de puta deshonesto es. Pero cada día sale de la sala con él y lo despide con un beso antes de irse a casa con sus hijos.

Mientras esperaban el postre, Everett decidió abordar una cuestión mucho más delicada. El día después de Navidad, Maggie había aceptado que pensaría en ellos. Habían pasado casi cuatro meses y, igual que Sarah, seguía sin decidir nada y evitaba hablar de ello con él. Aquella incertidumbre estaba empezando a matarlo. Sabía que lo quería, pero que no quería dejar el convento. Para ella también era una situación angustiosa. Al igual que Sarah, buscaba respuestas y un estado de gracia que le permitieran, finalmente, descubrir qué era lo acertado. En el caso de Sarah, todas las soluciones eran onerosas y, en cierto sentido, lo mismo le sucedía a Maggie. O tenía que dejar el convento por Everett, para compartir su vida con él, o tenía que abandonar esa esperanza y seguir fiel a sus votos para siempre. En ambos casos, perdía algo que amaba y necesitaba; aunque, también en ambos, ganaba algo a cambio. Pero tenía que elegir entre una cosa y la otra; no podía tener las dos. Everett la miró a los ojos, mientras trataba, delicadamente, de abordar la cuestión de nuevo. Le había prometido no presionarla y darle todo el tiempo que necesitara, pero había veces en las que quería cogerla, abrazarla y suplicarle que se fugara con él. Sabía que no lo haría. Si se acercaba y elegía vivir con él, sería una decisión precisa, meditada, no precipitada y, sobre todo, sería honrada y pura.

—Dime, ¿qué piensas de nosotros? —preguntó con cautela.

Ella miró fijamente la taza de café y luego lo miró a él. Everett vio la angustia en sus ojos y, de repente, pensó aterrorizado que había tomado una decisión y que no era favorable.

—No lo sé, Everett —respondió ella, suspirando—. Te quiero. Eso lo sé. Pero no sé qué camino debo seguir, en qué dirección debo ir. Quiero estar segura de que elijo el acertado, por el bien de los dos. —Le había prestado toda su atención y le había dedicado todos sus pensamientos durante los últimos cuatro meses, incluso antes, desde su primer beso.

—Ya sabes cuál es mi voto —dijo él con una sonrisita nerviosa—. Supongo que Dios te amará, hagas lo que hagas, y yo también. Pero me encantaría pasar la vida contigo, Maggie. —Incluso tener hijos, aunque tampoco la presionaba nunca sobre esto. Una gran decisión era suficiente por el momento. Si era pertinente, discutirían otras cuestiones más adelante. En ese momento, ella tenía que enfrentarse a una decisión mayor—. Tal vez tendrías que hablar con tu hermano. Él pasó por lo mismo. ¿Cómo se sentía?

—Nunca tuvo una vocación muy fuerte. Y en cuanto conoció a su esposa lo dejó. Creo que ni siquiera se sintió desgarrado por tomar esa decisión. Decía que si Dios la había puesto en su camino, era porque tenía que ser así. Ojalá yo estuviera tan segura. Tal vez sea una forma extrema de tentación para ponerme a prueba, o quizá sea el destino que llama a la puerta.

Everett veía lo atormentada que seguía estando y no pudo evitar preguntarse si llegaría a tomar una decisión o si, al final, renunciaría.

—Podrías seguir trabajando con los pobres de las calles,

como hasta ahora, o ser enfermera profesional o asistente social o ambas cosas. Puedes hacer lo que quieras, Maggie. No tienes que renunciar a lo que haces.

Ya se lo había dicho en otras ocasiones. Pero el problema para ella no era tanto su trabajo cuanto sus votos. Los dos sabían que ese era el conflicto. Lo que él no sabía era que Maggie llevaba tres meses hablando con el provincial de la orden, con la madre superiora, con su confesor y con un psicólogo especializado en los problemas que solían surgir en las comunidades religiosas. Estaba haciendo todo lo posible para tomar la decisión sabiamente; no luchaba ella sola. A él le habría animado saberlo, pero ella no quería darle falsas esperanzas, por si al final decidía no irse con él.

—¿Puedes darme un poco más de tiempo? —preguntó con aire afligido. Se había fijado el mes de junio como fecha límite para tomar una decisión, pero tampoco se lo dijo, por las mismas razones.

—Claro —respondió él y la acompañó de vuelta a su casa, al otro lado de la calle.

En alguna ocasión había subido a su apartamento y se había quedado horrorizado por lo pequeño, austero y deprimente que era. Ella insistía en que no le importaba, y decía que era mucho más grande y bonito que cualquier celda de cualquier monja en un convento. Se tomaba el voto de pobreza muy en serio, igual que todos los demás que había hecho. No se lo dijo, pero él no podría vivir en aquel piso ni un solo día. El único adorno era un sencillo crucifijo colgado en la pared. Aparte de eso, el apartamento estaba desnudo, salvo por la cama, una cómoda y una única silla, rota, que había encontrado en la calle.

Después de acompañarla, fue a una reunión y luego volvió a la habitación del hotel para escribir su artículo diario sobre el juicio. En *Scoop* les gustaba lo que les enviaba. Sus artículos estaban bien escritos y había conseguido algunas fotos estupendas fuera de la sala.

La defensa dedicó casi un día entero a presentar su alegato final. Seth estaba con el ceño fruncido y aspecto preocupado; Sarah cerraba los ojos a menudo, escuchando con concentración absoluta, y Maggie, sentada al fondo de la sala, rezaba. Henry Jacobs y su equipo de abogados defensores habían elaborado una buena causa y defendido a Seth lo mejor que habían podido. En aquellas circunstancias, habían hecho un buen trabajo. Pero las circunstancias no eran buenas.

Al día siguiente, el juez dio instrucciones al jurado, agradeció a los testigos su testimonio, a los letrados su excelente trabajo, en bien del acusado y del gobierno, e invitó al jurado a que se retirara para deliberar. Después, se levantó la sesión, en espera de la decisión del jurado. Sarah y Seth se quedaron allí, con los abogados, esperando. Todos sabían que podían pasar días. Everett se reunió con Maggie. Esta se había parado unos momentos para hablar con Sarah, que aunque insistía en que estaba bien, no lo parecía. Luego salió a la calle con Everett, charló con él unos minutos y se marchó porque tenía una cita. Iba a reunirse de nuevo con el provincial, pero no se lo dijo a Everett. Le dio un beso en la mejilla y se marchó. Él volvió a entrar para esperar con los demás mientras el jurado deliberaba.

Sarah se sentó al lado de Seth, en unas sillas al fondo de la sala. Habían salido unos momentos a tomar el aire, pero nada servía de ayuda. Sarah se sentía como si estuviera esperando que les cayera encima otra bomba. Ambos sabían lo que se avecinaba. La única duda era lo duro que sería el golpe y la destrucción que causaría.

—Lo siento, Sarah —dijo Seth en voz baja—. Lamento mucho haberte hecho pasar por esto. Nunca pensé que pudiera suceder. —Habría estado bien que hubiera pensado en ello antes, en lugar de después, pero Sarah no se lo dijo—. ¿Me odias? —La miró, interrogador, a los ojos.

Ella negó con la cabeza, llorando como no dejaba de hacer últimamente. Todas sus emociones salían a la superficie.

Sentía como si no le quedaran recursos emocionales. Los había gastado todos para permanecer a su lado.

—No te odio. Te quiero. Solo desearía que nada de esto hubiera sucedido.

—Yo también. Ojalá me hubiera declarado culpable, para obtener una sentencia más leve, en lugar de hacerte pasar por toda esta mierda. Pensaba que, a lo mejor, podíamos ganar.

Sarah opinaba que había sido tan iluso respecto a esto como cuando cometió el delito con Sully. Al final, los dos se habían delatado mutuamente durante las investigaciones. Hasta tal punto que sus informaciones sobre el otro solo habían servido para confirmar sus respectivas culpabilidades, en lugar de salvar a alguno de los dos de las consecuencias de sus actos o de reducir su castigo. Los fiscales federales de California y Nueva York no habían hecho ningún trato con ninguno de los dos. Al principio habían ofrecido a Seth la posibilidad de llegar a un acuerdo, pero luego retiraron la oferta. Henry le había advertido que, posiblemente, ir a juicio agravaría la condena, pero Seth, que era más jugador de lo que nadie había sabido ver, decidió arriesgarse. Sin embargo, ahora, mientras esperaban la decisión del jurado, temía el resultado. Una vez que la tomaran, el juez dictaría sentencia un mes más tarde.

—Tendremos que esperar a ver qué deciden —dijo Sarah en voz baja. Su suerte estaba en manos del jurado.

—Y tú, ¿qué harás? —preguntó Seth, inquieto. No quería que lo abandonara ahora. La necesitaba demasiado, por mucho que le costara a ella—. ¿Has decidido algo respecto a nosotros?

Ella negó con la cabeza y no contestó. En aquellos momentos tenían demasiadas cosas entre manos para añadir el divorcio al desastre al que se enfrentaban. Quería esperar a saber la decisión del jurado. Seth no la presionó; le preocupaba demasiado lo que sucedería si lo hacía. Veía que Sarah estaba al límite de sus fuerzas; lo estaba desde hacía un tiempo. El juicio la había afectado mucho, pero se había mantenido incondicionalmente leal hasta el final, tal como le había prometido. Era una mujer de palabra, lo cual era más de lo que cualquiera podría decir de él. Everett le había dicho a Maggie que lo consideraba un cerdo. Otros habían dicho cosas peores, aunque no delante de Sarah. Ella era la heroína, y la víctima de la historia, y a ojos de Everett, una santa.

Esperaron seis días a que el jurado acabara sus deliberaciones. Las pruebas eran complicadas y la espera, angustiosa para Sarah y Seth. Noche tras noche se iban cada uno a su piso. Una noche, Seth le pidió que fuera con él; le aterraba estar solo, pero Molly estaba enferma y la verdad era que Sarah no quería pasar la noche con él. Le habría resultado demasiado difícil. Trataba de protegerse un poco, aunque le costó decirle que no. Sabía lo mucho que sufría, pero también ella sufría. Él volvió a su piso y se emborrachó. La llamó a las dos de la madrugada, hablando de forma incoherente, diciéndole que la quería. Al día siguiente tenía una visible resaca. Al final de la tarde, el jurado volvió a la sala. Todo el mundo se apresuró a entrar y se reanudó la sesión.

El juez estaba muy serio mientras preguntaba al jurado si habían llegado a un veredicto en la causa de *Estados Unidos contra Seth Sloane*. El portavoz se puso en pie, con un aspecto igualmente solemne y serio. Era dueño de una pizzería, había ido un año a la universidad, era católico y tenía seis hijos. Cumplía escrupulosamente con sus deberes y había llevado traje y corbata durante todo el juicio.

—Lo tenemos, señoría —dijo el portavoz.

Seth estaba acusado de cinco delitos graves. El juez los fue citando uno tras otro, y en cada caso, el portavoz respondía la pregunta de cómo encontraba el jurado a Seth. Toda la sala contenía el aliento, mientras él respondía. Lo declaraban culpable de todos los cargos.

Se produjo un momentáneo silencio mientras los espectadores procesaban la información; luego, estallaron los co-

mentarios y los ruidos. El juez dio unos golpes con el marti-
llo, los llamó al orden, dio las gracias al jurado y les dijo que
podían marcharse. El proceso había durado cinco semanas y
sus deliberaciones añadían una sexta. Cuando Sarah comprendió lo que había pasado, se volvió para mirar a Seth. Estaba
sentado en su asiento, llorando. La miró, desesperado. La
única esperanza para apelar, según Henry Jacobs, era que
aparecieran nuevas pruebas o que se hubiera producido alguna irregularidad durante el juicio. Ya le había dicho a Seth
que, a menos que surgiera algo imprevisto en el futuro, no
había base para una apelación. Se había acabado. Lo habían
declarado culpable. Dentro de un mes, el juez dictaría la sentencia. Pero iba a ir a la cárcel. Sarah parecía tan destrozada
como él. Sabía que aquello era lo que pasaría y había hecho
todo lo que había podido para prepararse, así que no estaba
sorprendida. Pero estaba destrozada por él, por ella misma y
por los niños, que crecerían con un padre, al que apenas conocían, encerrado en prisión.

—Lo siento —le susurró.

Luego, los abogados los ayudaron a salir de la sala.

Everett entró en acción en ese momento, para hacer las
fotografías que sabía que tenía que conseguir para *Scoop*. Detestaba tener que molestar a Sarah en un momento tan doloroso como aquel, pero no tenía más remedio que correr hasta
ellos, ya fuera de la sala, en medio de los fotógrafos y las cámaras de los noticiarios. Era su trabajo. Seth casi gruñía, furioso, mientras se abría camino entre la multitud y Sarah parecía a punto de desmayarse, pero lo siguió hasta el coche
que los esperaba. Era un coche de alquiler con chófer. Desa-
parecieron en apenas unos minutos, mientras la multitud se
arremolinaba.

Everett vio a Maggie en la escalera de los juzgados. No
había podido acercarse a Sarah ni decirle nada. Le hizo un gesto con el brazo, ella lo vio y bajó para reunirse con él. La expresión de su cara era muy seria y parecía preocupada, aun-

que el veredicto no había sido una sorpresa. Seguramente, la condena iba a ser peor. Era imposible saber cuánto tiempo lo enviaría el juez a prisión, pero probablemente sería un período muy largo. Debido, en parte, a que no se había declarado culpable y había insistido en un proceso con jurado, lo cual significaba malgastar el dinero de los contribuyentes con la esperanza de contratar a una flota de abogados caros que hicieran filigranas para sacarlo del atolladero. No le había salido bien, lo que hacía que fuera menos probable que el juez estuviera dispuesto a ser indulgente. Había llevado las cosas al límite y era muy posible que el juez hiciera lo mismo. Además, gozaba de bastante libertad para dictar sentencia por los delitos de Seth. Maggie se temía lo peor para él, y también para Sarah.

—Lo lamento por ella —dijo Maggie a Everett mientras iban hacia el coche de alquiler que tenían en el aparcamiento. Todo iba a cuenta de *Scoop*.

Su trabajo en San Francisco había terminado. No volvería hasta el día en el que se leyera la sentencia; tal vez haría un par de instantáneas de Seth cuando lo condujeran a una prisión federal. Dentro de treinta días, todo se habría acabado para Seth. Hasta entonces estaría en libertad bajo fianza. Y cuando el garante de la fianza devolviera el dinero, todo iría directamente a un fondo para pagar su defensa en los pleitos civiles que los inversores que había defraudado habían presentado contra él. Su condena era la prueba que necesitaban para justificar esos pleitos, incluso para ganarlos. Después de eso, no quedaría nada para Sarah ni para los niños. Sarah era muy consciente de ello, igual que Everett y Maggie. La habían arruinado, igual que a los inversores. Ellos podían demandarlo, el gobierno podía condenarlo, pero lo único que Sarah podía hacer era recoger los pedazos y recomponer su vida y la de sus hijos. A Maggie le parecía terriblemente injusto, pero, en la vida, algunas cosas lo son. Detestaba ver que estas cosas pudieran pasarles a las buenas personas.

Cuando subió al coche de Everett estaba profundamente deprimida.

—Lo sé, Maggie —dijo él con delicadeza—. A mí tampoco me gusta. Pero no podía librarse de ninguna manera.

Era una fea historia, con un triste final. Desde luego, no era el final feliz que Sarah había esperado vivir con Seth ni el que cualquiera que la conociera le habría deseado.

—Odio que esto le pase a Sarah.

—Yo también —afirmó Everett, poniendo en marcha el coche. Tenderloin no estaba lejos de los tribunales, así que, unos minutos después, se detenía frente a la casa de Maggie.

—¿Tu avión sale esta noche? —preguntó Maggie con tristeza.

—Eso creo. Me necesitarán en la oficina mañana por la mañana. Tengo que comprobar todas las fotos y coordinar el reportaje. ¿Quieres que vayamos a comer algo antes de marcharme? —No le apetecía en absoluto dejarla, pero llevaba más de un mes en San Francisco y *Scoop* quería que volviera.

—Me parece que no podría comer nada —respondió ella sinceramente. Luego se volvió hacia él con una sonrisa melancólica—. Te extrañaré, Everett.

Se había acostumbrado a que estuviera allí, a verlo cada día, en el juzgado y después. Habían cenado juntos casi cada noche. Su marcha iba a dejar un vacío terrible en su vida.

Pero también comprendía que le daría la oportunidad de ver qué sentía por él. Tenía que tomar decisiones importantes, no muy diferentes de las de Sarah; aunque ella no tenía nada que esperar con ilusión si se quedaba con Seth, excepto que saliera de la cárcel dentro de mucho tiempo. Su condena todavía no había empezado, ni siquiera la habían fijado. Y la suya sería igual de larga que la de él. A Maggie le parecía un castigo demasiado duro y cruel para Sarah. En su caso, había bendiciones en cualquier decisión que tomara, aunque también pérdidas. En cualquier opción se entretejían una pérdida y un beneficio. Era imposible separarlos; por esa razón le resultaba tan difícil tomar una decisión.

—Yo también te echaré de menos, Maggie —dijo Everett sonriéndole—. Te veré cuando vuelva para la sentencia; también podría venir alguna vez a pasar el día, si quieres. Tú decides. Lo único que tienes que hacer es llamarme.

—Gracias —respondió Maggie en voz baja, mirándolo.

Él se inclinó y la besó. Ella sintió que su corazón volaba hacia él. Se abrazó a él unos momentos, preguntándose cómo podría renunciar a eso, pero consciente de que quizá tendría que hacerlo. Salió del coche sin decir nada más. Everett sabía que lo quería, igual que ella sabía que él la quería. No tenían nada más que decirse por el momento.

21

Sarah entró en el apartamento de Seth en Broadway para asegurarse de que estuviera bien. Parecía alternativamente aturdido, furioso y a punto de ponerse a llorar. No quiso ir a casa de Sarah y ver a los niños. Sabía que se darían cuenta de lo destrozado y desesperado que estaba, aunque no supieran nada del proceso. Era obvio que algo terrible les había sucedido a sus padres. En realidad, les había ocurrido meses atrás, la primera vez que él defraudó a sus inversores, convencido de que nunca lo pillarían. Sabía que no pasaría mucho antes de que Sully fuera también a prisión, en Nueva York. Y ahora él se enfrentaba a lo mismo.

Se tomó dos tranquilizantes en cuanto entró y se sirvió un vaso de whisky. Bebió un largo trago y miró a Sarah. No soportaba ver aquella angustia en sus ojos.

—Lo siento, cariño —dijo, entre trago y trago de whisky. No la abrazó ni la consoló. Pensaba en sí mismo. Al parecer, era lo que siempre había hecho.

—Yo también, Seth. ¿Estarás bien esta noche? ¿Quieres que me quede?

No quería, pero lo habría hecho por él, sobre todo teniendo en cuenta cómo bebía y tomaba pastillas. Corría el peligro de matarse, incluso sin pretenderlo. Necesitaba que alguien estuviera allí, con él, después del golpe del veredicto y, si tenía que ser ella, estaba dispuesta a hacerlo. Después de todo, era su esposo y el padre de sus hijos, aunque parecía no darse cuenta del daño que esto le estaba haciendo a ella. Según él lo veía, era él quien iría a la cárcel, no su esposa. Pero ella ya estaba en prisión, gracias a él; lo estaba desde que su vida se había hecho añicos la noche del terremoto, en mayo, once meses atrás.

—Estaré bien. Pillaré una borrachera del carajo. Tal vez me pase todo el mes borracho, hasta que aquel pedazo de gilipollas me envíe al trullo cien años. —No era culpa del juez sino de Seth. Sarah lo tenía muy claro pero, por lo visto, Seth no—. ¿Por qué no vuelves a casa, Sarah? No me pasará nada.

No parecía muy convincente y ella estaba preocupada. Todo giraba en torno a él, como siempre. Pero en una cosa tenía razón: él iría a la cárcel y ella no. Tenía razones para estar alterado, aunque se lo tuviera merecido. Ella podía volver la espalda a lo que había pasado. Él no. Además, dentro de un mes, la vida que él había conocido hasta entonces se acabaría. La de Sarah ya se había acabado. Esa noche, Seth no habló de divorcio, pero tampoco habría soportado que ella lo mencionara. De todos modos, ella no podría haber pronunciado esas palabras. Todavía no había dado forma a su decisión ni a las palabras necesarias en su cabeza.

Finalmente, la cuestión salió a relucir una semana después, cuando él fue a dejar a los niños en casa de Sarah, tras una visita. Solo habían estado con él unas horas. No podía soportar pasar más tiempo con ellos en aquellos momentos. Estaba demasiado angustiado y tenía muy mal aspecto. Sarah estaba espantosamente delgada. La ropa le colgaba por todos lados y se le habían afilado los rasgos. Karen Johnson, del hospital, no paraba de decirle que se hiciera un chequeo, pero Sarah sabía que no había ningún misterio en lo que le pasaba. Su vida se había roto en pedazos y su marido iba a ir a prisión por mucho tiempo. Lo habían perdido casi todo, y pronto perderían lo poco que les quedaba. Ahora no tenía a nadie en quien apoyarse, salvo ella misma. Era así de sencillo.

Cuando dejó a los niños, Seth la miró, con una pregunta en los ojos.

—¿No crees que deberíamos hablar de lo que vamos a hacer con nuestro matrimonio? Me parece que me gustaría saberlo antes de ir a la cárcel. Y si vamos a permanecer juntos, tal vez deberíamos vivir juntos estas últimas semanas. Probablemente pasará mucho tiempo antes de que podamos hacerlo de nuevo.

Sabía que ella quería otro hijo, pero ella no podía pensar en eso ahora. Había renunciado en cuanto sus actividades delictivas salieron a la superficie. Ahora, lo último que deseaba era quedarse embarazada, aunque era cierto que quería tener otro hijo, pero no con él ni en ese momento. Esto le aclaraba muchas cosas. Y lo que él proponía, vivir juntos durante las siguientes tres semanas, también la afectó. No se veía viviendo con él de nuevo, haciendo el amor con él, cogiéndole todavía más cariño del que ya sentía y que luego tuviera que dejarla para ir a prisión. No podía hacerlo. Tenía que enfrentarse a ello. Él tenía razón: mejor ahora que más tarde.

—No puedo hacerlo, Seth —dijo, con voz angustiada, una vez que los niños se fueron arriba con Parmani, para bañarse. No quería que oyeran lo que tenía que decir a su padre. No quería que recordaran ese día. Algún día sabrían lo que había sucedido, cuando tuvieran la edad suficiente, pero, ciertamente, no ahora ni tampoco más tarde de una manera desagradable—. No puedo... no puedo volver. Aunque lo deseo más que cualquier otra cosa. Desearía que pudiéramos dar marcha atrás al reloj, pero no creo que podamos. Sigo queriéndote y, probablemente, siempre te querré, pero no creo que pueda volver a confiar en ti nunca más.

Era doloroso, pero brutalmente honesto. Seth permaneció allí, clavado, deseando que sus palabras hubieran sido otras. La necesitaba, sobre todo cuando tuviera que ir a prisión.

—Comprendo —asintió, y luego se le ocurrió algo—. ¿Habría sido diferente si me hubieran absuelto?

En silencio, Sarah negó con la cabeza. No podía volver con él. Lo había sospechado durante meses y, finalmente, se había enfrentado a ello en los últimos días del juicio, antes del veredicto. Pero no había tenido el valor de decírselo, ni siquiera de admitirlo en su interior. Sin embargo, ahora no le quedaba más remedio. Había que decirlo, para que ambos supieran dónde estaban.

—Supongo que, en esas circunstancias, fue muy amable por tu parte seguir a mi lado durante el juicio. —Los abogados le habían pedido que lo hiciera por cubrir las apariencias, pero ella lo habría hecho de todos modos, por amor a él—. Llamaré y pediré que pongan en marcha los trámites para el divorcio —dijo Seth, destrozado.

Sarah asintió, con los ojos anegados en lágrimas. Era uno de los peores momentos de su vida, solo comparable a cuando su hijita estuvo a punto de morir y a la mañana después del terremoto, cuando él le confesó lo que había hecho. Su castillo de naipes se había ido viniendo abajo desde entonces y ahora estaba totalmente desparramado por el suelo.

—Lo siento, Seth.

Él asintió, no dijo nada, dio media vuelta y salió del piso. Todo había terminado.

Unos días después, Sarah llamó a Maggie y se lo contó; la monjita le dijo lo mucho que lo sentía.

—Sé lo difícil que habrá sido para ti tomar esta decisión —afirmó, con una voz llena de compasión—. ¿Lo has perdonado, Sarah?

Hubo una larga pausa, mientras Sarah buscaba en su corazón, intentando ser honrada consigo misma.

—No, no lo he perdonado.

—Espero que lo harás, algún día. Aunque eso no significará que tengas que aceptarlo de nuevo.

—Lo sé. —Ahora lo comprendía.

—Os liberaría a los dos. No es bueno que cargues con esto para siempre, como si fuera un bloque de hormigón en tu corazón.

—De todos modos, lo haré —dijo Sarah, con tristeza.

El tiempo que transcurrió hasta la sentencia fue relativamente tranquilo. Seth dejó su apartamento y se alojó en el Ritz-Carlton las últimas noches. Les contó a sus hijos lo que pasaba y les dijo que estaría fuera un tiempo. Molly se puso a llorar, pero él le prometió que podría ir a verlo, lo cual pareció tranquilizarla. Solo tenía cuatro años y, en realidad, no entendía qué estaba ocurriendo. ¿Cómo podría? Resultaba difícil incluso para los adultos. Seth lo había arreglado todo con el agente de fianzas para que el dinero volviera al banco, donde quedaría en depósito para los futuros pleitos que presentarían contra él los inversores; una pequeña parte iría a Sarah, para ayudarla a mantenerse y a mantener a sus hijos, pero no duraría mucho. A la larga, tendría que contar solo con su trabajo, o con lo que sus padres pudieran hacer por ella, que no sería mucho. Estaban jubilados y vivían con unos ingresos fijos. Incluso era posible que tuviera que irse a vivir con ellos durante un tiempo, si se quedaba sin dinero y no podía mantenerse solo con su salario. Seth lo sentía, pero no podía hacer nada más por ella. Vendió su Porsche nuevo y le dio, algo presuntuosamente, el dinero. Todo ayudaba, por poco que fuera. Seth mandó sus pertenencias a un guardamuebles y dijo que ya pensaría qué hacer con ellas. Sarah le había prometido encargarse de todo lo que sus abogados no pudieran hacer por él. La semana en la que iban a conocer la sentencia, Seth empezó los trámites para el divorcio. Sería definitivo al cabo de seis meses. Al recibir la notificación, Sarah se echó a llorar, pero no podía ni imaginar seguir casada con él. No le parecía que hubiera alternativa.

El juez había investigado la situación económica de Seth

y le impuso una multa de dos millones de dólares, lo cual lo dejaría sin un centavo, después de vender todo lo que le quedaba. También le impuso una pena de prisión de quince años, tres por cada una de las cinco acusaciones de las que había sido declarado culpable. Era duro, pero al menos no eran treinta años. Al oír la sentencia, un músculo se tensó en la mandíbula de Seth, pero ahora ya estaba preparado para las malas noticias. La última vez, mientras esperaba el veredicto, tenía la esperanza de que se produjera un milagro y quedara libre. Ahora ya no esperaba ningún milagro. Además, al oír la sentencia, comprendió que Sarah tenía razón al querer el divorcio. Si cumplía toda la condena, cuando saliera, tendría cincuenta y tres años, y Sarah, cincuenta y uno. Ahora tenían treinta y ocho y treinta y seis, respectivamente. Era mucho tiempo para esperar a alguien. Quizá saliera dentro de doce años, si tenía suerte, pero seguía siendo demasiado. Para entonces, ella tendría cuarenta y ocho años; era una eternidad sin su marido a su lado. Molly tendría diecinueve años y Oliver, diecisiete. Esto le hizo ver muy claramente que Sarah tenía razón.

Cuando se lo llevaron de la sala esposado, Sarah se echó a llorar. Lo trasladarían a una prisión federal en los próximos días. Los abogados habían pedido un penal de mínima seguridad, lo cual se estaba considerando. Sarah había prometido ir a verlo en cuanto estuviera allí, a pesar del divorcio. No tenía ninguna intención de expulsarlo de su vida; simplemente, no podía seguir siendo su esposa.

Seth se volvió para mirarla mientras se lo llevaban y, justo antes de que le pusieran las esposas, le tiró su alianza. Había olvidado quitársela y dejarla con el reloj de oro que había metido en la maleta y pedido que enviaran a casa de Sarah. Le había dicho que diera la ropa pero guardara el reloj para Ollie. Todo aquello era horrible. Sarah se quedó allí, con la alianza en la mano, sollozando. Everett y Maggie la sacaron de la sala, la llevaron a casa e hicieron que se acostara.

22

Maggie voló a Los Ángeles, el fin de semana del día de los Caídos en la Guerra, después de conocerse la sentencia de Seth, para asistir al concierto de Melanie. Intentó que Sarah fuera con ella, pero no quiso. Iba a llevar a los niños a ver a Seth en su nuevo hogar, la cárcel. Era la primera vez que iban a visitarlo desde que se marchó, así que sería perturbador; todos tendrían que adaptarse a la situación.

Varias veces, Everett le había preguntado a Maggie qué tal estaba Sarah y ella le había dicho que, técnicamente, bien. Cumplía con sus obligaciones, iba a trabajar, cuidaba de los niños, pero estaba, comprensiblemente, muy deprimida. Iba a ser necesario tiempo, quizá incluso mucho tiempo, para que se recuperara de lo que había pasado. Era como si en su vida y en su matrimonio hubiera caído una bomba atómica. Aunque los trámites para el divorcio seguían adelante, como estaba previsto.

Everett recogió a Maggie en el aeropuerto y la llevó al pequeño hotel donde se alojaría. Tenía una cita con el padre Callaghan por la tarde; dijo que hacía siglos que no lo veía. El concierto no era hasta el día siguiente. Everett la dejó en el hotel y se marchó para ocuparse de un reportaje que le habían encargado. Sus artículos sobre el proceso eran tan impresionantes que *Time* acababa de hacerle una oferta de trabajo, y

AP quería que volviera con ellos. Ahora llevaba dos años en rehabilitación y se sentía firme como una roca. Le dio a Maggie su insignia de los dos años para que la guardara junto con la que ya le había entregado, para darle suerte. Ambas eran preciosas para ella y las llevaba consigo en todo momento.

Cenaron con Melanie, Tom y Janet. Melanie y Tom comentaron que acababan de celebrar su primer aniversario y Janet parecía más relajada de lo que Maggie había esperado. Había conocido a un hombre y lo pasaba bien con él. Estaba en el negocio musical y tenían mucho en común. Además, parecía haberse adaptado a que Melanie tomara sus decisiones, aunque Everett nunca lo habría creído posible. Melanie estaba a punto de cumplir veintiún años y durante el último año había demostrado cuánto valía.

Iba a hacer una breve gira de conciertos durante el verano, cuatro semanas, en lugar de nueve o diez, y solo a ciudades importantes. Tom se había tomado dos semanas de vacaciones para ir con ella. Melanie se había comprometido con el padre Callaghan para volver a México en septiembre, aunque esta vez solo pensaba quedarse un mes. No quería estar lejos de Tom demasiado tiempo. La joven pareja sonreía y parecía feliz. Everett les hizo un montón de fotos durante la cena, además de una de Melanie con su madre y otra de Melanie con Maggie. Melanie decía que Maggie era la responsable de que hubiera cambiado de vida, ya que la había ayudado a madurar y a ser quien quería ser, aunque lo dijo cuando su madre no la oía. El aniversario del terremoto de San Francisco había llegado y había pasado, a principios de mayo. Era un suceso que todos recordarían con terror pero también con afecto. A todos ellos les habían pasado cosas buenas, como consecuencia del seísmo, aunque tampoco habían olvidado el trauma que habían sufrido. Maggie comentó que también este año se había celebrado la gala benéfica de los Smallest Angels, pero que Sarah no se había encargado de ella y tampoco había asistido. Estaba demasiado ocupada con los problemas legales de Seth, pero Maggie confiaba en que la organizara de nuevo al año siguiente. Todos estaban de acuerdo en que había sido un éxito hasta que se produjo el terremoto.

Everett y Maggie se quedaron hasta más tarde de lo habitual en la cena en casa de Melanie. Era una velada relajada y divertida; más tarde, Everett y Tom jugaron al billar. Tom le contó a Everett que Melanie y él estaban pensando en irse a vivir juntos. La situación era un poco violenta si ella seguía viviendo con su madre; aunque Janet se había ablandado un poco, no era ningún ángel. Aquella noche bebió demasiado y, pese a estar saliendo con alguien, Everett supo que se le habría insinuado de no estar Maggie allí. Podía entender fácilmente por qué Tom y Melanie querían tener un lugar para ellos. Era hora de que Janet también madurara y saliera al mundo sola, sin esconderse detrás de las faldas y la fama de Melanie. Era un tiempo de crecimiento para todos ellos.

Everett y Maggie charlaron relajadamente de camino al hotel; como siempre, le encantaba estar con ella. Hablaron de la joven pareja y se alegraron por ellos. Cuando llegaron al hotel, Maggie bostezaba y estaba medio dormida. Everett la besó con dulzura y la acompañó hasta su puerta rodeándola con el brazo.

—Por cierto, ¿cómo ha ido la reunión con el padre Callahan? —Había olvidado preguntárselo y le gustaba estar al tanto de lo que hacía cada día—. Espero que no te marches tú también a México —bromeó.

Ella negó con la cabeza, bostezando de nuevo.

—No. Trabajaré para él aquí —dijo adormilada y se acurrucó contra Everett antes de entrar.

—¿Aquí? ¿En Los Ángeles? —Estaba confuso—. ¿O quieres decir en San Francisco?

—No, quiero decir aquí. Necesita alguien que se encargue de la misión mientras él está en México, cuatro o seis meses al año. Después ya decidiré qué haré. Quizá quiera que me quede con él, si hago un buen trabajo.

—Espera un momento. —Everett se quedó mirándola fijamente—. Explícame esto. ¿Vas a trabajar en Los Ángeles entre cuatro y seis meses? ¿Qué ha dicho la diócesis o todavía no se lo has contado? —Sabía que eran bastante tolerantes en cuanto a permitirle que hiciera trabajo de campo siempre que quería.

—Hummm... sí que se lo he dicho —dijo rodeándole la cintura con los brazos.

Everett seguía confuso.

—¿Y están dispuestos a dejarte que vengas a trabajar aquí? —Sonreía. Le encantaba la idea y veía que a ella también—. Es asombroso. No pensaba que fueran tan generosos como para dejar que te marcharas a otra ciudad, así sin más.

—Ya no tienen ni voz ni voto en esto —dijo, en voz baja.

Él la miró a los ojos.

—¿Qué estás diciendo, Maggie?

Ella respiró hondo y lo abrazó con fuerza. Había sido lo más difícil que había hecho nunca. No había hablado de ello con nadie de fuera de la Iglesia, ni siquiera con él. Era una decisión que tenía que tomar por sí misma, sin que él la presionara en absoluto—. Me liberaron de mis votos hace dos días. No quería decir nada hasta estar aquí.

—¡Maggie!... ¿Maggie?... ¿Ya no eres monja? —Se quedó mirándola sin acabar de creerlo.

Ella negó con la cabeza, con tristeza, luchando por contener las lágrimas.

—No, no lo soy. Ya no sé qué soy. Tengo una crisis de identidad. Llamé al padre Callaghan pidiéndole trabajo para poder venir aquí, si tú me quieres. Aparte de eso, no sé qué podría hacer. —Se echó a reír a través de las lágrimas—. Además, soy la virgen más vieja del planeta.

—¡Oh, Maggie, te quiero!... ¡Dios mío, eres libre!

Ella asintió y Everett la besó. Ya no tenían que sentirse culpables. Podían explorar todo lo que sentían el uno por el otro. Podían casarse y tener hijos. Podía ser su esposa, si lo desea-

344

ban, o no, si lo preferían. Ahora podían elegir lo que quisieran.

—Gracias, Maggie —dijo muy sinceramente—. Gracias con todo mi corazón. No creía que pudieras hacerlo y no quería presionarte, pero me he estado muriendo de preocupación todos estos meses.

—Lo sé. Yo también. Quería hacerlo bien. Ha sido algo muy difícil para mí.

—Lo sé —afirmó y la besó de nuevo. Seguía sin querer darle prisa. Sabía que sería muy duro para ella adaptarse a no ser monja. Llevaba veintiún años en órdenes religiosas, casi la mitad de su vida. Pero no podía dejar de pensar en el futuro. Lo mejor era que su futuro empezaba ahora—. ¿Cuándo puedes mudarte aquí?

—En cuanto tú quieras. El alquiler del piso se paga por meses.

—Mañana —dijo él, con aire extasiado. Se moría de ganas de llegar a casa y llamar a su padrino, que le había aconsejado que mirara en CODA, un grupo de trabajo en doce pasos, para gente codependiente, dado que le parecía que Everett se aferraba demasiado a Maggie, y ella era inaccesible. ¿Qué podía haber menos accesible que una monja? ¡Pero ahora la monja era suya!—. La semana que viene te ayudaré con la mudanza, si quieres.

Ella se echó a reír.

—Probablemente no llenaré ni dos maletas; además, ¿dónde iba a vivir? —Todavía no había organizado nada; todo era tan reciente... Solo llevaba fuera de su orden religiosa dos días y había conseguido el trabajo aquella misma tarde. Todavía no había tenido tiempo de pensar en un piso.

—¿Estarías dispuesta a vivir conmigo? —preguntó él, con cautela, todavía delante de la habitación del hotel. Estaba resultando ser la mejor noche de su vida y, seguramente, también para ella.

Pero Maggie negó con la cabeza en respuesta a su pregunta. Había algunas cosas que no estaba dispuesta a hacer.

—No, a menos que estemos casados —argumentó en voz baja. No quería presionarlo, pero tampoco quería vivir con un hombre fuera del matrimonio. Iba en contra de todos sus principios; además resultaba demasiado moderno para ella. Oficialmente, solo estaba fuera, en el mundo, desde hacía dos días; de ninguna manera estaba dispuesta a aceptar vivir en pecado con él, por muy feliz que se sintiera.

—Eso tiene fácil arreglo —respondió él sonriendo—. Solo estaba esperando a que fueras libre. Maggie, ¿quieres casarte conmigo? —Hubiera querido hacerlo de una forma más elegante, pero no podía esperar. Ya habían esperado demasiado tiempo a que ella se decidiera y consiguiera la libertad.

Ella asintió, con una amplia sonrisa, y pronunció la palabra que él llevaba tanto tiempo esperando.

—Sí.

La cogió entre sus brazos, la levantó en el aire, la besó y la dejó de nuevo en el suelo. Hablaron unos momentos más y luego ella entró en su habitación, sonriendo. Él se marchó, prometiendo que la llamaría a primera hora de la mañana, o quizá incluso cuando llegara a casa. Su vida entera empezaba ahora. Nunca había creído que ella llegara a hacerlo, ¡pensar que era un terremoto lo que los había unido! Era una mujer tan valiente... Sabía que siempre estaría agradecido porque Maggie quisiera ser suya.

El concierto del día siguiente fue fantástico. Melanie hizo una actuación fabulosa. Maggie nunca la había visto en un concierto importante, solo en la gala benéfica, en un lugar mucho más pequeño. Everett le había hablado de los conciertos de Melanie y ella tenía todos sus CD. Melanie se los había enviado después del terremoto, pero seguía sin estar preparada para la increíble experiencia de verla sobre el escenario y oírla cantar en un espacio tan grande. Se quedó boquiabierta; además, fue una actuación particularmente buena.

Maggie estaba en la primera fila, con Tom, mientras Everett hacía su trabajo para *Scoop*. Había decidido aceptar el trabajo en la revista *Time*, pero todavía tenía que decirlo en *Scoop*. De repente, todo cambiaba en su vida y, asombrosamente, todos los cambios eran buenos.

Maggie y Everett cenaron con Tom y Melanie después del concierto, y Everett insistió para que Maggie les diera la noticia. Al principio, ella se sentía cohibida, pero luego les contó que Everett y ella se iban a casar. Todavía no habían fijado la fecha, pero se habían pasado la tarde haciendo planes. Maggie no se veía celebrando una gran boda, ni siquiera una pequeña. Había propuesto que los casara el padre Callaghan, en cuanto ella se trasladara a Los Ángeles. En tanto que ex monja, no le parecía bien armar mucho revuelo. Dijo que era demasiado vieja para llevar un vestido blanco y que el día que hizo sus votos le pareció una primera boda. Lo importante era que iban a casarse; cómo y cuándo le parecía mucho menos relevante. Solo era el símbolo definitivo de su vínculo con Everett y de una unión sagrada. Afirmó que lo único que necesitaba era a su esposo —el Dios al que había servido toda la vida—, y un sacerdote.

Tom y Melanie estaban entusiasmados por ellos, aunque la joven se había quedado totalmente estupefacta.

—¿Ya no eres monja? —Abrió los ojos como platos; por un momento pensó que le estaban tomando el pelo, pero luego comprendió que no era así—. ¡Vaya! ¿Qué ha pasado?

Nunca había sospechado siquiera que hubiera algo entre ellos, pero ahora lo veía. También veía lo felices que eran, lo orgulloso que estaba Everett y lo tranquila que estaba Maggie. Con su difícil decisión, había alcanzado aquello de lo que siempre hablaba: un estado de gracia en el que lo que iban a hacer le parecía algo bueno y hacía que se sintiera bendecida. Era un nuevo capítulo en su vida. El viejo se cerraba lentamente. Miró a Everett, mientras Tom servía champán para él, Melanie y Maggie. Everett le sonrió con una sonrisa que iluminó el mundo de Maggie, como nada ni nadie podría haber iluminado.

—¡Por el terremoto de San Francisco! —dijo Tom levantando la copa para brindar por la feliz pareja.

A él le había dado a Melanie y, al parecer, había hecho lo mismo para otros. Algunos habían ganado. Otros habían perdido. Algunos habían perdido la vida. Otros se habían trasladado. Sus vidas se habían visto sacudidas, bendecidas y cambiadas para siempre.

23

Maggie tardó dos semanas en poner fin a su vida en San Francisco. Para entonces, Everett ya se había despedido de *Scoop*; iba a empezar en la delegación de *Time* en Los Ángeles en junio. Pensaba tomarse dos semanas libres entre los dos trabajos para pasarlas con Maggie. El padre Callaghan había aceptado casarlos el día después de que ella llegara y Maggie había llamado a su familia para decírselo. Su hermano, el ex sacerdote, se había sentido particularmente complacido y le había deseado lo mejor.

Maggie se compró un sencillo traje blanco de seda, con zapatos de satén color marfil, de tacón alto. Estaba muy lejos de su viejo hábito y significaba el principio de una nueva vida para ambos.

Everett pensaba llevarla a La Jolla para la luna de miel, a un pequeño hotel que conocía bien; allí podrían dar largos paseos por la playa. Ella empezaría a trabajar con el padre Callaghan en julio; tenía seis semanas para prepararse antes de que él se marchara a México a mediados de agosto. Ese año, el sacerdote se iría antes de lo habitual, porque sabía que su misión en Los Ángeles quedaba en buenas manos. Maggie tenía muchas ganas de empezar. Ahora, todo en su vida era apasionante. Una boda, un traslado, un nuevo trabajo, una nueva vida. Le había sorprendido darse cuenta de que tendría que usar su verdadero nombre. Mary Magdalen era el nombre que había tomado al entrar en el convento. Antes de eso, había sido siempre Mary Margaret. Everett dijo que él siempre la llamaría Maggie. Era como pensaba en ella, como la había conocido y a quien identificaba con ella. Los dos estuvieron de acuerdo en que le sentaba bien, así que decidió conservar el nombre. Ahora, su nuevo apellido sería Carson. Señora de Everett Carson. Lo pronunció varias veces, mientras hacía las maletas y echaba una ojeada al estudio por última vez. Le había sido útil durante los años pasados en Tenderloin. Unos días que ya habían tocado a su fin. Había metido el crucifijo en la maleta; el resto lo había regalado.

Entregó las llaves al casero, le deseó lo mejor y se despidió de los conocidos que estaban en los pasillos. El travesti al que había cobrado mucho afecto le dijo adiós con la mano cuando ella entró en el taxi. Dos de las prostitutas que la conocían la vieron cargada con la maleta y también le dijeron adiós mientras el taxi se alejaba. No le había dicho a nadie que se marchaba ni por qué, pero era como si supieran que no iba a volver. Mientras se alejaba, rezó una oración por ellos.

Su vuelo a Los Ángeles aterrizó puntualmente. Everett la estaba esperando en el aeropuerto. Por unos momentos, tuvo el alma en vilo. ¿Y si ella cambiaba de parecer? Pero entonces vio a Maggie, una mujer menuda con vaqueros azules, el pelo de un pelirrojo intenso, unas botas deportivas de color rosa y una camiseta blanca donde decía «Amo a Jesús», que se acercaba a él con una sonrisa irresistible. Esa era la mujer a la que había esperado toda su vida. Había sido muy afortunado al encontrarla y, por su aspecto al agarrarse de su brazo, parecía que ella se sentía igual de afortunada. Everett le cogió la maleta y se marcharon. La boda se celebraría al día siguiente.

La prisión a la que habían enviado a Seth era de mínima seguridad, estaba en el norte de California y les habían comentado que las condiciones eran bastante buenas. Había un campamento forestal anejo y los presos trabajaban allí de guardas; vigilaban la seguridad de la zona y luchaban contra los incendios cuando se producían. Seth confiaba poder ir pronto al campamento.

Entretanto, le habían dado una celda individual, después de que su abogado moviera algunos hilos. Estaba cómodo y no corría ningún peligro grave. Los otros presos estaban allí por delitos administrativos. De hecho, la mayoría de los delitos eran parecidos al suyo, aunque a escala mucho menor. Aquellos hombres incluso podían considerarlo un héroe. Había visitas conyugales para los que estaban casados; les permitían recibir paquetes y la mayoría de los presos leían *The Wall Street Journal*. La llamaban el club de campo de las prisiones federales, pero era una prisión, a pesar de todo. Echaba de menos su libertad, a su esposa y a sus hijos. No lamentaba lo que había hecho, pero lamentaba profundamente que lo hubieran pillado.

Sarah había ido a verlo con los niños en la primera prisión donde había estado, en Dublin, al sudeste de Oakland, mientras lo estaban procesando. Había sido incómodo, espantoso y una conmoción para todos. Visitarlo ahora era más como ir de visita a un hospital o a un mal hotel en medio del bosque. Había una pequeña ciudad cerca, donde Sarah y los niños podían alojarse. Sarah podría haber tenido visitas conyugales con él, ya que el divorcio todavía no era definitivo, pero en lo que la concernía a ella, el matrimonio había terminado. Seth lo lamentaba, tanto como el pesar que le había causado. Lo vio claramente en sus ojos la vez anterior que fue a visitarlo con los niños, dos meses atrás. Era la primera vez que los vería aquel verano. No era fácil llegar hasta allí; además, habían estado fuera. Sarah y los niños habían estado en las Bermudas con sus padres desde junio.

Aquella calurosa mañana de agosto, mientras los esperaba, se sentía nervioso. Se planchó los pantalones y la camisa de color caqui y se lustró los zapatos reglamentarios, de piel marrón. Entre las cosas que echaba en falta estaban sus zapatos ingleses hechos a mano.

Cuando llegó la hora de las visitas, fue hasta la zona de césped, en la parte delantera del campamento. Los hijos de los presos jugaban allí, mientras maridos y mujeres hablaban, se besaban y se cogían de la mano. Mientras miraba atentamente la carretera, vio el coche llegar. Sarah aparcó y sacó una cesta de picnic del maletero. A las visitas se les permitía llevar comida. Oliver caminaba junto a ella, cogido de su falda, con aire cauto, y Molly avanzaba dando saltos, con una muñeca bajo el brazo. Por un momento, notó el escozor de las lágrimas en los ojos, y entonces Sarah lo vio. Lo saludó con la mano, cruzó el control, donde registraron la cesta que llevaba y luego permitieron que los tres entraran. Sarah sonreía mientras se acercaban. Vio que había recuperado un poco de peso y que tenía un aspecto menos demacrado que antes del verano, después del juicio. Molly se lanzó a sus brazos; Oliver se quedó atrás un momento y luego se aproximó con cierta desconfianza. Entonces, Seth cruzó la mirada con Sarah. Ella lo besó levemente en la mejilla y dejó la cesta en el suelo, mientras los niños corrían a su alrededor.

—Tienes buen aspecto, Sarah.

—Tú también —dijo ella sintiéndose incómoda al principio.

Había pasado un tiempo y habían cambiado muchas cosas. Él le enviaba e-mails de vez en cuando, y ella le contestaba, hablándole de los niños. A Seth le habría gustado decirle más cosas, pero ya no se atrevía. Sarah había fijado los límites y él no tenía más remedio que respetarlos. No le dijo que la extrañaba, aunque así era. Y ella no le dijo lo difícil que seguía siendo todo sin él. En su relación, ya no había lugar para eso. La ira la había abandonado; lo único que quedaba era tristeza, pero también una especie de paz, ahora que empezaba a seguir adelante con su vida. No quedaba nada que reprocharle ni lamentar. Había sucedido. Estaba hecho. Se había acabado. Durante el resto de sus vidas, compartirían a sus hijos, las decisiones sobre ellos y los recuerdos de otros tiempos.

Sarah sirvió el almuerzo para todos en una de las mesas de picnic. Seth acercó unas sillas y los dos niños se turnaron para sentarse en sus rodillas. Había comprado unos sándwiches deliciosos de una charcutería local, fruta y el pastel de queso que sabía que le gustaba a Seth. Incluso se había acordado de llevarle sus bombones favoritos y un puro.

—Gracias, Sarah. Ha sido un almuerzo delicioso. —Se recostó en la silla, fumando el puro, mientras los niños correteaban arriba y abajo.

Sarah vio que le iba bien, se había adaptado al cambio en su suerte que lo había llevado allí. Parecía aceptarlo, sobre todo desde que Henry Jacobs le había confirmado que no había base para apelar. El juicio se había desarrollado correctamente y el proceso había sido limpio. Seth no parecía amargado y ella tampoco.

—Gracias por traer a los niños —dijo él.

—Molly empieza la escuela dentro de dos semanas. Y yo tengo que volver al trabajo.

Seth no sabía qué decirle. Quería que supiera que sentía que hubieran perdido la casa, que hubiera tenido que vender las joyas, que todo lo que habían construido juntos hubiera desaparecido, pero no conseguía encontrar las palabras. Simplemente permanecieron sentados, juntos, mirando a sus hijos. Ella llenó el incómodo silencio con noticias de su familia, y él le contó la rutina de la cárcel. No era una conversación impersonal, pero sí distinta. Había cosas que ya no podían decir, y nunca más podrían. Él sabía que ella lo quería; el almuerzo que le había llevado lo confirmaba; al igual que la cariñosa manera de prepararlo en la cesta y que hubiera llevado a sus hijos a verlo. Y ella sabía que él seguía queriéndola. Llegaría un día en el que incluso eso sería diferente, pero por el momento era lo único que quedaba de un vínculo que habían compartido y que se desharía o alteraría con el tiempo, pero que ahora todavía seguía estando allí. Hasta que algo o alguien lo sustituyera, hasta que los recuerdos se hicieran demasiado viejos y el tiempo, demasiado largo. Era el padre de sus hijos, el hombre con el que se había casado y al que había amado. Eso no cambiaría nunca.

Los niños y ella se quedaron hasta el final de la hora de visitas. Un silbato les advirtió que se acercaba el momento de marcharse. Les avisaba de que guardaran las cosas y tiraran los desechos a la basura. Sarah guardó los restos del almuerzo y las servilletas de cuadros rojos en la cesta de picnic. Había llevado utensilios de casa para que la reunión fuera tan festiva como fuera posible.

Llamó a los niños y les dijo que se marchaban. Oliver puso cara triste cuando le dijo que se despidiera de papá y Molly se abrazó a la cintura de Seth.

—No quiero dejar a papá —dijo con cara de pena—. ¡Quiero quedarme con él!

Eso era a lo que los había condenado, pero Seth también sabía que hasta eso cambiaría con los años. Al final, acabarían acostumbrándose a verlo allí y en ningún otro lugar.

—Pronto volveremos a verlo —dijo Sarah esperando que Molly soltara a su padre, lo cual hizo finalmente. Seth los acompañó tan cerca del control como le estaba permitido, igual que hacían otros presos.

—Gracias de nuevo, Sarah —dijo, con la voz familiar de siete años de historia en común—. Cuídate.

—Lo haré. Tú también. —Empezó a decirle algo y luego vaciló, mientras los niños se adelantaban—. Te quiero, Seth. Confío que lo sepas. Ya no estoy furiosa contigo. Solo triste por ti, por todos nosotros. Pero estoy bien.

Quería que lo supiera, que no se preocupara por ella ni se

sintiera culpable. Seth podía recriminarse cuanto quisiera, pero durante el verano, Sarah había comprendido que ella iba a estar perfectamente. Estas eran las cartas que el destino le había dado, y era con las que iba a jugar, sin mirar atrás ni odiarlo, sin desear siquiera que las cosas fueran de otra manera. Ahora comprendía que nunca podrían serlo. Incluso aunque no sabía lo que estaba sucediendo, había estado sucediendo de todos modos. Solo habría sido cuestión de tiempo que aflorara a la luz del día. Ahora lo comprendía plenamente. Seth nunca había sido el hombre que ella pensaba que era.

—Gracias, Sarah... por no odiarme por lo que hice. —No trató de explicárselo. Ya lo había intentado y sabía que ella nunca lo comprendería. Todo lo que le había pasado por la cabeza en aquel entonces era algo totalmente ajeno a como era ella.

—Está bien, Seth. Pasó. Somos afortunados por tener a los niños.

Todavía lamentaba no tener otro hijo, pero quizá lo tendría, algún día. Su destino estaba en otras manos que las suyas. Era lo que Maggie le había dicho cuando le contó que se había casado. Y pensando en ella, se volvió hacia Seth y sonrió. No se había dado cuenta antes, pero sin ni tan siquiera intentarlo, lo había perdonado. Un peso de un millón de kilos había desaparecido de sus hombros y de su corazón. Sin ni tan siquiera desear que desapareciera, había desaparecido.

Seth se quedó mirándolos mientras cruzaban la verja de salida y entraban de nuevo en el aparcamiento. Los niños le dijeron adiós con la mano y Sarah se volvió una vez para sonreírle y mirarlo largamente. Él también les dijo adiós mientras se alejaban en el coche; luego, volvió lentamente a su celda, pensando en ellos. Aquella era la familia a la que había sacrificado y, en última instancia, desperdiciado.

Cuando dobló una curva de la carretera y la prisión se

desvaneció detrás de ella, Sarah miró a sus hijos, sonrió para sus adentros y comprendió lo que había sucedido. No sabía cómo ni cuándo, pero, de algún modo, había llegado. Era a lo que Maggie se había referido tantas veces y que Sarah nunca conseguía encontrar. Lo había encontrado o aquello la había encontrado a ella; se sentía tan ligera que creyó que podría echar a volar. Había perdonado a Seth y alcanzado un estado de gracia que, al principio, no podía ni imaginar. Era un momento de perfección absoluta, congelado en el tiempo para siempre... una gracia asombrosa.

Primer capítulo del próximo libro de

DANIELLE STEEL
FIEL A SÍ MISMA

que Plaza & Janés publicará en otoño de 2010

1

En una tranquila y soleada mañana de noviembre, Carole Barber levantó la vista del ordenador y se quedó mirando el jardín de su casa de Bel-Air. Era una gran mansión laberíntica de piedra en la que llevaba quince años viviendo. Desde la soleada habitación acristalada que utilizaba como estudio se veían los rosales que había plantado, la fuente y el estanque que reflejaba el cielo. La vista era sosegada, y la casa se hallaba en silencio. Sus manos apenas se habían movido sobre el teclado durante la última hora. Resultaba más que frustrante. Después de una larga carrera de éxitos en el cine, Carole trataba de escribir su primera novela. Aunque llevaba años escribiendo relatos breves, nunca había publicado ninguno. Una vez incluso intentó escribir un guión. A lo largo de su matrimonio, ella y su difunto marido, Sean, habían hablado de hacer una película juntos, pero nunca encontraron tiempo para ello. Sus campos de actividad principales les ocupaban demasiado.

Sean era productor y director, y ella era actriz. En realidad, Carole Barber era una estrella de primer orden desde los dieciocho años, y hacía dos meses que había cumplido los cincuenta. Por decisión propia, llevaba tres años sin participar en ninguna película. A su edad, pese a una belleza aún extraordinaria, los buenos papeles escaseaban.

Carole dejó de trabajar cuando Sean cayó enfermo, y en los dos años transcurridos desde su muerte se había dedicado a viajar para visitar a sus hijos en Londres y Nueva York. Su defensa de diversas causas, relacionadas sobre todo con los derechos infantiles y de la mujer, la había llevado a Europa varias veces, a China y a países subdesarrollados de todo el mundo. Le preocupaban mucho la injusticia, la pobreza, la persecución política y los crímenes contra los inocentes y los indefensos. Llevaba diarios de todos sus viajes, y había escrito uno muy conmovedor en los meses previos a la muerte de Sean. En los últimos días de la vida de Sean, ambos hablaron de la posibilidad de que ella escribiese un libro. Él pensaba que era una idea estupenda y la animó a iniciar el proyecto. Para hacerlo, Carole había esperado dos años, y en ese momento llevaba un año lidiando con la escritura. El libro le daría la oportunidad de hablar abiertamente de las cosas que más le importaban y ahondar en sí misma de una forma que la interpretación nunca le permitió. Ansiaba terminar el libro, pero no lograba ponerlo en marcha. Algo la detenía, y no tenía ni idea de lo que era. Era un caso clásico de bloqueo mental, pero Carole se negaba a rendirse. Se sentía como un perro con un hueso. Quería volver a su profesión de actriz, pero no antes de escribir el libro. Sentía que le debía eso a Sean, y que también se lo debía a sí misma.

En agosto había rechazado un papel que parecía bueno en una película importante. El director era excelente y el guionista había ganado varios Premios de la Academia por trabajos anteriores. Habría sido interesante trabajar con los demás actores. Sin embargo, cuando leyó el guión no le dijo nada en absoluto. No sintió ninguna atracción por él. Carole no quería volver a actuar si el papel no le encantaba. Vivía obsesionada por el libro, aún en su fase inicial, y ello le impedía volver al trabajo. En lo más hondo de su corazón, sabía que antes tenía que escribirlo. Esa novela era la voz de su alma.

Cuando Carole comenzó el libro por fin, insistió en que no

trataba de sí misma. Solo al implicarse más en él se dio cuenta de que en realidad era así, pues la protagonista compartía muchas facetas con Carole. Cuanto más se enredaba esta con el libro, más difícil le resultaba escribirlo, como si no pudiese soportar enfrentarse a sí misma. Llevaba semanas bloqueada de nuevo. La historia versaba sobre una mujer madura que hacía balance de su existencia. Ahora se daba cuenta de que el libro tenía mucho que ver con ella y con su vida, con los hombres que había amado y las decisiones que tomó. Cada vez que se sentaba a escribir se quedaba con la mirada perdida, soñando con el pasado, y la pantalla del ordenador permanecía en blanco. La asaltaban ecos de su vida anterior, y sabía que mientras no llegase a aceptarlos no podría ahondar en su novela ni resolver los problemas que planteaba. Antes necesitaba la llave para abrir aquellas puertas, y no la encontraba. Todas las preguntas y dudas que siempre tuvo sobre sí misma habían vuelto de un salto a su mente al empezar a escribir. De pronto se cuestionaba todos sus pasos. ¿Por qué? ¿Cuándo? ¿Cómo? ¿Hizo bien o mal? ¿Las personas de su vida eran de verdad tal como ella las veía? ¿Había sido injusta? No dejaba de hacerse las mismas preguntas, sin saber por qué importaban tanto ahora. No podría llegar a ninguna parte con el libro hasta encontrar las respuestas acerca de su propia vida. Se estaba volviendo loca. Era como si al tomar la decisión de escribir ese libro se viese obligada a enfrentarse a sí misma como nunca había hecho, como había evitado hacer durante años. Pero ya no podía seguir escondiéndose. Las personas que conoció flotaban en su mente por las noches, tanto si permanecía en vela como si se dormía y soñaba. Por las mañanas se despertaba agotada.

El rostro que más acudía a su mente era el de Sean. Él era la única persona de la que estaba segura. Sabía con certeza quién era y qué significaba para ella. La relación entre ellos había sido muy franca y limpia. Las demás no lo fueron tanto. Albergaba dudas sobre todas sus relaciones, menos sobre su relación con Sean. Él deseaba tanto que Carole escribiese el libro del que habían hablado que esta creía debérselo como un último regalo. Además, quería demostrarse a sí misma que podía hacerlo. Aun así, se sentía paralizada por el miedo a no poder, a no ser capaz. Ya hacía más de tres años que soñaba con el libro, y necesitaba saber si lo tenía o no en su interior.

La primera palabra que acudía a su mente al pensar en Sean era «paz». Él era un hombre amable, tierno, sensato y cariñoso que siempre se portó muy bien con ella. Al principio había aportado orden a su vida, y juntos construyeron una sólida base para la convivencia. Jamás trató de ser su dueño ni de agobiarla. Sus vidas nunca se entrelazaron ni enredaron; viajaron uno junto a otro, a un paso cómodo para ambos, hasta el final. Por la forma de ser de Sean, hasta su muerte de cáncer fue una desaparición serena, una especie de evolución natural hacia otra dimensión en la que Carole ya no podía verle. Aun así, debido a la importancia que tuvo en la vida de ella, Carole siempre le sentía cerca. Sean aceptó la muerte como un paso más en el viaje de la vida, una transición que tenía que hacer en algún momento, una oportunidad maravillosa. Él aprendía de todo lo que hacía y aceptaba de buena gana aquello que encontraba en su camino. Con su muerte, enseñó a Carole otra valiosa lección sobre la vida.

Dos años después de su fallecimiento, aunque seguía echando de menos su risa, el sonido de su voz, su genialidad, su compañía y los largos paseos serenos que daban por la playa, Carole siempre tenía la sensación de que se hallaba cerca, ocupándose de sus propios asuntos, prosiguiendo su viaje y compartiendo con ella aquella especie de bendición que él poseía, como cuando estaba vivo. Conocerle y amarle había sido lo mejor que le había pasado en la vida. Antes de morir, Sean le recordó que todavía tenía mucho que hacer y la animó a volver al trabajo. Quería que hiciese más películas y escribiese el libro. A Sean le encantaban sus ensayos y relatos breves. Además, a lo largo de los años Carole le había escrito docenas de poemas que él apreciaba de verdad. Ella los encuadernó todos en una carpeta de cuero varios meses antes de la muerte de Sean, que se pasaba horas leyéndolos una y otra vez.

Carole no tuvo tiempo de comenzar el libro antes de que él muriese. Estaba demasiado ocupada cuidando de él. Se había tomado un año de descanso para dedicarle su tiempo y atenderle ella misma cuando empeoró, sobre todo después de la quimioterapia y en los últimos meses de la enfermedad. Sean fue valiente hasta el final. La víspera de su muerte fueron juntos a dar un paseo. No pudieron ir muy lejos y hablaron muy poco. Caminaron uno junto a otro, de la mano, sentándose cada vez que él se cansaba, y contemplaron entre lágrimas la puesta de sol. Ambos sabían que el final estaba cerca. Tuvo una muerte serena la noche siguiente, entre los brazos de ella. Le dedicó una última y larga mirada, suspiró con una tierna sonrisa, cerró los ojos y se fue.

Debido a la forma en que murió, con una elegante aceptación, a Carole le era imposible sentirse abrumada por la pena al pensar en él. Dentro de lo que cabía, estaba preparada. Ambos lo estaban. Lo que sintió con su ausencia fue un vacío que aún sentía, y quería llenar ese vacío con una mejor comprensión de sí misma. Era consciente de que el libro la ayudaría a hacerlo, si alguna vez lograba escribirlo. Quería intentar al menos estar a la altura de Sean y de la fe que tenía en ella. Su marido había sido una fuente de inspiración constante para ella, en la vida y en el trabajo. Le había aportado calma y alegría, serenidad y equilibrio.

En muchos aspectos, había sido un alivio no hacer películas en los últimos tres años. Había trabajado tanto y durante tanto tiempo que antes incluso de que Sean cayese enfermo era consciente de necesitar un descanso. También sabía que si disponía de tiempo libre para la introspección sus interpretaciones adquirirían un significado más profundo. A lo largo de los años había hecho varias películas importantes y había participado en algunos grandes éxitos comerciales. Sin embargo, ahora deseaba algo más. Quería aportar algo nuevo a su trabajo, la clase de profundidad que sólo llegaba con la sabiduría, la madurez y el tiempo. A sus cincuenta años no era vieja, pero el tiempo transcurrido desde la enfermedad y la muerte de Sean le había dado una profundidad que nunca hubiese experimentado de otro modo, y sabía que esa profundidad se notaría en la pantalla. Y sin duda también en su libro, si llegaba a hacerse con él. Ese libro era para ella el símbolo definitivo de haber alcanzado la edad adulta y la libertad respecto a los últimos fantasmas de su pasado. Se había pasado muchos años fingiendo ser otras personas a través de sus interpretaciones y aparentando ser lo que el mundo esperaba que fuese. Ahora quería desembarazarse de las expectativas de otros y ser por fin ella misma. Ya no pertenecía a nadie. Era libre para ser quien quisiera ser.

Sus años de pertenecer a un hombre habían terminado mucho antes de conocer a Sean. Ellos fueron dos almas libres que vivieron una junto a otra, disfrutando una de otra con amor y respeto mutuo. Sus vidas fueron paralelas, en perfecta simetría y equilibrio, pero nunca se enredaron. Cuando se casaron, lo único que Carole temía era que las cosas se complicasen, que él tratase de ser su dueño y que de algún modo se sofocasen uno a otro, pero eso nunca sucedió. Él le había asegurado que no sucedería y mantuvo su promesa. Ella sabía que sus ocho años con Sean eran algo que solo se daba una vez en la vida. No esperaba encontrarlo con nadie más. Sean era único.

No imaginaba enamorarse ni casarse de nuevo. En los dos últimos años había echado de menos a Sean, pero no había llorado su muerte. Su amor la había saciado tanto que ahora se sentía cómoda incluso sin él. No hubo angustia ni dolor en su mutuo amor, aunque, como todas las parejas, tenían de vez en cuando sonadas discusiones que luego les hacían reír. Ni Sean ni Carole eran la clase de persona aficionada a guardar rencor, y no había ni pizca de malicia en ellos, ni siquiera en sus peleas. Además de amarse, eran buenos amigos.

Se conocieron cuando Carole tenía cuarenta años y Sean treinta y cinco. Aunque él tenía cinco años menos que ella, le había dado ejemplo en muchos aspectos, sobre todo con su visión de la vida. La carrera de Carole seguía funcionando muy bien, y en ese momento ella hacía más películas de las que quería. Durante muchos años se había visto forzada a seguir los dictados de una carrera cada vez más exigente. Cuando se conocieron hacía cinco años que ella había regresado de Francia para instalarse en Los Ángeles. Carole trataba de pasar más tiempo con sus hijos, debatiéndose siempre entre ellos y unos papeles cinematográficos cada vez más atractivos. Tras su regreso de Francia había pasado los años sin una relación seria con un hombre. Le faltaba tiempo y deseo. Había salido con varios hombres, por lo general durante poco tiempo, algunos de ellos pertenecientes al mundo del cine, sobre todo directores o guionistas; otros pertenecientes a campos creativos diferentes, como el arte, la arquitectura o la música. Eran hombres interesantes, pero nunca se enamoró de ninguno de ellos, y estaba convencida de que jamás volvería a enamorarse. Hasta que llegó Sean.

Se conocieron en una conferencia acerca de los derechos de los actores en Hollywood. Juntos participaban en un debate sobre el papel cambiante de las mujeres en el cine. Nunca les importó que él tuviese cinco años menos que ella. Eso resultaba del todo irrelevante para ambos. Eran almas gemelas, fuese cual fuese su edad. Un mes después de conocerse se fueron juntos a México a pasar un fin de semana. Él se fue a vivir con Carole tres meses después, y nunca se marchó. A los seis meses se casaron, a pesar de las reticencias y aprensión de Carole. Sean la convenció de que era lo más conveniente para ambos. Tenía toda la razón, aunque al principio Carole insistió en que no quería volver a casarse. Estaba convencida de que sus respectivas carreras interferirían, causarían conflictos entre ellos y repercutirían en su matrimonio. Sin embargo, tal como Sean le había prometido, sus temores resultaron infundados. Su unión parecía bendecida por los dioses.

Entonces los hijos de Carole eran jóvenes y aún vivían en casa, lo cual suponía una preocupación añadida para ella. Sean no tenía hijos propios, y no los tuvieron juntos. Él adoraba a los dos hijos de ella, y además las múltiples ocupaciones de ambos no les dejaban tiempo para otro hijo. En lugar de eso cuidaban uno de otro y alimentaban su matrimonio. Tanto Anthony como Chloe iban al instituto cuando Sean y ella se casaron, y ello influyó en parte en su decisión de casarse con él. A ella no le gustaba dar el ejemplo de limitarse a convivir sin más compromisos, y sus hijos se entusiasmaron ante la idea del matrimonio. Querían que Sean se quedase, pues él había demostrado ser un buen amigo y padrastro para ambos. Y ahora, muy a su pesar, sus dos hijos eran mayores e independientes.

Tras licenciarse en la universidad de Stanford, Chloe desempeñaba su primer empleo como ayudante del director adjunto de la sección de complementos para una revista de moda de Londres. El empleo le ofrecía sobre todo prestigio y diversión. Consistía en ayudar con el diseño, organizar sesiones fotográficas y hacer recados, a cambio de un salario ínfimo y de la ilusión de trabajar para la edición británica de *Vogue*. A Chloe le encantaba. Poseía una belleza similar a la de su madre y podría haber sido modelo, pero prefería trabajar en el campo editorial, y además en Londres se lo pasaba en grande. Era una chica alegre y extrovertida, y la gente que conocía gracias a su trabajo la entusiasmaba. Carole y ella hablaban mucho por teléfono.

Anthony seguía los pasos de su padre en Wall Street, en el mundo de las finanzas, tras conseguir en Harvard un máster en administración de empresas. Era un joven serio y responsable, y siempre se habían sentido orgullosos de él. Era tan guapo como Chloe, aunque siempre fue un poco tímido. Salía con muchas chicas listas y atractivas, pero aún no había hallado a ninguna especial. Su vida social le interesaba menos que su trabajo en la oficina. Se esmeraba mucho en su carrera y nunca perdía de vista sus objetivos. De hecho no se detenía ante casi nada, y cuando Carole le llamaba al teléfono móvil a altas horas de la noche solía encontrarle trabajando.

Ambos hijos sentían un gran cariño por su madre y por Sean. Siempre habían sido sanos, sensatos y afectuosos, a pesar de alguna que otra trifulca entre Chloe y Carole. Chloe siempre necesitó el tiempo y la atención de su madre más que su hermano y se quejaba amargamente si esta debía participar en un rodaje, sobre todo cuando iba al instituto y quería que Carole estuviese cerca de ella como las demás madres. Sus quejas hacían que Carole se sintiese culpable, aunque se las arreglaba para que sus hijos fuesen a visitarla al plató cuando era posible y volvía a casa durante los descansos para estar con ellos. Anthony había sido fácil de llevar, y Chloe un poco menos, al menos para Carole. Chloe creía que su padre era perfecto, pero estaba más que dispuesta a recalcar los defectos de su madre, quien se consolaba pensando que así solían ser las relaciones entre madre e hija. Resultaba más fácil ser madre de un hijo devoto.

Y ahora que sus hijos eran mayores, independientes y felices con su propia vida, Carole estaba decidida a abordar a solas la novela que durante tanto tiempo se había prometido escribir. En las últimas semanas se había desanimado mucho. Empezaba a dudar que alguna vez fuese a conseguirlo y se preguntaba si habría hecho mal en rechazar el papel que le ofrecieron en agosto. Quizá debía renunciar a escribir y volver al cine. Su representante, Mike Appelsohn, comenzaba a enfadarse. Estaba disgustado por los papeles que no dejaba de rechazar y harto de oír hablar del libro que nunca escribía.

No conseguía pulir el argumento, los personajes todavía estaban mal definidos, el desenlace y el desarrollo formaban un nudo en su cabeza. Todo era un lío gigantesco, como un ovillo de lana con el que ha jugado un gato. Hiciese lo que hiciese y por más vueltas que le diese, no lograba aclarar sus ideas. Aquello era muy frustrante.

Había dos Oscar apoyados en un estante sobre su escritorio, además de un Globo de Oro que ganó justo antes de tomarse un descanso cuando Sean cayó enfermo. Hollywood no la había olvidado, pero Mike Appelsohn le aseguraba que al final la dejarían por imposible si no volvía a trabajar. A Carole se le habían agotado las excusas y se había concedido hasta finales de año para comenzar el libro. Le quedaban dos meses y no avanzaba. Empezaba a entrarle el pánico cada vez que se sentaba ante el ordenador.

Oyó que una puerta se abría suavemente a sus espaldas y se volvió con una mirada inquieta. No le importó la interrupción; en realidad le venía muy bien. La víspera había reorganizado los armarios del cuarto de baño en lugar de trabajar en el libro. Al volverse, vio a Stephanie Morrow, su asistente, de pie en el umbral de su estudio con gesto vacilante. Era una mujer guapa, maestra de profesión, que Carole contrató para el verano quince años atrás, nada más volver de París. Carole había comprado la casa en Bel-Air, aceptado papeles en dos películas ese primer año y firmado un contrato de un año en Broadway. Comenzó a defender la causa de los derechos de la mujer y tuvo que hacer la promoción de las películas, por lo que necesitaba ayuda para organizar a sus hijos y al servicio doméstico. Stephanie había llegado para ayudarla durante dos meses y se quedó quince años. Ahora tenía treinta y nueve. Vivía con un hombre que viajaba mucho y comprendía las exigencias de su trabajo. Stephanie seguía sin saber con certeza si quería casarse alguna vez, aunque tenía claro que no quería hijos. Decía en broma que Carole era su bebé. Carole correspondía diciendo que Stephanie era su niñera. Era una asistente fabulosa, llevaba muy bien a la prensa y era capaz de manejar cualquier situación hablando. Podía con todo.

Cuando Sean estaba enfermo, Stephanie hizo todo lo que pudo por Carole. Estuvo allí para los chicos, para Sean y para ella. Incluso ayudó a Carole a organizar el funeral y elegir el ataúd. Con los años, Stephanie había llegado a ser más que una simple empleada. A pesar de los once años que las separaban, las dos mujeres se habían hecho amigas íntimas. Sentían un profundo afecto y respeto mutuo. No había ni un ápice de envidia en Stevie, como la llamaba Carole. Se alegraba de los triunfos de Carole, lloraba sus tragedias, amaba su trabajo y afrontaba cada día con paciencia y buen humor.

Carole sentía un gran cariño por Stephanie y reconocía de buena gana que sin ella estaría perdida. Era la asistente perfecta y, como suele ocurrir con ese tipo de puestos, eso significaba poner la vida de Carole en primer término y la suya propia en segundo, y a veces incluso no tener vida en absoluto. Stevie adoraba a Carole y su empleo, y no le importaba. La vida de Carole era mucho más emocionante que la suya propia.

Stevie medía más de un metro ochenta de estatura. Tenía el pelo negro y liso y unos grandes ojos castaños, y ese día se había puesto vaqueros y una camiseta de manga corta.

—¿Té? —susurró, desde el umbral del estudio de Carole.

—No, arsénico —dijo Carole con un gemido mientras giraba en la silla—. No puedo escribir este dichoso libro. Algo me detiene, y no sé qué es. Puede que sólo sea terror. Puede que sepa que no puedo hacerlo. No sé por qué creí que podría.

Desesperada, miró a Stevie con el ceño fruncido.

—Sí que puedes —dijo Stephanie con calma—. Date tiempo. Dicen que lo más difícil es el principio. Sólo tienes que sentarte ahí el tiempo suficiente. Quizá necesites tomarte un descanso.

Durante la semana anterior, Stevie le había ayudado a reorganizar todos sus armarios, a rediseñar el jardín y a limpiar el garaje de arriba abajo. Además, habían decidido rehacer la cocina. Una vez más, Carole había encontrado todas las distracciones y excusas posibles para no empezar el libro. Llevaba meses así.

—Últimamente toda mi vida es un descanso —gimió Carole—. Tarde o temprano tengo que volver al trabajo haciendo una película o escribiendo este libro. Mike me matará si rechazo otro guión.

Mike Appelsohn era productor y llevaba treinta y dos años haciendo de representante suyo, desde que la descubrió a los dieciocho, un millón de años atrás. Entonces Carole sólo era una chica de campo de Mississippi, con el pelo largo y rubio y enormes ojos verdes, que llegó a Hollywood más llevada por la curiosidad que por una verdadera ambición. Mike Appelsohn la había convertido en lo que era hoy. Él, y su propio talento. Su primera prueba de cámara a los dieciocho años dejó alucinado a todo el mundo. El resto era historia. Su historia. Ahora era una de las actrices más famosas del mundo, con un éxito que superaba sus más locos sueños. Entonces, ¿qué hacía tratando de escribir un libro? No podía evitar preguntarse lo mismo una y otra vez, aunque conocía la respuesta, al igual que Stevie. Buscaba una pieza de sí misma, una pieza que había escondido en algún cajón, una parte de sí que quería y necesitaba encontrar, a fin de que el resto de su vida cobrase sentido.

Su último cumpleaños la había afectado mucho. Cumplir los cincuenta había sido un hito importante para ella, sobre todo ahora que estaba sola. No podía ignorarlo. Había decidido entretejer todas sus piezas como nunca había hecho, soldarlas en un todo en lugar de tener pedazos de sí misma vagando por el espacio. Quería que su vida tuviese sentido, al menos para ella. Quería volver al principio y resolverlo todo.

Muchas cosas le habían sucedido por accidente, sobre todo en los primeros años, o al menos eso le parecía a ella. Tuvo buena y mala suerte, aunque más buena que mala, por lo menos en la profesión y con sus hijos. No obstante, no quería que toda su existencia pareciese fruto de la casualidad. Muchas de las cosas que hizo fueron reacciones a las circunstancias o a otras personas, y no decisiones tomadas de forma activa. Ahora parecía importante saber si esas reacciones habían sido acertadas. ¿Y luego qué? No dejaba de preguntarse de qué serviría eso. El pasado no cambiaría. No obstante, podría alterar el curso de su vida durante los años que le quedaban. Ahora que Sean había desaparecido, le parecía más importante tomar decisiones y no limitarse a esperar que le sucediesen las cosas. ¿Qué quería ella? Quería escribir un libro. Eso era lo único que sabía. Y tal vez a continuación viniese lo demás. Tal vez entonces entendiese mejor qué papeles quería interpretar en el cine, qué impacto deseaba tener en el mundo, qué causas quería apoyar y quién quería ser durante el resto de su vida. Sus hijos habían crecido. Ahora le tocaba a ella.

Stevie desapareció y volvió a aparecer con una taza de té. Té descafeinado de vainilla. Stevie lo encargaba para ella en Mariage Frères de París. Carole se había aficionado a él cuando vivía en la capital francesa, y seguía siendo su favorito. Agradecía las altas tazas humeantes que le traía Stevie. El té la reconfortaba. Con la mirada perdida, Carole se llevó la taza a los labios y dio un sorbo.

—Puede que tengas razón —dijo con aire pensativo, echándole un vistazo a la mujer que llevaba años acompañándola.

Viajaban juntas, puesto que Carole la llevaba al plató cuando participaba en una película. A Stevie le gustaba encargarse de todo y hacer que la vida de Carole discurriese con suavidad. Le encantaba su empleo y acudir cada día a trabajar. Cada jornada suponía un reto distinto. Además, después de todos aquellos años aún le hacía ilusión trabajar para Carole Barber.

—¿En qué tengo razón? —preguntó Stevie, acomodando sus largos miembros en la confortable butaca de cuero de la habitación.

Pasaban muchas horas juntas en esa habitación, hablando y haciendo planes. Carole siempre estaba dispuesta a escuchar las opiniones de Stevie, aunque al final hiciese algo diferente. Sin embargo, los consejos de su asistente solían parecerle sensatos y valiosos. Para Stevie, Carole no era sólo una jefa, sino una especie de tía prudente. Las dos mujeres compartían opiniones acerca de la vida y a menudo veían las cosas de la misma forma, sobre todo en cuestión de hombres.

—Puede que necesite un viaje.

En este caso Carole no pretendía evitar el libro, sino tal vez resolverlo, como si fuese una cáscara dura que se resistiese y solo pudiese abrirse con un golpe.

—Podrías ir a visitar a los chicos —sugirió Stevie.

A Carole le encantaba visitar a sus hijos, puesto que ya no venían mucho a verla. A Anthony le resultaba difícil escaparse de la oficina, aunque siempre encontraba tiempo para verla por las noches cuando ella viajaba a Nueva York, por muy ocupado que estuviese. Quería a su madre, al igual que Chloe, que lo dejaba todo para ir con ella de compras por Londres. La muchacha se impregnaba del amor y el tiempo de su madre como una flor bajo la lluvia.

—Lo hice hace sólo unas semanas. No sé… Creo que necesito hacer algo muy distinto… Ir a algún sitio donde nunca haya estado, como Praga o algo así… o Rumanía… Suecia…

No quedaban muchos lugares en el planeta que no hubiese visitado. Había dado conferencias sobre la mujer en la India, Paquistán y Pekín. Había conocido a jefes de Estado de todo el mundo, había trabajado con UNICEF y se había dirigido al Senado estadounidense.

Stevie dudaba si debía decir lo obvio. París. Sabía cuánto significaba la ciudad para ella. Carole había vivido en París durante dos años y medio, y sólo había regresado dos veces. Decía que allí ya no había nada que le interesase. Llevó a Sean a París poco después de su boda, pero a él no le caían bien los franceses y prefería ir a Londres. Stevie sabía que hacía unos diez años que ella no volvía, y que sólo había estado en París una vez en los cinco años transcurridos antes de que conociera a Sean, cuando vendió la casa que tenía en la rue Jacob o, mejor dicho, en un estrecho callejón situado detrás de esta. Stevie fue con ella para cerrar la casa, que le encantó. Sin embargo, para entonces Carole, cuya vida había vuelto a establecerse en Los Ángeles, decía que no tenía sentido mantener una casa en París, aunque le resultó duro cerrarla. No regresó allí hasta su viaje con Sean, en el que se alojaron en el Ritz. Sean no paró de quejarse. Le encantaban Italia e Inglaterra, pero no Francia.

—Tal vez sea hora de que vuelvas a París —dijo Stevie con prudencia.

Sabía que allí persistían fantasmas para ella, pero quince años después y tras vivir ocho años con Sean, suponía que ya no afectarían a Carole. Fuese lo que fuese lo que le sucedió a Carole en París, se había curado hacía mucho, y de vez en cuando la actriz aún hablaba con cariño de la ciudad.

—No lo sé —dijo Carole, pensando en ello—. Llueve mucho en noviembre. Aquí hace muy buen tiempo.

—No parece que el buen tiempo te ayude a escribir el libro, pero puedes pensar en otro sitio. Viena, Milán, Venecia, Buenos Aires, Ciudad de México… Hawai… Puede que necesites pasar unas semanas en la playa, si buscas buen tiempo.

Pero ambas sabían que la meteorología no era el problema.

—Ya veremos —dijo Carole con un suspiro mientras se levantaba de la silla—. Lo pensaré.

Carole era alta, aunque no tanto como su asistente. Era delgada, ágil y conservaba una bonita figura. Hacía ejercicio, pero no lo suficiente para justificar su apariencia. Tenía unos genes estupendos, una buena estructura ósea, un cuerpo que desafiaba sus años y un rostro que mentía acerca de su edad, y la actriz no había recurrido a la cirugía.

Carole Barber era una mujer hermosa. Su cabello seguía

siendo rubio, y lo llevaba largo y liso, a menudo recogido en una cola de caballo o un moño. Desde que tenía dieciocho años, los peluqueros del plató se lo pasaban en grande con su sedoso pelo rubio. Sus ojos eran enormes y verdes; sus pómulos, altos; sus rasgos, delicados y perfectos. Tenía el rostro y la figura de una modelo. Además, su porte expresaba confianza, aplomo y gracia. No era arrogante; simplemente estaba cómoda consigo misma y se movía con la elegancia de una bailarina clásica. El primer estudio que la contrató la obligó a tomar clases de ballet. Ahora seguía moviéndose como una bailarina, con una postura perfecta. Era una mujer espectacular que no solía llevar maquillaje. Tenía una sencillez de estilo que la hacía aún más deslumbrante. Stevie se sentía intimidada cuando empezó a trabajar para ella. Entonces Carole tenía sólo treinta y cinco años y ahora tenía cincuenta, aunque resultase difícil creerlo, pues aparentaba diez años menos. Aunque contaba cinco años menos que ella, Sean siempre pareció mayor. Era atractivo pero calvo, y tenía tendencia a engordar. Carole seguía teniendo la misma figura que a los veinte años. Cuidaba su alimentación, pero sobre todo era afortunada. Había sido bendecida por los dioses al nacer.

—Salgo a hacer unos recados —le dijo a Stevie al cabo de unos minutos.

Se había puesto un suéter blanco de cachemir sobre los hombros y llevaba un bolso de cocodrilo beis comprado en Hermès. Tenía afición a la ropa sencilla pero buena, sobre todo si era francesa. A sus cincuenta años, Carole tenía algo que te recordaba a Grace Kelly a los veinte. Poseía la misma elegancia aristocrática, aunque Carole parecía más cálida. Carole no tenía nada de austero y, habida cuenta de quién era y de la fama de que había disfrutado durante toda su vida adulta, era sorprendentemente humilde. Como a todo el mundo, a Stevie le encantaba ese aspecto de ella. Carole no se lo tenía nada creído.

—¿Quieres que haga algo por ti? —se ofreció Stevie.

—Sí, escribe el libro mientras estoy fuera. Mañana se lo enviaré a mi agente.

Carole había contactado con una agente literaria, pero no tenía nada que enviarle.

—Dalo por hecho —le respondió Stevie con una sonrisa—. Me quedaré al cargo del fuerte. Tú vete a Rodeo Drive.

—No pienso ir a Rodeo —dijo Carole en tono remilgado—. Quiero mirar unas sillas nuevas. Creo que el comedor necesita un lavado de cara. Ahora que lo pienso, yo también necesitaría unos arreglillos, pero soy demasiado miedica para hacérmelos. No quiero despertar por la mañana y parecer otra persona. He tardado cincuenta años en acostumbrarme a la cara que tengo. No me gustaría quedarme sin ella.

—No necesitas un *lifting* —la tranquilizó Stevie.

—Gracias, pero he visto en el espejo los estragos del tiempo.

—Yo tengo más arrugas que tú —dijo Stevie.

Era cierto. Tenía una fina piel irlandesa que, muy a su pesar, no envejecía tan bien como la de su jefa.

Cinco minutos más tarde, Carole se fue en su ranchera. Llevaba seis años conduciendo el mismo coche. A diferencia de otras estrellas de Hollywood, no sentía la necesidad de que la viesen en un Rolls o un Bentley. Tenía bastante con la ranchera. Las únicas joyas que llevaba eran un par de pendientes de diamantes y, cuando Sean estaba vivo, su sencillo anillo de casada, que por fin se había quitado ese verano. Consideraba innecesaria cualquier otra cosa, y los productores pedían joyas prestadas para ella cuando tenía que hacer la promoción de una película. En su vida privada la joya más exótica que llevaba Carole era un sencillo reloj de oro. Lo más deslumbrante de Carole era ella misma.

Volvió dos horas más tarde, mientras Stevie se comía un bocadillo en la cocina. Había un pequeño despacho en el que trabajaba, y su principal queja era que estaba demasiado cerca de la nevera, que visitaba con demasiada frecuencia. Hacía ejercicio en el gimnasio cada noche para compensar lo que comía en el trabajo.

—¿Ya has acabado el libro? —preguntó Carole al entrar, mucho más animada que cuando se marchó.

—Casi. Voy por el último capítulo. Dame media hora más y estaré lista. ¿Qué tal las sillas?

—No pegaban con la mesa. El tamaño no era el apropiado, a menos que compre una mesa nueva.

Carole no paraba de buscar nuevos proyectos, pero ambas sabían que tenía que volver a trabajar o escribir el libro. La indolencia no era propia de ella. Después de trabajar sin parar durante toda la vida, y ahora que Sean había desaparecido, Carole necesitaba ocupaciones.

—He decidido seguir tu consejo —añadió Carole, sentándose con gesto solemne ante la mesa de la cocina, frente a Stevie.

—¿Qué consejo?

Stevie ya no recordaba qué había dicho.

—Lo de hacer un viaje. Necesito marcharme de aquí. Me llevaré el ordenador. Tal vez sentada en una habitación de hotel pueda empezar de nuevo con el libro. Ni siquiera me gusta lo que tengo hasta ahora.

—A mí sí. Los dos primeros capítulos están muy bien. Sólo tienes que seguir avanzando a partir de eso y continuar adelante. Es como escalar una montaña. No mires hacia abajo ni te pares hasta llegar a la cima.

Era un buen consejo.

—Tal vez, ya veremos. De todas formas, necesito despejarme —dijo con un suspiro—. Resérvame un vuelo a París para pasado mañana. No tengo nada que hacer aquí, y aún faltan tres semanas y media para el día de Acción de Gracias. Más vale que me largue de aquí antes de que vengan los chicos a celebrarlo. Es el momento perfecto.

Había estado pensándolo de camino a casa y se había decidido. Ya se sentía mejor.

Stevie se abstuvo de hacer comentarios. Estaba convencida de que a Carole le vendría bien marcharse, sobre todo tratándose de un lugar que le encantaba.

—Creo que estoy preparada para volver —dijo Carole con voz suave y mirada pensativa—. Puedes reservarme una habitación en el Ritz. A Sean no le gustaba, pero a mí me encanta.

—¿Cuánto tiempo quieres quedarte?

—No lo sé. Mejor que reserves la habitación para dos semanas. He decidido utilizar París como base. La verdad es que quiero ir a Praga, y tampoco he estado nunca en Budapest. Quiero pasear un poco y ver cómo me siento cuando esté allí. Soy libre como el viento, así que más vale que lo aproveche. Tal vez me inspire si veo algo nuevo. Si quiero volver a casa antes puedo hacerlo. Además, de regreso me detendré un par de días en Londres para ver a Chloe. Si falta poco para el día de Acción de Gracias, puede que mi hija quiera volver conmigo en el avión. Podría ser divertido. Anthony también viene a pasar el día de Acción de Gracias, por lo que no hace falta que pare en Nueva York a la vuelta.

Siempre trataba de ver a sus hijos cuando iba a alguna parte, si había tiempo. Sin embargo, aquel viaje era para ella.

Stevie le sonrió mientras anotaba los detalles.

—Será divertido ir a París. No he estado allí desde que cerraste la casa. Han pasado catorce años.

Entonces Carole pareció un poco violenta. No se había expresado con claridad.

—Vas a pensar que soy una borde. Me encanta que viajemos juntas, pero quiero hacer este viaje sola. No sé por qué, pero creo que necesito entrar en mi propia mente. Si te llevo, me pasaría el tiempo hablando contigo en vez de profundizar en mí misma. Busco algo y ni siquiera sé con certeza qué es. Yo misma, creo.

Tenía la profunda convicción de que las respuestas a su futuro y al libro estaban enterradas en el pasado. Quería volver para desenterrar todo lo que dejó atrás y trató de olvidar hacía tiempo.

Stevie pareció sorprenderse, pero sonrió.

—Me parece perfecto. Lo único que pasa es que me preocupo por ti cuando viajas sola.

Carole no lo hacía a menudo y a Stevie no le gustaba demasiado la idea.

—Yo también me preocupo —confesó Carole—. Además, soy tremendamente perezosa. Me tienes mimada. Detesto tratar con los conserjes y pedir mi propio té, pero puede que me vaya bien. Por otra parte, ¿hasta qué punto puede ser dura la vida en el Ritz?

—¿Y si vas a la Europa del Este? ¿Quieres que alguien te acompañe allí? Podría contratar a alguien en París, a través del departamento de seguridad del Ritz.

A lo largo de los años había recibido amenazas, aunque ninguna reciente. La gente la reconocía en casi todos los países pero, incluso en el caso de que no la reconociesen, era una mujer hermosa que viajaba sola. ¿Y si caía enferma? Carole siempre sacaba a la madre que había dentro de Stevie. A esta le encantaba cuidar de ella y protegerla de la vida real. Era su trabajo y su misión en la vida.

—No necesito seguridad. No me pasará nada. Además, aunque me reconozcan, ¿qué más da? Como decía Katharine Hepburn, mantendré la cabeza gacha y evitaré el contacto visual.

Era sorprendente lo bien que funcionaba esa estrategia. Cuando Carole no establecía contacto visual con la gente en la calle, la reconocían mucho menos. Era un viejo truco de Hollywood, aunque no siempre funcionaba.

—Siempre puedo acudir si cambias de opinión —se ofreció Stevie.

Carole sonrió. Sabía que su asistente no iba a la caza de un viaje. Sólo se preocupaba por ella, cosa que la conmovía. Stevie era la perfecta asistente personal en todos los sentidos, siempre esforzándose por facilitar la vida de Carole y adelantarse a los problemas antes de que pudiesen surgir.

—Prometo llamar si tengo algún tropiezo y me siento sola o rara —le aseguró Carole—. ¿Quién sabe? Puede que decida volver a casa a los pocos días. Es bastante divertido marcharse sin planes concretos.

Había hecho un millón de viajes para promover o rodar películas. No estaba acostumbrada a irse así, pero a Stevie le parecía una buena idea, aunque fuese insólita en ella.

—Tendré encendido el teléfono móvil para que puedas llamarme, incluso por la noche o cuando vaya al gimnasio. Siempre puedo hacer una escapada —prometió Stevie.

No obstante, Carole nunca la llamaba por la noche. A lo largo de los años ambas habían establecido firmes límites. Carole respetaba la vida privada de Stevie, y esta respetaba la suya. A lo largo de los años eso les había ayudado mucho a trabajar juntas.

—Llamaré a la compañía aérea y al Ritz —dijo Stevie antes de acabarse el bocadillo e ir a meter el plato en el lavavajillas.

Hacía mucho que Carole había reducido el personal doméstico a una mujer, que acudía por las mañanas cinco días por semana. Ahora que Sean y los chicos ya no estaban allí, no necesitaba ni quería demasiado servicio. La propia Carole revolvía en la nevera y ya no tenía cocinera. Además, prefería conducir ella misma. Le gustaba vivir como una persona normal, sin la parafernalia de una estrella.

—Voy a hacer la maleta —dijo Carole mientras salía de la cocina.

Dos horas más tarde había terminado. Se llevaba muy poco. Varios pantalones de vestir, varios vaqueros, una falda, jerseys, zapatos cómodos para caminar y un par de tacones. Metió en la maleta una americana y un impermeable, y sacó una abrigada chaqueta de lana con capucha para llevar en el avión. Lo más importante que se llevaba era el ordenador portátil, aunque tal vez ni siquiera lo utilizase si no se le ocurría nada durante el viaje.

Acababa de cerrar la maleta cuando Stevie entró en el dormitorio para decirle que había hecho las reservas. Salía hacia París dos días después, y el Ritz le guardaba una suite en la parte del edificio que daba a la plaza Vendôme. Stevie dijo que la acompañaría al aeropuerto. Carole estaba preparada para su odisea de encontrarse a sí misma, en París o en cualquier otro lugar al que fuese. Si decidía viajar a otras ciudades, podía hacer las reservas una vez que estuviese en Europa. Carole se sentía ilusionada ante la perspectiva de marcharse. Sería maravilloso estar en París al cabo de tantos años.

Quería pasar por delante de su vieja casa cerca de la rue Jacob, en la *Rive Gauche*, y rendir homenaje a los dos años y medio que había pasado allí. Parecía que hubiese transcurrido toda una vida. Cuando se marchó de París era más joven que Stevie. Su hijo, Anthony, que entonces tenía once años, se alegró mucho de volver a Estados Unidos. En cambio Chloe, de siete, se sintió triste al abandonar París y a las amigas que tenía allí. La niña hablaba un francés perfecto. Sus hijos tenían ocho y cuatro años respectivamente la primera vez que fueron a París, cuando Carole rodó allí una película durante ocho meses. Se quedaron durante dos años más. Entonces parecía mucho tiempo, sobre todo para unas vidas tan jóvenes, e incluso para ella. Y ahora volvía, en una especie de peregrinación. No sabía lo que encontraría allí ni cómo se sentiría. Sin embargo, estaba preparada. Tenía unas ganas enormes de marcharse. Ahora se daba cuenta de que era un paso importante para escribir el libro. Volver tal vez la liberase y abriese esas puertas que estaban tan bien cerradas. Sentada ante su ordenador en Bel-Air, no podía forzarlas. Sin embargo, tal vez las puertas se abriesen allí de par en par por sí solas. Al menos eso esperaba.

Sólo con saber que se iba a París, Carole pudo escribir varias horas esa noche. Se sentó ante el ordenador después de que Stevie se fuese, y ya volvía a estar allí a la mañana siguiente, cuando esta llegó.

Dictó varias cartas, pagó sus facturas e hizo los últimos recados. Al día siguiente, cuando salieron de casa, Carole estaba lista. Charló animadamente con Stevie de camino al aeropuerto, recordando los últimos detalles sobre lo que había que decirle al jardinero y sobre unos encargos que llegarían mientras estaba fuera.

—¿Qué les digo a los chicos si llaman? —preguntó Stevie tras llegar al aeropuerto mientras sacaba de la ranchera la maleta de Carole, que viajaba con poco equipaje para poder manejarse ella sola con más facilidad.

—Diles simplemente que estoy fuera —dijo Carole con desenvoltura.

—¿En París?

Stevie siempre se mostraba discreta y sólo contaba lo que Carole la autorizaba a decir, incluso a sus hijos.

—Puedes decírselo. No es un secreto. Seguramente les llamaré yo misma en algún momento. Llamaré a Chloe antes de ir a Londres al final. Quiero ver qué decido hacer antes.

Le encantaba la sensación de libertad que le producía disponerse a viajar sola y decidir día a día a qué lugar quería ir. No estaba acostumbrada a actuar con tanta espontaneidad y hacer lo que deseaba. Aquella oportunidad parecía un verdadero regalo.

—No te olvides de decirme lo que haces —le insistió Stevie—. Me preocupo por ti.

Aunque sus hijos la querían, a veces no mostraban tanto interés. En ocasiones, Stevie se mostraba casi maternal hacia ella. Conocía el aspecto vulnerable de Carole que otros no veían, el aspecto frágil, el que dolía. Ante los demás, Carole se mostraba tranquila y fuerte, aunque en el fondo no siempre se sintiera así.

—Te mandaré un correo electrónico cuando llegue al Ritz. No te preocupes si después no tienes noticias mías. Si voy a

Praga, a Viena o a cualquier otra parte, seguramente dejaré el ordenador en París. No quiero tener que contestar un montón de correos mientras estoy fuera. A veces es divertido escribir en blocs normales. Puede que el cambio me vaya bien. Llamaré si necesito ayuda.

—Más te vale. Que te diviertas —dijo Stevie mientras la abrazaba.

—Cuídate y disfruta del descanso —dijo Carole sonriendo mientras un mozo de equipaje cogía su maleta y la registraba.

Carole viajaba en primera clase. El hombre reaccionó un instante después de mirarla y sonrió al reconocerla.

—Vaya, hola, miss Barber. ¿Cómo está?

El empleado se sentía entusiasmado de ver a la estrella cara a cara.

—Muy bien, gracias —respondió ella, devolviéndole la sonrisa.

Sus grandes ojos verdes iluminaban su rostro.

—¿Se va a París? —preguntó él, deslumbrado.

Era tan guapa como en la pantalla, y parecía simpática, cálida y real.

—Sí, voy a París.

El simple hecho de decirlo hizo que se sintiera bien, como si París la estuviese esperando. Le dio una buena propina y él la saludó con la gorra mientras otros dos mozos de equipaje se apresuraban a pedirle autógrafos. Los firmó, le dijo adiós con la mano a Stevie por última vez y desapareció en la terminal con sus tejanos, su gruesa chaqueta de color gris oscuro y una gran bolsa de viaje en el brazo. Llevaba el pelo rubio, liso y brillante, recogido en una cola de caballo, y al entrar se puso unas gafas oscuras. Nadie se fijó en ella. Sólo era una mujer más que se acercaba a toda prisa a los controles de seguridad, de camino a un avión. Viajaba con Air France. Pese a los quince años transcurridos, todavía se sentía a gusto hablando francés. Tendría la oportunidad de practicar en el avión.

El avión despegó del aeropuerto internacional de Los Ángeles a la hora prevista, y ella se puso a leer el libro que había traído. A medio camino se durmió y, tal como había solicitado, la despertaron cuarenta minutos antes de la llegada, con lo que tuvo tiempo de lavarse los dientes y la cara, peinarse y tomar un té de vainilla. Mientras aterrizaban miró por la ventanilla. Era un lluvioso día de noviembre en París, y el corazón le dio un vuelco al volver a ver la ciudad. Por razones que ni siquiera conocía con certeza, efectuaba una peregrinación en el tiempo y, después de tantos años, sentía que volvía a casa.